Karin Janson
Eine Frau, ihr Bus
und der unverschämt kluge Plan

Karin Janson

EINE FRAU, IHR BUS UND DER UNVERSCHÄMT KLUGE PLAN

Roman

Deutsch von Maike Dörries

LIMES

Die Originalausgabe erschien 2022 unter dem Titel
Landsvägarnas drottning bei Norstedts, Stockholm.

Der Verlag behält sich die Verwertung des urheberrechtlich geschützten Inhalts dieses Werkes für Zwecke des Text- und Data-Minings nach § 44 b UrhG ausdrücklich vor. Jegliche unbefugte Nutzung ist hiermit ausgeschlossen.

Penguin Random House Verlagsgruppe FSC® N001967

1. Auflage 2023
Copyright der Originalausgabe: **Landsvägarnas drottning**
© **Karin Janson**, first published by Norstedts, Sweden, in 2022.
Published by agreement with Norstedts Agency.
Copyright der deutschsprachigen Ausgabe © 2023 by Limes in der Penguin Random House Verlagsgruppe GmbH,
Neumarkter Straße 28, 81673 München
Redaktion: Ingola Lammers
Umschlaggestaltung und -motiv: © www.buerosued.de
StH · Herstellung: DiMo
Satz, Druck & Bindung: GGP Media GmbH, Pößneck
Printed in Germany
ISBN 978-3-8090-2772-0

www.limes-verlag.de

PROLOG

Neun Tonnen. Der Bus wiegt neun Tonnen.

Als ich das Gefälle mit Höchstgeschwindigkeit hinuntersause, wird mir spürbar klar, wie schwer das ist. Der Bus ist kaum noch zu steuern bei diesem Tempo. Ich fühle mich schlagartig unerfindlich klein und unbedeutend. Und werde zwischen Glas und Metall zerquetscht werden wie ein Insekt.

Mein rechter Fuß tritt pumpend das Bremspedal, aber die Bremsen reagieren extrem träge. Im Kassettendeck nudelt die Lebensratgeber-Kassette, aber es dringen nur Satzfetzen zu mir durch wie *Übernimm die Kontrolle! Plane dein Leben! Happiness!*

Der Bus und ich schießen das Gefälle hinunter wie die Kugel in einem Flipperspiel. Meine Hände klammern sich an das weiße Bakelitlenkrad wie an einen Rettungsring. In dem Kreis am Armaturenbrett zittert der Zeiger Richtung 80 Stundenkilometer.

Ein Kleiderständer reißt sich von seinem Spanngurt los und rollt auf den Fahrersitz zu, der Bus schert seitwärts aus und ein türkisfarbener Nylonslip landet auf meinem Kopf. Ich schiebe ihn hektisch beiseite und sehe in affenartiger Geschwindigkeit einen Zaun auf mich zurasen. Am Rande meines Blickfelds flimmern weißgrüne Birken vorbei, ein paar Steinwürfe entfernt glitzert Wasser.

Jetzt sterbe ich, denke ich noch und lasse den Lenker los. *Mama, jetzt komm ich zu dir.*

KAPITEL 1

SMOOTHIE

Ich habe Lust auf irgendetwas, aber ich weiß nicht was. Jedenfalls keinen Smoothie.

Mårten schreddert mit konzentrierter Miene einen grünbraunen Brei aus Spinat, Sellerie, Sojabohnen und anderen vitaminreichen Gemüsen zusammen. Die avocadogrüne Front unserer Siebzigerjahreküche passt praktischerweise im Farbton perfekt dazu.

»Bitte schön«, sagt er und reicht mir ein Glas.

Ich habe den Geschmack schon am Gaumen, ohne einen einzigen Schluck getrunken zu haben, ein bisschen bitter mit schleimiger Konsistenz und voller harter Brombeerkerne. Mårten macht aus Solidarität immer auch ein Glas für sich, um zu zeigen, dass wir beide in diesem Boot sitzen. Als ich das Glas auf den Spültisch stelle, wischt er sich demonstrativ mit dem Handrücken den Mund ab und sagt:

»Jede Menge Antioxidantien.«

Auf dem Grundstück liegen noch ein paar Flecken Schnee, die Eiszapfen an der Dachtraufe des Spielhauses sind fast geschmolzen. Das Wort schiebt sich langsam durch meine Gehirnwindungen: Antioxidantien. Es gehört zu meinen absoluten Hassausdrücken, neben *Stärkende Umarmung* und *Atmen*. Ich bin nicht gesund, weil ich mir genügend Antioxidantien einverleibt habe, tief in den Bauch geatmet oder mehr stärkende Umarmungen oder

7

Herz-Emojis bekommen habe, als ich zählen kann. Ich bin gesund, weil ich Glück hatte.

»Keinen Appetit? Ich stelle ihn dir für später in den Kühlschrank.«

Mårten hat sich mit den Jahren ein Äußeres zugelegt, mit dem man ihn in einer Menschenansammlung schnell aus den Augen verliert. Er sieht aus wie die Mehrheit aller Männer in der Alterskategorie zwischen 35 und 55: durchschnittlich groß, rasierter Kopf, Dreitagebart und kariertes Hemd über einem beginnenden Bierbauch. Aber er sieht noch immer gut aus, auf eine reifere Art. Und seit er in einem freikirchlichen Chor mitsingt, verströmt er eine viel stärkere innere Ruhe. Er scheint im Singen so etwas wie Trost zu finden. Ich tröste mich mit Simons alten Videospielen, die ich unten im Hobbyraum spiele, wenn ich nicht schlafe. Oder arbeite.

»Ich glaube, ich brauche eine Pause«, höre ich mich selbst mit leiser Stimme sagen.

Mårten verharrt mit der Hand am Griff des Kühlschranks und dreht sich zu mir um.

»Was hast du gesagt?«

Meine Kehle schnürt sich zusammen und in meinen Ohren pfeift es. Was mache ich hier gerade? Mårten sieht mich an wie ein großes Fragezeichen. Vielleicht würde es sich alles nicht so schwer anfühlen, wenn er auch zwischendurch mal ausgerastet wäre. Und zum Beispiel eine Tür eingetreten hätte, wie ich es getan habe, als sich rausstellte, dass die erste Chemo nicht ausreichte. Oder Porzellan zerdeppern. Es musste ja nicht das gute Service sein, aber den einen oder anderen angeschlagenen Teller von unserem Alltagsgeschirr hätte er ruhig an die Wand schmeißen dürfen. Doch er war die ganze Zeit vernünftig, ein sicherer Fels in der Brandung und fürsorglich. Zwei Jahre lang hat Mårten sich um mich gekümmert. An guten wie an schweren Tagen. Bei Übelkeit und Schüttelfrost, bei Gliederschmerzen, Verzweiflung und ausfallenden Haaren. Die einzige angemessene Antwort darauf wäre Dankbarkeit.

»Brause«, presse ich heraus. »Ich hab so einen Japp auf Brause.«

»Aha.«

Meine Therapeutin würde vermutlich sagen, dass ich Mårtens Grenzen austeste, um zu schauen, ob er mich wirklich liebt. Aber ich gehe schon länger nicht mehr zu ihr.

Mårten öffnet den Kühlschrank und wirft einen Blick hinein.

»Wir haben nur Mineralwasser. Ich könnte Zitronensaft reinpressen.«

Meine Augen brennen und ich versuche hektisch, die Tränen wegzublinzeln, die sich nicht mehr lange zurückhalten lassen. Der Druck auf der Brust nimmt wieder zu.

Mårten schüttelt liebevoll den Kopf und ist mit drei ausladenden Schritten bei mir, um mich in den Arm zu nehmen. Und ich stehe da in seiner Umarmung, das weiche Flanellhemd duftet nach Doppeldusch und sein Herz schlägt kräftig nach seiner Rollskitour, bei der ich eigentlich hätte dabei sein sollen. Bewegung, gesundes Essen und Ruhe. Das magische Dreieck, die Basis, um sich von einer Krankheit zu erholen. Nicht Videospiele, Kaffee und Schokolade.

»Wie geht es dir heute?«, fragt Mårten. »Bist du müde?«

»Sehr müde.«

Er schlingt die Arme noch ein bisschen fester um mich.

»Das wird besser werden. Du bist jetzt gesund.«

Ich wünschte, ich könnte seinen Worten trauen. Aber die Erinnerung an Mama schnürt mir den Atem ab. An einen

Abend auf dem braunen Ledersofa zu Hause in Edsbyn. Mama saß zwischen Fia und mir, die Arme um unsere Schultern gelegt. »In diesem Winter fahren wir zusammen Ski, wie findet ihr das, ihr beiden?« Fia fragte: »Schaffst du das denn?« Und Mama wuschelte uns beiden durch die Haare. »Aber klar! Jetzt bin ich wirklich auf dem Weg der Besserung.«

Ich zwinge mich, langsamer zu atmen, wie ich es gelernt habe, um die Angst zu besänftigen. Fünf Sekunden einatmen, sieben Sekunden aus. Mårtens angegrauter Dreitagebart fühlt sich so vertraut unter den Fingerkuppen an wie der zottelige Plüschbär, den ich als Kind hatte. Er streichelt mir über das inzwischen kurze, lockige und grau melierte Haar, das früher lang und blond war. Jedes Mal, wenn Mårten mir so über den Kopf streichelt, werde ich an die Veränderung erinnert. Fünf Sekunden ein, sieben Sekunden aus.

»Hoffentlich hast du recht.«

»Natürlich hab ich das.«

Es klingelt an der Tür. Merkwürdig, aber an der Art, wie die Klingel gedrückt wird, zweimal kurz, weiß ich, dass das Carola ist, die meinen Mann abholt.

KAPITEL 2

KOL KHARA

Carola Svenzon arbeitet wie ich beim mobilen Pflegedienst, aber in einer anderen Gruppe. Sie hat weiße Strähnchen im Haar und eine Schwäche für lila Schals und schwarze Tights. Und für meinen Mann Mårten.

Letzteres ist natürlich nur eine Ausgeburt meiner Fantasie. Mårten streitet vehement ab, dass da von irgendeiner Seite Gefühle im Spiel sind. Er und Carola sind nur befreundet. Und daran bin ich leider nicht ganz unschuldig.

Nach meiner Krebsdiagnose hat Carola mich eingeladen, mal mit zu ihrem Chor in einer, wie sie es nennt, »modernen Freikirche« zu kommen. Ich habe vage zugesagt, mal an einem Sonntag mitzugehen, dann aber die ganze Nacht vorher unruhig wach gelegen. Danach habe ich den ganzen Sonntag geschlafen, und als Carola mit ihrem kleinen Toyota vorbeikam, um mich abzuholen, hat Mårten die Tür aufgemacht. Und irgendwie hat sie es geschafft, ihn zu überreden, sie an meiner Stelle zu begleiten. Jetzt fahren sie jeden Sonntag zusammen und er kommt happy und mit rosigen Wangen nach Hause. Und Carola redet bei der Arbeit von nichts anderem als dem Chor.

»Das war … ganz groß gestern«, sagt sie und nimmt den dampfenden Kabeljau aus der Mikrowelle bei der Arbeit. Der ganze Pausenraum riecht nach Fisch. Ich stecke meine

Nase tiefer in den Kaffeebecher, damit mir nicht schlecht wird.

»Groß?«, fragt Evin, eine unserer freien Springerkräfte.

»Was heißt groß?«

Carola setzt sich und strahlt sie geradezu selig an. Sie verströmt ein Glück, eine Freude, die ansteckend auf ihre Umgebung wirkt.

»Ach, das ist schwer zu beschreiben für jemanden, der nicht dabei war. Wir haben Gospel gesungen, und plötzlich war es, als ob ... das Dach abhebt.«

Sie schiebt sich ein Stück Fisch in den Mund und lächelt mich an. Schluckt und schließt die Augen. Sie wird doch jetzt nicht singen? O doch. Zuerst ist nur ein leises Summen zu hören, dann öffnet sie die Augen und presst ein *Oh Happy Day* heraus.

Evin wirft mir einen erschrockenen Blick zu und ich halte mir eine Serviette auf den Mund, um nicht loszuprusten. Was für eine absurde Szene: Hier sitzen wir, drei Frauen in blauen Heimpflegeuniformen, und essen unser in der Mikrowelle warm gemachtes Essen in der tristesten Küche auf diesem Erdenrund, in dem selbst die Nachtschattengewächse auf der Fensterbank aufzugeben drohen. Wenn die Pause rum ist, müssen wir raus zu unserer stressigen, besonders eng getakteten Nachmittagsschicht, weil Anna-Karin und Esma krank sind. Aber Carola findet, dass es ein *happy day* ist.

»Bist du nach dieser Sängerin benannt worden?«, fällt Evin ihr ins Wort und legt ihre Gabel auf den Tisch.

Carola improvisiert einen Abschluss und sagt:

»Dazu gibt es eine nette Anekdote. Papa wollte mich Carol taufen, nach dem Neil Sedaka-Song, du weißt schon.«

Evin, die knapp zwanzig Jahre alt ist, sieht nicht aus, als wenn sie es wüsste.

»Aber in dem Jahr, in dem ich geboren wurde, hat Mama in Stockholm eine Talentshow für Kinder gesehen, die Carola Häggkvist gewonnen hat. Vor ihrem Durchbruch. Aber Mama fand den Namen so schön. Das war dann der Kompromiss, aus Carol wurde Carola.«

»So kann's gehen«, sage ich und stecke klitschige Tagliatelle in den Mund. Mit Jocke und Zeynab, die von ihrer Vormittagsschicht zurückkommen, fegt ein Windzug herein und durch den Raum. Ich fröstele und bereue, dass ich keine Strickjacke übergezogen habe. Zeynab stellt sich hinter mich und zupft durch meine Arbeitsklamotten an meinem BH-Träger. Die Narbe an meiner Brust kneift, als sie das tut.

»Neu? Fühlt sich fest an.«

»Ja, lass bitte los.«

Sie lässt den Träger mit einem Schnalzen los, der an die BH-Attacken der Jungs in der Mittelstufe erinnert.

»Was ist das für ein Material?«

»85 Prozent Polyamid und 15 Elastan«, leiere ich herunter. Ich bin im Laufe der Zeit zur BH-Beraterin der gesamten Heimdiensttruppe avanciert. Was nicht das Schlechteste ist bei dem Restlager an Unterwäsche in meinem Keller. Die Kartons stehen dort wie ein Mahnmal über geplatzte Träume und eine zerbrochene Freundschaft.

»Gibt's den auch in Weiß?«, fragt Zeynab.

»Ja, in Weiß, Rot und Schwarz.«

»Dann will ich Weiß.«

Ich nicke und mache mir eine Notiz auf dem Handy. Zeynab, die sicher nicht die hellste Kerze auf der Torte ist, schnuppert in der Luft. Ihre mit schwarzem Kajal verstärkten Augenbrauen sehen aus wie zwei Raubvögel, die sich von oben auf ihre Beute stürzen.

»Wer hat hier Fisch gebraten? Ekelig!«

»Man sollte dreimal in der Woche Fisch essen für eine ausreichende Omega-3-Zufuhr«, sagt Carola. »Habt ihr *Darm mit Charme* gelesen? Saugutes Buch! Da werden einem wirklich die Augen geöffnet, was gut für den Körper ist und was nicht. Und wie man sich von verschiedenen Krankheiten erholen kann, indem man die Immunflora des Darms stärkt.«

Ihr Blick landet bei mir, als kannte sie bereits jedes Detail von Mårtens und meinem gestrigen Smoothiekonflikt. Bestimmt hat Mårten ihr auf der Fahrt zum Chor davon erzählt. Ich spüle den letzten Bissen meiner Pasta mit lauwarmem Kaffee hinunter.

»Bist du bereit, Evin?«

Evin nickt und stellt ihren Essensbehälter in die Spülmaschine. Als wir losgehen, fängt Carola wieder an *Oh Happy Day* zu summen.

»*Kol khara*«, sagt Zeynab. Evin kichert.

Ich fische den Autoschlüssel aus der Hosentasche. Der weiße Golf blinkt, startklar, uns nach Aspeboda zu fahren.

»Was heißt das?«, frage ich, als ich mich hinter dem Steuer installiert habe und Evin auf dem Beifahrersitz. Es riecht nach Plastik und Scheibenwischerflüssigkeit, ein Mix, der mir Kopfschmerzen bereitet.

»Friss Scheiße. Aber das weiß Carola vermutlich nicht.«

»Wohl kaum«, grinse ich und setze rückwärts aus der Parklücke.

Ich gähne. Das Fresskoma nach der Mittagspause kann ganz schön heftig sein.

»Könntest du vielleicht ein Stück fahren?«, frage ich.

Evin hebt die Hände in die Luft.

»Sorry. Kein Führerschein.«

Die Gemeinde stellt Pflegekräfte ohne Führerschein ein? Ich stelle die Lüftung auf kalt, um mich bis zum nächsten Patienten wach zu halten. *Kol khara*, murmele ich leise. Ein Fluch, der mir auf Anhieb gefällt.

KAPITEL 3

AVALON

Mårten ist nicht da, als ich nach Hause komme. Auf dem Küchentisch liegt ein Zettel: *Bin zu meinen Eltern gefahren.*

Ich nutze die Gelegenheit für einen Besuch bei meiner kleinen Schwester. Fia wohnt mit ihren Lebenspartnerinnen Avalon und Jenny in einem gelben Backsteinhaus in Garpenberg. Bis vor drei Monaten hieß Avalon noch Nils, ehe er überraschend seinen Namen geändert hat. Ich hab nie verstanden, wieso das polyamouröse Trio ausgerechnet nach Garpenberg gezogen ist, zu den Bergarbeiterfamilien und einsamen Rentnern. Der Tratsch über die ungewöhnliche Familienkonstellation hatte es wahrscheinlich längst über die Stadtgrenze hinaus geschafft. Und gerade in kleineren Orten gibt es ja oft die unschöne Tendenz, die Dinge zu verzerren, bis irgendwann niemand mehr weiß, was wahr ist und was nicht. Aber das Wohnen ist dort billig.

Der Volvo kämpft sich die lange Steigung nach Garpenberg hoch. Jemand hat mit schwarzem Isolierband ziemlich treffend Gänsefüßchen um das »Zentrum« auf dem Hinweisschild geklebt, das nur noch mit einer Pizzeria aufwarten kann, nachdem der Lebensmittelladen zugemacht hat. Ich biege in eine Straße ein, die sich zwischen in der Dämmerung eingekuschelten Einfamilienhäusern vorbeischlängelt, vor denen in der Straßenbeleuchtung Ausschnitte von Familienleben in Form von Kinderrädern, Trampolinen und Bandytoren zu sehen sind. Im Hintergrund ist der Bergwerksee, aber der ist im Dunkeln nicht zu sehen.

In Fias Garage brennt Licht. Dort verbringt sie ihre Tage mit dem Reparieren kaputter Auspuffrohre oder dem Einbau neuer Schalldämpfer in Autos oder Motorräder. Sie tritt aus einer Seitentür ins Freie und bleibt im gelben Lichtkegel der Außenlampe stehen. Sie trägt das schwarz gefärbte Haar kurz und die Piercings an ihrem rechten Ohr scheinen sich seit unserem letzten Treffen vermehrt zu haben. Eine Wange schmückt ein Ölfleck, ihr drahtiger Körper steckt in einem weiten blauen Overall. Ist sie noch dünner geworden? Ich muss aufhören, ständig nach Zeichen Ausschau zu halten, wie es Fia geht, die Mama zu spielen. Aber während ihrer chaotischen Teenagerjahre habe ich mich so verdammt verantwortlich für sie gefühlt, dass ich es nur ganz schlecht ablegen kann.

Fia wischt sich die Hände an einem Lappen ab.

»Sis! Du hier?«

Ich steige auf einen mit Sand bestreuten Eisfleck aus dem Auto und nehme sie in den Arm. Ihre Wirbelsäule fühlt sich hart an auf meinen Unterarmen.

»Ich brauchte mal Tapetenwechsel.«

»Ist was passiert?«

Ich blähe die Backen auf und puste die Luft langsam wieder aus. Jetzt ist nicht Fia das Sorgenkind, sondern ich.

»Ich hab zu Mårten gesagt, dass ich eine Auszeit brauche.«

»Holy shit. Ich setz Kaffee auf. Avalon ist leider nicht zu Hause.«

Bedauerlich, die Chance auf einen Vortrag über Drachen und Dämonen zu verpassen von einem 39-Jährigen in zu engen Hosen und dem Tattoo eines schuppigen Orks am Hals. »Aber Jenny ist da«, sagt Fia und geht zum Haus.

Ihr Garten sieht ungefähr so aus wie unserer um diese Jahreszeit, eine traurige Mischung aus Schlamm, Schneeresten und kahlen Büschen, die das Gefühl vermitteln, dass es nie mehr Frühling wird.

Jenny, die immer gute Laune zu haben scheint, strahlt uns an, als wir in den Flur kommen. Eine schwarze Katze, deren Namen ich mir einfach nicht merken kann, streckt sich und springt vom Fensterbrett.

»Hallo, Annie! Wie ist das Leben?«

Jenny, die auf die Waldorfschule gegangen ist, überspringt galant den Small Talk und steigt direkt auf die Gefühls- und Erlebnisebene ein. Sie trägt eine Latzhose mit aufgenähtem Herzflicken auf dem linken Knie und hat sich einen bunten Schal ums Haar gebunden. Als Handarbeitslehrerin bringt Jenny das halbe Haushaltseinkommen heim. Für die andere Hälfte steht Fia. Als Fia sich aus ihrem Overall schält, sieht sie weder dünner noch dicker aus als sonst. Dann geht es ihr offensichtlich gut.

»Und wo steckt Avalon?«, frage ich, um nicht auf die Frage antworten zu müssen, wie es mir geht. »Hat er endlich einen Job gefunden?«

»Er macht einen Silberschmiedekurs in Hedemora«, sagt Fia. »Das hier hat er selbst geschmiedet.«

Sie dreht an einem Ring und mein Herz beginnt schneller zu schlagen, bis ich sehe, dass er am kleinen und nicht am Ringfinger sitzt. Die Verlobung von meiner Schwester und Avalon wäre in meinem momentanen Zustand nur schwer zu verarbeiten.

Jenny streckt ihre Hand aus und zeigt einen genauso individuellen Silberring an ihrem Daumen.

»Schön«, sage ich und versuche, einigermaßen überzeugend auszusehen. Ich drehe meinen Ehering am Ringfinger, wie immer, wenn ich nicht weiß, was ich sagen soll. Legt man den Ring während einer Auszeit ab? Wenn Mårten und ich das tatsächlich machen sollten. Das fühlt sich alles so unwirklich an.

»Wir wollten gerade Pizza bestellen«, sagt Jenny. »Magst du auch eine?«

»O Gott, gerne. Mårten foltert mich mit seinen Smoothies.«

»Wir haben auch Rotwein.«

Ich will gerade abwinken, weil ich morgen arbeiten muss, aber dann fällt mir ein, dass ich ja am Mittwoch freihabe.

»Kann ich auf euerm Sofa übernachten?«

Fia streckt den Daumen hoch.

»Das weißt du doch.«

Zwei Stunden später liegt mir die Pizza schwer im Magen. Avalon ist von seinem Kurs nach Hause gekommen und führt uns den Embryo vor, der, wie ich vermute, ein Kerzenständer sein soll. Ich habe es mir auf dem weichen Cordsofa gemütlich gemacht und nippe an meinem Wein. Avalons Stimme klingt ein bisschen wattig, weit weg, obwohl er am anderen Ende des Sofas sitzt. Sein dickes rotes Haar wippt auf seinem Kopf und das Leinenhemd schlägt Wellen, als er über dem Couchtisch gestikuliert. Die Mädels sitzen aneinandergekuschelt in der Mitte und lauschen interessiert. Wie halten die das bloß aus?

»O Gott, ich bin meinen Job auch so leid«, sage ich und stelle das Weinglas so energisch auf dem Tisch ab, dass es überschwappt. Die roten Flecken werden augenblicklich von dem dunklen Holz aufgesogen, weshalb ich mir nicht die Mühe mache, einen Lappen zu holen.

»Ich bin noch nicht fertig, Annie«, sagt Avalon. Er hält die Unterseite des Kerzenständers ins Licht und zeigt uns eine Art Signatur.

»Ist der fertig?«, frage ich.

»Wie meinst du das?«

»Was ist das?«

»Wie – was ist das?«

»Na ja, was soll das darstellen?«

Avalon legt die Stirn in Falten.

»Darauf antworte ich dir, wenn du wieder nüchtern bist.«

Er verlässt den Raum mit seinem Silberembryo in der Hand. Das Knarren der Treppe in die obere Etage ist zu hören. Jenny steht auf und geht hinter ihm her.

»Ist er jetzt eingeschnappt?«

Fia zuckt mit den Schultern.

»Er ist sehr empfindlich, was seine Kunst angeht.«

Kunst? Ich muss mir auf die Unterlippe beißen, um nicht zu lachen, aber als ich zu meiner Schwester schaue, sehe ich ihr Grinsen.

»Er wird drüber wegkommen«, sagt sie. »Aber was willst du stattdessen machen? Wenn du deinen Job so leid bist? Und Mårten.«

»Ich kann genau genommen nichts anderes als mobile Altenpflege und Bus fahren. Aber ich glaube nicht, dass ich den Nerv habe, wieder als Busfahrerin zu arbeiten, das war ein ziemlicher Druck und so öde, fünfmal am Tag die gleiche Strecke zu fahren. Ich weiß, ehrlich gesagt, nicht, was ich will.«

»Mmh. Aber wenn ihr euch scheiden lasst, nimmst du auf alle Fälle deinen Mädchennamen wieder an, oder?«

Wir haben bei unserer Hochzeit Mårtens Familiennamen Grefling angenommen, weil ich ihn interessanter als Andersson fand.

»Ich glaube nicht, dass wir uns scheiden lassen. Das ist bestimmt nur eine vorübergehende Flaute. Ich weiß nicht genau, was mit mir ist, und ich weiß, dass ich wie ein Teenager klinge.«

Meine Schwester dreht an ihrem Ohrring wie ich an meinem Ehering.

»Könnte das vielleicht daran liegen, dass du nie ein richtiger Teenager warst?«

Vielleicht liegt es am ungewohnten Weinkonsum oder daran, dass ich nie in solchen Bahnen gedacht habe. Aber Fia hat recht und jetzt kommen mir wirklich gleich die Tränen. Ich war nicht wie die anderen Teenager, war keine Rebellin und hab nicht im Folkets Park mit meinen Freunden gesoffen. Ich bin nie von zu Hause abgehauen. Und ich erinnere mich nicht, dass ich jemals eine einzige Tür so geknallt habe wie Simon dreimal täglich, bevor er in sein Snowboard-Gymnasium in Malung gezogen ist. Stattdessen saß ich mit Fia auf der Rückbank im Auto und hab über Kopfhörer Musik gehört, während wir gewartet haben, dass Mama und Papa aus dem Krankenhaus kamen. Ich habe meine Wange an die kalte Seitenscheibe gedrückt und in den Dunst auf dem Glas geschrieben: *Mama muss gesund werden.* Und danach habe ich mich dann um Fia gekümmert. Ich habe mich für sie verantwortlich gefühlt, wenn sie mal wieder unterwegs war und nicht nach Hause kam.

»Ich weiß«, sagt Fia und rückt näher an mich heran, legt den Kopf an meine Schulter und tätschelt meinen Oberschenkel. »Das macht mich jedes Mal ganz traurig, wenn ich daran denke.«

»Hm.« Ich ziehe die Nase hoch.

»Aber du bist wieder gesund. Und du hast jede Menge Möglichkeiten.«

»Wenn ich nur nicht so müde wäre.«

»Ich hole dein Bettzeug.«

Fia versteht nicht, dass ich nicht müde im Sinne von Schlafmangel meine, sondern die andere, größere Müdigkeit. Den Hirnnebel, die zähen Stunden bei der Arbeit, der Körper, der sich einfach nur zusammenrollen und ausruhen will. Die muckelnde Hüfte. Die Nebenwirkungen der Medikamente. Aber damit will ich sie nicht belasten, sie und alle anderen Familienmitglieder hatten es schon so schwer genug, als ich krank war. Sie haben es verdient, bestätigt zu bekommen, dass jetzt alles wieder gut ist.

Ich nehme dankbar Laken, Kissen und Decke entgegen und richte mir mein Lager auf dem Sofa. Sie wuschelt mir durchs Haar, als wäre ich die Jüngere von uns beiden. Statt einzuschlafen, liege ich im bleichen Schein des Mondes und lausche auf das Knarren und Knacken im Haus.

Als ich die Katze maunzen höre, stehe ich auf, um sie hereinzulassen. Als ich die Tür öffne und mir ein Luchs mit ausgestreckten Krallen entgegenspringt, wird mir klar, dass ich wohl doch kurz eingeschlafen bin.

KAPITEL 4

GETEILTE TOUREN

Vor zehn Jahren, als ich beim Heimpflegedienst angefangen habe, haben wir noch Konsumenten gesagt. Heute heißen sie Kunden. Unser zweiter Kunde an diesem Tag hat Stapel verstaubter Pornozeitschriften auf dem Flur liegen und seine Küche sieht aus, als wäre hier seit den Achtzigern nicht mehr geputzt worden. Er heißt Valle Nilsson und ich fahre seit ein paar Jahren mehrmals die Woche zu ihm raus. Bei jedem Besuch wirkt das Haus verwahrloster, die Katze erledigt ihr Geschäft auf dem Linoleumboden, die dunklen Flecken an der Küchentapete breiten sich aus und auf dem Fensterbrett sammeln sich die Fliegenleichen. In der Kammer neben der Küche stehen ein Bett und ein Nachttopf. In der Küche stinkt es nach Urin und gebratener Fleischwurst. Trotzdem gehört Valle zu meinen Lieblingen.

»Sie wissen schon, dass die Gemeinde Ihnen eine Putzhilfe bezahlt?«, sage ich zum zigsten Mal, während ich die Portionsboxen in den grünen Kühlschrank stelle zu dem einsamen Glas Mayonnaise und einer Dose Snus. »Sie müssen nur was sagen und schon kommt die Putzkolonne.«

»Ach was.«

Valle stellt seine Kaffeetasse auf das Wachstuch auf dem Küchentisch, das von braunen Kaffeeringen übersät ist.

Er hat buschige Augenbrauen und aus seinen Ohren und dem Halsausschnitt des Strickpullovers ragen graue Haare.

Seine grünen Augen funkeln, als ob er gerade etwas ausheckt. Valle war früher Waldarbeiter und lebt allein, seit seine Frau vor vielen Jahren gestorben ist.

Zeynab zieht beide Augenbrauen hoch, als sie die Küche betritt. Sie ist zum ersten Mal bei Valle, er gehört eigentlich nicht zu ihrer Route, aber heute musste sie bei mir einspringen. Sie wühlt in ihrer Tasche und steckt sich diskret einen Plastiknasenstöpsel gegen den Gestank in die Nase. Ich vertrage den Pfefferminzduft nicht und benutze ihn deswegen nie. Irgendwann gewöhnt man sich an alles.

»Aha«, sagt sie mit einem Blick auf das Handy. »Metoject, 15 Milligramm. Nehmen Sie das schon lange?«

Valle hört sie nicht. Er schlürft einen Schluck Kaffee und schaut aus dem Fenster.

»Ja, bald ist Walpurgis«, sagt er und kratzt sich im Ohr. »Mal sehen, was sie in diesem Jahr abfackeln.«

»Ja, er kriegt schon lange Metoject«, antworte ich an seiner Stelle. »Gegen seine Psoriasis-Arthritis.«

Ich setze mich neben Valle und nehme die Spritze, die Zeynab mir reicht.

»Ein Schlückchen Kaffee?«, fragt er.

»Nein danke, alles gut. Wollen wir die Spritze hinter uns bringen?«

Eigentlich habe ich einen richtigen Japp auf Kaffee, aber ich bezweifle, dass es irgendwo eine saubere Tasse gibt. Valle zieht den Pullover hoch und ich tupfe mit einer Kompresse seinen behaarten Bauch ab, presse eine dünne Hautfalte zwischen Daumen und Zeigefinger zusammen und injiziere sein Medikament. Das Ganze dauert wenige Sekunden.

»Wollen wir eine Schwester bitten, vorbeizukommen und sich Ihre Ohren und die Kopfhaut anzusehen?«

»Ach was.«

»Falls es juckt.«

»Die Salbe, die ich gekriegt hab, hilft gut.«

Zeynab bückt sich, um die Katzenscheiße vom Boden wegzumachen. Sie befeuchtet ein Blatt Haushaltspapier und rubbelt auf dem Läufer. Das Putzen gehört nicht zu unseren Aufgaben, solche Sachen müssen heutzutage alle extra beantragt werden. Zeynab verschwindet auf der Toilette. Gleich darauf ist das Rauschen des Wasserhahns zu hören.

»Und wie geht's sonst so?«, frage ich. »Wollen Sie einen Spaziergang machen?«

Draußen gießt es. Valle schüttelt den Kopf.

»Mein Bruder hatte Neurodermitis am ganzen Körper. Das war die Hölle für ihn.«

»Ja, das muss anstrengend sein«, sage ich.

»Zu der Zeit gab es noch keine Salben. Unsere Mutter hat alles mit Kernseife gewaschen.«

Er lacht und wirkt plötzlich abwesend.

»Haben Sie noch genügend Katzenfutter?«

»Sie ist so verschmust, die Mieze. Rollt sich neben meinem Kissen zusammen und schnurrt wie ein Motor.«

Er wischt mit der einen Hand durch die Luft, ein Lächeln schleicht sich in seine Mundwinkel.

»Katzen sind eine nette Gesellschaft«, sage ich.

»Sie fängt auch Mäuse. Und legt sie angefressen draußen auf die Treppe.«

»Kommen Sie überhaupt mal raus an die frische Luft? Wenn das nächste Mal besseres Wetter ist, können wir einen Spaziergang machen.«

»Klar komm ich an die Luft. Wenn ich die Zeitung reinhole.«

Ich schiele auf meine Armbanduhr. Wir müssen bald weiter.

»Und mit den Portionsboxen, das klappt gut?«

»Sagen Sie denen in der Küche, dass sie mal wieder Kartoffelpuffer machen sollen. Die vermiss ich. Kartoffelpuffer. Mit Speck und Preiselbeeren.«

»Das geb ich weiter. Dann bedank ich mich für die Plauderstunde. Wir nehmen den Müll mit raus.«

Ich tätschele Valles Hand und stehe auf, um den Müllbeutel zuzuknoten.

»Ach ja, wie wahr, wie wahr«, sagt er und kratzt sich am Kopf. Hautschuppen rieseln herunter, die Schuppenflechte scheint alles andere als besser zu sein. Ich muss dran denken, der Schwester Bescheid zu geben, dass sie die Tage mal bei ihm vorbeischaut.

»Da liegen ein paar Flirt-Magazine im Flur«, redet Valle weiter. »Wenn ihr die ins Altpapier schmeißen könntet. Die liegen doch nur da rum und verstauben.«

Ich muss mir auf die Lippe beißen, um nicht loszulachen.

»Na klar, machen wir. Dann machen Sie's mal gut.«

Die Toilettentür ist angelehnt, es duftet zitronig. Zeynab hat den Boden gewischt und den Toilettenstuhl und das Waschgestell geputzt.

»Wir müssen weiter. Er hat uns gebeten, die Zeitschriften zu entsorgen.«

Sie wirft einen Blick auf die Pornostapel und schüttelt empört den Kopf, ehe sie einen Stapel aufhebt.

»Danke schön und auf Wiedersehen!«, ruft sie in die Küche.

»Danke, danke.«

Wir gehen raus auf den Hofplatz, auf dem zwischen Reifenstapeln und Brennholzhaufen alle möglichen verrosteten Maschinen durcheinanderstehen. Ein gelber Bagger, ein alter, Öl leckender Straßenhobel und ein echt antiker Schatz, ein Ferguson-Grålle-Traktor. Hinterm Haus steht eine große Maschinenhalle, die, nehme ich mal an, mit noch mehr Plunder gefüllt ist. Valle hat erzählt, dass er zu mobileren Zeiten ein wahrer Schnäppchenjäger war auf den umliegenden Maschinenauktionen. Ich bin etwas skeptisch, was den Recyclingwert der Sachen angeht, die er angeschleppt hat, aber wenn es ihn glücklich macht, seine Schätze durchs Küchenfenster anzusehen …

Zeynab wirft den Müllbeutel und den Karton mit den Pornozeitschriften in die Restmülltonne.

»Ein unangenehmer alter Kerl«, sagt sie.

»Valle ist echt nett, wenn auch etwas verlottert. Apropos, wir sind nicht fürs Putzen zuständig, damit du's weißt. Nur für die Essensboxen, Medikamente und ein bisschen Unterhaltung.«

»Da muss aber dringend sauber gemacht werden. Wir müssen die Putzkolonne anrufen.«

»Du weißt, wie das mit den Extras ist«, sage ich und fülle das Fahrtenbuch aus.

»Ihr habt einen Ausdruck im Schwedischen: gesunder Menschenverstand. Aber die Schweden haben keinen gesunden Menschenverstand. Jeder Mensch mit gesundem Menschenverstand würde sehen, dass in dem Haus geputzt werden muss.«

Wir steigen ins Auto und fahren weiter zum nächsten Kunden.

»Wir sprechen am besten mal mit Johanna«, schlage ich vor.

Unsere Chefin Johanna räumt sich selber gerne »Freiräume« für irgendwelche Extras ein und lässt dann von der AB-Stimme ihres Arbeitshandys mitteilen, dass sie gerade in einer Sitzung und leider »gerade nicht erreichbar« ist. Ich will schon seit Wochen mit ihr über meinen Zeitplan mit ihr sprechen, aber wir sind nie gleichzeitig im Büro.

»Teilst du dir deine Touren auch mit jemandem?«, frage ich.

»Nein. Ich mach Vollzeit.«

Zeynab klebt dem Auto vor uns fast auf der Stoßstange. Die Scheibenwischer quietschen auf höchster Stufe. In einer Kurve ohne Sicht überholt sie. Nach dem nächsten Stopp setze ich mich wohl besser wieder ans Steuer.

»Vollzeit ist gut. Du musst auch Vollzeit machen«, sagt Zeynab.

»Ich war doch krank. Erst mal werde ich noch weiter Teilzeit arbeiten. Selbst damit bin ich immer völlig erschlagen nach der Arbeit.«

»Geteilte Touren sind nicht gut.«

Zwischendurch ist Zeynabs Schwarz-Weiß-Denken richtig erfrischend. Dinge sind gut, schlecht, eklig oder schön, Punkt. Aber heute nervt es mich eher, dass es nicht möglich ist, ein vernünftiges Gespräch mit ihr zu führen.

»Schon wahr, das ist anstrengend, aber Johanna meint, der Terminplan gäbe halt nichts anderes her.«

Zeynab atmet hörbar aus.

»Johanna ist keine gute Chefin.«

»Obwohl ich verstehen kann, dass das nicht ganz einfach ist, so einen Plan zu erstellen.«

»Mach stattdessen einen Laden auf. Verkauf Unterwäsche.«

Ich habe keinen Nerv, darauf einzugehen, und schaue aus dem Seitenfenster. Der Regen hängt wie ein Vorhang vor dem Industriegebiet, an dem wir gerade vorbeifahren. Das erspart einem wenigstens den Anblick des trist grauen, Rauchwolken ausstoßenden Heizwerks.

»Das ist ein gutes Geschäft«, fährt Zeynab fort.

»Danke für den Tipp, aber das ist grad nicht aktuell.«

Sie tritt aufs Gas und zieht an einem Lkw vorbei, ich

klammere mich fester an den Handgriff über dem Fenster, wie Papa es immer gemacht hat, wenn Mama gefahren ist. Da war sie jünger als ich jetzt, hat sich aber wie eine Rentnerin gekleidet in blumengemusterte Blusen mit Schulterpolstern und Röcke, die über der halben Wade endeten. Und immer Rouge auf den Wangen, um frisch auszusehen. Und das Gas bis zum Anschlag durchgetreten.

Uns kommt ein Kleinbus entgegen. Zeynab schert knapp vor dem Lkw ein, der wild Lichthupe gibt.

»Könntest du etwas vorsichtiger fahren? Wir wären um ein Haar mit dem Bus zusammengestoßen.«

»Mein Bruder hat in Libanon ein Modegeschäft. Das läuft super. Er verdient viel Geld. Und du bist nicht glücklich. Ich sehe das. Seit du krank geworden bist, hast du nicht mehr gelacht.«

»Hör schon auf«, murmele ich.

Glücklicherweise sehe ich in dem Moment das weiße Eternithaus von Molly Hansson. Ich sage nichts, als wir in der Auffahrt parken, und nehme die Essensboxen aus dem Kofferraum. Zeynab erzählt gerade von ihrem siebten Sinn, der ihr mütterlicherseits aus der Familie weitervererbt wurde. Darum kann sie auch sehen, was ich brauche. Ich schalte mental ab, speichere ihre Stimme als Hintergrundgeplänkel aus dem Radio ab. Wir nehmen die Essensboxen und den Medikamentenkoffer mit und klingeln an Mollys Tür. Es dauert eine Weile, bis sie uns, gestützt auf einen Rollator, aufmacht.

»Da seid ihr ja, meine Süßen.«

Ich finde es immer wieder amüsant, in meinem Alter als süß betitelt zu werden. Im Haus riecht es frisch geputzt und in den Fenstern leuchten blaue Hortensien.

KAPITEL 5

BIRNENEIS

Mårten macht Beef Rydberg. Der Duft von gebratenen Zwiebeln und Kartoffeln hängt schwer im Flur. Ich ziehe die Schuhe aus und gehe in die Küche. Meine Arbeitskleidung fühlt sich schmuddelig an, auf der Hose prangt ein eingetrockneter Breifleck.

»Hallo.«

Mårten dreht sich um. Er hat eine rot-weiß karierte Schürze umgebunden, die ich ihm zum letzten Weihnachtsfest geschenkt habe, zusammen mit einem japanischen Messerset. Sein Gesicht glänzt von der Herdwärme.

»Da bist du ja.«

Er klingt zufrieden, als hätte er eine verlorene Socke wiedergefunden oder als wäre ihm grad eingefallen, wo er seine Lesebrille verlegt hat.

»Du bist gestern spät nach Hause gekommen«, sage ich.

»Chortreffen. Wir singen doch an Walborg unser Feuerwerkskonzert. Du bist doch dabei, oder?«

Im letzten Jahr habe ich gefroren wie ein Schneider, trotz dicker Daunenjacke, während die Raketen vor dem dunklen Himmel explodiert sind. Außerdem hatte ich Durchfall nach einer Zytostatikatherapie und musste alle naselang auf ein versifftes Dixiklo am Flussufer rennen, während Carolas glockenhelle Stimme durch den Frühlingsabend hallte.

Mårten wendet die gewürfelten Kartoffeln in der Pfanne und dreht die Temperatur runter. Aus dem Augenwinkel sehe ich den Küchentisch.

»Hast du für drei gedeckt?«

»Simon ist zu Hause. Er ist unten in seinem Zimmer.«

»Was macht er denn hier?«

»Er hat morgen frei wegen Studientag.«

Mårten zeigt mit einem Nicken auf den Familienkalender am Kühlschrank. Meine Kehle schnürt sich zusammen. Warum habe ich keinen Überblick über Simons Studientage? Und wieder einmal habe ich dieses Gefühl, zu versagen und wichtige Dinge zu verpassen.

Simon soll mich auf keinen Fall so fertig von der Arbeit sehen. Ich springe unter die Dusche und suche mir ein Kleid aus dem Schrank. Fahre mir mit den Fingern durch die Haare und wünsche mir, sie wären etwas länger. Ein bisschen mehr wie früher. Schließlich gehe ich runter in die Küche.

»Hallo, Schatz.«

Ich beuge mich vor und lege die Arme um Simons Hals, meine Wange an seiner. Zuerst stemmt er sich ein bisschen dagegen, entspannt sich aber schnell. Das halblange Haar ist blond gefärbt, flachsgelb, und sein Hals riecht scharf nach einem schweren Duft.

»Hast du meine alten Videospiele gespielt?«

Ich setze mich und Mårten stellt das Essen auf den Tisch.

»Ja, zwischendurch mal. Hab ich irgendwas falsch wieder einsortiert?«

»Nö.«

»Was? Hab ich was falsch gemacht?«

»Hast du es echt aufs nächste Level von Ratchet & Clank geschafft?«

»Ja.«

31

Simon sieht mich von der Seite an.

»Es geht bergauf. Bei meinem letzten Besuch bist du noch auf dem Grundlevel rumgeeiert.«

Ich lache und drücke seine Schulter.

»Und wie geht's dir? Wie läuft es mit Mathe? Hast du Wäsche mitgebracht? Ich kann gleich eine Maschine anwerfen.«

»Hat Papa schon gemacht.«

»Flotte Frisur. Die Farbe gefällt mir. Haben du und deine Kumpels das selbst gemacht?«

Er schiebt sich einen Bissen in den Mund, und es sieht fast so aus, als ob er einen Blick mit Mårten tauscht. Aber vielleicht bilde ich mir das auch bloß ein. Simon ist zwar viel selbstständiger geworden, seit er in das Schülerwohnheim vom Snowboardgymnasium gezogen ist, aber ich bin ihm zwischendurch immer noch grottenpeinlich. Das ist wohl ein Naturgesetz, so wie Äpfel nach unten fallen, oder die SMS, dass man ein Paket abholen kann, erst dann kommt, wenn man wieder zu Hause ist.

»Und, ein paar neue Sprünge geschafft?«, fragt Mårten und tupft sich den Mund mit einer Serviette ab. »Fails, oder wie das heißt.«

»Du meinst fakies?«

»Na das, wovon du das Video geschickt hast.«

»Das war ein Boardslide to fakie.«

»Aha.«

Ich sehe Mårten an, dass er auch nur Bahnhof versteht. Schön, dass ich nicht alleine abgehängt bin.

»Natalie hat sich beim Boardslide einen Zahn abgebrochen«, erzählt Simon weiter und tippt mit dem Messer auf den Tellerrand. »Ist blöd hängen geblieben und hat sich das eigene Knie reingehauen.«

»Oje, musste sie ins Krankenhaus?«

»Ach was, sie ist hart im Nehmen.«

»Aber wenn du dich verletzt, fährst du in die Notaufnahme, versprochen?«

Simon starrt auf seinen Teller, ohne zu antworten. Mein Mutterherz schlägt sofort schneller. Ist irgendwas passiert, wovon er nichts erzählt hat? Ich streichele ihm über den Arm, aber er zieht ihn weg.

»Alles in Ordnung, Simon? Du hast dich doch nicht auch verletzt?«

Er schiebt ein Stück Fleisch vor der Gabel her. Die Fleischwürfel von Mårtens Beef Rydberg sind alle exakt gleich groß.

»Du weißt, dass du über alles mit uns reden kannst«, sagt Mårten.

Simon fingert an der Tischplatte.

»Es ist nur ... Ich glaub, ich hab keine Lust mehr auf Snowboard.«

Mein Handy klingelt draußen im Flur, aber ich lass es klingeln.

»Okay ...«, sagt Mårten zögernd.

»Also, ich hab gedacht ... Vielleicht könnte ich ja wieder hier zur Schule gehen.«

Will Simon zurück nach Hause? Ich beherrsche mich, ihn nicht mit einer neuen Umarmung zu überfallen. Es war furchtbar, als er ins Sportinternat gezogen ist, viel zu früh, wie ich fand. Jetzt wird es vielleicht wieder wie früher, mit einem schlecht gelaunten Teenager am Frühstückstisch, zehn Litern Milch, die jeden Tag nach Hause geschleppt werden wollen und Krümeln überall. Wir können die ganze verlorene Zeit nachholen, zusammen Serien auf dem Sofa gucken und wieder eine Familie sein. Es ist, als würde mir ein dicker Stein vom Herzen fallen. Mårten geht das Ganze natürlich von der praktischen Seite an.

»Da müssen wir erst mal schauen, was der Vertrag mit dem Schülerwohnheim sagt. Und danach rufen wir hier in der Schule an, ob die überhaupt einen Platz freihaben? Herbst ist wahrscheinlich eine gute Zeit zum Wechseln, oder?«

»Ich würde gern direkt zurückkommen.«

Ich lächele ihn aufmunternd an.

»Kein Problem, Schatz. Ich räume dein Zimmer im Keller aus, damit du Platz hast.«

Das Handy klingelt wieder. Scheint wohl doch was Wichtiges zu sein. Ich gehe raus. Johanna, steht auf dem Display. Sie weiß doch, dass ich Feierabend habe.

»Hallo!«, sagt Johanna. »Wie geht's?«

»Gut. Ich hab dir aber schon gesagt, dass ich keine Extraschicht übernehmen kann, oder?«

»Ich habe traurige Nachrichten. Ich dachte, ich informiere dich so schnell wie möglich, da du ja eine besondere Beziehung zu Valle hast.«

»Ist was passiert? Ist er gestürzt?«

»Valle ist tot, Annie. Sein Herz ist heute Nachmittag stehen geblieben. Ein Nachbar hat ihn auf dem Küchenboden gefunden.«

Tot? Das kann doch nicht sein. Er war doch noch gut beieinander, als wir bei ihm waren. Ich gehe seine Medikamente im Kopf durch. Ich habe ihm doch nicht etwa eine falsche Tablette gegeben?

»Das Herz?«

»Ja, das ist ja nicht ungewöhnlich bei unseren älteren Semestern. Todesfälle gehören zu unserem Job dazu, aber es ist doch jedes Mal wieder traurig«, sagt Johanna in einem Ton, als ob sie von einem Formular abliest.

Ich schlucke.

»Okay. Danke, dass du angerufen hast.«

»Das bedeutet eine Planänderung für dich, aber das besprechen wir morgen.«

»Danke. Mach's gut.«

»Tschüs auch.«

Ich schluchze kurz, sehe Valles zugekniffene blaue Augen vor mir. Ich hätte den Kaffee nicht ablehnen sollen, seinen letzten Kaffee in Gesellschaft. Hat er gespürt, was ihm bevorsteht, weil er Zeynab und mich gebeten hat, die Pornozeitschriften zu entsorgen? In solchen Momenten hasse ich den bürokratischen Kleingeist des Heimpflegedienstes, die Uhrzeiten und Abläufe, die den menschlichen Schicksalen übergestülpt werden. Eine Terminplanänderung, das ist alles, so schnell fliegt ein Mensch für immer aus dem System.

Was wohl mit der Katze passiert? Ich habe keine Ahnung, ob Valle Kinder hat. Hat er nicht mal eine Tochter erwähnt? Ich wische die Tränen ab und gehe zurück in die Küche. Als ich Mårten und Simon mit leisen Stimmen reden höre, bleibe ich am Türrahmen stehen.

»Aber sie weint nicht mehr die ganze Zeit, oder?«, fragt Simon.

»Es geht ihr tatsächlich besser. Sie hat ihre Phasen, aber ...«

»Gut, das ertrag ich nämlich nicht. Nicht so, wie es vorher war.«

Seine Worte landen wie Eiszapfen in meinem Magen. Ist Simon meinetwegen ausgezogen? Weil es ihm zu Hause zu anstrengend war, als ich krank war? Hat er sich vielleicht nie für Snowboard interessiert? Hat er das Training nur gemacht, um von zu Hause wegzukommen? Ich habe seine Jugend zerstört.

Ich verziehe mich auf die Toilette und heule, bis ich zittere. Mama hat nie geweint, als sie krank war. Zumindest habe ich sie kein einziges Mal weinen hören. Sie hat jeden Abend für uns gekocht, Fleischwurst mit Makkaroni, Kabeljau mit Eisoße, Ren-Döner, Frikadellen. Echte Hausmannskost. Wie hat sie das unter einen Hut gebracht, Arbeit, Zellgift und Familie und dabei so ausgeglichen gewirkt? Mama ist nie zusammengebrochen.

Und das will ich auch nicht mehr. Jetzt muss endlich Schluss sein mit dem Selbstmitleid. Ich muss mich für Simon zusammenreißen. Es ist überstanden, ich bin wieder gesund. Ich muss nur noch mein Gehirn dazu bringen, das zu begreifen. Ich bekomme die Schluchzer in den Griff und spritze mir kaltes Wasser ins Gesicht.

Die Ringe unter meinen Augen sehen aus wie aufgequollene Teebeutel. In einem Schrankfach finde ich einen Concealer, mit dem ich die gröbsten Lackschäden zu überschminken versuche. Ich kämme mir mit den Fingern durchs Haar, atme tief aus und gehe mit einem Lächeln auf den Lippen in die Küche.

»Na, wie wär's mit einem Eis zum Nachtisch? Ich glaube, wir haben Vanille und Birne im Kühlfach.«

KAPITEL 6

DER BUS

Am Samstag befreie ich mein Rad aus der hintersten Ecke der Garage, pumpe die Reifen auf und radele los. Es bläst der übliche Aprilwind, aber glücklicherweise habe ich ihn im Rücken. Ich fahre an Nachbarn vorbei, die ihre Bäume beschneiden, Reifen wechseln und ihre Auffahrten kärchern. Ich winke und fahre weiter. Meine Jacke raschelt im Wind.

Der Gedanke an Valles Katze lässt mich nicht los. Heute Nacht habe ich geträumt, dass sie maunzend bei uns vorm Haus steht, völlig ausgehungert und durstig. Bis zu Valles Haus sind es nicht mehr als sechs, sieben Kilometer, also habe ich beschlossen nachzuschauen. Vielleicht gelingt es mir, sie einzufangen und im Tierheim anzurufen.

Auf dem Weg zum Källviksvägen fahre ich bei Åsa vorbei. Sie wohnt mit ihren Kindern in einem braunen Backsteinhaus, in dem sie nach der Scheidung vor vier Jahren geblieben ist. Sie haben eine Doppelgarage und praktischerweise eine Tannenhecke auf der Vorderseite.

Ich strampele eilig vorbei und werfe einen verstohlenen Blick in die Auffahrt. Ein rosa Auto steht dort, aber es ist kein Mensch zu sehen. Auf der Heckklappe des Autos steht in Schnörkellettern der Firmenname Åsa Care und zum tausendsten Mal brodelt die Enttäuschung in mir hoch.

Wir hatten große Pläne mit unserem Dessous-Lädchen. Sogar einen Namen hatten wir schon: Wunderbar in Form. Die Idee kam von mir, ich hatte den Heimpflegedienst schon da gründlich satt und hatte ein Coaching in der Kunst, den passenden BH für jede Figur zu finden, bei einem Zwischenhändler absolviert. Simon wurde langsam flügge, höchste Zeit also, die Flügel auszubreiten. Und so habe ich mich mit Åsa zusammengetan, die anfangs noch sehr skeptisch war, sich dann aber von mir hat überzeugen lassen. Ich habe die Ware nach Hause bestellt und wir haben uns nach einem Ladenlokal umgesehen. Das war alles so aufregend und spannend, wie frisch verliebt zu sein.

Und dann bin ich krank geworden. Und Åsa meinte, wir bräuchten eine Freundinnenpause, wie sie es nannte. Das klang verdächtig wie von der Ratgeberseite der Amelia abgeguckt.

»Ich fühle mich inzwischen mehr wie deine Therapeutin als wie deine beste Freundin, Annie. Ich denke, uns beiden würde eine Pause guttun.«

Danach dauerte es gar nicht lange, bis sie in unserem Ladenlokal einen ambulanten Pflegedienst eröffnet hat. Sie schafft es immer mal wieder in unsere Zeitung, es läuft also offensichtlich gut für Åsa Care. Ohne eine kranke Freundin, die die Karriere ausbremst.

Ich fahre zügig auf den Slalomhügel zu und biege links auf einen schmaleren Weg ab. Meine Oberschenkel brennen wie Feuer, ich bin schon ewig nicht mehr Rad gefahren. Nach ein paar Kilometern Strampelei rolle ich in die Unterführung unter der gut befahrenen Fernstraße und komme in Valles Dorf wieder raus. Am Waldrand verstreut liegen ein paar Höfe und auf dem Acker davor stehen Kraniche. Erschöpft und durstig kämpfe ich mich die nächste Steigung hinauf und stelle das Rad an dem roten Holzzaun ab. Auf dem Hofplatz steht ein blauer Golf mit dänischem Kennzeichen.

Ich gehe zur Tür und klingele. Niemand macht auf. Also klopfe ich und schiebe die Haustür ein Stück weit auf. Im Flur stehen Umzugskartons.

»Hallo? Ist da jemand?«

Als ich keine Antwort bekomme, ziehe ich die Tür wieder zu und gehe auf die Rückseite des Hauses. Aus der Maschinenhalle ist ein Klopfen zu hören, also sehe ich dort nach. Meine Augen brauchen eine Weile, sich an die Dunkelheit zu gewöhnen. Vor mir steht ein breitschultriger, rothaariger Mann mit Fischerpullover.

»Ja?«

»Hallo. Ich heiße Annie und …«

Er streckt mir seine Pranke entgegen.

»Anker.«

Das klingt sehr Dänisch. Er pfeift, und aus dem Dämmerlicht tritt eine blonde Frau. Sie sieht verschlafen aus, oder verheult. Oder beides.

»Hallo?«

»Hallo. Ich arbeite bei dem ambulanten Pflegedienst und Valle war mein …«

Was soll ich sagen? Klient will ich auf keinen Fall sagen, aber Kunde klingt auch nicht viel besser.

»Valle gehörte zu meiner Runde und jetzt hab ich überlegt, was denn wohl mit seiner Katze passiert, darum dachte ich, schau ich doch mal vorbei …«

»Die hat der Nachbar übernommen«, unterbricht sie mich.

»Sind Sie …?«

»Die einzige Tochter. Das wird eine Höllenarbeit, hier aufzuräumen.«

»Mein Beileid.«

39

»Mmh. Danke.«

Als ich den Blick hebe, schaue ich direkt auf die Front eines Busses. Wie ein Postkartenmotiv aus den Sechzigern, tomatenrote Karosserie mit herrlichen Rundungen und einem teilweise vergilbten, weißen Dach und einem Kühlergrill mit Aluminiumdetails. Von diesem Bus hat Valle nie was erzählt.

»Der ist wunderschön«, sage ich und zeige auf den Bus.

Anker dreht den Kopf.

»Ah ja, der steht zum Verkauf.«

Ich weiß nicht, was mich reitet. Zum ersten Mal seit Jahren fühle ich ein aufgeregtes Kribbeln im Bauch. Bevor ich mit Simon schwanger wurde, bin ich sieben Jahre lang Linienbus gefahren, aber da hat es nie irgendwo gekribbelt. Dieser Bus strahlt etwas ganz Spezielles aus. Vielleicht sind es die Rundungen, die Farbe oder eine lang verdrängte Nostalgie, die aus ihrem Schlaf erwacht, ganz tief verborgen in meinem Unterbewusstsein. Ich habe das Gefühl, dass er meinen Namen ruft.

»Darf ich mal einen Blick reinwerfen?«

»Aber ja, sure, ich such schnell den Schlüssel.«

Anker verschwindet und lässt mich allein mit der rot verweinten Tochter.

»Ihr Vater war ein ganz reizender Mann. Ich mochte ihn sehr. Ein feiner Mensch.«

»Wir leben in Odense und … waren nur selten hier. Ich wusste nicht, dass er … Ich wusste nicht, wie es hier aussah. So ein Durcheinander. Dass es hier so runtergekommen ist. Aber Papa war schon immer ein Sammler.«

Sie schnäuzt sich in ein Papiertaschentuch und zieht den Rest hoch. Anker kommt mit einem kleinen Schlüssel zurück, den er in die Schwingtür steckt.

»Ein echtes Schätzchen, was?«

»Mhm«, murmele ich und folge ihm über die Klappstufe.
Anker schaltet eine Taschenlampe ein und leuchtet in den
schummrigen Innenraum. Es riecht muffig und ein bisschen sauer, ein scharfer, säuerlicher Geruch, den ich nicht
einordnen kann. Der Bus ist ein Rechtslenker mit einem
großen weißen Bakelitlenkrad und einem braunen Fahrersitz, der ordentlich rattenzerfressen aussieht. Der neben
dem Fahrersitz in den Innenraum ragende Motorblock ist
mit einer blauen Abdeckung verkleidet. Ich fahre mit der
Hand über die verstaubte Armatur und die runden Glas-
abdeckungen für den Tacho, den Drehzahlmesser, die
Temperatur-, Tank- und Ölanzeige.
»Wissen Sie, welcher Jahrgang das ist?«
»Tut mir leid, nein«, sagt Anker.
Im vorderen Teil steht ein Tisch mit einer festgetacker-
ten Wachsdecke mit gelben Blumen und auf der linken
Seite eine einfache Holzbank für Mitfahrer. Anker schwenkt
den Lichtkegel über die Einrichtung, die schon einige Jähr-
chen auf dem Buckel zu haben scheint, über eine winzige
Toilettenkabine mit Pumpklo und ein Hochbett im hinte-
ren Teil. In einem Fach unter der Armatur entdecke ich
eine Touristenkarte in einer Plastikhülle. Der Preispepper
vom Konsum klebt noch drauf: 12,95 Kronen. Auf der
Rückseite hat jemand einen Zettel in die Hülle geschoben,
auf dem in schnörkeliger schwarzer Tinte steht: *Scania-
Vabis 1963, ehemaliger Postbus in Sundsvall, fabriziert von
Hägglund & Söhne, Örnsköldsvik.*
Dann ist der Bus über fünfzig Jahre alt? Dafür scheint
er mir aber noch ziemlich gut in Schuss. Jedenfalls von au-
ßen.
Valles Tochter steigt ein.
»Meine Güte, sieht das hier aus. Was haben Sie da?«
»Das scheint eine Straßenkarte zu sein.«

»Ich glaube, Papa hat ihn damals als Campingbus gekauft. Aber dann ist Mama gestorben.«

»Wann war das?«

»Das ist bestimmt zwanzig Jahre her. Und sie sind nie
damit weggefahren.«

Ich nicke. Schon traurig, dass der Bus all die Jahre nur
hier rumgestanden hat.

»Was würden Sie denn dafür zahlen?«

Ich lache. Natürlich habe ich nicht vor, einen alten Bus
zu kaufen. Das wäre wahnsinnig. Trotzdem kann ich es
nicht lassen, ein bisschen zu fantasieren, wie ich hinterm
Steuer sitze auf dem Weg nach … Nirgendwo. Einfach nur
weg.

»Funktioniert der Motor?«

»Ich habe keine Ahnung.«

Sie putzt sich mit einem Papiertaschentuch die Nase und
wischt eine Träne von der Wange.

»Papa hat immer mit unseren Kindern im Bus Fahrer
und Passagiere gespielt. Das haben sie geliebt.«

»Noch einmal mein herzliches Beileid.«

Die Frau schnäuzt sich noch einmal.

»Danke. Wie sieht's aus, sind Sie interessiert? Machen Sie
mir ein Angebot.«

Mein Magen macht einen Hüpfer.

Ich kann doch nicht einfach einen Bus kaufen? Aber vielleicht könnte Fia ihn sich auf alle Fälle mal ansehen und sagen, was sie davon hält? Wenn ich ihn günstig kriege,
könnte man ihn ordentlich aufrüsten, und dann könnten
Mårten und ich ihn im Sommer als Wohnwagen nutzen.
Einfach losfahren, in Seen baden und übernachten, wo wir
wollen. Das täte uns sicher gut. Und ich habe ein bisschen
»Hüttengeld« gespart, das auf dem Konto Staub nur an-
sammelt.

»Mögen Sie mir Ihre Telefonnummer geben, damit ich mich bei Ihnen melden kann?«

»Kommen Sie mit ins Haus, dann schreibe ich sie auf. Vielleicht wollen Sie ja auch ein Glas Wasser?«

Wahrscheinlich habe ich nach der Radtour einen hochroten Kopf. In der Küche nehme ich dankbar ein Glas zimmerwarmes Wasser aus dem Hahn an. Es wirkt so leer hier ohne Valle. Und blitzesauber. Die Tochter muss Tage geputzt haben, um den schlimmsten Dreck wegzukriegen.

»Wann ist die Beerdigung?«

»Am Dienstag.« Sie stützt das Kinn auf die Hand und seufzt. »Ich weiß nicht, wie wir bis dahin noch alles schaffen sollen. Die Kinder sind bei Ankers Eltern, solange wir hier sind. Ich wollte nicht, dass sie das hier sehen.«

»Verstehe. Ich melde mich so schnell wie möglich.«

Ich spüle das Glas aus und stelle es auf das Abtropfgestell. Dann verabschiede ich mich und radele nach Hause, im Kopf das reinste Gedankenkarussell.

Als ich in unsere Straße einbiege, rappelt es hinter mir und ein verschwitzter Mårten holt mich auf seinen Rollskiern ein. Er strahlt wie eine rote Sonne, als wir nebeneinander auf die Auffahrt fahren.

»Ungewohnt, dich mal wieder auf dem Rad zu sehen! Ging es gut?«

Ich springe vom Sattel und räuspere mich. Mein Hals fühlt sich wie Sandpapier an. Er beugt sich vor und küsst mich, ehe er die Rollski abschnallt und in die Garage trägt. Ich schiebe das Fahrrad hinterher und schließe es ab.

»Ich war …« setze ich an, aber Mårten veranstaltet einen Mordsradau, weil er die Altglastonne verschiebt, um näher am Garagentor Platz für das Rad zu schaffen.

»Ich habe super Neuigkeiten!«, sagt er und nimmt den Helm ab. »Mama hat vorhin angerufen.«

»Ah ja?«

»Die Wennbergs denken darüber nach zu verkaufen.«

Es dauert ein paar Sekunden, bis bei mir der Groschen fällt. Wennbergs gehört die hellgrüne Sommerhütte auf der kleinen Insel in Runn, neben der Hütte von Mårtens Eltern. Ursprünglich hatten seiner Familie mal beide Häuser gehört, aber nach der Scheidung des Onkels mütterlicherseits gehörte die grüne Hütte plötzlich nicht mehr in die Erbfolge. Sie ist klein, zwei Schlafräume und eine Winzküche. Ein absoluter Pluspunkt ist das solide im felsigen Untergrund verankerte Fundament.

»Was, die wollen verkaufen?«

»Ja! Sie fühlen sich langsam zu alt für die Insel. Ich rufe sie heute Nachmittag mal an. Wenn wir direkt ein gutes Angebot machen, hätten wir sicher eine reelle Chance.«

Mein Solarplexus zieht sich zusammen. Ich räuspere mich erneut, um meine Kehle zu befeuchten.

»Können wir das vorher noch bereden? Das kommt mir in der momentanen Gemengelage vielleicht nicht so günstig vor.«

Mårten ist schon auf halber Strecke zur Haustür. Seine Körperhaltung strahlt Entschlossenheit aus, ungefähr, wie wenn er auf dem Weg zum Chor ist.

KAPITEL 7

VIVVI MACLAREN

Unten in Simons Zimmer stapeln sich die Kartons zu einer bedrohlichen Wand auf. Ein paar Kartons habe ich aufgemacht und den einen oder anderen BH bei der Arbeit verkauft, aber das meiste ist noch da. Den Zeitpunkt, die Ware zurückzuschicken, hab ich längst verpasst, obwohl ich Åsa erzählt habe, dass ich genau das getan hab. Nicht dass ich glaube, es würde sie interessieren. Wie auch immer, die Kartons müssen raus in die Garage, wenn Simon wieder nach Hause zieht.

Die Kartons sind nicht schwer und lassen sich entspannt die Treppe hochtragen. Im Moment ist meine Kondition gut, aber das kann sich auch schnell wieder ändern. Es ist, als wenn mein Körper mir nicht mehr gehorcht. Mårten hat mir in Chats auf Facebook gezeigt, mit welchen Nebenwirkungen andere Frauen zu kämpfen haben, die die gleichen Medikamente nehmen wie ich. Aber es ist leider nur ein schwacher Trost, dass andere Frauen ähnliche Probleme haben wie ich.

Es geht ein kalter Wind. Der windigste April seit Jahren, wie der Wetterdienst verkündet. Die Holzstiege hoch auf den Dachboden ist steil, ich balanciere die Kartons über dem Kopf. Ich hab völlig verdrängt, was alles auf dem Dachboden gelagert ist. Da ist Simons altes Schaukelpferd, die Wiege, ein Trettraktor und unendlich viele Kartons und

Kisten, die mit »Spielsachen« und »Kinderkleider« beschriftet sind. Ich ziehe mir einen Hocker heran und öffne eine Kiste mit Kinderkleidern. Meine Güte, wie klein Simon mal war! Ein senfgelber Strickpullover, so minimini, dass ich mir schier nicht vorstellen kann, dass er mal darin Platz hatte. Er duftet noch immer nach dem Waschmittel, das wir früher benutzt haben, meine Augen werden feucht bei all den Erinnerungen, die ich mit dem Duft einsauge. Der Strampelanzug mit den Bären drauf. Ich stoße auf einen weißen Karton mit einem Paar Kinderschuhe. Vielleicht will er die ja haben? So etwas ist doch eine schöne Erinnerung. Und da, das rosa Lieblingskaninchen, das ein Ohr verloren hat. Der Frottee ist so abgegriffen und vollgesabbert, dass er sich ganz hart anfühlt.

Weiter hinten entdecke ich noch ein paar Kartons, auf denen mein Name steht, und zwei Kisten von Mårten. In der einen von Mårtens Kisten ist seine Buchhaltung. Er legt großen Wert drauf, dass das alles aufbewahrt wird. In der anderen ist Sekundärliteratur zu Buchhaltung, ordentlich einsortiert. In meinen Kartons herrscht totales Chaos. Ich will schon seit Ewigkeiten entrümpeln, aber immer kommt was dazwischen. Ich nehme ein 1000-Teile-Puzzle heraus, das zwei Katzen in einem Korb darstellt. Warum bitte hab ich das aufbewahrt? Das können wir im Walborgsfeuer verbrennen. Ein Lehrbuch aus meiner Ausbildungszeit zur Buschauffeurin Ende der Neunziger. Fias alte Dr. Martens, mit lila Farbe besprüht. Als Teenagerin hatte sie eine Punkphase, was aber nicht erklärt, wieso ihre Stiefel bei uns gelandet sind. Ich erinnere mich jedenfalls an eine Szene, als wäre es gestern, wie ich sie buchstäblich von der Rückbank eines Poser-Pick-ups gezerrt habe, als sie die Schuhe anhatte, dazu eine löchrige Strumpfhose, einen ultrakurzen Lederrock und eine Jeansjacke mit Aufnähern. Sie war so betrunken, dass sie sich nicht ohne Stütze aufrechthalten konnte. Dem Typen, der mit ihr wegfahren wollte, hab ich so richtig eine mit der flachen Hand geknallt und ihm gesagt, dass er zur Hölle fahren soll. Ich hoffe, das ist er.

Ich räume weiter und finde ein paar Hüllen mit gebrannten CDs. Auf einer steht mit Filzschreiber: *Love songs from Mårten to Annie*. Wenn ich es richtig in Erinnerung habe, war Marvin Gayes *Let's Get It On* der letzte Song. Das war die Zeit, in der wir nicht voneinander lassen konnten. Die kommt auf den Noch-nicht-entschieden-Stapel.

Der nächste Karton ist voller Plastikzeugs. Grün und braun gerippte Deckel, Karaffen, stapelbare Brotdosen, Backbleche, Becher … Mein Gott, Tupperware. Das sind Mamas Tupperware-Schätze. Die sie in unserer Küche vorgeführt hat, mit einem Haufen eingeladener Frauen, während die Kaffeemaschine kaffeeduftige Wolken ausstieß und eine dicke Parfümwolke über dem Küchentisch hing. Fia und ich saßen mit baumelnden Beinen in unseren Festtagshosen auf dem Küchensofa und haben gelauscht, wie Mama am laufenden Band Kunststoffartikel verkauft hat. Die extra großen Zimtschnecken, die Mama speziell für diese Treffen gebacken hat, waren der Grund, dass wir unbedingt dabei sein wollten.

»Das ist so durchdacht!«, kommentierte Mama, wenn sie eine Karaffe oder eine Brotdose vorführte. Alles war durchdacht oder smart oder praktisch. »Praktisch, oder? Einfach nur den Deckel verschließen, schon ist es luftdicht verpackt. Perfekt für Reste.«

Die anwesenden Frauen haben ihr die Tupperware förmlich aus den Händen gerissen und Mama hat die Scheine in eine Blechbüchse in der Anrichte gesteckt. Mama liebte es, Geschäfte zu machen, sie sah nach den Tupperpartys immer besonders zufrieden aus. Nach einem sehr erfolgreichen Abend ging es am Tag danach auch mal in die Pizzeria.

Mit einem Lächeln auf den Lippen sortiere ich die schönsten Behälter auf den Noch-nicht-entschieden-Stapel. Den Rest gebe ich an die Heilsarmee. Aus den Tiefen des Kartons sieht mich eine Frau mit dunkelblonder Dauerwelle und blauem Lidschatten an. Sie lächelt mit kreideweißen, ebenmäßigen Zähnen, die fast ein bisschen zu groß für den Mund wirken. Knallroter Lippenstift und selbstbewusste Körperhaltung wie bei einer Sängerin auf einem Plattencover. Ich nehme den festen Umschlag heraus, in dem vier rosa Kassetten liegen. *Mit einem Lächeln zum Verkaufserfolg mit Vivvi MacLaren!*

Das muss ich Fia zeigen. Ich bin gespannt, ob sie sich daran erinnert, dass Vivvis Kassetten immer im Auto liefen, wenn wir mit Mama Einkaufen waren. Auf der Rückseite steht: »Es braucht nur ein Lächeln, um gute Geschäfte zu machen. Aber ein Lächeln kommt selten von allein – man muss sein Leben so gestalten, dass es glücklich macht. Genau, DU allein bist verantwortlich für DEIN Glück! In diesem Kurs mit Vivvi MacLaren, speziell entwickelt für Tupperware-Homeparty-Verkäuferinnen, lernen Sie, wie Sie die besten Geschäfte machen. Seien Sie auf umwälzende Erkenntnisse gefasst mit neuen Perspektiven und brillanten Geschäftsideen!«

Habe ich in einer meiner Kisten nicht einen alten Walkman gesehen? Ich fummele die ausgelaufenen Batterien heraus und hole neue aus der Garage. Kurz darauf sitze ich auf dem Hocker oben auf dem Dachboden und höre mir die erste Kassette von Vivvi MacLarens Verkaufskurs an: *Innere Freude nach außen tragen*, während ich weiter Kartons sortiere.

Vivvi MacLaren, eine Bauerntochter aus Hälsingland, hat einen Ölmilliardär in Texas geheiratet. Sie hat dann Karriere als Verkaufscoach gemacht, auf der Basis amerikanischer Managementphilosophie. Sie spricht Schwedisch mit amerikanischem Akzent, zum Beispiel, wenn sie sagt: »Ich will detaillierter ausführen, wie man *happiness* im Alltag verankert. Seid dabei!«

Das ist albern, zu amerikanisch und pathetisch. Trotzdem fühle ich mich gepeppt. Allein von der Tatsache, dass Mama sich damals von diesem »Du bist für dein persönliches Glück verantwortlich« hat inspirieren lassen, und die Bänder selbst dann noch angehört hat, als die Tupperpartys weniger und die Krankenhausbesuche zahlreicher wurden. Wahrscheinlich hat ihr das Hoffnung gegeben. Oder Trost. Haben Vivvis Bänder sie zusammengehalten? Sie kam mir immer so stark und glücklich vor, dass wir bis zum Ende nicht kapiert haben, wie schlimm es um sie stand. Wie schnell es gehen würde. Ich schlucke den Kloß in meinem Hals hinunter und beschließe, die Kassetten mit nach unten zu nehmen.

Als ich vom Dachboden komme, fährt gerade Carolas silberfarbener Toyota in die Auffahrt. Mårten schält sich mit seinen langen Beinen vom Beifahrersitz.

Ich hoffe, dass Carola weiterfährt, aber sie schaltet den Motor aus, steigt aus und winkt eifrig.

»Hallo Annie!«

»Halli hallo.«

»Was für eine tolle Hütte. Mårten hat mir Bilder gezeigt.«

Mårten hat Carola die Hütte gezeigt? Meine Erschöpfung verdichtet sich zu einer dunklen Regenwolke. Jetzt wird sie das bei der Arbeit zum Thema machen, aber ich ertrage ihr Gesabbel einfach nicht.

»Mmh«, sage ich. »Ich muss mich ein bisschen hinlegen.«

»Ich schick dir mal einen Artikel über Sanddornöl. Das wird in Russland gegen Krebs eingesetzt!«, ruft Carola hinter mir her.

Ich würde am liebsten laut schreien, dass ich keinen Krebs mehr habe und dass wir nicht in Russland leben. Stattdessen versuche ich mich an einem Lächeln, als ich ins Haus entschwinde und mich auf dem Ledersofa ausstrecke. Ich starre an die Decke. Das nennt man wohl Hirnnebel, wenn man trotz Müdigkeit nicht schlafen kann. Als hätte man einen verschwommenen Filter vor den Augen. Wenn ich mich ausruhe, wird es meistens besser. Oder ich kriege Herzklopfen.

Plötzlich steht Mårten über mich gebeugt da. Ich habe ihn nicht kommen hören.

»Bist du hungrig? Du siehst so aus, als bräuchtest du eine Energiezufuhr.«

»Warum hast du Carola die Hütte gezeigt?«

»Das war doch nur ein Foto. Passte gut in die Unterhaltung.«

Ich stütze mich auf den Ellenbogen.

»Aber wir haben doch noch nicht mal darüber gesprochen, also du und ich.«

»Natürlich haben wir das. Wir warten doch seit zehn Jahren auf die Gelegenheit.«

»Schon, aber ... Ich weiß nicht, ob eine Hütte im Moment das Richtige ist. Ich muss noch ein bisschen nachdenken.«

Er zeigt auf meinen gelben Walkman auf dem Wohnzimmertisch.

»Was ist das?«

»Das hab ich auf dem Dachboden gefunden.«

»Hast du mit dem Aufräumen angefangen? Super.«

Er lacht.

»Ich mach einen schnellen Thunfischsalat.«

Er verschwindet in die Küche und meine Tränen laufen über. Ich habe Mårten nicht verdient. Mårten, der einen schnellen Thunfischsalat zaubert, wenn er sieht, dass ich müde bin. Er hat inzwischen so gut wie alle Haushaltsaufgaben übernommen, kümmert sich um alles, ums Essen und putzt. Er ist fantastisch. Ich muss ihn mehr loben. Mehr machen. Vor allen Dingen muss ich mich endlich mal entscheiden, auf unsere Beziehung zu setzen und nicht so rumzueiern. Das ist das einzig Ehrliche.

»Ich habe eine deiner CDs auf dem Dachboden gefunden«, rufe ich, aber er scheint mich nicht zu hören. Ich hole die CD mit der Aufschrift *Love Songs from Mårten to Annie* und schiebe sie in den DVD-Spieler im Wohnzimmer. Mårten schiebt den Kopf zur Tür rein.

»Hast du was gesagt?«

»Hör dir das an.«

Ich drücke auf Play, und wenn ich mit richtig erinnere, kommt als Erstes *Happy Together* von The Turtles. Das haben wir in Endlosschleife bei unserem Roadtrip durch Österlen gehört, in einem Sommer vor langer Zeit. Jetzt ist nur ein schlingernder, surrender Laut zu hören. Ich spule vor zum nächsten Stück. Nichts.

»Was ist das für eine Platte?«

»Mist, das scheint nicht zu funktionieren. Wäre halt witzig gewesen.«

»Dann schmeiß sie weg. Willst du ein gekochtes Ei zum Salat?«

Der Hirnnebel verlangsamt den Denkprozess. Will ich ein gekochtes Ei? Eine einfache Frage. Ja oder nein. Ich kann sie nicht beantworten.

»Ich koch mal zwei Eier, falls du Appetit kriegst«, sagt Mårten. Er lacht kurz und geht zurück an den Herd.

KAPITEL 8

DAS GESETZ DER WAHLFREIHEIT

Johanna steht mit rot geränderten Augen vor uns im Personalraum und verkündet, dass sie schlechte Neuigkeiten hat. Aber deswegen sind ihre Augen nicht so rot, das ist nur ihre Pollenallergie. Sie schnäuzt sich und spricht mit verstopfter Nase weiter.

»Die Kommune hat mal wieder eine Ausschreibung zur Zusammenlegung ambulanter Pflegedienste gestartet, wie ihr sicher wisst. Und dabei ist herausgekommen, dass ein privates Unternehmen ab der zweiten Jahreshälfte die Bezirke Fünf und Sechs übernimmt.«

Ich ahne, in welche Richtung das Gespräch sich weiterentwickelt, und umklammere meinen Kaffeebecher. Es gibt ja mehrere private Pflegedienste, da muss es nicht zwingend …

»Die gute Neuigkeit ist, dass Åsa Care das Rennen gemacht hat, also unsere Åsa Sundström, die früher mal hier gearbeitet hat. Es besteht die Möglichkeit, zu Åsa Care zu wechseln, wie Erika und Suad es bereits im letzten Jahr gemacht haben. Und sie sind sehr zufrieden mit ihrer Entscheidung.«

Johanna niest und schenkt sich ein Glas Wasser am Wasserhahn ein, das sie in langen Schlucken trinkt. Sie lächelt matt.

»Ich denke, das ist so die beste Lösung. Auch wenn es natürlich sehr traurig ist.«

Am liebsten hätte ich meinen Kaffeebecher in der rechten Hand zerquetscht, aber ich schaffe es gerade, ihn so fest zu umklammern, bis die Knöchel weiß werden. Irgendwer hat wieder Fisch in der Mikrowelle gehabt, bestimmt Carola, der Geruch bereitet mir Übelkeit. Ich werde auf keinen Fall zu Åsa wechseln. Ausgeschlossen.

»Und wen trifft es?«, frage ich.

»Das werden wir nach den MBL-Verhandlungen sehen. Wir richten uns nach den Prioritätenlisten in den Bezirken.«

»Die Bezirke haben eigene Prioritätenlisten?«

»Auf Wunsch der Gewerkschaft.«

Schlechte Nachrichten für mich, die ich erst sieben Jahre in der ambulanten Pflege arbeite, davon zwei Jahre in Bezirk Fünf. Zeynab, Ullis, Carola und Pia sind schon eine Ecke länger hier. Und natürlich Rita, sie arbeitet eine gefühlte Ewigkeit im Bezirk Fünf. Aber sie geht bald in Rente.

Johanna zieht die Ärmel ihrer Strickjacke über die Hände.

»So, jetzt wisst ihr es. Ich muss erst mal eine Clarityn nehmen«, sagt sie und ist weg.

»Das wird bestimmt gut!«, ruft Carola, die unfassbarerweise unsere Gewerkschaftsvertreterin ist, hinter Johanna her. Das Problem ist nicht, dass Carola sich nicht traut, ihre Meinung zu sagen, sondern dass sie fast durch die Reihe weg alle Vorschläge der Leitung gut findet. Leider hat keine andere Lust auf den Job. Ich war früher die Gewerkschaftsvertreterin und schäme mich, dass ich das im Moment kräftemäßig nicht schaffe. Papa hat all die Jahre als Arbeitsschutzbeauftragter in der Fensterfabrik immer Solidarität gepredigt. Wäre er jetzt hier, hätte er garantiert den Mund aufgemacht. Aber ich sitze stumm auf meinem

Platz und schaue dabei zu, wie das Unternehmen an den Niedrigbietendsten verkauft wird.

Carola dreht eine Locke um ihren Zeigefinger und lächelt mich an.

»Åsas Firma hat doch einen super Ruf. Wie ich gehört habe, haben sie sogar ganz neue Firmenwagen. Seid ihr nicht Freundinnen, Annie?«

Ich stehe auf, spüle meinen Becher aus und gehe. Mein Kopf ist bleischwer. Zeynab zwängt sich in der Tür an mir vorbei.

»*Sharmuta*«, murmelt sie. »Jetzt verlier ich meine Arbeit.«

»Du kannst meine Stelle haben«, nuschele ich hinter ihr her.

Auf dem Heimweg fahre ich an dem Lokal vorbei, in dem Åsa und ich unseren »Wunderbar in Form«-Laden eröffnen wollten. Jetzt hängt über der Tür ein Schild mit der Aufschrift Åsa Care. Was für ein ironischer Name, wenn man bedenkt, wie wenig sie sich in der Zeit meiner Krankheit um mich gekümmert hat.

Ich schalte den Motor aus und schaue einfach nur. Ein dunkelhaariger Typ parkt ein rosa Åsa-Care-Auto neben mir und geht in das Büro. Als er Licht macht, wird im Fenster ein protziges Plakat mit der Aufschrift »Unternehmensgründerin des Jahres!« sichtbar, daneben ein großes Rollup-Banner der lächelnden Åsa mit einer Glasskulptur in der Hand, die ein steigendes Pony darstellt. Ihre Zähne leuchten weiß und das kurze blonde Haar sieht frisch gestylt aus.

Wäre es anders gekommen, wenn ich mich nur ein bisschen mehr zusammengerissen und etwas weniger geklagt hätte. Hätten wir dann jetzt unseren gemeinsamen Laden? Oder hätte Åsa sich so oder so nicht getraut, auf eine kranke

Partnerin zu setzen? Vielleicht waren das alles nur Vorwände, fadenscheinige Ausflüchte, weil sie im Grunde genommen nicht daran geglaubt, hat, dass ich wieder gesund werden würde.

Eins steht jedenfalls für mich fest, ich werde nicht für Åsa Care arbeiten. Ganz davon abgesehen wird sie mich auch gar nicht in ihrem Team haben wollen. Das Licht geht wieder aus. Der dunkelhaarige Typ schließt die Tür ab und verschwindet. Ich widerstehe dem Impuls, einen Stein in die Scheibe zu werfen, und muss mich förmlich dazu zwingen, den Zündschlüssel zu drehen und nach Hause zu fahren.

Als ich auf unserer Einfahrt stehe, höre ich hinter mir eine scheppernde Melodieschleife und sehe im Rückspiegel einen blauen Eiswagen vorbeifahren. Ich bleibe noch eine Weile hinterm Steuer sitzen und lasse die Ereignisse des Tages sacken.

Aber was habe ich eigentlich für eine Alternative? Ich könnte Johanna fragen, ob ich den Bezirk wechseln kann. Wenn genügend Kolleginnen zu Åsa wechseln, steige ich vielleicht auf der Prioritätenliste nach oben. Aber mal ehrlich, eigentlich bin ich den Job so leid. Ist das vielleicht ein Zeichen?

Mein allererster Sommerjob war bei der Waldaufforstung. Und seitdem habe ich immer gejobbt, anfangs in den Sommerferien und in der Freizeit, später in Vollzeit. Und jetzt? Wer will schon eine 45-Jährige ohne richtige Ausbildung und mit Hirnnebel?

Es wird vermutlich erst einmal auf Bürgergeld hinauslaufen. Ich könnte eine Vertretung bei Dalatrafik übernehmen, wenn ich das kräftemäßig schaffe. Ach nein, dann doch lieber ein zweiter Anlauf mit dem Dessousladen, auch wenn ich weder ein Ladenlokal habe noch … Draußen fährt wieder der Eiswagen vorbei, diesmal ist die Melodieschleife lauter zu hören als auf dem Hinweg. Ich drehe den Kopf und sehe auf der Rückseite das gesamte Eisangebot: Mini Milk, Eisboote, Sandwich. Ein Geschwisterpaar, die zwei Häuser die Straße runter wohnen, laufen mit zwei Eisbechern in der Hand hinterher.

Und da habe ich eine Idee. Im Grunde erschreckend einfach. Mit zitternden Fingern nehme ich das Handy aus der Tasche und suche Fias Namen unter den zuletzt angerufenen Nummern heraus.

»Hallo?«

»Hi! Hättest du Zeit und Lust, eine Kleinigkeit für mich anzuschauen?«

»Was für eine Kleinigkeit?«

»Einen Motor. Genauer gesagt einen Busmotor.«

»Was für ein Bus?«

»Ein Bus aus den Sechzigern. Rot. Ein Scania.«

»Und wozu?«

»Ich hab da so eine Idee. Vielleicht ist es auch nur Spinnerei. Ich weiß es nicht.«

Fia ist ein paar Sekunden still. Dann lacht sie.

»Also, für mich hört sich das fantastisch an. Klar kaufst du dir einen Bus, Sis!«

KAPITEL 9

VOLLGAS VORAUS

Anker macht Licht in der Maschinenhalle, während Fia einen großen Kanister mit Diesel und eine Flasche Motoröl hereinträgt. Ich schiebe meine zitternden Hände in die Tasche meiner Jeansjacke, um etwas selbstbewusster zu wirken.

»Neiiin!«, juchzt Fia, als das Licht über dem Bus endlich angeht. »Ein Rechtslenker, wie cool!«

Als Anker sich zu ihnen gesellt, dämpft sie ihren Ton. Wir wollen ja nicht zu enthusiastisch wirken.

»Funktioniert der Motor überhaupt? Sind Sie mal Probe gefahren?«

»Ich weiß noch nicht mal, wie man den Strom einschaltet«, sagt Anker und zieht die Schultern hoch.

»Der Kontakt ist vermutlich unter der Einstiegsstufe«, sagt Fia und sieht nach. »Japp, da ist er.«

Sie drückt den Kippschalter, aber es tut sich nichts. Nach so vielen Jahren in der Garage ist die Batterie natürlich leer. Zum Glück war Fia so vorausschauend, ein Batterieladegerät mitzubringen, das sie anschließt, ehe wir einsteigen.

»Boh, das stinkt ja total nach Rattenpisse«, stellt sie fest.

Es hilft auch nicht, die Jacke vor die Nase zu ziehen. Da kommt also der beißende Gestank her. Vielleicht hätten wir uns das hier sparen können. So ein Renovierungsobjekt mit Nagern ist bestimmt ein Haufen Arbeit … Vielleicht sollte ich doch bei Dalatrafik anrufen und fragen, ob sie mich wieder für den Linienverkehr einstellen. Was auch immer, nur nicht Åsa Care.

»Der zerfressene Fahrersitz muss ausgetauscht werden. Zum Glück ist das kein Original, Originalersatzteile gehen ins Geld«, sagt Fia. »Gibt es eine Plane in der Garage?«

Anker findet eine Rolle schwarze Müllsäcke und Fia breitet zwei auf dem Fahrersitz aus.

»Für eine Probefahrt reicht es. Ich füll nur schnell den Tank und sehe mir den Motor an.«

»Wollen wir wirklich eine Probefahrt machen?«, frage ich.

»Ja klar? Deswegen sind wir doch hier.«

»Vollgas voraus«, sagt Anker lachend. »Ich bin drüben im Haus, wenn was ist. Ich geh ja mal davon aus, dass ihr nicht damit durchbrennt. Damit fahrt ihr der Polizei vermutlich nicht davon.«

Er zwinkert ihr zu und lässt sie allein. Fia sieht sich den Motor an und schüttet ein paar Liter Diesel in den Tank.

»So, jetzt probier mal, zu starten«, ruft sie.

Vivvi MacLarens aufmunternde Worte ploppen in meinem Kopf auf. *Du bist die Schmiedin deiner eigenen Happiness.* Oder aber meines Untergangs. Woher weiß man, wohin die Reise geht? Åsa kannte offensichtlich den Weg ins Glück. Åsa, mit der ich mich in der Krabbelgruppe angefreundet habe, als Simon noch klein war. Meine erste Freundin in Falun. Die auf jede Frage immer nur »Ich weiß nicht, was meinst du?« geantwortet hat und beim Lächeln Zähne gezeigt hat, die ich nicht so weiß in Erinnerung habe wie auf den tagesaktuellen Bildern. Wenn Åsa was Eigenes starten kann, werde ich das ja wohl auch schaffen? Ich war immer die Taffe, die den Vätern im Kindergarten die Meinung sagte, wenn sie sich herablassend als »Babysitter« ihrer eigenen Kinder bezeichneten, und die dafür kämpfte, dass Simon in rosa Strumpfhose in den Kindergarten gehen konnte, ohne blöde Kommentare zu ernten. Einen Vater hab ich mal gehörig zusammengefaltet, weil er seinen Sohn im Garderobenraum grob angefasst hat, während alle anderen ihre Schuhspitzen studierten. Aber das war einmal. Jetzt bin ich die Schwache.

Ich setze mich vorsichtig auf den mit Müllsäcken abgedeckten Fahrersitz. Ich ziehe den Handgashebel bis zum Anschlag heraus, drücke den weißen Startknopf und drehe den Zündschlüssel herum. Der Motor rumpelt los, ein lautes, metallisches Flirren füllt die Luft. Soll der Motor wirklich so klingen? Für das Arbeitsklima ist so ein Geschepper aber nicht gerade toll. Wie hab ich das früher bloß als Busfahrerin ausgehalten?

»Okay, wollen wir?«, sagt Fia und nimmt auf der Holzbank Platz.

Ich schlucke und versuche, den stechenden Gestank der Rattenpisse zu ignorieren.

»Muss der Motor so klingen? Da stimmt doch was nicht.«

»Ich tippe eher auf die Bremsen, wahrscheinlich ein Summer, der vor zu niedrigem Druck warnt«, ruft Fia über den Lärm.

»Bleibt das so?«

»Das legt sich bestimmt bald.«

Ich drücke das Gaspedal und los geht's. Der Bus rollt! Als ich auf die Straße biege, ist das laute Geräusch weg.

»Das Bremssystem, wie ich's gedacht habe«, sagt Fia und sieht zufrieden aus. Der Blinker klackert taktfest, als ich rechts auf die schmale Landstraße abbiege, vorbei an Bauernhöfen und Äckern. Der Motor brummt, die Karosserie vibriert und wir rollen mit knapp sechzig Stundenkilometern durch die Landschaft. Ich wische mir eine Träne aus dem Augenwinkel und schalte hoch. Ich hatte etwas Sorge, dass ich mit der Rechtslenkung fremdele, aber ich kann mich direkt umstellen.

Fia lehnt sich zurück und lächelt mich an.

»Ein echt hübsches Paar.«

»Was? Wer?«

»Du und der Bus.«

»Hm, ich weiß nicht. Für eine Beziehung mit Zukunft muss noch hart an der Hygiene gearbeitet werden. Wer will schon einen stinkenden Partner an seiner Seite.«

»Wohl wahr. Und jetzt erzähl mir von deinen Plänen.«

»Ach, ich weiß nicht. Vielleicht ist das auch nur eine fixe Idee. Unser Pflegedienst ist aufgekauft worden, und ich bin an dem Punkt, etwas anderes zu machen.«

»Das hast du bereits erzählt. Aber was ist das mit dem Busunternehmen, wovon du geredet hast?«

»Erinnerst du dich noch an Wunderbar in Form? Der Laden, den Åsa und ich zusammen aufmachen wollten?«

Ich schalte runter, als es steil bergauf geht. Der Bus wird langsamer, aber er fühlt sich stark an und die Vibrationen vom Motor haben eine beruhigende Wirkung auf meine Nerven. Ich lasse die Schultern sacken und genieße die Landschaft, durch die wir fahren.

»Ach ja, euer Ladenprojekt.«

»Ich habe noch alle Kartons zu Hause. Eigentlich hätte ich sie retournieren sollen, aber das ist dann irgendwie im Sand verlaufen, als ich krank geworden bin. Na ja, und jetzt hatte ich die Idee, dass ich … Ach, ich weiß nicht. Dass ich den Bus kaufen und eine Unterwäscheboutique darin einrichten könnte.«

»Wie ein Kleiderbus?«

»Ja, aber mit Dessous. Ich dachte, dass ich die kleinen Ortschaften anfahre, in denen es keine Modegeschäfte gibt.«

»Himmel, was für eine geniale Idee!«

»Findest du?«

»Ja! Du hast doch damals dieses Coaching gemacht, oder? Wie du Kunden gut berätst und so? Das ist eine echte Servicelücke.«

Es geht runter wie Sahne, dass Fia an meine Idee glaubt. Wo ich mir selber nicht ganz sicher bin, ob ich daran glaube. Woher soll ich die Kraft nehmen? Meine Tage sind ein permanenter Kampf gegen die Erschöpfung und einen Körper, der die Kooperation verweigert. Aber etwas in mir treibt mich an. Eine Stimme, die sagt: Mach das, Annie! Kauf den Bus!

»Und hier hinten kannst du wohnen«, sagt Fia. »Bei längeren Touren.«

»Ich weiß nicht, ob ich vorhabe, so weit zu fahren … Und bis jetzt sind das erst mal ganz unverbindliche Gedanken.«

»Ich werde dir helfen, den Bus in Schuss zu bringen! Das wird cool. Da lässt sich mit ein paar Handgriffen ein ganz gemütliches Schlafabteil einbauen. Und anstelle des alten Sofas bauen wir da eine Umkleidekabine hin.«

Mir kommen vor lauter Dankbarkeit die Tränen. Ich halte an der Einfahrt von einem Schotterweg, um mich wieder zu sammeln. Ich weiß, dass Fia nicht viel von körperlichen Liebesbezeugungen hält, darum verkneife ich mir, den Motorblock zu umrunden und sie zu umarmen.

»Danke«, sage ich. »Das bedeutet mir unendlich viel, dass du mir helfen willst. Ich glaube wirklich, dass ich … was Neues machen sollte. Das letzte Jahr war so furchtbar …«

»Magst du noch mal kurz auf die Fernstraße fahren?«, fällt mir Fia ins Wort. »Dann schauen wir mal, was aus ihm rauszuholen ist.«

Ich wische die Tränen weg.

»Ja, okay.«

Der Motor reagiert langsam, als wir auf die Fernstraße fahren, aber am Ende schaffen wir es auf achtzig Stundenkilometer. Ich lache.

»Ausdauernd und zäh.«

»Das heißt, dass du zuschlägst?«

»O Gott, ich weiß nicht. Wäre das nicht total verrückt?«

»Und wann hast du zuletzt was ganz Verrücktes gemacht?«

»Ich mach nie was Verrücktes, das weißt du genau.«

Ich sehe Fia ganz kurz in die Augen, ehe ich mich wieder auf die Straße konzentriere. Ein Auto nach dem anderen zieht an mir vorbei, aber das stört mich nicht die Bohne. Wir haben es nicht eilig.

»Ich bin der Meinung, dass jeder Mensch ein bisschen Verrücktheit in seinem Leben braucht, wenn man nicht verrückt werden will.«

Fia lacht, als wäre das als Witz gemeint, aber ich lache nicht mit. Und ich verkneife mir einen säuerlichen Kommentar, dass es natürlich einfacher ist, verantwortungslos zu sein, wenn man keine Kinder oder Familie hat, auf die man Rücksicht nehmen muss. Aber Fias Leben war auch nicht immer ganz leicht. Meine Gedanken wandern zurück in die Teenagerzeit. Die Angst, wenn das Telefon den ganzen Abend nicht geklingelt hat. Und die Angst, wenn es schließlich klingelte, dass die Polizei dran war. Oder das Krankenhaus. Oder noch was Schlimmeres.

»Findest du?«, sage ich stattdessen. »Ja, vielleicht hast du recht.«

KAPITEL 10

SELBSTFINDUNG

»Du hast von dem Hüttengeld einen Bus gekauft?!«
Mårten geht in der Küche auf und ab wie der wütende
Vater Tyko aus *Das wundersame Weihnachtsfest des Karl-
Bertil Jonsson*. Aber im Unterschied zu Tyko Jonsson hat
Mårten keinen Kommunisten an seiner Brust genährt, son-
dern eine Unternehmerin.

»Meinen bescheidenen Anteil am Hüttengeld. Und sieh
es als Investition«, sage ich und setze mich an den Tisch.

»Warum hast du vorher nichts davon gesagt? Und was
meinst du mit Investition?«

Zwei gute und berechtigte Fragen. Natürlich hätte ich
Mårten was sagen müssen, aber er war gestern nicht zu
Hause, nachdem Fia und ich den Bus besichtigt hatten.
Nach kurzen, hektischen Verhandlungen mit Anker hat der
Bus dann plötzlich mir gehört, bevor ich ganz kapiert habe,
wie mir geschieht. Fia hat ihn direkt in ihre Werkstatt ge-
fahren. Das wäre vermutlich der endgültige Schock für
Mårten gewesen, nach Hause zu kommen und einen zwölf
Meter langen Oldtimerbus auf der Auffahrt zu haben.

»Du weißt doch, meine Kartons mit der Unterwäsche, die
überall im Weg rumstehen? Die sind ja bezahlt, und da hab
ich mir gedacht, dass ich den Sommer nutzen könnte, den
Verkauf anzuleiern. Da könnte der Bus echt hilfreich sein.
Und ansonsten können wir ihn als Wohnwagen nutzen.

Wir zwei. Fia und ich wollen ihn so umbauen, dass man darin übernachten kann.«

Mårten macht den Mund auf und ich stelle mich schon auf eine neue Runde *Wie konntest du nur so dumm sein, das gesamte Startkapital in Waren zu investieren, bevor ihr den Laden überhaupt eröffnet habt* ein, aber stattdessen sagt er:

»Warum mietest du nicht einfach einen kleinen Laden?«

»Ich weiß nicht ... Ich habe irgendwie das Gefühl, dass ich das hier wirklich will. Besser erklären kann ich es dir nicht.«

Mårten holt tief Luft und sieht so aus, als wollte er noch was sagen. Aber dann setzt er sich mir gegenüber an den Küchentisch und verschränkt die Arme.

»Annie ... Ich muss jetzt mal was loswerden.«

Er löst den Armknoten, als fiele ihm auf, dass er zu streng aussieht, schnappt sich ein Werbeblatt und fingert daran herum.

»Ich kümmere mich komplett um den Haushalt. Das ist jetzt nicht als Vorwurf gemeint. Ich weiß, dass es dir nicht gut geht und dass du eine sehr schwere Zeit durchgemacht hast während deiner Therapie. Herrgott, ja, das war für uns beide nicht leicht.«

»Mmh«, sage ich. »Aber ...«

Mårten streckt den Zeigefinger in die Luft.

»Lässt du mich bitte ausreden? Du bist hinterher dran.«

»Okay?«

»Ich habe die ganze Zeit gehofft, dass es dir irgendwann wieder besser geht. Und ich bin ganz sicher, dass du bald den Wendepunkt erreicht hast, und ich verstehe wirklich, wirklich, dass die ganzen Medikamente Nebenwirkungen haben, aber trotzdem möchte ich ein paar Änderungen vorschlagen. Unter anderem, dass du für bestimmte Dinge

Verantwortung übernimmst.« Er holt tief Luft und fährt fort. »Zum Beispiel der Abwasch. An festgelegten Tagen. Ich kümmere mich gerne ums Essen. Das macht mir Spaß. Und jetzt, wo Simon wieder nach Hause kommt und ich mit den Schulen und der Wohngenossenschaft telefoniert habe, um das alles zu regeln, hoffe ich, dass er sein Scherflein zum Zusammenleben beiträgt. Aber ich kann das schlecht von ihm verlangen, wenn du nicht auch mitmachst.«

Der Gedanke an Simon feuert mein schlechtes Gewissen an. Ich bin egoistisch, weil ich mich zu Hause jeder Verantwortung entziehe und stattdessen auf der Landstraße mein Glück suchen will. Dabei sollte ich jetzt ja wohl, wenn er wieder nach Hause kommt, für ihn da sein. Aber zwischendurch habe ich das Gefühl, zwischen diesen Wänden zu ersticken, weil das ganze Haus nach meinem Krebs und nach Krankenhaus riecht. So viele Dinge hier erinnern mich an die Krankheit, unser Bett, in dem ich geschwitzt, gefroren, gekotzt und an die Wand gestarrt habe, bis sich das Blumenmuster der Tapete in meine Netzhaut eingebrannt hat, der zusammengeklebte Porzellanhund, den ich in einem Wutanfall auf den Boden geschleudert habe, das Badezimmer im Erdgeschoss, in dem Mårten mir beim Abrasieren der Haare geholfen hat, das obere Badezimmer, in dem ich in der Wanne gelegen und so viele Tränen vergossen habe …

Ich muss raus auf die Landstraße. Und ich brauche Zeit für mich.

»Aber du weißt schon, wie mich meine Arbeit anstrengt. Da fließt alle Kraft rein«, piepse ich.

»Ja. Aber du erzählst doch gerade, dass du kündigen willst.«

Er beugt sich vor und tätschelt meine Hand.

»Ich sehe ja deinen ... wie soll ich es nennen, romantischen Traum, in einem Bus durch die Gegend zu fahren und Unterwäsche zu verkaufen. Aber wie bitte stellst du dir das rein praktisch vor? Du sagst ja selbst, dass du dich keinen ganzen Tag auf den Beinen halten kannst. Meinst du nicht, dass dieses Projekt eine Nummer zu groß ist? Eine Fantasie. Ich glaube, ehrlich gesagt, dass du nicht den Mut hast, der Wirklichkeit ins Gesicht zu sehen.«

Mein Kopf rauscht. Mårten hat recht.

»Wäre es nicht vielleicht besser, dir einen überschaubareren Job zu suchen? In der Verwaltung oder so? Ich hab neulich gesehen, dass es freie Stellen für Sachbearbeiter im Behindertentransport gibt, da macht man hauptsächlich Telefondienst.«

»Hast du Stellenanzeigen für mich angeguckt?«

»Ja, immer mal wieder.«

Meine Augen jucken vor Müdigkeit. Ich würde am liebsten einfach vom Stuhl rutschen und ein Nickerchen auf dem Flickenteppich machen, den Mårtens geschickte Mutter gewebt hat. Aber das tue ich natürlich nicht. Manchmal muss man für seine *Happiness* kämpfen, wie Vivvi Mac-Laren es sagt. Und nun höre ich ihre Stimme zu mir sagen, dass ich nicht so leicht aufgeben darf.

»Ich weiß, dass das jetzt vielleicht seltsam klingt«, sage ich so sachlich, wie es mir möglich ist, obwohl ein Teil von mir am liebsten Türen knallen und laut schreien würde, ob er denn gar nichts kapiert. »Aber diese Idee macht mich irgendwie glücklich. So glücklich, wie ich mich schon sehr lange nicht mehr gefühlt habe.«

»Ich mache dich also nicht glücklich?«

»Natürlich machst du das. Vielleicht ist es ein bisschen so wie für dich mit dem Chor. Du siehst immer so glücklich aus, wenn du dort gewesen bist.«

»Kannst du dir nicht irgendein Hobby suchen, das deine Laune hebt? Ich weiß nicht, ob mich deine Idee wirklich überzeugt, wenn ich ehrlich bin. Kaufen die Leute ihre Klamotten nicht heutzutage alle im Internet?«

Seine Worte landen wie dicke Steine in meinem Bauch. Aber irgendwie gelingt es mir doch, nach einem tiefen Atemzug einen neuen Blickwinkel auf das Problem zu finden.

»Was gibt es Neues zum Sommerhaus?«

»Ich habe gestern mit Wennbergs telefoniert. Sie wollen uns Ende Juli zum Unterschreiben treffen.«

»Okay? Dann wollen sie nicht direkt verkaufen?«

Mårten steht auf und holt seinen kleinen Notizblock, auf den er alle wichtigen Dinge schreibt. Er blättert eine Seite auf.

»Nein, das klang nicht so. Sehr bedauerlich, ich hatte mich schon gefreut, die Sommerferien in der Hütte zu verbringen.«

»Verstehe. Aber dann ist das mit dem Hüttengeld eigentlich gar nicht akut?«

Mårten verschränkt wieder die Arme und zieht eine Augenbraue hoch wie zur Demonstration, dass er zuhört, aber skeptisch ist.

»Ich könnte ein paar Touren mit dem Bus fahren und versuchen, das Geld einzuspielen, das ich für den Wareneinkauf ausgegeben habe. Dann verkaufe ich ihn im Juli wieder, damit wir das Sommerhaus kaufen können. Es ist wohl mit einem Wertzuwachs zu rechnen, nachdem wir ihn überholt haben.«

»Das heißt, du willst in den Ferien arbeiten?«

»Ich werde arbeitslos. Und ich habe noch keine konkreten Pläne gemacht. Wir könnten ja auch einen Urlaub zusammen machen, wie ich vorgeschlagen habe. Zusammen campen, alle drei.«

Es vergeht eine Weile. Mårten guckt zum Kühlschrank, dann zum Wasserhahn, zuletzt auf den Stapel Rechnungen, die er sortiert und bezahlt hat. Immer noch will ein Teil von mir ihm recht geben, sagen, dass ich den Bus gleich weiterverkaufe und wir weitermachen wie gehabt. Aber da ist auch ein Teil, der trotziger ist.

»Könnte das funktionieren?«

Tiefer Seufzer.

»Okay. Wenn du wirklich davon überzeugt bist, dass du das machen willst, dann hast du meinen Segen. Probier es aus. Ich hoffe nur, dass das keine Flucht vor uns ist.«

»Ich muss mich selber wiederfinden, glaube ich. Denkst du, dass du mir den Raum dafür geben kannst? Damit ich wieder eine bessere Frau und Mutter sein kann. Momentan fühle ich mich auf allen Ebenen unzulänglich.«

»Wäre es nicht vielleicht ratsamer, dass wir uns einen guten Familientherapeuten suchen?«

Die Vorstellung von uns, jeder in seinem Sessel, vor einem Therapeuten, der von uns wissen will, wie wir uns fühlen, verursacht mir Gänsehaut.

»Ich glaube nicht, dass eine Therapie hilft. Ich habe mehr das Bedürfnis ... etwas Konkretes tun zu müssen. Meine Flügel auszubreiten, sozusagen. Auch wenn das total albern klingt.« Ich schlucke und schiebe hinterher, weil ich weiß, dass es das ist, was Mårten sich wünscht und hören will: »Vielleicht kehrt dann ja die alte Annie zurück. Ich bin mir gerade selber fremd.«

Er lächelt matt. Wir sind beide todmüde nach meiner Krankheitsreise, als hätten wir den Wasalauf gemacht, ohne stärkende Blaubeersuppe oder Sponsoren auf der Strecke. Ich stehe auf, umrunde den Tisch und nehme ihn in den Arm. Da sehe ich, dass er weint. Ich lege meine Wange an seine kratzige.

»Das ist keine Flucht. Im Gegenteil, ich bin sicher, dass es uns guttun wird«, murmele ich. »Und ich gebe mir auch Mühe, öfter abzuwaschen. Versprochen.«

Mårten benutzt noch das gleiche Rasierwasser wie damals, als wir uns kennengelernt haben. Es duftet nach Sicherheit. Er wischt die Tränen weg.

»Ich will dich nicht unter Druck setzen, Annie. Fahr los, wenn das für dich wichtig ist. Ich warte hier.«

»Na ja, ich begebe mich ja nicht gerade auf eine Weltumsegelung.«

Er nickt langsam.

»Das beruhigt mich. Ich hoffe, dass du dich wiederfindest. Und dann kaufen wir die Hütte, wenn du wieder nach Hause kommst.«

KAPITEL 11

DIE ERSTE KUNDIN

Die regennasse Straße schimmert blau in dem ganz eigenen Aprillicht. Am Horizont hat sich eine Herde Cumuluswolken versammelt wie eine watteweiße Armee, bereit über Äcker und Hausdächer in die Schlacht zu ziehen. Windböen zotteln in den schlanken Zitterpappeln und Birken am Wegrand und immer mal wieder weht es einen kurzen Regenschauer an die Windschutzscheibe. Den ganzen Vormittag schon wechselt das Wetter so zwischen Regen, Sonne und Wind. Und genau wie das Wetter kann ich mich nur schwer entscheiden, ob ich wirklich das Richtige tue? Wie auch immer, jetzt sitze ich im Auto auf dem Weg nach Garpenberg zu meinem roten Bus.

Er ist noch nicht fertig überholt, weit entfernt, aber ausreichend, um Kunden darin zu empfangen. Der dicken Schicht Staub und Rattenscheiße bin ich an den vergangenen Abenden mit Unterstützung eines Industriestaubsaugers auf den Leib gerückt und habe alle Wände und Verkleidungen geschrubbt. Der alte Fahrersessel wurde durch einen neuen Gebrauchten ersetzt, den Fia auf einem Autoschrottplatz gefunden hat, und über dem Motorblock haben wir einen Holzcampingtisch montiert. Der Geruch ist heute hoffentlich schon besser, nachdem wir einen bunten Strauß Wunderbäume über Nacht ihren Duft haben verströmen lassen.

Ich trinke einen Schluck Kaffee aus dem Thermobecher und fahre die lange Steigung nach Garpenberg hoch.

Der Kofferraum ist mit Kartons voller Unterwäsche, einer Kleiderstange und einem Kundenstopper gefüllt. Wenn es gut läuft, muss ich nachbestellen. Wenn nicht … hab ich es wenigstens versucht. Ich versuche, das unterschwellige schlechte Gewissen zu ignorieren, dass das hier eine hirnrissige Idee ist. Dass ich stattdessen lieber im Bett oder auf dem Sofa liegen und mich ausruhen sollte. Aber ich hab das Ausruhen so satt. Ich hab keine Lust mehr auf diese dauernde Müdigkeit.

Der Bus steht vor der Werkstatt. Mit glänzendem Lack in der sporadisch durch die Wolkenlöcher brechenden Sonne. Fia kommt in Holzschuhen heraus, das Schlüsselbund in der Hand.

»Hallo! Ich hab noch ein bisschen gewerkelt!«

»Noch mehr? Wann hast du das denn gemacht?«

Sie öffnet die Schwingtür und wir steigen ein. Ich kann es kaum glauben! Statt nach Rattenpisse duftet es jetzt nach Kiefernwald und das gammlige Sofa ist rausgerissen. Eigentlich war abgemacht, dass wir das später erledigen, aber nun wird der Platz von einer kleinen Umkleidekabine mit taubenblauem Vorhang eingenommen.

»Du bist genial, Fia! Das sieht superschön aus!«

»Das Schlafabteil habe ich nicht mehr geschafft. Und wir müssen uns noch über die Küche unterhalten. Ich empfehle dir, eine Kochplatte zu behalten und einen Kühlschrank einzubauen. Am Motor hab ich auch geschraubt.«

Ich muss mehrmals schlucken, um nicht loszuheulen. Um Fia mit einer Umarmung zu verschonen, drücke ich den taubenblauen Vorhang gegen die Brust wie Aschenbrödel ihr Ballkleid.

»Das hättest du alles nicht machen müssen. Ich weiß noch nicht mal, ob das was …«

»Natürlich wird das was! Ich habe übrigens eine Überraschung für dich.«

»Noch eine?«

»Stell dich vor den Bus und hör's dir an.«

Was hat Fia sich jetzt wieder ausgedacht? Mir ist draußen nichts aufgefallen? Ein neuer Scheinwerfer? Hat sie was am Kühlergrill gemacht? In dem Moment ertönt ein lautes Hupen, das mir die Ohren klingeln. An der Front ist eine stahlglänzende Kompressorhupe montiert, wie konnte ich das übersehen? Jetzt laufen die Tränen, die ich versucht habe zurückzuhalten, und ich lache.

»Satter Sound, was?«, sagt Fia lachend, als sie zu mir nach draußen kommt.

»Wo hast du die denn gefunden?«

»Ich hab so meine Kontakte. Und, wollen wir die Kartons verstauen und einen Kaffee trinken?«

Ich nicke und gehe mit Fia zum Kofferraum. Sie nimmt drei Kartons auf einmal, ich schaffe nur zwei. Danach hole ich die Kleiderstange und schraube sie zusammen.

»Das ist alles noch provisorisch«, sage ich entschuldigend. »So ein richtiger Kleiderständer wäre schon toll. Oder mehrere.«

»Ich bin überzeugt, dass dir das hier guttun wird«, sagt Fia. »Du siehst jetzt schon viel glücklicher aus.«

Stimmt das? Ich fühle mich eher unsicher.

»Vielleicht ist es ja auch nur eine Midlife-Crisis. Ich habe mir Mamas alte Kassetten rausgesucht, um mich anzufeuern. Erinnerst du dich an die?«

Fia kratzt sich am Kopf.

»Du meinst die furchtbare Vertreterin mit dem blauen Lidschatten?«

»Genau. Vivvi MacLaren. Sie ist gar nicht so schlecht.«

»Dann muss ich dir wohl auch noch einen Kassettenrekorder einbauen.«

»Du hast schon viel zu viel gemacht.«

»Ach was«, sagt Fia. »Und, wie ist es mit der Tasse Kaffee, bevor wir ins Zentrum fahren?«

Schön, dass sie ›wir‹ sagt und offenbar vorhat, mich bei meiner Jungfernfahrt zu begleiten. Ich weiß nicht, ob ich das alleine schaffe.

»Gerne.«

Auf dem Weg zum Haus grummelt es aus dunklen Wolken am Himmel und Sekunden später prasselt ein Hagelschauer auf uns herunter. Ich drehe mich um und sehe, wie die schöne rote Lackfläche mit kleinen harten Hagelkörnern bombardiert wird.

»Das steckt er locker weg«, sagt Fia, als sie meinen besorgten Blick sieht. »Das ist nicht das erste Unwetter, das der Bus erlebt.«

*

Wenige Stunden später haben wir den Bus im Zentrum geparkt. Regen und Hagel haben sich verzogen, die Sonne kommt sogar ein bisschen heraus. Auf dem Hügel läuten die Kirchenglocken das Ende des Gottesdienstes ein. Ist es gotteslästerlich, an einem Sonntag Unterwäsche zu verkaufen? Was Carola wohl dazu sagen würde? Zum Glück ist sie nicht hier. Als wir uns das letzte Mal gesehen haben, hat sie mich extra fest in den Arm genommen, nachdem ich ihr von meiner Kündigung erzählt hatte. Noch einen Monat, dann bin ich wegen anzurechnender Urlaubstage und Überstunden freigestellt.

Der Kundenstopper, auf dem ich mit »Unterwäsche –

Persönliche Beratung« werbe, steht etwas einsam auf dem Asphalt. Ob jemand sich reintraut? Wir hängen ein paar BHs und Slips an Bügeln an die Kleiderstange und kontrollieren die Preisschilder. Fia setzt sich im Schneidersitz auf den Fahrersitz. In ihrer Flickenjeans und dem löchrigen Hemd sieht sie nicht direkt nach Modeboutique aus, aber Hauptsache, sie ist dabei. Für den Verkauf bin ja eh ich zuständig, wenn denn irgendjemand kommt.

Ich gehe in die Umkleidekabine und sehe mich im Spiegel an. Meine Augen sind noch immer gerötet von den Freudentränen, aber wenigstens die weiße Bluse sieht sauber und ordentlich aus. Mit einem Papiertaschentuch aus der Handtasche tupfe ich die zerlaufene Mascara weg.

»Kunde!«, ruft Fia.

Ein Mann in gelber Thermojacke hat den rechten Fuß auf die Treppenstufe gestellt. Er riecht nach Zigarettenrauch.

»Das ist jedenfalls kein Fischwagen«, stellt er fest und sieht sich neugierig um.

Fia und ich sehen uns an. Ich schlucke und aktiviere meine Verkaufsstimme.

»Herzlich willkommen. Ich verkaufe Damenunterwäsche. Vielleicht gibt es ja jemanden, dem Sie mit einem Geschenk eine Freude machen können?«

Der Mann bleibt zögernd mit einem Fuß auf der Treppe stehen.

»Mit Unterwäsche?« Ehe ich antworten kann, schiebt er hinterher: »Warum?«

Eine berechtigte Frage. Allzu berechtigt. Mir fällt prompt keine spontane Antwort ein. Der Mann schielt unsicher zu der Kleiderstange mit den schwarzen, weißen, lila und rosa BHs in verschiedenen Größen, als wäre es ein knurrender Wachhund, bereit, ihn anzuspringen.

Dann zeigt er auf Fia.

»Sie sind doch die aus der Kommune? Zwei Mädels und ein Kerl?«

Ich ringe mir eine Antwort auf seine erste Frage ab, um seine Aufmerksamkeit von Fia abzulenken.

»Warum. Tja, weil ich mir vorstellen kann, dass mir das Spaß macht. Sozusagen ein flexibler Lieferservice, der den Kleiderladen zu euch in die Dörfer bringt und euch weite Fahrten erspart. Also tatsächlich ein bisschen wie der Fischwagen.«

»Fisch ist aber im Gegensatz zu diesem Geraffel eine Frischware«, sagte der Mann.

Als ich ihn gerade auffordern will, doch bitte zu gehen, dreht er sich wieder zu Fia um.

»Ich dachte bis jetzt, die Autowerkstatt würde dem Kerl im Haus gehören. Aber dann hat jemand erzählt, dass sie einem der Mädel gehört.«

»Ja, das ist meine Werkstatt«, sagt Fia und ich bewundere, wie ruhig sie bleibt. Das Leben in so einem Kaff ist sicher nicht ganz leicht als polyamouröse Wohngemeinschaft. »Brauchen Sie Hilfe?«

»Machen Sie auch Ölwechsel?«

»Ja klar.«

»Ich bin damit sonst immer beim Volvohändler gewesen, aber das ist so verdammt teuer. Das ist es bei so vielen Kilometern auf dem Buckel echt nicht mehr wert.«

»Kommen Sie vorbei, dann kümmer ich mich darum«, sagt Fia mit einem Zwinkern.

»Ja, gut. Ja, abgemacht.«

Der Mann wirft einen letzten Blick auf den BH-Ständer, nimmt den Fuß von der Stufe und verschwindet.

»Wie du das aushältst«, sage ich mit einem Seufzer.

»Was?«

»Hier zu wohnen. Mit diesen Menschen, die zu allem eine Meinung haben.«

»Ach. Sie müssen doch was zu reden haben.«

Die nächsten Besucher sind zwei Teenagerinnen in gleichen Jeans und weißen Hoodies. Sie nuscheln ein leises »Hallo« und schauen sich dann das Angebot an BHs und Slips an. Die eine schaut auf das Preisschild und tippt dann ihrer Freundin auf die Schulter, um es ihr zu zeigen.

»Sagt Bescheid, wenn ihr Hilfe braucht, es gibt von fast allem alle Größen«, sage ich und kann mich nicht entscheiden, ob ich ihnen ein paar Modelle zeigen soll oder sie lieber alleine schauen lasse. Da sind sie auch schon wieder auf dem Weg nach draußen und verabschieden sich mit einem einstimmigen »Tschüs!«.

Fia seufzt und pult an einem eingerissenen Nagelband.

»Du musst nicht den halben Tag mit mir hier sitzen«, sage ich. »Jetzt komm ich schon allein zurecht.«

»Sicher? Ich muss noch Bremsklötze bei einem Toyota wechseln und wäre gern fertig, bevor Jenny vom Reiten kommt.«

»Jenny reitet?«

»Sie ist Aushilfspflegerin bei einem Pferd.«

»Ist Avalon zu Hause?«

Fia zieht die Schultern hoch. Ich beherrsche mich und frage nicht mehr nach Avalon. Das ist schließlich ihre Sache, aber manchmal habe ich den Eindruck, dass sie genau wie ich ihre Schwierigkeiten mit ihm hat.

»Soll ich dich schnell nach Hause fahren?«

»Ach was, ich laufe. Das ist ein Katzensprung. Bis später!«

»Danke noch mal für deine Hilfe!«, rufe ich hinter ihr her, als sie aus dem Bus springt.

Ich steige auch aus und stehe eine Weile auf der Asphalt-
fläche. Außer ein paar Kunden für die Pizzeria ist niemand
unterwegs. Als einer der Pizzabäcker aus der Küche kommt,
um eine zu rauchen, nicke ich ihm grüßend zu, ehe ich
wieder in den Bus steige und mich auf den Fahrersitz setze.
Ein bisschen entmutigt mich der Ausblick auf den leeren
Parkplatz schon. Vielleicht hat Mårten ja recht. Wer will
schon in einem Bus einen BH kaufen? Heutzutage kann
man so gut wie alles im Internet bestellen oder mit dem
Auto in die nächste Stadt fahren. Wenn Åsa und ich zusammen »Wunderbar in Form« eröffnet hätten wie geplant,
sähe es vielleicht ganz anders aus. Stattdessen habe ich wie
aus verspätetem Teenagertrotz den Spargroschen für die
Sommerhütte in einen alten Bus investiert. Es kommt mir
plötzlich kühl hier drinnen vor, eine feuchte, Gänsehaut er-
zeugende Kälte. Der Wunderbaumduft macht Kopfschmerzen. Was hab ich mir eigentlich dabei gedacht? Mir geht's
doch viel besser zu Hause auf meinem Sofa, wo ich von
Mårten umsorgt werde. Aber kaum denke ich den Gedanken, wird mir ganz anders. Ich will doch nicht jetzt schon
aufgeben?

»Haben Sie geöffnet?«

Eine untersetzte Frau schiebt ihren Kopf zur Tür herein.
Sie sieht energisch aus mit ihrem lila Brillengestell und dem
Einkaufstrolley im Schlepptau. Ich bin schnell wieder auf
den Füßen.

»Absolut, kommen Sie rein. Kann ich Sie beraten?«

»Ja, bitte.«

Ich hake sie unter und helfe ihr die Treppe hoch. Den
Trolley lassen wir auf der unteren Stufe stehen.

»Hier hätten wir die Unterwäsche. In fast allen Größen
und vielen Farben. Wenn Sie einen besonderen Wunsch haben oder ich etwas nicht dahabe, kann ich gerne bestellen«,

sage ich und klopfe mit den Knöcheln auf einen Katalog, den ich in einem der Kleiderkartons gefunden habe. Ich komme mir gerade wie der reinste Autohändler vor.

»Kennen Sie Ihre BH-Größe?«

Die Frau lacht.

»O nein, keine Ahnung. Ich habe seit dreißig Jahren keinen BH mehr gekauft. Da wird's wohl mal Zeit, was meinen Sie?«

»Wenn Sie in der Kabine Ihren Oberkörper frei machen wollen, helfe ich Ihnen weiter.«

Sie nickt und verschwindet brav hinterm Vorhang. Ich höre ein Schnaufen, als sie das Kleid auszieht.

»Fertig.«

Ich stecke den Kopf durch den Vorhangspalt. Sie hat das Kleid bis zur Hüfte runtergezogen und trägt einen formlosen grau vergilbten BH, der wohl ursprünglich mal weiß war. Ihre vollen Brüste werden null gestützt und liegen wie extra Fettpolster auf dem Bauch.

»Wunderbar«, sage ich. »Darf ich einen Blick auf den Waschzettel werfen, ob da vielleicht die Größe draufsteht?«

»Meinetwegen.«

Ich beuge mich vor und entdecke ein Etikett unter dem ausgeleierten Gummi. Außer *Damus Damen* ist darauf nichts mehr zu erkennen.

»Mal schauen. Wenn Sie kurz die Arme hochstrecken, kann ich nachmessen, welche Größe Sie brauchen.«

Sie streckt die Arme hoch. Ich nehme das Maßband und messe 90 Zentimeter unter der Brust. Körbchengröße E, schätze ich. Möglicherweise F.

»Ich krieg solche Rückenschmerzen von den Trägern«, sagt sie mit einem verlegenen Lachen. Sie sieht sympathisch aus mit ihren weißen Locken und den Sommersprossen auf der Nase.

»Da empfehle ich Ihnen einen BH, der ordentlich Halt gibt und etwas breitere Schulterträger hat. Haben Sie eine Lieblingsfarbe?«

»Weiß reicht mir.«

Ich suche zwei stabile Modelle aus, ein weißes und zwei hautfarbene. Da fällt mein Blick auf einen altrosa BH von dem gleichen bequemen Modell, wie ich es trage. Mit vorgeformten Körbchen und breiten Schulterriemen. Ich nehme ihn zu der Auswahl dazu.

»Wohnen Sie hier im Ort?«, frage ich, als ich ihr mit dem Zuhaken helfe und bei einem der weißen Modelle die Trägerlänge korrigiere. Sie hat rote Druckspuren auf den Schultern von dem alten Damus-BH und riecht nach Salmiakgeist. Der Duft ist mir von der Arbeit vertraut. Wie Vicks Halspastillen.

»Wir haben eine Wohnung gleich da drüben. Aber das ist alles so mühsam geworden, seit der Laden zugemacht hat. Jetzt müssen wir zum Einkaufen immer mit dem Bus in die Stadt fahren.«

»Aber nach Hedemora ziehen wollen Sie nicht?«

»Ach, was soll ich denn da? Mein Mann und ich leben seit 1976 hier. Wir sind damals aus Piteå gekommen, als er Arbeit im Bergwerk bekommen hat. Und ich habe bis zu meiner Pensionierung in der Schulküche gearbeitet. Wir haben hier Wurzeln geschlagen, kann man so sagen.«

Der BH sitzt an seinem Platz. Aber irgendwas stimmt nicht, vermutlich ist das Körbchen zu klein oder hat die falsche Form für ihre Brust, die an den Seiten herausquillt.

»Wir probieren ein anderes Modell«, schlage ich vor.

Sie zeigt auf den altrosa BH.

»Der sieht wirklich hübsch aus, muss ich sagen. Aber das ist wohl nichts für mich.«

»Warum nicht?«

»Das ist doch eher was für Jüngere. Alte Schabracken wie ich laufen wohl kaum in rosa Unterwäsche rum. Aber Rosa war sehr modern, als ich jung war.«

»Probieren kostet nichts.«

Sie schnalzt mit der Zunge.

»Da haben Sie recht. Probieren schadet ja nicht.«

Sie zieht den BH an, der ihren Busen ordentlich stützt und formt, und alles sitzt, wie es soll. Sie begutachtet sich im Spiegel.

»So was aber auch.«

»Das sieht toll aus«, sage ich. »Oder was meinen Sie? Wir haben ja noch einen hautfarbenen und einen weißen, der Ihnen auch passen könnte.«

Sie zieht an dem Schulterträger.

»So einen schönen Busen hab ich seit meiner Hochzeit nicht mehr gehabt. Sie haben mich mindestens zehn Jahre jünger gemacht!«

»Na, das spricht doch für diesen BH, oder was meinen Sie?«

Sie kneift die Lippen aufeinander und lächelt spitzbübisch.

»Ja. Ich nehme ihn!«

»Vielleicht auch eine passende Unterhose dazu?«

»Ui, ui. Was glauben Sie, wird Knut sagen, wenn er mich so sieht?«

Sie kichert und ich stelle ihr eine Auswahl bequemer Unterhosen zusammen.

Wenig später hat sie zwei neue Unterhosen in ihren Einkaufstrolley gepackt. Den neuen BH behält sie gleich an und er wirkt sich sofort auf ihre Körperhaltung aus.

»Wann sind Sie denn das nächste Mal wieder hier?«

»Das kann ich noch gar nicht sagen. Aber ich sag meiner Schwester, dass sie rechtzeitig einen Zettel an dem Aushang neben der Pizzeria aufhängen soll.«

»Dann mach ich bis dahin mal ordentlich Werbung bei meinen Freundinnen. Tausend Dank!«

Sie fährt sich mit den Fingern durch die weißen Locken, nimmt ihren Trolley und zieht ihn hinter sich her auf ein Viertel mit roten zweigeschossigen Häusern zu. Ich bin völlig aufgedreht. Ich habe meiner ersten Kundin geholfen! Und kann es gar nicht erwarten, so weiterzumachen!

KAPITEL 12

SURVIVALPROJEKT

Doktor Amina scrollt durch die Krankenakte auf ihrem Bildschirm.

»Die Mammografie der linken Brust sah erfreulich aus. Wie ich sehe, haben Sie die Blutprobe für die Tumormarker schon gemacht, und auch das sieht gut aus. Wie geht es Ihnen sonst so?«

Sie dreht sich auf ihrem Bürostuhl zu mir. Ihr dunkles Haar wellt sich über dem weißen Arztkittel, ihre Augen sehen mich autoritär, aber freundlich an. Ein Blick, der zu Ehrlichkeit auffordert.

»Ich bin zwischendurch ziemlich groggy.«

»Müdigkeit, okay. Das ist nicht ungewöhnlich. Sonst noch was?«

Ich starre auf das Bild von vier knallbunten Papageien auf einem Ast, das vermutlich stimmungshebend gemeint ist.

»Ich weiß nicht so genau … Ich denk nicht so viel drüber nach.«

»Wollen wir gemeinsam die Liste mit den gängigen Nebenwirkungen durchgehen und Sie antworten einfach mit Ja oder Nein?«

Darauf habe ich so gar keine Lust. Ich konzentriere mich auf den roten Papagei und folge dem gelben Bogen des Schnabels mit dem Blick. Ich muss an Ausmalbücher für

82

Erwachsene denken, die gut für Stressabbau sein sollen. Ich glaube, Mårten hat mir so eins gekauft, aber ich kann mich nicht erinnern, es jemals aufgeschlagen zu haben.

»Um es mal in Zahlen auszudrücken, schätze ich Ihre Überlebenschance mit Medikamenten auf 89 Prozent. Und ohne Medikamente auf 85 Prozent. Vier Prozent. Manche Patienten setzen die Medikamente trotzdem ab, weil sie finden, dass die Nebenwirkungen ihre Lebensqualität zu sehr einschränken. Von daher ist es wichtig, dass wir sehr genau schauen ...«

»Alles gut«, falle ich ihr ins Wort. »Lesen Sie die Liste vor.«

Ich beginne im Stillen zu zählen, um etwas zu haben, woran ich mich festhalten kann. Vier Papageien. Acht Beine. Vier mal acht sind 32.

»Kopfschmerz? Schwindel? Erbrechen? Durchfall? Verstopfung? Hitzewallungen? Juckreiz in der Vagina? Beinkrämpfe? Zwischenblutungen?«

89 Prozent. Was soll ich mit so einer Zahl anfangen? Wie soll ich mich zu dieser Ziffer verhalten, die meine wahrscheinliche Überlebenschance angibt. Das macht mich weder glücklicher noch ängstlicher, als ich ohnehin schon bin. Wenn überhaupt nützt das höchstens Mårten und den andren Menschen um mich herum etwas, die sich um mich sorgen, als Beruhigung, dass sie ausatmen und mir sagen können, dass alles wieder gut wird. Ich fühle mich nicht länger als Mensch. Ich bin eine Prognose.

»Ja«, antworte ich auf die Fragen nach den Nebenwirkungen. »Ja, ja, manchmal, ja ... nein. Ja. Manchmal.«

Amina hakt meine Antworten ab wie die Kästchen auf einer Bingokarte.

»Gegen die Müdigkeit können wir die Dosis etwas runtersetzen, aber dann müssen wir auch die Überlebensrate neu berechnen, weil ...«

»Nicht nötig«, sage ich. »Ich muss das nicht wissen. Ich würde gerne mit der Dosis runtergehen, wenn Sie glauben, dass es gegen die Müdigkeit hilft.«

»Neuere Forschungen zeigen, dass die Behandlung auch bei einer niedrigeren Dosierung gute Wirkungen zeigt. Aber natürlich wohnt dem auch ein erhöhtes Risiko inne. Aber bei so vielen Nebenwirkungen, wie Sie sie haben, halte ich es durchaus für sinnvoll, die Dosis zu senken, besonders unter Berücksichtigung Ihres jungen Alters. Aber die Entscheidung liegt letztendlich bei Ihnen.«

»In meinen Ohren hört es sich gut an, die Dosis zu verringern.«

Und damit sollte mein Besuch vorbei sein. Ich will nur raus hier, raus an die frische Luft, wo es nicht nach Krankheit riecht. Es juckt mich überall und ich kriege einen Wadenkrampf, wie auf Bestellung. Ich strecke das Bein und flexe den Fuß, um den Krampf zu lösen. Meine Finger umschließen schon den Autoschlüssel in der Handtasche.

»Dann wäre da noch die Überlegung einer Rekonstruktion der rechten Brust, die Ihnen entfernt wurde. Da haben Sie zu einem früheren Zeitpunkt gesagt, dass Sie noch abwarten wollten?«

»Mhm.«

»Melden Sie sich, wenn Sie wissen, ob Sie eine Rekonstruktion wollen oder nicht. Nicht alle Patientinnen entscheiden sich dafür. Und ansonsten? Wie geht es der Psyche?«

Bevor ich die Klinik betreten habe, habe ich beschlossen, diesmal nicht zu weinen. Ich bin schon in so vielen verschiedenen Räumen hier drin schluchzend zusammengebrochen, mit einer Panikattacke in der Röhre. Einmal habe ich in einem Wutanfall sogar ein Wasserglas auf den Boden geschmissen. Hat Mama jemals die Fassung verloren, als wir Kinder es nicht gesehen haben, hat sie mit Wassergläsern um sich geworfen oder auf den Boden gestampft? Oder hat sie sich die ganze Zeit zusammengerissen?

Simon soll sich jedenfalls mit keiner ständig zusammenbrechenden Mutter rumschlagen. Ausnahmsweise mal will ich als Erwachsene hier rausgehen. Mit Würde. Ich schlucke und schlucke.

»Alles gut.«

»Es ist nicht ungewöhnlich, dass einem das Leben noch Jahre nach einer Krebstherapie schwer vorkommt. Man nennt das nicht umsonst Krebskater. Wir haben eine Selbsthilfegruppe für Frauen, die eine Mastektomie durchgemacht haben, sie treffen sich an den Mittwochabenden und reden. Viele meiner Patientinnen haben mir Rückmeldung gegeben, wie gut ihnen diese Gespräche tun.«

Was mir noch unheimlicher ist als mein eigener wegoperierter Tumor, sind die Krankengeschichten anderer Frauen. Ich beiße mir auf die Oberlippe.

»Ich habe zu Hause sehr gute Unterstützung ... einen sehr verständnisvollen Mann und Sohn.«

»Das kann schon auch belastend sein für die Angehörigen. Damit will ich nicht sagen, dass das für Ihre Angehörigen so sein muss, aber manchmal kann es schön sein, mit einer unbeteiligten Person zu sprechen.«

»Wären wir dann so weit durch? Ich hab noch eine Verabredung.«

Amina nickt lächelnd.

»Absolut. Die Gyn meldet sich dann noch mal wegen eines Termins wegen der Menstruation. Dann machen Sie's mal gut, Annie.«

Ich laufe durch die Krankenhausgänge, vorbei an Patienten auf Rolltragen, an schwangeren Frauen, die von ihren Männern gestützt hin und her laufen, und einsamen älteren

Herrschaften mit Hüten und Stöcken, die auf den Bänken sitzen und warten.

Es ist nasskalt draußen, als ob der Winter dem Frühling nicht den Platz räumen will, und das Anfang Mai. Statt direkt zum Auto zu gehen, spaziere ich eine Runde durch den Stadtpark, um mich zu beruhigen.

Die grünen Mauseöhrchen einer Birke wiegen im Wind, die Tannenspitzen wogen beruhigend. Wenn wir mit Mama und Papa im Krankenhaus in Gävle waren, gab es immer Eis und einen Spaziergang. Ich kann heute noch kein Tiptop essen, das Fia und ich damals immer gekauft haben, weil mir immer noch der Hals zuschwillt, wenn ich nur daran denke.

Simon ist nie mit mir hierher gefahren. Ich wollte nicht, dass er ein Krankenhaustrauma kriegt. Heute ist sein erster Tag am Lugnetgymnasium, gar nicht weit entfernt vom Krankenhaus. Vielleicht hat er ja Lust auf eine gemeinsame Mittagspause? Ich rufe ihn auf seinem Handy an, das nach zehn Klingelsignalen auf die Mailbox umspringt. Wahrscheinlich hat er gerade Unterricht. Und will vermutlich auch nicht ausgerechnet am ersten Tag an seiner neuen Schule mit seiner Mutter essen gehen.

Der Schotter knirscht unter meinen Sohlen. Ich habe schon lange nicht mehr mit meinem Vater gesprochen. Ich wähle seine Nummer und er antwortet nach dem ersten Klingeln.

»Hallo, Annie, wie geht es dir?«

»Hallo. Danke, gut. Ich war gerade beim Arzt.«

In der folgenden Stille ahne ich seine Sorge. Im Teich vor mir baut sich brodelnd eine Fontäne auf.

»Alles gut«, beeile ich mich zu sagen.

»Sagst du das? Das freut mich aber. Ich komme gerade vom Kaffeetrinken nach Hause. Es ist ganz schön windig.«

Unter der Woche trifft er sich jeden Tag mit einer Gruppe älterer Herrschaften in Sommars Konditorei, um sich über ihre Bandymannschaft und innenpolitische Themen auszutauschen, das ganze Jahr. Papa hat immer links gewählt, so wie sein Vater schon die Linkspartei gewählt hat. Ich sehe ihn vor mir, wie er in seiner hellen Windjacke und der roten Altherrenschirmmütze die Steigung zu seiner Wohnung hochstapft.

»Und, gab's irgendwelche interessanten Neuzugänge?«, frage ich und habe den richtigen Knopf gedrückt.

Ist man in Edsbyn aufgewachsen, ist Bandy heilig, egal, ob man sich dafür interessiert oder nicht. Ich habe selbst zwei aufrüttelnde Saisons auf der Eisfläche verbracht, bevor ich mit dem Reiten angefangen habe. Aber bei jedem Ligaspiel saßen wir immer auf der Tribüne, die komplette Familie und im Prinzip alle Nachbarn und Mitschüler. Die heiße Schokolade aus der Thermoskanne war so heiß, dass man sich die Zunge daran verbrannte. Jedes Mal.

»Weißt du was«, schiebe ich irgendwann in seinen Vortrag ein. »Ich würde dich gern mal wieder besuchen kommen, wenn es etwas wärmer wird. Ich habe mir einen Bus gekauft.«

»Einen Bus? Fährst du wieder?«

»Ja und nein.«

Ich erzähle ihm von meiner Geschäftsidee und Papa reagiert, als hätte er schon davon gehört. Das war schon immer so, dass er, egal, was man erzählt, es schon zu wissen scheint.

»Aber da kann Fia dir doch sicher behilflich sein?«, sagt er, als ich ihm das Konzept erklärt habe. »Mit dem Bus.«

»Sie organisiert gerade die letzten Einrichtungsdetails.«

»Sieh an. Dann hast du einen Sommerjob?«, sagt Papa.

»Ja, so sieht es aus.«

»Ach ja, mhm«, murmelt Papa, und ich weiß, dass ich das Gespräch jetzt beenden sollte, weil er nie länger als maximal zehn Minuten telefoniert.

»Dann komm ich doch irgendwann im Juni vorbei? Und park den Bus unten in der Stadt, um was zu verkaufen.«

»Das machst du richtig.«

Seine sichere Art macht mir Mut. Für ihn ist es völlig selbstverständlich, dass ich in einem alten Bus durch die Gegend fahre und Unterwäsche verkaufe. Er findet das kein bisschen merkwürdig. Wir legen auf und ich schaue hoch an den Himmel, wo sich hellgraue Wolken vor die Sonne schieben. Sobald es wärmer wird, mache ich mich auf den Weg.

KAPITEL 13

INSTAGRAM

Avalon öffnet die Tür in einer weißen Tunika und hysterisch lila Batikhose, die mit einem Strick zugebunden ist. Er ist barfuß und sieht verschlafen aus, obwohl es schon nach Mittag ist.

»Guten Morgen. Alles paletti?«

Er kratzt sich zögernd im schütteren roten Haar. Die Sommersprossen sind dunkler geworden, er scheint draußen in der Sonne gewesen zu sein.

»Fia ist nicht zu Hause.«

»Ach? Sie meinte, dass sie um zwei zurück sein wollte.«

Auf meiner Armbanduhr ist es zehn nach.

»Sie wollte zu so einem Typen … wie war das noch gleich … wegen einem Auto, das nicht anspringt. Ich hab die Nacht durchgearbeitet und hab ein Nickerchen gemacht, als sie gefahren ist. Magst du einen Kaffee?«

Mein Kopf dröhnt noch immer nach Mårtens Feuerwerkskonzert gestern Abend. Carola hat das Solo gesungen und es gab reichlich migräneerzeugenden Eiertoddy.

»O ja, sehr gern.«

Ich ziehe meine Sneakers im Flur aus. Avalon spült in der Küche die Kaffeekanne aus.

»Was arbeitest du?«

»Was?«

»Du hast gesagt, dass du die Nacht durchgearbeitet hast.«

»Ach so. Ich habe Warhammerfiguren angemalt. Am Wochenende ist Turnier.«

Unter meinen Füßen crunchen Krümel auf dem Linoleumboden. Auf dem Küchentisch liegen die Reste der sogenannten Nachtarbeit ausgebreitet: aufgeschlagene Zeitungen, Pinsel und Farben. Im Fenster steht ein Tablett mit kleinen, bunten Kriegerfiguren und ein paar aufgeschnittene Milchkartons mit kleinen, aufblühenden grünen Knospen. Avalon rafft das Zeitungspapier in einem Stapel zusammen und stellt Kaffeetassen auf den Tisch.

»Fia meinte, du wärst erkältet?«

»Ach was, nur ein leichter Pollenalarm.«

»Dann hat das nichts mit deinem Krebs zu tun?«

Er schenkt Kaffee ein und setzt sich mir mit neugierigem Blick gegenüber. Es ist ungewöhnlich, dass jemand in Bezug auf die Krankheit so direkt ist. Die meisten machen einen großen Bogen um das Thema und trauen sich nicht zu fragen, obwohl ihnen ihre Neugier anzusehen ist.

»Nein. Das Kapitel ist abgeschlossen. Ich nehme nur noch ein Medikament. Ein sogenanntes Anti-Östrogen.«

Avalon trinkt einen Schluck Kaffee und sieht mich über den Tassenrand an.

»Mmh. Hast du es schon mal mit Wasser probiert?«

»Wasser?«

»Wir in der westlichen Welt trinken viel zu wenig Wasser. Ich folge einem weltbekannten Gesundheitsguru auf Facebook, und eine seiner Botschaften ist, dass wir mindestens drei Liter Wasser am Tag trinken müssen. Der Urzeitmensch hat sehr viel Wasser getrunken und war nie krank. Aber es muss natürlich gutes Wasser sein. Die modernen Klärwerke zerstören den Sauerstoffgehalt, aber wir haben einen Wasservitalisierer gekauft, der das erledigt.«

Avalon zeigt auf den Wasserhahn, auf den ein metallenes Mundstück aufgesetzt ist. Ich muss mir fest auf die Lippe beißen, um nicht loszuprusten. Von allen pseudowissenschaftlichen Tipps, die ich seit meiner Diagnose bekommen habe, vom Verzehr von Kokosöl und mich gesund zu qigongen, schießt das hier den Vogel ab. Verwirbeltes Wasser. Und was soll das Gerede, dass wir in der westlichen Welt zu wenig Wasser trinken, wir haben wenigstens ausreichend Trinkwasserspeicher. Trotzdem nehme ich das Wasserglas entgegen, das er mir reicht, und nicke anerkennend, nachdem ich probiert habe.

»Ich werde es mir mal anschauen. Aber jetzt bin ich hier, um den Bus abzuholen.«

»Der ist echt krass schön geworden. Die Mädel haben da echt Arbeit reingesteckt.«

»Das glaub ich gern.«

»Wie sieht es mit deinem Marketing aus?«

Vermutlich guck ich genauso dämlich aus der Wäsche, wie ich mich fühle. Warum hab ich keinen Gedanken ans Marketing verschwendet? In meiner kleinen Welt reicht schon die bloße Präsenz des roten Busses, dass die Leute angeströmt kommen und kaufen wollen. Aber so funktioniert sie nicht, die Wirklichkeit.

»Du weißt vielleicht, dass ich einen Social-Media-Kurs absolviert habe? Das sind die Plattformen, auf denen man heute Werbung für sich macht. Ich hab ein paar coole Bilder vom Bus gemacht, die du einstellen kannst«, doziert Avalon weiter.

»Ich kenn mich mit sozialen Medien ganz wenig aus.«

»Das ist kein Hexenwerk.«

Er holt ein Handy und tippt eine Weile herum. Währenddessen nippe ich an dem schwachen Kaffee. Die Küche ist gemütlich, mit einem Holzboden, bunter Filzkunst an den Wänden und pastellgelben Schranktüren. Für die künstlerische Gestaltung ist vermutlich Jenny verantwortlich.

»So, ich hab dir ein Konto eingerichtet.«

Avalon dreht den Bildschirm zu mir. *Annies Bus* steht in fetten Lettern neben einem Foto vom Bus.

»Ist das Facebook?«

»Meine Güte, Annie, hast du nicht mal Instagram?«

»Ich hatte irgendwie nie den Nerv dafür. Irgendwie daddeln doch alle nur noch auf ihren Handys rum, statt sich miteinander zu unterhalten.«

Avalon schüttelt seufzend den Kopf.

»Bist du 92 Jahre, oder was? Glückwunsch, du hast gerade deinen Social-Media-Manager gefunden.«

»Ich kann es mir nicht leisten, jemanden einzustellen. Aber danke für das Angebot.«

»Sieh es als Freundschaftsdienst. Wenn du mir einen Fahrplan gibst, kann ich vorab die Werbetrommel für den Bus rühren.«

Die Idee ist vielleicht gar nicht so dumm? Avalon hat absolut recht, ich muss unbedingt Werbung machen, wenn ich im Laufe des Sommers irgendwas verkaufen will.

»Und wie funktioniert das mit den Fotos? Man muss da doch Fotos hochladen, oder?«

»Kannst du mit deinem Handy Fotos machen?«

Ich ziehe das silberne Smartphone aus meiner Tasche und reiche es ihm über den Tisch. Avalon öffnet die Kamera, die ich noch nie benutzt habe

»Hm, die Auflösung ist nicht die beste.«

»Nicht?«

»Ich könnte hier ein paar Bilder machen? Auf denen du dein Warenangebot präsentierst. Dann hätten wir ein Bildarchiv, aus dem wir auswählen können.«

Die Schweißdrüsen an meinem Rücken werden aktiv, als das Szenario »Unterwäsche-Casting mit Avalon« über meine innere Leinwand flimmert. In dem Augenblick höre ich Reifengeräusche auf der Kieseinfahrt und springe vom Stuhl auf.

»Danke für den Kaffee!«

Avalon folgt mir nach draußen, noch immer barfuß. Fias kreideweißer Sport-Audi bildet einen scharfen Kontrast zu ihrem Äußeren: weiter Arbeitsoverall, Ölflecken im Gesicht und zerzaustes Haar. Ich lache.

»Warst du arbeiten?«

»Eine streikende Autobatterie in Horndal. Freund eines Freundes. Gucken wir uns den Bus an?«

»Gerne.«

Er steht vor der Garage, rot glänzend wie eh und je. Ich hole die Polster aus dem Auto und steige die Treppe hoch. Ich schlage mir die freie Hand vor den Mund.

»Mein Gott, Fia! Was hast du gemacht?«

»Gefällt es dir nicht?«

Meine Schwester steht direkt hinter mir. Sie beugt sich vor, während ich die neue Einrichtung begutachte. Die alte Küche ist rausgerissen und durch eine Küchenecke mit Kochplatte, kleinem Spülbecken und einem roten, zur Buslackierung passenden Campingkühlschrank ersetzt worden. Links von der Probekabine sind jetzt Regale angebracht, in denen ich die Kartons lagern kann. Der Schlafalkoven im hinteren Teil hat hübsche rote Vorhänge bekommen und im Frontbereich rahmt eine schmale Gardinenbordüre das große Fenster ein, was den Bus noch gemütlicher macht.

»Hilfe, das ist perfekt!« Wie als krönenden Kick lege ich das Sitzpolster auf die vordere Sitzbank. »Im Moment kann ich dir das noch nicht zurückzahlen, aber ich werde mich ins Zeug legen, um dir das alles …«

Fia legt eine Hand auf meine Schulter.

»Vergiss es. Das bist du mir hundertmal wert.«

»Natürlich werde ich das bezahlen.«

»Du hast dich so um mich gekümmert, als Mama …«, murmelt Fia, und ich sehe, wie sie gegen die Tränen ankämpft, »… als wir jünger waren.«

»Dafür bist du mir aber nichts schuldig«, sage ich.

»Aber ich möchte dir das hier gerne schenken.«

Jetzt schniefen wir beide und ich wische mir mit den Handrücken über die Augen, um nicht richtig loszuflennen. In dem Augenblick ruft Avalon:

»Alle mal hergucken!«

Wir drehen uns um. Er hält eine Handykamera hoch.

»Sagt Fleischwurst!«

Ich lächele aus reinem Reflex und Avalon tippt auf dem Handy herum.

»So, das wäre der erste Post in Annies neuem Instagram-Account!«

KAPITEL 14

VIDEOSPIEL

Simon sitzt unten in seinem Zimmer mit einem Kontroller in der Hand, den Blick auf den Bildschirm geheftet. Als ich mich neben ihm auf das durchgesessene Sofa plumpsen lasse, sehe ich, dass er Ratchet & Clank spielt, mein Favorit. Der Sofatisch steht voller Teller mit eingetrockneten Essensresten, verklebten Trinkgläsern und schmutzigem Besteck. Bei jedem Besuch in seinem Zimmer trage ich ungefähr so viel Geschirr mit hoch in die Küche wie nach einem durchschnittlichen Ikea-Besuch.

»Darf ich mitspielen?«

Er wirft mir einen Kontroller zu und steht auf.

»Ratchet & Clank ist für einen Spieler. Aber wie wär's mit Coast to Coast?«

»Okay. Du darfst entscheiden.«

Er nimmt die CD aus der Konsole und legt eine andere ein. Wir wählen unsere Autos, ich einen gelben Ferrari und Simon einen schwarzen Maserati. Am Start stehen wiegende Palmen und dann düsen wir los zu den Klängen eines schnellen Saxofonsongs. Mein gelber Flitzer wird schnell abgehängt, aber nach ein paar souveränen Kurven hole ich wieder auf.

»Das ist schon nostalgisch mit diesen alten Spielen, oder?«

»Mmh«, sagt Simon. »Du kannst halt keine neuen.«

Ich stoße ihn mit dem Ellenbogen an.

»Hör mal, findest du das gar nicht cool, dass ich mit dir spiele?«

»Mmh.«

Ich liege direkt hinter seinem schwarzen Flitzer, der auf der geraden Strecke davonzieht. Wir wechseln die Positionen.

»Ich würde mich nach dem Spiel gerne mit dir unterhalten«, sage ich.

»Wir können auch jetzt reden.«

»Okay. Also, ich habe mir einen Bus gekauft.«

»Aha.«

Er beißt sich auf die Unterlippe und manövriert seinen Wagen durch eine Reihe S-Kurven. Danach kommt ein Tunnel.

»Erinnerst du dich noch, dass Åsa und ich zusammen einen Laden aufmachen wollten? Jetzt fahre ich stattdessen mit einem Kleiderbus durch die Gegend.«

»Hast du beim Pflegedienst aufgehört?«

»Ja. Aber der Bus ist erst mal nur als Sommerjob gedacht. Bis zum Herbst sollte ich einen neuen Job gefunden haben. Was hältst du von der Idee?«

»Weiß nicht. Könnte gut sein.«

Wir wechseln die Bahnen und Simon zieht ab. Als ich ein weißes Auto überhole, krache ich gegen einen Betonpoller. Ich setze den Kontroller auf meinen Knien ab. Simon sieht mich von der Seite an.

»Gibst du einfach auf?«

»Ich dachte, ich lasse dich ausnahmsweise mal gewinnen.«

»Yeah, right.«

Das schwarze Auto liegt bis zur letzten Kurve in Führung.

»Aber ich werde schon auch zu Hause sein, geplant sind kürzere Touren mit dem Bus. Höchstens ein paar Tage am Stück oder eine Woche. Natürlich will ich auch Zeit mit dir und Papa verbringen.«

»Was sagt Papa dazu?«

»Er findet die Idee gut«, lüge ich.

»Aha.«

Ich habe ein bisschen das Gefühl, als hätte Simon andere Informationen. Als ob er sich Mårten gegenüber stärker öffnet als mir. Das schwarze Auto ist als Erstes im Ziel. Eine Fanfare ertönt. Ich nehme meinen Kontroller und fahre als Letzte über die Ziellinie.

»Glückwunsch, Simon. Gut gefahren.«

»Danke.«

»Und was ich noch sagen wollte; wenn du es willst, bleibe ich natürlich zu Hause. Ich freue mich über jede Zeit mit dir.«

Simon seufzt.

»Mama, mach dein Ding.«

»Sicher?«

»Ihr müsst nicht zu Nesthockern werden, weil ich wieder zu Hause wohne. Ich habe ein ganzes Jahr allein gewohnt.«

Knapp zwei Semester, kann ich mir gerade noch verkneifen. Und allein war er auch nicht mit zwei Mitbewohnern und Eltern, die sich mit Besuchen und Großputz abgewechselt haben. Aber Simon hat schon recht, dass er nachweislich allein zurechtkommen kann. Aber da ist auch noch seine andere, empfindsamere Seite.

»Okay, ich höre, was du sagst. Aber. Ist irgendwas an deiner alten Schule vorgefallen, dass du so plötzlich nach Hause kommen wolltest?«

Simon windet sich. Die knochigen Schultern zeichnen sich unter dem dünnen Pullover ab, ich sehe den nach-

gewachsenen dunklen Streifen seines gebleichten Haares.
Soll das so sein? Ich komm mir blöd vor zu fragen.

»Nö, nicht direkt.«

»Du weißt, dass du immer mit uns reden kannst, wenn
was ist? Egal, ob es um Liebeskummer oder was auch immer geht. Egal was.«

»Liebeskummer?«

»Ja. Zum Beispiel.«

Simon drückt auf Pause und steht auf, zieht seinen wein-
roten Hoody an und geht die Treppe hoch. Er fährt sich
mit der Hand durchs Haar, ganz genau so, wie Mama es
immer gemacht hat. Wenn er wüsste, wie ähnlich er ihr zwischendurch ist.

»Wo willst du hin?«

»Mir ein Brot schmieren.«

»Du isst aber doch später mit uns? Papa macht Hühn-
chen. Und nimm doch bitte Geschirr mit nach oben!«

Keine Antwort. Kurz darauf sind oben Schritte zu hören
und der Wasserhahn in der Küche. Ich würde am liebsten
hinterhergehen und weiterfragen, bis Simon erzählt, was
mit ihm los ist. Aber dann zieht er sich wahrscheinlich noch
mehr zurück. Wenn es nur nicht so wehtun würde, ausgeschlossen zu werden. Ich muss versuchen, ihm zu zeigen,
dass ich interessiert bin, ohne zu nerven, wie immer das
funktionieren soll. Ich räume das Geschirr zusammen und
gehe nach oben.

KAPITEL 15

SUNDBORN

Ein weißer Touristenbus nach dem anderen biegt zum Carl-Larsson-Hof ab. Ich habe eine Genehmigung, meinen Bus vor Sundborns Pizzeria zu parken, mit Ausblick auf die Touristenströme. Avalon hat auf Instagram gepostet, dass ich zwischen neun und elf Uhr hier stehe. Danach von zwölf bis zwei in Svärdsjö und von vier bis sechs in Enviken. Ein gut gefüllter Tag.

Ich fühle mich ungewohnt frisch, was natürlich an den drei Tassen Kaffee liegen könnte, die ich vor lauter Nervosität schon intus habe. Da der Parkplatz noch leer ist, schließe ich den Bus ab und mache einen kleinen Spaziergang. Sundborn zeigt sich in der Morgensonne von seiner schönsten Seite, und als der Verkehr ein paar Sekunden pausiert, hört man Vogelgezwitscher durch den Morgenlärm. Der Fluss fließt spiegelblank dahin und die falunroten Häuser stehen in einer üppig grünen Pracht. Fast alle Gebäude sind hier rot gestrichen: Häuser, Scheunen und Garagen, sogar die Holzzäune, die jedes einzelne weitläufige Grundstück um die Häuser umschließen. Vor ein paar Jahren gab es in der Zeitung eine hitzige Debatte einer Einwohnerinitiative, die sich gegen Plastikgartenmöbel im Ort ausgesprochen haben. Wie es aussieht, haben sie sich durchgesetzt.

Ein lila Fliederbusch und das feuergelbe Kraftwerk stechen aus dem Farbschema heraus. Und mitten drin Carl

Larssons Hof, der von der Straße schemenhaft zu sehen ist, die verputzte ockergelbe Fassade, an die eine rote Holzhütte mit Bleifenstern anschließt. Es ist schon eine Weile her, seit ich das letzte Mal hier war, aber beim Schlendern habe ich ein paar typische Bilder von ihm vor Augen, von dem Frühstück der Großfamilie unter einer großen Birke zum Beispiel oder das Einholen der Krebsreusen am See.

Am Straßenrand steht eine Frau und verkauft rote Holzclogs. Ich bleibe stehen und streiche über das Leder. Genau solche hatte ich als Kind, ich habe kaum was anderes getragen. In der Schule, zum Radfahren und beim Laufen; selbst mit meiner Freundin im Reitstall bin ich munter mit meinen Holzclogs und meiner engen V-Jeans aufs Pony gesprungen.

»Die passen ja wunderbar zu Ihrem Lippenstift«, sagt die Frau.

Ich habe heute nur Lippenstift aufgelegt, hatte keine Geduld für ausgiebiges Schminken. Dazu trage ich ein einfaches Jeanskleid. Die weiße Bluse war mir zu steif und das Risiko von Schweißflecken im Laufe des Tages zu hoch. Der Bus hat keine Klimaanlage und heizt bei sonnigem Wetter schnell auf.

Åsa und ich hatten uns damals das mit weißer Bluse und schwarzer Hose als eine Art Uniform überlegt, als wir unseren Laden aufmachen wollten. Wir fanden das schick. Und apropos Uniform, ich finde es ganz wunderbar, mal keine Pflegekleidung zu tragen.

»Darf ich mal probieren, wie er am Fuß sitzt?«

Die Frau sucht mir zielsicher ein Paar in Größe 40 raus, ohne mich vorher zu fragen. Mir gefällt das Gefühl, ein paar Zentimeter größer zu sein, auch wenn das Leder sich ungetragen noch etwas hart anfühlt.

»Wissen Sie was, ich nehme sie.«

»Eine gute Entscheidung.«

Eine Touristengruppe bewegt sich in gemächlichem Tempo an uns vorbei und ich laufe hinterher, um den Bus aufzuschließen, die neuen Clogs in der Hand. Ich stelle den Kundenfänger auf und überlege, ob ich draußen oder drinnen auf meine Kundschaft warten soll. Vielleicht ist es einladender, wenn ich neben dem Aufsteller stehe. Ich schlüpfe aus meinen langweiligen schwarzen Sneakers, ziehe die Socken aus und steige in die neuen Holzschuhe.

Die Ausflüglergruppe mit ihren Sonnenhüten, Gehstöcken und beigen Hosen hat jetzt auch den Bus erreicht. Ein paar neugierige Blicke richten sich auf mich, als ich sie mit meinem strahlendsten Lächeln und einem fröhlichen »Hej, hej!« begrüße.

Aber sie bleiben nicht stehen.

Ich denke an Carl Larssons Frau Karin, die mich bei der geführten Tour durch Carl Larssons Heim im letzten Sommer eigentlich mehr fasziniert hat als ihr großer Künstlergatte. Sie war für die Inneneinrichtung und die Gartengestaltung verantwortlich und für die wunderschönen Blumenarrangements, die ihr Mann dann abgemalt hat. Und natürlich hat er dafür den ganzen Ruhm eingeheimst. Beim bloßen Gedanken an alle Männer, die im Laufe der Geschichte der Karriere ihrer Frauen im Weg gestanden haben, strecke ich mich innerlich und rufe drei Frauen, die auf den Bus zukommen, zu:

»Hier gibt es Unterwäsche!«

Meine Güte, ich klinge wie eine Schokokussverkäuferin auf dem Jahrmarkt.

»Schauen Sie rein und probieren Sie an, es ist für jede Größe was dabei.«

Sie sehen ein paar Jahre älter aus als ich, um die fünfzig.

Die Kleinste im Bunde, etwas korpulent, rosa gefärbtes Haar, grinst mich an. Ihre Augenbrauen sind zwei strenge schwarze Striche.

»Für mich gibt es keinen gut sitzenden BH«, sagt sie, rückt ihre Fleecejacke zurecht und sieht ihre Freundinnen an. »An so einem Pummel wie mir sitzt kein Kleidungsstück gut. So ist das nun mal.«

»Ich helfe Ihnen gerne bei der Suche, wenn Sie sich umschauen wollen?«

Sie beißt sich auf die Unterlippe und schüttelt den Kopf wie ein trotziges Kind.

»Aber ich würde gern was probieren«, sagt eine der anderen Frauen mit flachsblond gefärbten, zu einem langen Zopf geflochtenen Haaren. Sie hat breite Schultern und einen eher kleinen Busen. Ich fange sofort an zu überlegen, welche Größe da passen könnte.

»Gerne, hereinspaziert. Ihre Freundinnen mögen in der Zwischenzeit vielleicht einen Kaffee?«

Ja, möchten sie. Ich notiere mir im Geiste, das nächste Mal eine Bank für die wartenden Kundinnen mitzunehmen. Jetzt setzen die anderen Frauen sich mit ihrem Kaffee an einen Tisch der Pizzeria, während ich der Frau mit dem Zopf eine kleine Auswahl BHs in unterschiedlichen Größen und Farben zusammenstelle. Nachdem sie eine Reihe anprobiert hat, entscheidet sie sich für einen schwarzen Balconette mit schmalen Schulterträgern.

»Balconette kann nicht jede Frau tragen, aber an Ihnen sitzt er wie angegossen«, sage ich und ernte ein zufriedenes Lächeln.

Kurz nachdem sie den Bus verlassen hat, wagt die Rosahaarige sich doch noch vor.

»So, ich hab beschlossen, doch mal was zu probieren. Bin gespannt, ob Sie was Passendes im Sortiment haben!«

Sie reicht mir den leeren Kaffeebecher. Ich muss Pappbecher besorgen, sonst wächst mir der Spülberg schnell über den Kopf. Und ich habe nicht so viel Wasser dabei.

»Haben Sie eine Lieblingsfarbe«

»Mmh, nein. Obwohl, Gelb hat mir schon immer gefallen, aber das hängt wohl davon ab, ob es was Gelbes in meiner Größe gibt. Vermutlich nicht.«

»Wenn Sie hier in die Kabine kommen und den Oberkörper freimachen mögen, könnte ich Maß nehmen.«

»Oje, bei dieser Hitze die Kleider ausziehen. Ich bin ganz verschwitzt.«

Ein Mann mit glänzender Platte und Nickelbrille klopft an die Buskarosserie.

»Ist geöffnet?«

»Absolut, aber ich müsste Sie bitten, sich in die Schlange anzustellen.«

»Was für eine Schlange? Ich sehe keine.«

»Es ist noch eine Dame vor Ihnen dran. Wenn Sie in einer Viertelstunde wiederkommen könnten?«

»Mmh.«

Ein weiterer Punkt auf der To-do-Liste: ein »Besetzt«-Schild besorgen. Oder besser: »Gerade berate ich, bin gleich für Sie da.« Das klingt etwas freundlicher.

»Das Maßband fühlt sich vielleicht ein bisschen kalt an«, sage ich und strecke meine Arme um ihren Oberkörper.

»Das Maßband ist zu kurz für mich.«

»Aber nein, das reicht wunderbar«, sage ich und merke mir ihren Brustumfang.

Sie hat einen relativ großen Umfang bei eher kleiner Körbchengröße. Ich habe einen schwarzen und einen roten BH in der meiner Meinung nach passenden Größe auf der Kleiderstange. Aber in den Regalkästen sollten auch noch mehr Farben sein.

»Fangen Sie doch schon mal mit diesen beiden an«, sage ich und reiche ihr die BHs in die Kabine.

Ein lautes Lachen schallt durch den Bus.

»Sie glauben doch nicht im Ernst, dass ich da reinpasse! Im Leben nicht. Und mit Rot seh ich aus wie eine überreife Fleischtomate.«

»Probieren Sie schon mal das Modell, während ich andere Farben raussuche«, schlage ich vor und verdrehe die Augen, natürlich so, dass sie es nicht sieht. Ich reiße einen Karton auf und finde mehrere Farben in der anvisierten Größe. Ganz hinten steckt ein Spitzen-BH, den ich auch mitnehme.

»Wie läuft es? Darf ich mal schauen?«

»Ja klar, wenn Sie sich das Spektakel zumuten wollen.«

Der schwarze BH sitzt nicht schlecht. Ich ziehe die Träger etwas nach oben und die Frau dreht sich vor dem Spiegel hin und her.

»An mir sitzt alles wie ein Sack.«

»Der hier sieht richtig gut aus, finde ich. Sehen Sie, wie hübsch er den Busen hebt. Die Körbchen sind so geformt, dass sie den Busen etwas zusammendrücken. Das kann sehr angenehm sein, wenn man es mag.«

»Hm.«

»Wollen Sie den gelben mal anprobieren?«

»Spitze? Sind Sie von Sinnen?«

»Das ist ganz tolles Material.«

»Also gut, wenn Sie darauf bestehen.«

Vielleicht bilde ich es mir nur ein, aber als der gelbe BH sitzt, wie er sitzen soll, sehe ich für eine Mikrosekunde ein Lächeln auf den Lippen der Frau.

»Gelb steht Ihnen wirklich. Das ist das gleiche Modell wie der schwarze BH, nur mit Spitze. Und mit dem gleichen Halt, wie Sie vielleicht merken?«

Sie sieht sich im Spiegel an.

»Ja ... ach nein. Ich weiß nicht, ob ich was mitnehmen soll.«

»Okay.«

»An mir sieht das alles so anders aus als in der Fernsehwerbung oder in den Katalogen.«

Sie zieht den BH aus und ich ziehe mich aus der Kabine zurück.

»Das tut keine von uns. So aussehen wie im Werbekatalog«, sage ich.

Die Frau zieht den Vorhang auf, zieht ihre Fleecejacke an und greift nach ihrer Handtasche.

»Danke! Und vielleicht sehen wir uns ja wieder«, sage ich.

»Ja, danke.«

Zu meiner Überraschung hat sich in der Zwischenzeit vor dem Bus eine kurze Schlange gebildet. Ich winke die nächste Kundin herein und halte nach dem Mann Ausschau, der in einer Viertelstunde wiederkommen wollte, sehe ihn aber nirgends.

*

Um halb eins sichere ich die Waren, setze mich auf den Fahrersitz und fahre weiter. Das war ein vollgepackter Vormittag. Ich habe mehrere BHs verkauft, eine Frau hat allein drei gekauft. Die Leute sind stehen geblieben und haben den Bus bewundert und der Kaffee ist aus. Ich muss an Mama denken, wenn sie nach einer Tupperwareparty an unserem zerkratzten Küchentisch mit zufriedener Miene die Geldscheine gezählt hat. Genauso fühle ich mich gerade. Das Verkaufen macht Spaß, aber weniger wegen des eingenommenen Geldes. Es gefällt mir, Leute zu beraten, passende Unterwäsche für sie zu finden und zu sehen, wie ihr Selbstbewusstsein wächst. Bestimmt ist es ein Stück Wunschdenken, aber ein paar Frauen hatten mit der neuen Unterwäsche gleich eine andere Ausstrahlung.

Ich schiebe Vivvi MacLarens Kassette in den Kassettenspieler.

»Heute reden wir über *confidence*«, sagt sie nach der fröhlichen Erkennungsmelodie. »Selbstvertrauen. Das kriegt man nicht von allein, man muss es aufbauen. Jeder kann an seiner confidence arbeiten, und soll ich Ihnen das Beste verraten: Sie verfügen bereits über alles, was dafür nötig ist.«

Die schmale Landstraße schlängelt sich durch die Agrarlandschaft, mit Zäunen und Steinwällen eingefriedeten Äckern und steinigen Weiden, auf denen weiße Lämmer herumspringen. Auf den Randstreifen blühen lila und rosa Lupinen. Ich drücke das Gaspedal weiter runter und der Motor antwortet mit einem sonoren Brummen. Die Karosserie vibriert.

Die Beschleunigung nach einem längeren Halt ist nicht die Stärke des Busses, er braucht seine Zeit, sich warmzulaufen. Im linken Außenspiegel setzt ein gelbes Auto zum Überholen an und hupt. Was für Idioten es doch gibt. Ich weiß auch so, dass ich langsamer als die zugelassene Geschwindigkeit fahre, aber dann soll er mich doch einfach überholen.

Als der gelbe Wagen endlich vorbei ist, schert er vor mir ein, schaltet den Warnblinker ein und geht vom Gas. Hoffentlich heißt das nicht, dass mit dem Bus was nicht stimmt. Sind die Bremslichter defekt? Das Glücksgefühl von dem Verkaufserfolg in Sundborn verpufft, als ich an den Rand fahre. Das war ja ein herzlich kurzes Abenteuer, wenn ich jetzt schon wieder in die Werkstatt muss.

Da steigt aus dem gelben Auto doch tatsächlich die rosahaarige Frau, die vorhin den gelben Spitzen-BH anprobiert hat. Sie geht um den Bus herum und klopft an die Tür. Ich schalte Vivvis Kassette aus und ziehe den Hebel zum Öffnen der Tür.

»Ist irgendwas an meinem Bus nicht in Ordnung?«

»Ich bin zu dem Ergebnis gekommen, dass ich ihn doch gerne hätte. Den gelben BH.«

Wenn man den Türhebel schnell zu sich herzieht, schließt sich die Tür mit einem effektiven Knall. Es kribbelt mir in den Fingern, das jetzt auszuprobieren und der Frau die Tür vor der Nase zuzuknallen. Ist sie noch ganz dicht, mich hier auf dieser schmalen Straße zum Halten zu nötigen?

»Ich kann swishen«, redet sie weiter. »Wie viel kostet er?«

Ich schlucke meinen Ärger runter. Eine Kundin ist immer eine Kundin, wie Vivvi MacLaren so wahr sagt.

»Kommen Sie rein, er hängt auf dem Ständer. Ich würde gerne sitzen bleiben, falls ein Auto vorbeimöchte.«

Die Frau bezahlt per Handy und ich hoffe, dass sie nun zurück zu ihrem Auto geht, aber sie steht da und drückt den gelben BH an die Brust.

»Der fühlt sich genau richtig an. Es ist nur … Ich finde es so unangenehm, mich im Spiegel zu sehen. Das war ganz anders, als ich jung war, aber dann hab ich meine Kinder gekriegt und …«

Auch wenn sie mir leidtut, ist es keine gute Idee, so ein Gespräch im Bus zu führen, der gerade am Straßenrand hält.

»Entschuldigen Sie vielmals, aber ich kann hier nicht stehen bleiben.«

»Ja, natürlich. Herzlichen Dank.«

Sie steigt aus und geht zu ihrem Auto. Ich schüttele den Kopf. *Leute gibt's*, wie Åsa gern gesagt hat. Ich starte den Bus und schaue auf die Uhr. Schon eins, und ich habe noch nichts gegessen. Ich beschließe, Svärdsjö zu überspringen und direkt nach Enviken zu fahren.

KAPITEL 16

ENVIKEN

Der Garten vor JONSSONS Kaffeeladen ist fröhlich bunt und überfüllt, über dem Eingang hängen rot-weiße Wimpel und zwischen den bunten Cafétischen stehen rosa und weiße Pelargonien. Ein Rauhaardackel läuft ohne Leine zwischen den Tischen herum und schnuppert an allen Füßen. Ich habe mir einen Platz im Schatten gesucht, mit einem Köttbullarsandwich und einer Orangina. Eine Hummel macht eine Zwischenlandung auf meinem Tisch und surrt dann weiter. Am Nachbartisch diskutiert eine Familie gerade mit ihren Kindern, ob sie jetzt direkt baden wollen oder später. Ich nehme mein Handy und rufe Mårten an.

»Hallo«, sagt er mit gestresster Arbeitsstimme. »Wie geht's dir?«

»Gut, danke. Es ist super gelaufen in Sundborn.«

»Wo bist du jetzt?«

»Enviken. Mittagspause.«

»Vergiss nicht das Gemüse.«

Ich lache.

»Auf dem Brot ist ein Salatblatt.«

»Gut.«

Ich spieße einen halbierten Fleischkloß mit der Gabel auf und schiebe ihn in den Mund.

»Du denkst hoffentlich an deine Pausen?«, fragt Mårten.

»Ja, mach ich.«

»Gut. Ich muss los. Sitzung.«

»Bis heute Abend. Liebe dich.«

Ein Schatten fällt über meinen Tisch und mein Blick direkt auf ein gestreiftes Baumwollhemd. Als ich den Kopf hebe, sehe ich eine Nickelbrille. Der Mann vor mir kommt mir bekannt vor, aber ich kann ihn nicht zuordnen.

»Hier sind Sie also?«

»Entschuldigung?«

Er hält mir seinen Handybildschirm hin, der bei dem grellen Licht schwarz aussieht.

»Laut Fahrplan sollte der BH-Bus jetzt in Svärdsjö sein«, sagt er und tippt mit einem trauerrandigen Zeigefingernagel auf das Display. Jetzt erkenne ich ihn wieder, mein nicht wieder aufgetauchter Kunde aus Sundborn.

»So war es geplant, aber ich habe es leider nicht rechtzeitig nach Svärdsjö geschafft. Wollen Sie was kaufen?«

»Scheißen Bären in den Wald?«

Ich kratze mich unterm Auge. Was will der Kerl?

»Okay, ich bin in, sagen wir zwanzig Minuten fertig. Dann sind Sie herzlich willkommen.«

»Das ist verdammt unprofessionell.«

Ich räuspere mich und strecke den Rücken durch, nicht ganz ungeübt mit unzufriedenen Menschen nach meinen Jahren beim ambulanten Pflegedienst. Das Dröhnen einer vorbeifahrenden Motorradkarawane gibt mir ein paar Sekunden Bedenkzeit, ehe ich ihm antworte.

»Tut mir leid, dass Sie das so empfinden. Aber jetzt würde ich gerne fertig essen, wenn Sie mich entschuldigen. Danach begrüße ich Sie gern zum Einkauf in meinem Bus.«

»Glauben Sie denn, ich hätte alle Zeit der Welt, um Ihnen und Ihrem Bus hinterherzufahren?«

»Danke schön, Sie haben mir jetzt Ihre Meinung gesagt, und ich will jetzt Mittag essen. Wiedersehen.«

»Viel Glück bei Ihren Geschäften, so geht das den Bach runter, kann ich Ihnen garantieren.«

Der Mann stützt sich mit geballten Fäusten auf dem wackeligen Cafétisch ab, das Tablett macht einen Hüpfer und die Fleischklößchen rollen von meinem Sandwich. Dann dreht er sich auf dem Absatz um und geht. Die Familie am Nachbartisch glotzt. Mein Herz hämmert. Auf einer rationalen Ebene ist mir klar, dass der Mann einen echten Hau hat. Aber trotzdem flüstert eine leise Stimme in meinem Kopf: Und wenn er recht hat? Ich schiebe den Gedanken beiseite und lege einen Fleischball zurück auf die Brotscheibe. Ich lass mir doch von so einem nicht die Laune verderben. Und er irrt sich: Meine Geschäftsidee wird nicht den Bach runtergehen.

*

Nach der Mittagspause schauen sich ein paar Kunden im Bus um, ohne was zu kaufen. Nach einer längeren Pause kommt eine Frau mit vier unterschiedlich alten Kindern.

»Toller Bus!«, sagt sie und schaut die BHs an der Kleiderstange durch.

»Brauchen Sie Hilfe bei der Größe?«

Die Kleinste, ein Mädchen mit großen braunen Augen, läuft mit Anlauf in den Schlafalkoven und springt aufs Bett. Die anderen Kinder folgen ihr und gleich darauf ist eine Kissenschlacht ausgebrochen.

»Kommt ihr da mal raus, das ist privat«, versuche ich es und sehe die Mutter Hilfe suchend an, die sich nicht darum kümmert.

»Gibt es die hier in Weiß?«, fragt sie und hält eine lila Bikinihose hoch.

»Ich schaue mal nach. Könnten Sie Ihren Kindern wohl sagen, dass sie nicht auf meinem Bett rumhüpfen sollen?«

»Ja klar.«

Sie pfeift.

»Kommt her. Wird's bald!«

Nach einer Weile klettert die Kinderschar von meinem Bett. Der Älteste, ein schlaksiger Junge mit frechem Blick, setzt sich in den Fahrersessel und fummelt an der Armatur herum. Ich hebe ihn vom Sessel, während hinter mir eins der jüngeren Kinder BHs von der Stange reißt. Die Mutter gähnt.

»Das nächste Monatsgeld kommt erst in ein paar Tagen. Sind Sie noch mal hier?«

Ich hebe die BHs vom Boden auf. Die Kinder rennen jetzt in dem engen Gang hin und her und werfen sich wieder aufs Bett.

»Schauen Sie einfach unter *Annies Bus* auf Instagram nach, da stehen alle Zeiten.«

»Okay.«

»Aber probieren Sie gern was an, wenn was dabei …«

In dem Moment läuft das Mädchen mit den braunen Augen an dem Kleiderständer vorbei, stolpert über den Fuß und reißt den ganzen Ständer über sich zu Boden.

»Ach du je!«, rufe ich erschrocken. »Hast du dir wehgetan?«

Sie kriecht unter dem Kleiderhaufen hervor.

»Nein.«

Ihre Mutter schüttelt den Kopf.

»Jetzt gehen wir nach Hause.«

Als die fünf aus dem Bus sind, ohne dass die Frau angeboten hat, für eventuelle Schäden aufzukommen, höre ich sie zu ihren Kindern sagen: »Das war viel zu teuer.«

Ich setze mich in den Fahrersessel, schließe die Augen und atme ein paarmal tief ein und aus. Meine Schläfen pochen. Vielleicht ist es genug für heute? Das war herausfordernd und spannend, aber die Standpauke in dem Café und die Frau mit ihren vier Gören haben mich ganz schön ausgelaugt. Vielleicht sollte ich für heute den Bus zumachen und die siebzig Kilometer zu Papa nach Hälsingland fahren?

»Hallo?«, sagt da eine helle Stimme.

Ich mache die Augen auf, massiere mir kurz die Schläfen und stehe auf.

»Ist geöffnet?«

»Sicher doch, kommen Sie rein.«

Die elegante Frau nimmt ihre große Sonnenbrille ab und fährt sich mit einer Hand durch das dunkelblonde, kurze Haar.

»Ist es okay, wenn ich die Schuhe ausziehe? Hohe Absätze sind der Tod auf so einem Untergrund.«

»Aber natürlich. Brauchen Sie Hilfe bei der Größe?«

»Die kenne ich. Ich suche vor allem ein bequemes Modell.«

»Schauen Sie sich gerne um und melden Sie sich, wenn ich Ihnen helfen kann.«

Ich schalte die Kaffeemaschine ein. Ich muss Fia anrufen und fragen, wie lange die Batterie hält, die sowohl den Motor als auch die Geräte im Bus mit Strom versorgt, nicht dass der Bus plötzlich nicht mehr anspringt, wenn ich losfahren will. Fia hat bestimmt was dazu gesagt, aber mein Gedächtnis ist auch nicht mehr das, was es mal war. Hinter mir raschelt der Kabinenvorhang.

»Sagen Sie Bescheid, wenn ich Ihnen noch andere Modelle oder Farben bringen soll. Mögen Sie eine Tasse Kaffee?«

»Nein danke. Zum Kaffee. Haben Sie vielleicht noch ein etwas bequemeres Modell? Mit weniger Nähten oder reibenden Teilen?«

»Welche Größe?«

»70C.«

Ich suche ein paar Modelle raus und bleibe vor der Kabine stehen.

»Darf ich Ihnen die BHs reinreichen?«

»Okay.«

Als ich den Vorhang aufziehe, zieht die Frau gerade einen weißen BH aus. Eine Silikoneinlage fällt auf den Boden. Sie hält sich eine Hand vor die Brust und hebt mit der anderen die Einlage auf. Mein Herz schlägt so laut, dass es zu hören sein muss.

»Oh, entschuldigen Sie.«

Ich räuspere mich, mein Mund ist ganz trocken. Dann halte ich ihr die BHs hin.

»Die hier sind besonders bequem für uns Frauen nach einer Brustoperation.«

Sie sieht mich mit festem Blick an.

»Welche Brust?«

»Rechts. Ich habe im letzten Jahr die Mastektomie vornehmen lassen. Und Sie?«

»Im Dezember. Ich habe mich noch nicht so richtig ... daran gewöhnt.«

Sie nimmt die Hand herunter und zeigt mir die Narbe.

»Das reibt. Das Narbengewebe ist so hart.«

»O ja, das kommt mir bekannt vor. Aber wenn Sie die Einlage und diesen formgepressten BH tragen, könnte es besser werden. Und mit der Zeit wird das Gewebe auch wieder weicher, heißt es.«

Ist es bei mir nicht geworden, aber Doktor Amina hat gesagt, dass das noch kommen kann.

»Lassen Sie eine Rekonstruktion machen?«, fragt die Frau weiter.

»Ich habe mich noch nicht entschieden.«

»Wissen Sie, wie lange das dauert?«

»Das ist vermutlich bei jeder Frau anders.«

Sie zieht den BH an und ich ziehe mich zurück, damit sie ungestört probieren kann. Meine Finger zittern, als ich die Bügel sortiere. Natürlich habe ich schon mehrfach Frauen getroffen, die auch Brustkrebs hatten, aber nicht in so einer intimen Situation.

»Der fühlt sich wirklich gut an. Was kostet der?«

Ich schaue in der Liste nach dem Preis.

»Wissen Sie?«, sagt die Frau. »Zwischendurch denke ich, dass ich auf keinen Fall eine Rekonstruktion will. Ich meine, wozu eigentlich? Weil es besser aussieht? Für wen?«

Ich will ihr antworten, dass ich das genauso sehe, kriege aber keinen Ton heraus. Mein Hals ist wie zugeschnürt. Ich gieße mir ein Glas zimmerwarmes Wasser ein und stürze es hinunter.

»Ich nehme ihn«, sagt die Frau, nachdem sie sich wieder angezogen hat und aus der Anprobekabine kommt.

»Das freut mich.«

Meine Stimme klingt heiser und fremd. Ich ringe mir ein Lächeln ab.

»Sie haben recht«, kriege ich am Ende heraus, als die Frau mit Swish bezahlt. »Wegen der Rekonstruktion. Ich weiß auch nicht, ob ich das wirklich will. Wie vorher wird es ja ohnehin nicht mehr werden, oder?«

»Ich weiß genau, was Sie meinen. Danke für das hier.«

Sie verabschiedet sich mit einer parfümduftenden Umarmung, ein bekannter Duft, dessen Namen ich gerade nicht erinnere, nimmt die Schuhe in die Hand und steigt aus.

KAPITEL 17

ERSTES BAD IM SEE

Eigentlich hatte ich vorgehabt, an diesem Abend nach Edsbyn zu fahren, aber ich habe meine Kondition überschätzt. Ich kaufe mir eine Pizza Margherita in der Pizzeria in Enviken, biege ein paar Kilometer nördlich vom Ort in einen schmalen Weg runter zum See ein und esse direkt aus der Schachtel. Das würde Mårten gar nicht gefallen, aber der ist ja nun mal nicht hier.

Die benutzten Kaffeetassen stapeln sich in dem kleinen Spülbecken. Darum muss ich mich kümmern, wenn ich bei Papa angekommen bin. Ich bin verschwitzt. Ob das Wasser wohl schon warm genug für ein kurzes Bad ist?

Ich schiebe die Füße in die Holzpantinen, hole mein Handtuch und gehe hinaus. Vor mir breitet sich ein klarer See aus, umgeben von Nadelwald. Das Wasser scheint nicht sehr tief zu sein, ein Stück entfernt ragt ein Steinhaufen über die Oberfläche. Genau an der Stelle, wo ich stehe, führt ein schmaler Sandstreifen ins Wasser. Das Wasser ist eiskalt an den Füßen.

Eine Windbö kräuselt die Oberfläche, ich krieg eine Gänsehaut. Katzenwäsche tut es sicher auch, ein bisschen Wasser unter den Achseln und gut ist es. Aber dann siegt der Stolz. Ich ziehe das Jeanskleid über den Kopf, hake den BH mit der Einlage auf und lege ihn auf den Boden. Ich zögere eine Sekunde, dann gehe ich in die Hocke und lasse mich ins Wasser gleiten. Mein Herz schlägt schneller und meine Muskeln ziehen sich zusammen. Ich fühle mich sofort frischer und klarer im Kopf. Erst jetzt sehe ich auf der anderen Seeseite ein paar rote Sommerhäuser mit Badestegen. Da habe ich im Bus ein ganzes Sortiment Badeanzüge und Bikinis und bade hier in meiner Unterhose. Das mit der Reklame muss ich noch verinnerlichen.

Ich schwimme mit raschen Zügen zurück ans Ufer, wickele mich in das Handtuch und laufe mit meinen Kleidern unterm Arm zurück zum Bus. Der Schlafalkoven sieht sehr einladend aus. Noch in das Handtuch gewickelt schüttele ich das Kissen auf und strecke mich aus. Die Szene mit dem Mann, der mich in dem Café zusammengestaucht hat, geht mir noch einmal durch den Kopf. Ich male mir aus, wie ich ihm mein Fleischklößchensandwich ins Gesicht drücke, oder besser noch, ihm eins aufs Maul gebe. »Das geht garantiert den Bach runter.« Wenn Mårten nicht auch so skeptisch wäre, könnte ich die Prophezeiung wahrscheinlich leichter ignorieren, aber nun vereinen sich die Stimmen der beiden zu einem irritierenden Männerchor; Mårtens »Bist du wirklich überzeugt davon?« und »Wäre es nicht ratsamer, ein Ladenlokal zu mieten?« mit »Das geht garantiert den Bach runter«.

Als hätte er gemerkt, dass ich an ihn denke, leuchtet eine Nachricht auf dem Display meines Handys auf.

Und, hattest du einen guten Tag?

Ja, sehr gut, antworte ich, um seinem Zweifel keine Nahrung zu geben. Und weiter: *Gute Nacht, schlaf gut!*

Gute Nacht, mein Schatz, antwortet Mårten.

Ich schreibe Simon eine SMS: *Hoffe, bei euch ist alles in Ordnung? Schlaf gut, Umarmung, Mama.* Er antwortet mit einem hochgestreckten Daumen.

Ich rücke das Kissen zurecht und lausche auf das Rauschen des Verkehrs auf der Straße. Jedes vorbeifahrende Fahrzeug leuchtet mit seinen Scheinwerfern das Businnere aus und ich komme nur schwer zur Ruhe. Die Stimmen in meinem Kopf melden sich wieder. *Dann viel Erfolg, aber so wird das garantiert den Bach runtergehen.* Ich kneife die Augen zusammen und rufe mir Vivvi MacLarens selbstbewusstes Mantra ins Gedächtnis. »Ich kann, ich will, ich glaube an mich.«

Irgendwann wird das Dröhnen der Holztransporter zu einer Art Hintergrundmusik, und ich gleite in einen wirren Traum, in dem ich durch die Gegend fahre und versuche, Pizzakartons zu verkaufen. Ich klappe einen Karton auf und zeige dem Kunden den Inhalt: ein hellblaues Unterwäscheset. *Ich glaube, Sie brauchen das dringender als ich,* sagt der Kunde. Ich schaue an mir herunter und sehe, dass ich nackt bin.

KAPITEL 18

SVABENSVERK

Ich bin gerade von meinem Morgenbad im See zurück, als das Handy auf dem Tisch vibriert. Avalon. Es ist kurz nach acht und ich wundere mich, dass er so früh auf den Beinen ist. Sind seine Warhammerfiguren fertig?

»Wie sieht deine Tourenplanung für die nächsten Tage aus?«, fragt er.

»Können wir das vielleicht etwas lockerer angehen mit dem Tourenplan? Gestern musste ich mir eine Standpauke von einem Typen anhören, weil ich es nicht nach Svärdsjö geschafft habe.«

»Du musst deine Geschäftsidee schon klar umreißen.«

Ich fühle mich nach der Nacht nicht ganz ausgeschlafen. Bin mehrmals aufgewacht und wusste nicht, wo ich war. Während Avalon einen Vortrag über die Bedeutung von Konsequenz und Klarheit hält, schaue ich im Schrank nach Kaffee. Mist, den haben wir ja gestern leer gemacht. Mir fällt auf der Strecke nach Edsbyn kein Café ein. Dann kann ich auch gleich in einem Rutsch zu Papa durchfahren. Mein Kopf dröhnt vor Koffeinabstinenz.

»Ich melde mich später wegen dem Tourenplan für den Tag. Erst mal schauen, was Papa sich ausdenkt.«

»Grüß Hilding von mir. Apropos, eine Lotta hat einen Kommentar geschrieben, dass du herzlich zum Kaffee eingeladen bist.«

»Wer ist Lotta?«

»Warte.«

Es raschelt im Lautsprecher, dann liest Avalon den Kommentar auf Instagram vor.

»Falls du an Svaben vorbeikommst, bist du herzlich zum Kaffee eingeladen! Lotta.«

Kaffee in Svabensverk klingt fantastisch, aber ich kenne dort niemanden. Schon gar keine Lotta

»Vielleicht ein neuer Fan?«, schlägt Avalon vor und lacht.

»Ich muss jetzt auflegen. Danke für die Hilfe.«

*

Wenig später habe ich meine Zähne geputzt, bin angezogen und sitze hinterm Lenkrad. Für die Uhrzeit ist ganz schön viel los auf der Strecke, ich begegne einigen Holztransportern und Kieslastern. Der Geruch der Holzspäne aus dem Sägewerk strömt durch das halb offene Seitenfenster. Kaum fahre ich an dem Schild vorbei, das die Landesgrenze zwischen Gävleborgs län und Hälsingland markiert, stellt sich ein harmonisches Gefühl ein. Blaue Berge und wilde Stromschnellen, mit Margeriten und leuchtend gelbem Hornklee überwucherte Wegränder. Der Menschenschlag hier ist sicher nicht weniger stolz als die Bewohner in Dalarna, aber vielleicht einen Tick bescheidener. Und der Himmel fühlt sich hier höher und weiter an. Zu Hause.

In Svabensverk überhole ich eine Frau auf ihrem Fahrrad. Ihre dicken Dreadlocks wippen im Wind, als sie den Kopf zur Seite dreht und winkt. Das Gesicht kommt mir bekannt vor. Ich rolle noch ein Stück weiter, ehe der Groschen fällt. Lotta aus Svaben. Das ist Lotta Berg! Lotta hat früher vier Häuser weiter die Straße runter gewohnt und war in der Schule zwei Klassen über mir. Damals war der

Altersunterschied unüberbrückbar, weshalb sich unsere Wege so gut wie nie gekreuzt haben. Ich trete auf die Bremse und halte in einer Haltebucht. Lotta holt mich mit ihrem Rad ein und ich rolle die Seitenscheibe ganz runter.

»Annie Andersson!«

Es ist schon ein paar Jahre her, dass ich meinen Mädchennamen gehört habe, und ich fühle mich zu den Namensaufrufen auf dem Schulhof nach den Sommerferien zurückkatapultiert.

»Was für ein glücklicher Zufall, dass ich gerade auf dem Rad unterwegs bin, wo du hier durchkommst! Und was für ein grandioser Bus! In echt noch viel schöner als auf den Bildern«, keucht Lotta mit rotem Kopf und Schweißperlen auf der Stirn. Sie trägt ein weites Batikkleid und radelt barfuß. *Ein echter Hippie*, würde Mårten sagen und die Augen verdrehen. Aber mir gefällt ihr Style. Lotta sieht zufrieden aus.

»Wohnst du hier?«, frage ich dumm.

»Ja klar! Ich bin auf dem Weg zu einer Nachbarin, um Zimtschnecken abzuholen. Tauschhandel, weißt du.«

Sie zeigt auf ihren Fahrradkorb, in dem ein paar Kräutersträuße liegen.

»Hast du Zeit für eine Kaffeepause?«

»Ein Königreich für einen Kaffee.«

»Ich flitz nur noch schnell zur Nachbarin und komm nach. Der Platz reicht dir zum Wenden, oder? Bei den Schlackesteinhäusern am Ortseingang biegst du ab. Ich wohne im zweiten. Chloé ist zu Hause. Meine Tochter.«

Ehe ich noch was erwidern kann, tritt sie schon wieder in die Pedale und ist weg. Ich wende also den Bus und fahre zurück. Ich kenne den kleinen Industrieort bisher nur von der Durchfahrt. Aber ich hatte schon öfter mal vor, anzuhalten und mir die Schlackesteinsiedlung anzusehen, die noch aus der Zeit stammt, als es hier ein Eisenhüttenwerk gab.

In dem überdachten Hauseingang sitzt ein Mädchen mit kurzen braunen Haaren und wirft Steine in den Garten. Ich schätze sie auf vielleicht neun Jahre. Auf einem Knie leuchtet eine rote Schramme.

»Hallo, du bist sicher Chloé, oder? Ich bin eine Freundin von deiner Mama.«

»Hallo.«

»Hast du dir wehgetan?«

Ich zeige auf ihr Knie und sie zuckt mit den Schultern.

»Bin im Kies hingefallen.«

»Habt ihr Desinfektionsspray zum Reinigen?«

»Ja, ich weiß, wo es ist.«

Ich gehe hinter Chloé her in die Küche, wo Wäscheberge zwischen Tomatenpflanzen liegen und ein halb fertiges Puzzle von einem Bergsee den ganzen Küchentisch einnimmt. Chloé holt Watte, Desinfektionsspray und Pflaster aus dem Bad und ich helfe ihr, die Wunde zu reinigen und zu verpflastern.

»Hat es doll wehgetan?«

»Nö. Oder, ein bisschen schon.«

Lotta kommt herein und stellt den Fahrradkorb auf das Puzzle. Ein paar Teile fallen auf den Boden. Ich bücke mich und hebe sie auf.

»Ach wie schön, Annie. Wir haben uns ja echt hundert Jahre nicht gesehen.«

»Mindestens«, sage ich und umarme sie.

Sie sieht jung aus mit ihren schulterlangen Dreadlocks. Früher hatte ich lange und Lotta kurze Haare wie ihre Tochter. Ich denke ein bisschen wehmütig an früher, als ich mit meinen Freundinnen auf der Straße hin und her geradelt bin oder wir Himmel und Hölle oder Gummitwist gespielt haben, während Lotta und die älteren Mädchen in einer parfümduftenden Wolke mit gemopsten Zigaretten in den Jackentaschen vorbeischlenderten. Sie war mir damals so viel älter vorgekommen, dabei waren wir beide noch Kinder.

»Mama«, sagt Chloé. »Mama. Fahren wir bald?«

»Aber Schatz, was ist denn mit deinem Knie passiert?«

»Chloé ist hingefallen und ich hab ihr beim Verpflastern geholfen«, sage ich. »Aber es ist nur eine kleine Schramme, oder?«

Chloé nickt. Ich schiele zur Kaffeemaschine, die Kanne sieht frisch aufgebrüht aus. Lotta fängt meinen Blick ein.

»Ich hab versäumt, den Haken bei der Kaffeeeinladung zu erwähnen. Wir haben einen Radausflug an den See geplant.«

Ich bin kurz davor zu sagen, dass ich auch gerne schnell einen Kaffee im Stehen trinke, als Lotta mir mitteilt, dass sie ein Gästefahrrad für mich haben.

Ein paar Minuten später sitze ich auf einem etwas zu niedrigen rostigen Damenrad mit nicht vorhandener Bremse. Wir strampeln an der Fernstraße entlang und spüren den Wind im Rücken, wenn die Lastwagen an uns vorbeiziehen. Endlich biegen wir auf einen kleineren Weg ab.

»Das hier ist der schönste Weg weit und breit!«, juchzt Lotta und rauscht das Gefälle hinunter. Der Wald öffnet sich und ein schlängeliger, schmaler Landstreifen führt durchs Wasser auf eine kleine Insel. Zum Bremsen muss ich die Füße auf dem Boden aufsetzen. Es geht gleich weiter auf den nächsten schmalen Damm, der auf beiden Seiten von glitzernd blauem Wasser eingerahmt ist. Chloé, die vorfährt, hält an einer Bank an, als wir auf die nächste Insel kommen.

»Hier picknicken wir!«, ruft sie.

»Was für ein Platz«, sage ich und wische mir den Schweiß von der Stirn. »Ich bin schon hundertmal an Svaben vorbeigefahren, ohne auch nur zu ahnen, wie schön es hier ist.«

»Irre, oder?«

Endlich nimmt Lotta die Thermoskanne aus dem Korb. Meine Hände zittern schon vor Abstinenz, als ich den Becher nehme und einen großen Schluck von dem glücklicherweise ordentlich starken Kaffee trinke. Ich schließe die Augen und wärme mein Gesicht in der Vormittagssonne. Das wäre mir nicht im Traum eingefallen, dass ich im Laufe des Tages mit Lotta Berg Kaffee trinke und Picknick mache.

»Wie hat es dich hierher verschlagen?«, frage ich.

Sie streicht sich eine Dreadlock aus dem Gesicht.

»Die Liebe. Chloés Papa François hat hier gelebt. Inzwischen ist er wieder zurück in Frankreich.«

»Wie schade.«

»Ach, wir kommen auch so gut zurecht. Aber natürlich würde ich mir wünschen, dass Chloé regelmäßigen Kontakt zu ihrem Papa hat. Er ruft zu ihren Geburtstagen und zu Weihnachten an, aber mehr auch leider nicht.«

Sie tätschelt mein Knie.

»Und bei dir? Wir geht es dir? Und deiner Familie?«

Ich erzähle ihr von meinem Vater Hilding, der mit seinen fünfundsiebzig Jahren auf dem Buckel noch ziemlich gut drauf ist. Und von Mårten und Simon und meiner polyamourösen Schwester. Meine Krebsgeschichte überspringe ich, weil es wahrlich aufmunterndere Gesprächsthemen gibt. Chloé ist ans Ufer gelaufen und wirft Steine ins Wasser.

»Interessant, Fia hat eine Dreierbeziehung? Liegt das an ihren Verlustängsten?«

»Wie meinst du das?«

»Na ja, ich denke an eure Mutter, die bei dem Autounfall ums Leben gekommen ist. Vielleicht hat sie seitdem Angst, noch mehr Menschen zu verlieren, die ihr nahestehen ... Rundumabsicherung, sozusagen.«

»Mama ist bei keinem Unfall gestorben, sie hatte Brustkrebs.«

Lotta dreht das Gesicht zu mir und streicht sich eine Locke aus dem Gesicht.

»Mein Gott, das tut mir leid.«

»Kein Problem, ist ja schon lange her.«

»Da hab ich mich wohl verhört beim Belauschen der Erwachsenen. Oder mein Gedächtnis lässt nach.«

Ich lache.

Davon kann ich ein Lied singen. Ich vergesse momentan auch ständig, wo ich meine Autoschlüssel hingelegt habe.

Chloé kommt angerannt und trinkt gierig ein Glas Saft.

»Mama, ich will wieder nach Hause.«

»Jetzt schon? Und was willst du zu Hause?«

»Die Schafe streicheln.«

Lotta sieht mich an.

»Ah ja, die Schafe streicheln. Dann machen wir uns wohl besser mal auf den Heimweg. Aber auf dem Rückweg will ich alles über deinen Bus hören, Annie. Wie zum Teufel hast du dieses Schmuckstück gefunden?«

Ich lächele innerlich.

»Der Bus hat wohl eher mich gefunden.«

KAPITEL 19

BINGSJÖ

Eine Freundin von Lotta wohnt in Bingsjö. Nachdem ich nach dem Kaffee noch zu einem Mittagsimbiss eingeladen worden bin, kann ich schlecht ablehnen, einen Umweg bei ihr vorbei zu machen und meinen Bus bei ihr zu parken.

Eigentlich wollte ich um diese Zeit längst bei Papa sein, aber er ist verständnisvoll, als ich ihn aus dem Bus anrufe.

»Du kommst, wenn du kommst«, sagt er nur.

Ich fahre also zurück über die Landesgrenze, während meine Gedanken um das Gerücht vom Autounfall kreisen. Lotta ist nicht die Erste, die davon spricht. Nach den schrecklichen, verlängerten Sommerferien nach Mamas Tod bin ich in der Schule von mehreren Leuten auf den »Unfall« angesprochen worden. Ich hab nie rausgekriegt, wer das Gerücht in die Welt gesetzt hat und warum. Lange Zeit hatte ich den Verdacht, dass es von Papa kam. Weil ihm die Wahrheit, dass der Krebs Mama dahingerafft hat, zu schwer zu schaffen gemacht und er sich was Konkreteres ausgedacht hat. Aber eigentlich hat er in der ersten Zeit nach ihrem Tod gar nicht über sie geredet.

Links von der Straße öffnet sich ein weitläufiges, hügeliges Grasareal. Auf dem höchsten liegt ein altes, zweigeschossiges rotes Holzhaus neben einem kleineren Wohnhaus und einer Blockhausscheune. Ein unwirklich schöner Flecken Erde in dieser waldigen Hügellandschaft. Es gibt noch andere große, von Zäunen umgebene Gehöfte mit großen Scheunen und eine dicht umeinander gruppierte Ansammlung älterer Holzhäuser, die vermutlich schon vor der großen Landreform dort standen um eine weiße Kapelle, deren Glockenturm mit geteerten Holzschindeln verkleidet ist. Die Sonne ringt gerade mit einer großen grauen Wolke, die lange Schatten über die Wiesen und die falunroten Holzhäuser wirft, die je nach Einfallswinkel der Sonne zwischen strahlendem Hellrot und einem dumpfen fast violetten Ton im Schatten oder in der Dämmerung changieren.

Ich rolle im Schritttempo auf den Parkplatz des Dorfladens und schalte den Motor aus. Der Duft der Traubenkirsche strömt durch die offenen Fenster.

Lottas Freundin will mich um halb drei hier treffen, jetzt ist es Viertel nach zwei. Ich nutze die Zeit für einen Anruf bei Simon. Wie erwartet geht er nicht ran, also frage ich ihn in einer SMS, wie es ihm geht.

Gut, kommt nach ein paar Minuten die Antwort.

Läuft es gut in der neuen Klasse?

Ja.

Wenn Simon schreibt, dass alles gut ist, muss ich darauf vertrauen, dass es so ist, wenn ich ihm nicht mit weiteren Fragen auf die Nerven gehen will.

Es klopft an der Bustür. Ich mache auf. Eine Frau mit rundem Gesicht schaut herein.

»Hallo, du bist sicher Annie?«

»Genau. Und du bist …«

Warum habe ich bloß so ein schlechtes Namensgedächtnis.

»Elin«, antwortet die Frau. »Du kannst den Bus auf dem Acker hinter unserer Scheune parken. Einfach ein Stück den Schotterweg runter.«

»Steig ein.«

Elin setzt sich auf die Beifahrerbank und ich setze zurück auf die Straße. Der Himmel wird immer dunkler, gleich darauf klatschen die ersten Regentropfen an die Windschutzscheibe. Elin lenkt mich auf die Rückseite einer großen Scheune.

»Kann ich dir was anbieten?«, fragt Elin. »Kuchen, Lunch, Kaffee?«

»Gerne Kaffee. Und ein paar Kundinnen, wenn möglich.«

»Die kommen! Ich habe alle Bekannten angeschrieben.«

Wie viele Frauen mögen wohl in so einem Ort wohnen? Ich brauche gar nicht lange zu grübeln, als ein Landrover auf dem Weg parkt und vier Frauen aussteigen. Den Gesichtszügen nach zu urteilen scheinen sie verwandt zu sein.

»Das ist also der berühmte BH-Bus?«, sagt die Älteste des Viererkleeblatts. Sie hat wache Augen und ein lila Tuch um die Haare geknotet.

»Berühmt, weiß ich nicht, aber ansonsten, ja. Kommen Sie rein.«

»Immer wieder schön, wenn was los ist im Dorf«, sagt die Frau. »Dienstags kommt der Bücherbus und einmal im Monat der Fischwagen. Na, hier gibt es aber wirklich Unterwäsche. Haben Sie auch Abecita?«

»Leider nein, aber eine Reihe anderer guter Marken.«

Ich helfe ihr beim Aussuchen eines BH-Sets aus weißer Baumwolle und kümmere mich dann in absteigender Altersfolge um die anderen Frauen. Wie sich herausstellt, ist die älteste die Mutter der zwei Frauen mittleren Alters, die wiederum die Tanten der jüngsten sind, die vielleicht sechzehn oder siebzehn ist. Sie trägt das blonde Haar in einem Zopf und sieht sportlich aus.

»Kennst du deine Größe?«, frage ich vorsichtig. Ich weiß noch, wie peinlich es mir in dem Alter war, vor anderen über Unterwäsche zu reden.

»Nein, kleine Größe halt.«

Ich nicke.

»Ich schätze mal, du hast einen 70er Umfang und Körbchengröße B. Schau dir die an, bei denen 70B oder C auf dem Etikett steht. Sag Bescheid, wenn du was findest, das dir gefällt, dann kannst du gerne anprobieren.«

Nach ein paar Minuten verschwindet sie mit verschiedenen BH-Modellen und einem roten Bikini in der Kabine.

»Wohnst du auch hier?«, frage ich durch den Vorhang.

»Mein Vater wohnt hier. Ich wohne bei meiner Mutter in Gävle.«

»Es ist schön hier.«

Keine Antwort.

»Passt was?«, frage ich nach einer Weile.

»Ich weiß nicht.«

»Darf ich gucken?«

»Okay.«

Der schwarze BH, den sie anhat, sieht einen Hauch zu klein aus, vermutlich die Körbchengröße.

»Sieht aus, als bräuchtest du ein C-Körbchen. Soll ich dir einen holen?«

»Das ist mein Fett.«

Sie drückt in der Achsel eine Hautfalte zwischen den Fingern und starrt in den Spiegel.

»Das quillt richtig raus.«

Es versetzt mir einen Stich, als ich dieses durch und durch gesunde, schlanke Mädchen vor mir sehe, die sich für zu dick hält. Aber ich bin selber ja auch nicht viel besser. Im Augenblick habe ich überhaupt kein Verhältnis zu meinem Körper. Er ist einfach da. Ich lächele sie an.

»So geht es vielen, glaub mir. Ich sehe bei meiner Arbeit so viele Mädchen und Frauen. Ich hol dir die andere Größe zum Probieren.«

»Okay.«

Die nächste Größe sitzt perfekt. Aber das Mädchen sieht noch immer nicht zufrieden aus. Sie drückt einen Zeigefinger in den Jeansstoff über ihrer Hüfte.

»Hipdips hab ich auch. Damit sehen alle Slips bescheuert an mir aus.«

»Hipdips? Was ist das?«

»Sie wissen nicht, was Hipdips sind?«

»Noch nie was davon gehört.«

»Hier.«

Sie nimmt ihr Handy heraus und zeigt mir ein Youtube-Video von einem total durchtrainierten, gertenschlanken Mädel, das demonstriert, was sie gegen die winzige Einbuchtung an ihrer Hüfte unternommen hat. Ein roter, blinkender Pfeil markiert, wie die Hüfte vor ihrem Trainingsprogramm aussah, und ein grüner Pfeil das Resultat danach. Der Clip hat mehrere Hunderttausend Likes.

»Herrjemine«, rutscht es mir heraus. »Das nenne ich Probleme schaffen, wo keine sind. Das ist doch reine Geldmache.«

Das Mädchen schiebt das Handy in die Gesäßtasche zurück.

»Auf mich macht das den Eindruck, als wolle das Mädel bloß ihren Kurs verkaufen«, sage ich.

»Sie bietet auch ein Training für innen aneinanderreibende Schenkel an. Und für einen knackigeren Po.«

»Warum dürfen Oberschenkel sich nicht berühren?«

»Ich weiß es nicht genau. Das ist einfach so.«

Ich fühle mich fast ein bisschen mies, weil ich erleichtert denke, wie froh ich bin, dass Simon kein Mädchen ist und nicht so einem Krieg gegen seinen Körper ausgesetzt ist. Natürlich gibt es auch Idealbilder für Jungs, aber ich hab noch nie was davon gehört, dass Männerbeine sich irgendwo nicht berühren oder Hüften sich nicht nach innen wölben dürfen.

»Aber es gibt auch Influencer, die zeigen, dass alle schön sind, wie sie sind«, sagt das Mädchen weiter. »Aber auch wenn sie sagen, dass ihnen Aussehen nicht wichtig ist, posten die nur Bilder von sich selbst. Und dann wollen sie, dass man ihre Kosmetik kauft.«

Ich seufze.

»Das kommt mir irgendwie bekannt vor. Früher gab's zwar noch keine sozialen Medien, dafür aber Mädchenmagazine. Ich habe erst mit dem Älterwerden gelernt, dass der Körper der beste Freund ist.«

»Was heißt das?«

»Na ja, er ist in so vieler Hinsicht fantastisch. Dass wir uns bewegen können. Schwimmen und tanzen und … dass wir machen können, was wir wollen.«

Ich hätte um ein Haar Kinderkriegen gesagt, aber das ist vielleicht eher ein abschreckendes Beispiel.

»Ich finde jedenfalls, dass der BH perfekt sitzt und dir sehr gut steht. Es gibt auch einen passenden Slip dazu, falls du magst«, sage ich.

Und da geschieht das Unfassbare. Ich entlocke diesem ziemlich bockigen Teenager ein Lächeln. Für eine kurze Sekunde strahlen mich ihre funkelnd grünen Augen an. Da mir das bei meinem eigenen Sohn schon sehr lange nicht mehr gelungen ist, fühlt es sich wie ein kleiner Sieg an. Offenbar halten mich nicht alle Teenager für eine trutschige, abgehängte Alte.

»Ich frag mal eben bei Mama nach, ob Sie Ihnen per Swish das Geld überweisen kann.«

»Das freut mich, dass dir die Unterwäsche gefällt. Und du, streich doch das Wort Hipdips aus deinem Vokabular. Es gibt viel schönere Worte, die man sich merken kann.«

»Zum Beispiel?«

Ich sehe mich im Bus um und bleibe mit dem Blick an der Frontscheibe hängen.

»Wischerblätter.«

»Das kenn ich schon.«

»Auch Oldtimerbuswischerblätter?«

Sie lacht.

»Nein.«

»Dann hast du heute was Neues gelernt.«

Mein Handy vibriert und verkündet den Eingang einer Zahlung. Wir verabschieden uns. Ich setze mich auf den Fahrersitz und erhole mich einen kurzen Moment von der Begegnung. Hoffentlich habe ich dem armen Mädel kein Trauma fürs Leben verpasst. Man weiß nie, wie die Sachen in dem Alter ankommen.

Trotz des stärker werdenden Regens verirren sich noch ein paar mehr Kundinnen hierher und verteilen den Matsch von dem Fußabtreter im Bus und hängen ihre nassen Jacken auf. Für die Größe des Ortes verkaufe ich erstaunlich viel. Vielleicht ist es ja wirklich so, dass alle sich freuen, wenn mal was in den kleineren Ortschaften los ist. Besonders, wenn kein Badewetter ist.

Elin kommt mit einer Thermoskanne Kaffee.

»Du musst mir helfen, einen passenden Bikini zu finden«, sagt sie. »Gerne in Marineblau. Wir wollen nach Griechenland und ich möchte was Schickes für den Strand.«

Die gängigen Größen werden langsam knapp in meinen Lagerbeständen. Ich finde keinen marineblauen Bikini, der richtig gut an Elin sitzt, dafür einen türkisfarbenen. Das ist völlig in Ordnung für sie und ich gebe ihr Rabatt, weil sie so viele Kundinnen rangeschafft hat.

»Komm gerne mal wieder vorbei!«, sagt sie beim Verabschieden.

»Das mache ich!«

Für heute reicht es mir, ich bin völlig erschlagen. Die Müdigkeit hängt über mir wie ein schwerer Schatten. Ich trinke meinen Kaffee aus, setze mich hinters Steuer und starte den Motor. Ich löse die Handbremse, lege den ersten Gang ein und gebe Gas. Aus dem hinteren Teil ist ein schleifendes Geräusch zu hören. Ich gebe noch einmal Gas, diesmal vorsichtiger. Der Bus bewegt sich keinen Millimeter.

Als ich raus in den Regen gehe, sehe ich, dass die Hinterreifen sich tief in den Schlamm eingegraben haben. Was sich beim Reinfahren stabil angefühlt hat, ist jetzt vom Regen aufgeweicht.

»Scheiße«, fluche ich leise, als ein eiskalter Regentropfen auf meinem Nacken landet und die Wirbelsäule hinunterläuft. Ich schüttele mich. Wie löse ich das jetzt? In welchem der Häuser wohnt Elin?

Von der Dorfstraße ist ein Knattern zu hören. Ich stelle mich an den Wegrand und winke dem roten Traktor zu, der auf mich zufährt.

Es ist wie eine kitschige Szene aus einem Hollywoodfilm: Frau in Not winkt auf dem Land desperat um Hilfe. Wenigstens trage ich keine hochhackigen Schuhe.

Zu meiner Erleichterung hält der Traktor an und ein Mann in gelber Regenjacke und passendem Südwester steigt aus. Seine Gummistiefel reichen bis an die Knie.

»Hallo, ich habe mich mit dem Bus auf dem Acker festgefahren. Können Sie mir vielleicht helfen?«

»Sind Sie die Frau, die die Unterwäsche verkauft? Meine Tochter ist total happy nach Hause gekommen.«

Er lacht unter seinem Regenhut, an seinen Augenwinkeln fächern sich feine Lachfalten auf. Jetzt erkenne ich die Ähnlichkeit mit dem jungen Mädchen, das vorhin bei mir war.

»Das freut mich, dass sie zufrieden war. Es kommt schon vor, dass Teenager mich peinlich finden.«

Der Mann lacht.

»Das Gefühl kenn ich. Matts mein Name.«

»Angenehm, hallo. Annie.«

Wir schütteln uns die Hand. Er hat eine unmittelbar beruhigende Wirkung auf mich. Er ist irgendwie … ich suche nach dem richtigen Wort. Unbeschwert, vielleicht? Was daran liegen könnte, dass er wie ein rettender Engel auftaucht, wenn ich im Schlamm feststecke.

»Ich hol nur kurz ein Abschleppseil von zu Hause, dann sollten wir Sie hier schon rauskriegen.«

»Glauben Sie? Tausend Dank.«

Ich warte im Bus, bis Matts mit seinen Ketten zurückkommt. In der Zwischenzeit simst Mårten: *Alles gut bei dir?* Als würde er spüren, dass ich Probleme habe.

Sehr gut, habe heute viel verkauft!, antworte ich und gehe nach draußen, als ich den roten Traktor zurückkommen höre.

»Ich probier's mal hier vorne«, sagt Matts und kniet sich in das nasse Gras, um die Ketten zu befestigen.

»Da wollen wir doch mal sehen, ob wir Sie nicht loskriegen.«

Ich starte den Motor und gebe vorsichtig Gas, als der Traktor langsam lostuckert. Die Ketten spannen sich und die Reifen graben sich noch tiefer in den Schlamm. Ob das wirklich funktioniert? Plötzlich macht der Bus einen Ruck nach vorn und die Reifen arbeiten sich aus der Rinne. Ich atme erleichtert auf, als ich auf den Schotterweg fahre.

Der ganze Unterboden und die eigentlich weißen Reifen sind matschverschmiert.

»Ich hätte zu Hause eine Hochdruckspritze«, bietet Matts an, als ich mich auf die erste Traktorstufe hochstemme, um mich bei ihm zu bedanken.

»Ach, darum kümmere ich mich später. Aber danke fürs Angebot.«

»Falls das noch mal passiert, ein Tipp: Bretter unter die Hinterreifen legen.«

»O ja. Heute habe ich eine Lektion gelernt.«

»Heißt es nicht, dass ein Tag ohne ein Missgeschick ein verlorener Tag ist?«

Matts zwinkert mir zu und ich lache.

»Dann war das für heute hoffentlich mein Missgeschick.«

»Ich drück die Daumen. Machen Sie's gut.«

Als ich von der Stufe steige, ruft er hinter mir her:

»Wie heißt er eigentlich?«

»Wer?«

»Der Bus. Busse und Boote sollten immer Namen haben.«

»Da hab ich auch schon daran gedacht, aber mir ist noch nichts richtig Gutes eingefallen.«

»Vielleicht kommt es ja mit der Zeit.«

»Ja, vielleicht.«

Matts hebt die Hand zum Gruß und tuckert davon. Ich steige in den Bus und fahre auf den regennassen Schotterweg. Was für reizende Menschen es doch gibt.

KAPITEL 20

NACH HAUSE AUFS LAND

Ich schalte runter und drücke das Gaspedal durch, damit der Bus die Steigung packt. Vom höchsten Punkt hat man meilenweite Aussicht über die saftig grünen Frühsommerwälder. Weit vor mir sichte ich ein weißes Wohnmobil. Normalerweise nerven die mich bei Fahrten zu Papa, aber mit dem Bus habe ich ohnehin keine Chance zu überholen. Ich lehne mich im Sitz zurück und atme die frische Luft, die durch das geöffnete Seitenfenster hereinströmt, ein.

Die Reise ist jetzt schon um einen Tag verzögert, aber das scheint zu Hause niemanden zu stören. Simon ist glücklich, dass er Sommerferien hat, und Mårten arbeitet eh den ganzen Tag. Ich hatte gehofft, dass sich mein Gedankenchaos durch die räumliche Trennung etwas klärt, zugleich stresst mich aber die Vorstellung, mich selbst zu sortieren. Wieder in unsere Beziehung zurückzufinden. Wie soll es sonst weitergehen?

Will ich mit 44 Jahren wirklich noch einmal neu anfangen, einen Strich unter 19 Jahre Ehe ziehen, weitergehen? Wie macht man so was? Ich habe keine Ahnung und will es eigentlich auch gar nicht wissen. Der Gedanke daran ist, wie mit einem Bus auf einen Abgrund zuzufahren. Zeit, denke ich. Ich brauche mehr Zeit. Und na ja, bis jetzt bin ich ja auch erst zwei Tage unterwegs.

Auf der Zielgeraden nach Edsbyn sehe ich das zweigeschossige Einfamilienhaus, in dem mein erster Freund Urban jetzt mit seiner Familie wohnt. Im Garten steht eine quietschbunte Rutschbahn neben einem großen Trampolin. Soweit ich weiß, hat er drei Kinder. Früher haben wir in der kleinen Waldhütte hinterm Haus seiner Eltern rumgeknutscht, jetzt ist er Vater von drei Kindern. Ich erinnere mich noch an den scharfen Geruch seines Deos und die Spleißen in den leidlich zusammengezimmerten Brettern, die noch Wochen später in den Beinen oder Pobacken steckten. Noch mehr Einfamilienhäuser schwirren vor dem Fenster vorbei, eine Grundschule, die Salemkirche und die Fensterfabrik, in der Papa sein gesamtes Arbeitsleben verbracht hat.

Wie mein Leben wohl aussähe, wenn ich hier geblieben wäre? Wenn ich nicht an jenem Abend mit Freunden nach Falun gefahren wäre und Mårten beim Feiern im Grand kennengelernt hätte. In dem Moment schießt mir durch den Kopf, dass ich noch gar nicht überlegt habe, wo ich den Bus abstellen soll. Ich rufe Papa an.

»Hallo, Annie. Wo bist du?«

»Gleich bei dir. Aber wo kann ich eigentlich parken?«

»Stell dich einfach auf den Parkplatz vorm Haus.«

»Ist das erlaubt? Der Bus ist ganz schön lang.«

»Das geht schon.«

Damit war das Thema erledigt. Edbyns Zentrum sieht aus wie immer mit seinem kleinen Supermarkt, der Roten Mühle, dem Spielzeugladen und dem Friseur mit seinem Drehschild. Ich fahre vor das Mietshaus, in dem Papa wohnt. Er steht schon vor der Tür und weist den Bus ein wie ein Parkwächter. Unter seiner roten, auf den Kopf gedrückten Schirmmütze ragen weiße Haarbüschel heraus. Der Anblick seines geraden Rückens lässt mich gleich meine

Körperhaltung justieren. Ich sacke hinterm Lenkrad immer ganz schnell zusammen.

Ich öffne das Seitenfenster.

»Hier kann ich doch nicht stehen bleiben?«

»Gar kein Problem. Ich hab ein Kabel aus der Waschküche rausgelegt, falls du irgendwas aufladen musst.«

»Und was sagt die Wohnungsgesellschaft dazu?«

Er dreht sich um und zieht ein Kabel mit Steckdose aus dem Kellerfenster.

»Wo ist dein Ladestecker?«

Noch nicht ganz überzeugt öffne ich das hintere Fach mit der Batterie.

»So, wunderbar«, sagt er, als der Stecker steckt.

Ich klopfe ihm in einer Begrüßungsumarmung auf den Rücken. Er riecht nach Rasierschaum und Lux-Seife, sein Rentnerduft. Als er noch gearbeitet hat, roch er immer nach frischen Sägespänen.

»Und wie geht es dir?«

»Noch keine Notschlachtung am Horizont. Aber klar, wenn die Rechtswinde noch schärfer blasen, lege ich mich irgendwann mit Schuhen an den Füßen aufs Küchensofa und stehe nie mehr auf. Rentenkürzungen, die Reichen werden immer fetter, während der arbeitende Mensch im Schweiße seines Angesichts bis zum letzten Schnaufer rackert.«

»Und, was sagst du zu dem Bus?«, frage ich, um das Gespräch von Papas politischem Pessimismus in etwas positivere Bahnen zu lenken.

»Ich schau mir den Motor später mal genauer an. Aber jetzt gibt’s erst mal Kaffee.«

Ich folge ihm die Treppe hoch in den ersten Stock. Die Tür ist angelehnt und Papas weißer Kater Afzelius streckt neugierig den Kopf heraus.

»Aha«, sagt Papa. »Jetzt begibt er sich auf Damenjagd.«
»Du hast ihn doch hoffentlich kastrieren lassen?«
Papa bückt sich und streicht dem stattlichen Kater über den Rücken.
»Das hilft nichts.«
Der Kater schlüpft an uns vorbei ins Treppenhaus, als wir in die Küche gehen, wo das rote Lämpchen der Kaffeemaschine leuchtet. Papa nimmt eine Papiertüte aus einem Schrank.
»Ich hab Biskuits bei Sommars gekauft, Daim. Das sind die besten.«
Die Küche sieht aufgeräumt aus. Die Tischkanten sind verkratzt, aber es ist alles sauber, selbst die Geschirrtücher. Da hab ich schon ganz andere Sachen gesehen beim ambulanten Pflegedienst, etwa zu Hause bei Valle. Wahrscheinlich ist sein Haus bereits an eine enthusiastische junge Familie mit kleinen Kindern verkauft, die es grundsanieren lassen. Meine Gedanken drehen sich im Kreis und landen wieder bei meinem ersten Freund.
»Erinnerst du dich noch an Urban, mit dem ich früher zusammen war? Ich bin an seinem Haus vorbeigefahren. Er soll drei Kinder haben«, sage ich und schenke uns beiden einen Kaffee ein.
Papa legt die Biskuits auf einen Teller und setzt sich mit einem kaum hörbaren Stöhnen auf seinen Platz.
»Urban? Ja, da bist du noch mal glimpflich davongekommen. Seine Schwester sitzt bei Konsum an der Kasse. Eine ganz blöde Schnattergans. Und er ist ein spießiger Golfer.«
Ich kichere. Papa ist manchmal gnadenlos in seinen Urteilen, aber unerwartet oft trifft er ins Schwarze. Blöde Schnattergans ist eine ziemlich korrekte Beschreibung von Urbans kleiner Schwester, wie ich mich von früher an sie erinnere.

Papa beißt genüsslich in einen Biskuit und ich tue es ihm gleich. Die Schokoglasur zerschmilzt auf der Zunge, die Karamellstückchen knuspern zwischen den Zähnen, die Buttercreme ist genau richtig weich und der Boden schön zäh. Ich schlinge es mit wenigen Bissen herunter und lecke mir die Finger ab.

»Herrgott, wie lecker. Mårten versucht, alle Süßigkeiten von mir fernzuhalten.«

Papa schaut interessiert aus dem Fenster.

»Ah, da ist eine Dame von der Wohnungsverwaltung.«

Ich spüle den letzten Bissen mit einem Schluck Kaffee runter, springe in meine Holzclogs und laufe die Treppe runter. Eine Frau in einer roten Weste mit dem Logo der Immobiliengesellschaft steht mit dem Rücken zu mir und scheint den Bus zu inspizieren.

»Hallo, Entschuldigung! Das ist mein Bus, ich bin nur kurz zu Besuch bei meinem Vater …«

Sie dreht sich zu mir um und hebt das Kabel an, das im gekippten Kellerfenster verschwindet. Ich würde am liebsten in Grund und Boden versinken. Mir fällt spontan keine überzeugende Entschuldigung ein.

»Ich bezahle den Strom natürlich«, sage ich schließlich.

»Hallo Annie, erkennst du mich denn nicht?«

Ich versuche, das Gesicht einzuordnen, sommersprossig, Stupsnase, rotblonde Locken.

»Petra«, hilft sie mir auf die Sprünge, »aus deiner Klasse.«

Pony-Petra. Wir hatten unterschiedliche Freundeskreise, ich war bei den Bandymädels, sie bei den Pferdemädchen, die vor der Schule einen Parcours aufgebaut hatten und mit ihren Steckenpferden über die Hindernisse gesprungen sind. Tom aus der Parallelklasse hat irgendwann Petras Steckenpferd angezündet und musste nachsitzen. Ihr Spitzname Pony-Petra hat sich trotzdem bis in die Mittelstufe gehalten.

»Ach, hallo Petra! Sorry, ich bin total gesichtsblind. Und auch Entschuldigung wegen des wilden Parkens. Ich wusste nicht, wo ich den Bus abstellen kann, und Papa hat drauf bestanden, dass ich ihn hier parke. Wie geht's dir denn so?«

»Ist das dein Bus?«

»Ja, ich fahre über Land und verkaufe Unterwäsche. Das ist meine erste Tournee, sozusagen.«

»Unterwäsche? Echt jetzt? So ein schöner Bus. Ihr hattet doch schon mal einen Oldtimer, oder?«

»Ach je, meinst du den Ford? Das ist aber Ewigkeiten her.«

An Mamas puderblauen Ford Fairlane mit der harten Lederrückbank habe ich schon ewig nicht mehr gedacht. Was ist eigentlich aus dem geworden? Bestimmt hat Papa ihn verkauft. In der Zeit nach Mamas Tod war alles ziemlich durcheinander, ich erinnere mich nicht mal an die Hälfte.

»Ich schau mal, wo ich den Bus abstellen kann«, sage ich und tätschele die Karosserie. »Alfta Camping, vielleicht. Ich bleibe auch nur für eine Nacht.«

»Wohin hat es dich denn inzwischen verschlagen?«, fragt Petra und dreht eine Locke um ihren Finger. Ich fühle mich zurück ins Klassenzimmer an der Celsiusschule katapultiert, wo Petra damals schon mit abwesendem Blick ihre Locken gezwirbelt hat, während die Jungs zusammengeknüllte Papierkugel verschossen und den Mädchen Anspitzerspäne in den Kragen gesteckt haben.

»In Falun. Ich bin mit Mårten verheiratet und habe einen bald siebzehnjährigen Sohn, Simon.«

»Ach, wie schön! Es wohnen nicht mehr viele Leute aus der Schulzeit hier, da freu ich mich immer, mal wieder ein bekanntes Gesicht zu sehen.«

»Und bei dir so?«, frage ich, um das Thema zu wechseln.

»Du, alles super. Ich hab Tom Österberg geheiratet, wenn du dich an ihn erinnerst? Wir haben Zwillinge, zwei Jungs, da ist immer was los. Die beiden sind jetzt neun. Und spielen natürlich beide Bandy. Tom ist Trainer der Mannschaft.« Um ein Haar rutscht mir heraus, ob sie Fackel-das-Steckenpferd-ab-Tom meint, kann mich aber grad noch bremsen.

»Spannend. Also keine Pferdemädchen?«

Petra lacht.

»Nein, leider nicht. Und ich bin Hausmeisterin für diese Mietwohnungen.«

Sie beschreibt einen großzügigen Kreis mit der Hand, um ihr weitläufiges Königreich zu zeigen, das aus einer Ansammlung gelber Backsteinhäuser besteht.

»Wenn es nur für eine Nacht ist, kannst du meinetwegen ruhig stehen bleiben.«

»Echt jetzt?«

»Aber klar. Aber die Nachbarn könnten sich möglicherweise an dem Kabel stören.«

Ich werde rot.

»Natürlich, das räume ich gleich weg.«

»Verkaufst du auch in Edsbyn?«, fragt Petra.

»Hab ich auch schon drüber nachgedacht, weiß aber nicht so recht, wo ich mich hinstellen soll.«

Sie nickt langsam. Ich ziehe den Stecker und rolle das Kabel auf.

»Danke noch mal«, sage ich. »Hat mich gefreut, dich wiederzusehen.«

Petra grinst mich an.

»Ich habe eine Idee! Stell dich doch vor den alten Schreibwarenladen. Ich frag sicherheitshalber bei der Gemeinde nach, aber das dürfte kein Problem sein. Wenn du mir deine Nummer gibst, melde ich mich bei dir.«

»Ist das dein Ernst?«

»Ja klar.«

»Das wäre super. Du kriegst auch Rabatt, wenn du morgen vorbeikommst und was anprobieren willst.«

Ist das jetzt schon Beamtenbestechung?

Petra lächelt mich mit ihrem Überbiss an.

»Das hört sich gut an!«

Wir tauschen Telefonnummern aus und sie geht winkend zu ihrem Auto. Pony-Petra. Ich kann mich nicht erinnern, dass ich in der Schule einen Spitznamen hatte. Zumindest nicht Bandy-Annie.

KAPITEL 21

DIE BANK

Papa geht mit federnden Schritten neben mir her in den Ort. Er grüßt nach links und rechts, ich nicke, wenn ich jemanden wiedererkenne. Ein früherer Nachbar kommt aufgeregt winkend aus dem Farbhandel, einen Farbeimer in der Hand, rundes Gesicht und Lederkappe auf dem Kopf.

»Tach auch, Hilding! Habt ihr gesehen, dass euer Haus wieder zum Verkauf steht?«, fragt er.

»Willst du schon wieder dein Haus streichen?«, kontert Papa, aber der Nachbar fährt unbeirrt auf der gleichen Schiene weiter.

»Zwei Millionen wollen die dafür, das ist doch nicht normal. Aber offenbar haben sie die ganze Küche rausgerissen und es tippitoppi renoviert. Im Stockholm-Stil.«

Ich merke, dass Papa ungeduldig wird. Er will wohl nicht an das Haus erinnert werden, in dem wir als Familie gewohnt haben. Als Mama noch gelebt hat.

»So was nennt man freie Marktwirtschaft«, brummt er und geht weiter. Ich lächele den Mann entschuldigend an und laufe hinter Papa her.

»Was bist du denn so grantig?«

»Der Kerl ist so aufs Geld fixiert. Geld, Geld, Geld!«

Es hat keinen Sinn, mit Papa zu diskutieren, wenn er so gepolt ist. Wir spazieren am Volkshaus vorbei und an Pelles

Straßenimbiss, wo die Jungs aus unserer Klasse immer Flipper gespielt und wir Mädchen ihnen dabei zugeguckt haben. Sonderlich spannend war das wohl kaum, aber das hat man eben so gemacht. Genau wie die Fahrten in den Poserautos runter zum Jugendzentrum Södran oder zu den Festen in Jössebo. Brav, wie ich war, war ich nur bei wenigen Festen dabei. Langweilig, würden sicher die meisten sagen.

»Können wir bei dem alten Schreibwarenladen vorbeispazieren? Oder ist das zu weit?«

»Warum sollte das zu weit sein?«

Jonssons Papierladen, wie er damals hieß, ist mein Lieblingsgebäude in Edsbyn. Das graue Holzschloss aus der Blütezeit der Holzindustrie, mit vier Türmen, einem Prunkbalkon mit Schnitzereien auf Stelzenbögen.

Als ich noch klein war, wurden in dem Schreibwarenladen Zeitungen, Süßigkeiten und Tabakwaren verkauft. Ich erinnere mich an den Duftmix von Papier und Tabak und wie die Verkäuferinnen durch den Innenhof zum Tabaklager gegangen sind, wenn Kunden Zigaretten oder Snus verlangten. Der Laden ist schon lange geschlossen.

»Früher wurde noch ordentlich gebaut«, sagt Papa, als wir vor dem Gebäude stehen. »Keine Papphäuser oder Fertigbau. Oder diese Leichtbetonklötze, die überall aus dem Boden gestampft werden. Mit Kunststofffenstern.«

Es gibt wenige Dinge, die Papa so in Rage bringen können wie Kunststofffenster. Ich beeile mich, das Thema zu wechseln.

»Ich will mich morgen mit dem Bus hierherstellen und verkaufen. Petra von der Immobiliengesellschaft hat bei der Gemeinde nachgefragt, ob das in Ordnung ist. Kannst du dich noch an Petra aus meiner Klasse erinnern?«

»Petra? Das Mädchen, das wie ein Pferd aussieht?«

Mit dem Älterwerden haut Papa immer öfter solche Sachen raus, mit lauter Stimme, sodass jeder es hören kann.

»Ich finde das echt nett von ihr«, sage ich.

»Hm«, sagt Papa und schaut hoch zu dem Balkon vom Schreibwarenladen.

»Eine Schande, dass das Haus leer steht. Da hätte eine Familie mit zwölf Kindern Platz. Komm, gehen wir in die Konditorei und gönnen uns eine Zimtschnecke, wenn Mårten nicht dabei ist.«

Dann hat er tatsächlich mitbekommen, dass Mårten alles Süße aus meinem Speiseplan verbannen will. Manchmal weiß man das nicht so genau, ich hab oft das Gefühl, dass er nicht zuhört, aber dann kommt er viel später damit in irgendeinem Zusammenhang.

Wir machen uns auf den Weg.

»Was ich dich noch fragen wollte«, sage ich nach einer Weile. »Was ist eigentlich aus Mamas Auto geworden?«

»Welches Auto?«

»Der blaue Ford. Hast du ihn verkauft?«

Papa biegt zur Konditorei ab und geht prompt schneller, wie vom Zimtschneckenduft angezogen.

»Der ist auf dem Schrottplatz gelandet.«

»Auf dem Schrottplatz?«

»Der war völlig durchgerostet.«

Wieso kann ich mich weder an Rost noch daran erinnern, dass Papa den Wagen zum Schrottplatz gefahren hat? Die erste Zeit nach Mamas Tod hat er es morgens ja kaum aus dem Bett geschafft.

Papa öffnet die Tür zur Konditorei. Die Türglocke klingelt und heißt uns willkommen und die junge Frau hinterm Tresen lächelt Papa freundlich an.

»Na, ist wieder Kaffeezeit, Hilding?«

Papa beugt sich vor und begutachtet das Backwerk in der Auslage.

»Heute nehmen wir mal jeder einen Biskuit und einen Plunder. Und dann noch zwei Schokokugeln zum Mitnehmen.«

»Aber, Papa«, protestiere ich.

»Das ist meine Tochter, von der ich erzählt habe. Die ältere.«

»Ach, Sie sind die mit dem BH-Bus?«, sagt die Frau hinter der Theke, und ich registriere erstaunt, dass Papa beim Kaffee doch tatsächlich von mir erzählt hat.

»Kommen Sie gerne auf eine Anprobe vorbei, ich freue mich über jede Kundin«, sage ich.

»Das klingt spannend.«

Die Frau verteilt unsere Bestellung auf zwei Teller und ich beeile mich zu zahlen, bevor Papa seinen Geldbeutel rauskramen kann. Er murmelt einen schwachen Protest und trägt dann das Tablett zu einem Tisch, an dem drei ältere Damen sitzen.

»Mädels, das ist jetzt eure Chance, bei Annie zu bestellen! Höchste Qualität.«

Ich werde rot, gewinne meine Fassung aber schnell wieder.

»Ich verkaufe Unterwäsche. Slips und BHs. In den meisten Größen und Passformen.«

»Wirklich? Gibt es Hoffnung, irgendwann nicht mehr mit der vollen Pracht im Kaffee zu landen«, lacht eine der drei Frauen in einem blau geblümten Kleid. Alle lachen. Papa und ich setzen uns zu ihnen an den Tisch und ab da führt er das Verkaufsgespräch.

*

Am nächsten Morgen besuche ich Mamas Grab und pflanze neue Stiefmütterchen. Blau, ihre Lieblingsfarbe. Nach dem anschließenden Frühstück mit Papa fahren wir zusammen zum Schreibwarenladen. Der Bus passt genau in die Parklücke.

»Du solltest eine Bank für draußen haben«, sagt Papa, »auf der die Kunden warten können.«

»Ich habe vor, mir eine anzuschaffen.«

»Ich könnte in der Konditorei nach einer fragen?«

»Nicht nötig«, protestiere ich, aber da ist Papa schon unterwegs. »Du willst doch nicht eine von ihren Bänken leihen?«, rufe ich hinter ihm her. Er hebt die Hand in die Luft und winkt. Ich nehme mal an, dass die Biskuits locken. Und die Gesellschaft. Papa wird schnell nervös, wenn er nicht ins Sommars kann, um die neuesten Neuigkeiten zu erfahren.

Ich stelle den Kundenfänger auf und nehme die Spanngurte für die Kleiderständer ab, stelle sie in V-Formation auf. Eigentlich müsste ich mir einen Überblick über die Einnahmen machen, aber das muss bis zu Hause warten. Ich kann überhaupt nicht abschätzen, ob sich diese Tage finanziell gelohnt haben. Ich hab zwar eine Menge verkauft, aber der Diesel und das Essen außer Haus gehen ins Geld. Mårten würde mir wahrscheinlich einen Spontanvortrag über Sparsamkeit halten.

Ein paar vorbeifahrende Autos gehen vom Gas, ohne anzuhalten. Ich wähle Avalons Nummer, der aber nicht rangeht. Ich probiere es bei Fia.

»Wie läuft es?«, fragt sie.

»Ganz gut, glaube ich. Papa ist gerade unterwegs, um eine Bank in der Konditorei zu schnorren.«

Sie lacht.

»Ich sehe es vor mir. Zu den Verhandlungen gibt's dann sicher einen Kaffee, wenn er schon mal dort ist.«

»Bestimmt. Sag mal, ist Avalon zu Hause? Ich bräuchte Hilfe bei Instagram.«

»Er hat sich in seinem Zimmer eingeschlossen und spielt irgendein Game. Ich hab nicht ganz verstanden, um was es geht, aber er meinte, dass er nicht gestört werden will. Warum loggst du dich nicht einfach selber ein?«

»Du weißt doch genau, dass ich keine Ahnung davon habe.«

»Quatsch, sicher hast du das. Warte kurz, ich frag Avalon nach dem Passwort.«

»Er will doch nicht gestört werden?«

»Ach.«

Widerwillig notiere ich ihre Anweisungen auf einem Zettel. Ich soll ein Foto von dem Bus an seinem Standplatz machen, die Instagram-App runterladen und mich einloggen. Und dann das Bild posten. Ich weiß nicht, warum ich mich so gegen alle Apps sträube, ich empfinde das einfach als unglaublich stressig. Wo man hinschaut, starren alle Leute nur auf ihre Handybildschirme. Wahrscheinlich befürchte ich, dass es mich irgendwann auch erwischt, wenn ich die Schwelle zu den sozialen Medien überschreite.

»Danke, ich probier's später mal.«

»Ich kenn dich, das wirst du nicht tun.«

»Kann sein.«

Ich sehe eine Bewegung im Rückspiegel.

»Mein Gott, Papa ist im Anmarsch mit einer Bank und einer Rentnergang.«

Fia lacht.

»Viel Erfolg. Wir hören uns.«

Ich steige aus dem Bus. Papa hat so etwas wie eine Büßerbank unter dem Arm geklemmt und sieht unerhört zufrieden aus.

»Wo hast du die denn gefunden?«

»Bei Uffe.«

Ich nehme an, dass der lange, bärtige Mann neben Papa Uffe ist. Hinter ihnen kommt eine Gruppe älterer Damen mit weißen Haaren, Gehstöcken und Rollatoren.

»Die steht eh nur als Staubfänger im Schuppen«, sagt Uffe. »Schön, wenn sie noch mal zum Einsatz kommt.«

»Was kriegen Sie dafür?«

Uffe wedelt abwehrend mit der Hand.

»Gar nix.«

»Und das hier ist der Bus, von dem ich euch erzählt hab«, sagt Papa zu der versammelten Schar. »Annie hat eine große Auswahl, also rein mit euch und anprobieren!«

Ich weiß nicht, wie ich es finde, dass er den Schlepper macht, aber er wirkt so glücklich, dass ich ihn gewähren lasse. Papa und Uffe setzen sich auf die wackelige Bank, die aussieht, als wäre ein Bein kürzer als die anderen. Das muss ich irgendwann korrigieren.

Ich berate eine faltige Frau bei der Wahl eines Bikinis und danach ihre Freundin, die eine Unterhose kauft. Dann kommt Papas Freundin, die den Scherz mit ihrer Pracht im Kaffee gemacht und in der Tat einen völlig ausgeleierten BH trägt. Ich suche ihr ein paar Modelle mit mehr Halt und Lift.

»Hui, jetzt seh ich ja aus wie Dolly Parton!«, platzt sie heraus, als sie sich mit dem neuen BH im Spiegel sieht. »Da kann ich von nun an wohl nur noch auf dem Rücken schlafen.«

»Ich schlage vor, ihn nachts auszuziehen.«

»Niemals! Jetzt, wo ich den Busen auf dieser Höhe habe, werde ich ihn nicht mehr herunterlassen.«

Sie zieht ihr Kleid wieder an, bezahlt und geht raus. Vor dem Bus haben sich um die Bank noch mehr Männer versammelt, die applaudieren und pfeifen, als Edsbyns neue

Dolly Parton sich vor ihnen im Kreis dreht und halb zum Spaß mit wackelnder Hüfte davonstolziert.

»Ist das hier das neue Altherrenkränzchen?«, frage ich lachend.

»Vielleicht solltest du für die wartenden Ehemänner noch ein Bällebad anschaffen«, sagt Papa gut gelaunt.

Eine Frau, die auf einem Rollator sitzt, lacht.

»Gott bewahre, dass die Alten was Eigenes unternehmen, während wir Kleider anprobieren.«

»Wer ist als Nächste dran?«, frage ich und helfe der Kundin in den Bus. Sie hat Schwierigkeiten mit den Stufen, also hake ich sie unter und bitte sie, auf dem Fahrersessel Platz zu nehmen, wo ich ihr verschiedene Modelle vorführe.

Sie zeigt mit ihrem Stock auf einen weißen BH.

»Den nehme ich.«

»Die Anprobekabine ist da drüben.«

»Ach was. Ich hab ein gutes Augenmaß, der passt bestimmt.«

Meine Geschäftsidee basiert ja eigentlich auf der individuellen Beratung für jede Kundin. Aber sie ist extrem hartnäckig und so gebe ich irgendwann nach.

Danach ist es eine Weile ruhig. Ich schenke mir einen Kaffee ein und nehme die Kanne mit raus zu dem Rentnertrupp auf der Bank oder ihren Rollatoren. Pappbecher habe ich immer noch keine besorgt, aber vorausschauend bei Papa alle Tassen gespült.

Es sind keine weiteren Kunden zu sehen. Vielleicht wirkt die Rentnergang ja abschreckend auf jüngere Leute, aber möglicherweise arbeiten sie auch noch um diese Zeit. Papa steht auf und dreht mit Uffes Hilfe die Bank auf den Kopf.

»Die Beine müssen auf gleiche Länge abgesägt werden, dann wird es stabiler.«

»Ich kümmere mich drum«, sage ich.

Er hört gar nicht zu.

»Wo willst du hin?«

»Uffe hat bestimmt eine Säge in der Garage.«

»Nicht nötig, ich kümmere mich drum.«

Keine Antwort.

Ich gehe kopfschüttelnd zurück in den Bus. Früher habe ich mir Älterwerden so vorgestellt, dass man wird wie ein Stein am Strand, vom Wasser glatt geschliffen und weicher mit den Jahren. Jedenfalls nicht scharfkantiger. Meine Jahre im Pflegedienst haben mich eines Besseren belehrt.

Ein Pkw schert hinter dem Bus ein und hupt. Petra steigt aus. Zum Glück ist Papa grad nicht da, ansonsten wär ich mir nicht sicher, dass er sich einen Pferdekommentar verkneifen könnte.

»Hallo!«, begrüßt sie mich gut gelaunt. »Wie läuft's bei dir? Keine Kundinnen?«

»O doch, Papa hat seine Freundinnen aus der Konditorei angeschleppt. Bis eben war hier sozusagen Rushhour.«

Ihr Blick wandert zu den Kleiderständern.

»Schau dich gerne um, ob was für dich dabei ist, ich mach dir auch einen Sonderpreis.«

»Gerne. Das sind echt tolle Farben.«

»Wenn du was findest, das dir gefällt, schau ich gerne nach, ob was in der passenden Größe dabei ist.«

Petra scheint eine Vorliebe für Grün und Türkis zu haben, was gut zu ihrem rotblonden Haar und den grünen Augen passt.

»Bist du dienstlich oder privat hier?«, frage ich, als ich den Umfang unter ihren Brüsten messe und ihr ein paar Modelle raussuche, die sie hinter dem Vorhang probiert.

»Ich mach grad Pause. Das ist der Vorteil bei meiner Arbeit, dass ich mir die Zeit selber einteilen kann. Ah, der hier sitzt wunderbar.«

»Darf ich gucken?«

Ich sehe mich in meiner Vermutung bestätigt, dass der türkisfarbene BH gut sitzen würde. So langsam bekomme ich einen guten Blick für die Größen.

»Superschön«, sage ich.

Petra lächelt so breit, dass es fast verkrampft aussieht.

»Den nehme ich. Da fühl ich mich richtig sexy.«

Sie schluchzt, immer noch lächelnd, und drückt den Daumenballen an ihr rechtes Auge.

»Fehlt dir was?«

»Nein, alles gut.«

Sie wischt sich über das andere Auge. Das Lächeln ist wie wegradiert, das Schluchzen wird stärker.

»Wie geht's dir wirklich, Petra?«

»Es ist nur ... Ich glaube, Tom ist das eh alles egal.«

Sie bricht in Tränen aus und ich hole eine Rolle Haushaltspapier aus der Küchenecke, reiße ein paar Blätter ab und reiche sie Petra, die in Jeans und BH vor mir steht und von einem Weinkrampf geschüttelt wird.

»Komm, zieh dich an, dann kannst du mir mehr erzählen, wenn du magst. Willst du einen Kaffee?«

Sie nickt und streckt sich nach der Bluse mit dem Immobilienlogo auf dem Rücken und auf der Brust.

»Ach Gott, ich sollte erst mal den BH wieder ausziehen, der ist ja noch nicht mal bezahlt.«

»Kein Stress. Ich setz neuen Kaffee auf. Milch?«

»Ja, gerne.«

Ich gieße den letzten Schluck Milch in Petras Becher und trage den Kaffee zu dem kleinen Tisch zwischen dem Fahrersessel und der Beifahrerbank. Petra hat dunkle Ringe unter den Augen. Sie zieht Luft durch die Nase ein und tupft sich mit den Papiertüchern das Gesicht trocken.

»Tut mir leid. Das war wirklich nicht geplant, hier in deinem Bus zusammenzubrechen.«

»Ist was passiert?«

»Ach, ich will dich damit nicht belasten. Herrgott, wir haben uns seit der Neunten nicht mehr gesehen, du hast mich ja noch nicht mal wiedererkannt!«

Sie lacht und ich lasse mich anstecken.

»Wenn das kein Grund ist, frei von der Leber zu erzählen?«

»Weil du nichts mit alldem zu tun hast?«

»So in der Art, ja.«

Petra trinkt einen Schluck Kaffee und denkt nach. Dann stößt sie einen langen Seufzer aus.

»Okay. So sieht es aus. Ich war Tom untreu.«

Ich schlucke zum Glück das um ein Haar herausgerutschte *Oje* herunter. Wenn ich mich schon als Bustherapeutin anbiete, sollte ich auf einen Seitensprung vielleicht nicht zu empört reagieren.

»Mhm«, sage ich stattdessen und bin erschrocken, dass ich fast wie Papa klinge.

»Mit einem Kollegen bei der Arbeit. Voll das Klischee.«

Ich stelle mir einen breitschultrigen Hausverwalter mit Werkzeuggurt vor.

»Ein Typ aus der IT-Abteilung«, erzählt Petra weiter, worauf ich meinem Hausverwalter Muskelmasse abziehe und ihn mit Gesundheitslatschen und Brille ausstatte.

»Meine Ehe kommt mir vor wie das reinste Privatunternehmen. Am Sonntag machen wir einen Essensplan für die Woche, danach sehen wir uns kaum noch. Tom ist die ganze Zeit beim Training. Und er hat keine Lust auf …«

»Körperliche Aktivitäten?«, schlage ich vor.

»Mmh.«

»Hast du ihn darauf angesprochen?«

»Ich hab's versucht.«

Ich weiß nicht, was ich ihr raten soll. Aber manchmal tut es ja auch einfach nur gut, sich seinen Kummer von der Seele zu reden, ohne dass gleich jemand mit Vorschlägen kommt. Petra sieht mich an.

»Das ist doch nicht normal, mehrere Jahre keinen Sex zu haben? Selbst, wenn man schon so lange verheiratet ist wie wir, hat man doch immer noch Lust aufeinander, oder?«

Ich weiche ihrer Frage aus. Sie will jetzt garantiert nichts über meine Zellgifttherapie hören, die Mårten und mich von Mann und Frau zu Pfleger und Patientin gemacht hat. Lust auf Sex? Meine Güte. An manchen Tagen habe ich ja noch nicht mal Lust, vom Sofa aufzustehen.

»Das ist sicher von Mensch zu Mensch verschieden«, sage ich pragmatisch. »Aber Ziel sollte ein Leben sein, mit dem man zufrieden ist. Oder? Sind Gefühle im Spiel für den IT-Typen?«

»Wenn ich das so genau wüsste.« Sie schüttelt nachdenklich den Kopf. »Weißt du, was ich gerne machen würde?«

»Nein?«

»Ich würde gerne wieder reiten. Das ist mir so richtig klar geworden, als ich dich mit deinem Bus gesehen habe. Ich finde das total inspirierend, dass du dein Ding machst und alleine durch die Gegend fährst. Mir fehlen die Pferde ganz schrecklich, aber für meine Hobbys und Bedürfnisse ist einfach keine Zeit. Bei uns zu Hause zählt nur Bandy, Bandy, Bandy. Ich bin diese ganze Bandykacke so leid.«

»Warum verbrennst du nicht einfach Toms Bandyschläger?«, schlage ich vor.

Sie runzelt die Stirn.

»Als Rache, meine ich.«

»Wofür?«

»Weil er in der Schule dein Steckenpferd verbrannt hat.«

»Hä? Wie kommst du denn da drauf?«

»Das Gerücht hat damals die Runde gemacht.«

Petra trinkt ihren Kaffee aus und macht Anstalten aufzustehen.

»Warte«, sage ich. Ich befeuchte ein Papierblatt unter dem Wasserhahn und wische ihr die verlaufene Schminke aus dem Gesicht. Sie lächelt müde.

»Es war schön, dich wiederzusehen. Du erzählst doch niemandem von unserem Gespräch?«

»Ich unterliege der Schweigepflicht. Das steht in den BH-Bus-Statuten.«

Sie lächelt matt.

»Melde dich, wenn du mal wieder hier bist. Dann können wir einen Kaffee zusammen trinken.«

»Gerne.«

»Apropos, hättest du nicht Lust, mit deinem BH-Bus zu unserem Herbst- und Gewerbemarkt wiederzukommen? Damit würdest du eine echte Lücke füllen.«

»Okay, ich denk drüber nach«, antworte ich, obwohl der Bus bis dahin längst verkauft sein wird. Petra fischt einen Stapel Flyer aus ihrer Handtasche und legt sie auf den Tisch neben dem Fahrersessel.

»Ich versuche, auf alle Fälle zu kommen. Mit oder ohne Bus.«

»Am liebsten mit.«

Wir verabschieden uns mit einer Umarmung. Als Petra in ihrem Auto davonrollt, trage ich den Aufsteller rein, setze mich auf den Fahrerstuhl und merke, wie erschöpft ich bin. Der Bus muss aufgeräumt werden und ich habe wieder einen Haufen Geschirr zu spülen, aber das muss warten. Als ich den Zündschlüssel im Schloss drehe, ist ein kurzer Heulton zu hören. Dann nichts mehr.

Ich versuche es noch einmal. Der Bus ist tot.

KAPITEL 22

EINE EINFACHE REPARATUR

»Da kommt sie, unsere kleine Fia«, sagt Papa und schiebt die Gardine vor dem Küchenfenster beiseite. Fias weißer Audi rollt in die Parklücke vor dem Haus.

»Oje, der schräge Vogel ist auch dabei«, sagt er enttäuscht.

»Avalon ist in Ordnung. Er hat mir sehr beim Marketing geholfen.«

»Was du nicht sagst.«

Ich hätte nie geglaubt, dass ich irgendwann mal Avalon verteidige, aber tief in seinem Innern ist er wirklich ein netter Kerl. Es wäre schön, wenn Papa das auch einsehen würde. Für Fia.

Als es an der Tür klingelt, schlüpft Afzelius vor uns in den Flur.

»Wo ist der Bus?«, ist Fias erste Frage, als sie reinkommt. Sie bückt sich und tätschelt Afzelius, der sich an ihr Bein schmiegt, als hätte er seit Ewigkeiten nichts mehr zu fressen bekommen, obwohl Papa ihn mit Gourmet Gold verwöhnt.

»Wollt ihr nicht erst eine Stulle?«, fragt Papa. »Es gibt auch Hagebuttensuppe.«

Das ist eine typische Mahlzeit bei Papa, eine Scheibe Brot mit braunem Molkekäse oder Leberpastete und kalte Hagebuttensuppe mit Knäckebrotbröckeln. Alles aus dem Supermarkt.

»Für ein Brot ist immer Zeit«, sagt Avalon und geht in die Hocke. »Was für eine hübsche Katze. Wie heißt sie?«

Papa mustert Avalon misstrauisch von der Seite, der eine Schlag-Militärhose trägt und einen gelben Frotteepullover mit orangefarbenem Bündchen, als käme er direkt von einer Vietnam-Demonstration. Oder einem Wald-Rave.

»Das ist ein Er. Afzelius.«

Avalon tätschelt den Kater, der sich um sein Bein windet und mit dem Schwanz wippt.

»Lustiger Name, hast du ihn gewählt, weil Afzelius auch Linkssympathisant war?«

»Nö, weil der verdammte Kater sich mit jeder Katze in der Nachbarschaft paart. Setzt euch doch«, sagt Papa und geht voran an den Tisch.

Beim Essen werden eher oberflächliche Themen abgehandelt, welche Strecke Fia gefahren ist und wie viele Schlaglöcher die Straße im Frühjahr noch hatte. Papa erzählt von einem Nachbarn, der weggezogen ist, und Avalon hält einen ausufernden Vortrag über ein Computerspiel, der niemanden interessiert.

»Na dann«, fällt Fia ihm ins Wort und steht auf. »Dann schauen wir uns mal den Bus an, ehe es dunkel wird.«

»Ihr bleibt doch über Nacht?«, fragt Papa.

»Nein, leider, wir müssen heute noch nach Hause. Ich habe morgen früh Kundschaft.«

Papa sieht so enttäuscht aus, dass ich sofort ein schlechtes Gewissen bekomme, weil ich eigentlich auch heute weiterfahren wollte. Hoffentlich hat seine Altherrenmannschaft in der Konditorei Zeit.

»Na, dann schauen wir uns wohl mal den Bus an«, sagt er mit einem Seufzer.

Wir fahren in Fias Auto zum Schreibwarenladen. Papa und ich haben schon einen Generator hergeschleppt und festgestellt, dass die Batterie geladen und nicht das Problem ist. Fia braucht vielleicht drei Minuten, um ein kaputtes Relais als Verursacher zu entlarven, und macht sich mit einer Zange und anderen Werkzeugen, für die ich keinen Namen habe, daran zu schaffen.

»Probier's mal.«

Ich setze mich hinters Lenkrad und drehe den Zündschlüssel. Der Motor springt beim ersten Versuch an.

»Das war's schon?«

»Manchmal sind es die kleinen Dinge, die Probleme machen.«

»Da krieg ich ja fast ein schlechtes Gewissen, dass ich dich wegen so einer Kleinigkeit herbeordert habe.«

»Quatsch, es war schön, Papa wiederzusehen. Ich sollte mich öfter mal bei ihm blicken lassen.«

Draußen steht Papa vor dem alten Schreibwarenladen und redet eifrig auf Avalon ein, wahrscheinlich von den Vorteilen echter Holzfenster.

»Du«, sage ich zu Fia. »Ich habe über was nachgedacht.«

»Okay?«

Ich senke die Stimme, als ob die Gefahr bestünde, dass Papa was mitbekommt, was er natürlich nicht tut.

»Erinnerst du dich noch an Lotta Berg, die in dem grauen Haus in der Kurve gewohnt hat, als wir klein waren?«

»Lotta? Ja, vage. War ihr Vater nicht Polizist?«

Das hatte ich vergessen, aber jetzt, da Fia es sagt, fällt es mir auch wieder ein. Wenn Lottas Vater Polizist war, hätte sie theoretisch von ihm was von einem Autounfall aufgeschnappt haben können.

»Was ist mit ihr?«

Ich erzähle von unserer Begegnung in Svabensverk. Fias Blick ist auf einen Punkt am hinteren Ende der Straße geheftet.

»Hörst du zu?«

»Was? Ja. Absolut. Lotta, Svabensverk.«

»Lotta hat was Seltsames gesagt. Sie meinte, dass Mama bei einem Autounfall gestorben ist. Und da ist mir eingefallen, dass ich das damals von verschiedenen Seiten gehört habe.«

»Daran kann ich mich nicht erinnern.«

»Echt nicht?«

Fia zieht Luft durch die Nase ein und starrt die Straße runter.

»Nein.«

Wir schauen zu Papa und Avalon raus, die sich weiter auf der Straße unterhalten.

»Jetzt erzählt er bestimmt von den Schwestern, die dort gearbeitet haben. Und wie viel billiger früher alles war.«

Fia beißt sich auf die Unterlippe und kaut darauf, wie sie es früher als Kind immer gemacht hat. Ich hab dann immer gesagt, dass sie damit aufhören soll, aber inzwischen sind wir beide erwachsen und ich muss meine Großeschwesterallüren ein bisschen zügeln.

»Ist irgendwas?«, frage ich.

»Ach was. Oder, ich weiß nicht.«

»Sag schon.«

»Also, ich hab mit Jenny darüber gesprochen … dass das hier nicht mehr für mich funktioniert.«

Für eine Sekunde denk ich, sie meint mich, uns, dass wir unseren Kontakt abbrechen sollen. Die Erinnerung an Åsas Abfuhr kippt über mir aus wie ein Eimer mit Eiswasser. Dann geht mir erst auf, dass sie ihre Beziehung meint.

»Was meinst du, Avalon, oder was?«

»Er ist echt lieb und alles, aber …«

»Du liebst ihn nicht?«

Fia lacht.

»Glaubst du, dass ich ihn liebe?«

»Aber ihr seid doch zusammen?«

»Nein. Jenny und ich sind zusammen. Und Jenny und Avalon haben eine Beziehung.«

»Du und Avalon, ihr seid gar nicht zusammen?«

»Wie kommst du denn darauf?«

»Du bezeichnest euch doch als polyamourös.«

»Aber es gibt keine feste Form von poly. Da gibt es alle möglichen Varianten.«

»Aha«, sage ich und komme mir unglaublich blöde vor.

Fia seufzt.

»Wie auch immer, ich wünsche mir, dass das zwischen Jenny und mir exklusiv ist. Dass es nur sie und mich gibt. Darum hab ich Jenny gebeten, sich zwischen uns zu entscheiden. Ich weiß nicht, ob das so eine gute Idee war.«

»Aber du musst doch tun, was sich für dich richtig anfühlt.«

»Mhm.«

»Weiß Avalon schon was davon?«

»Nein. Jenny will erst mal überlegen, was sie will. Das ist furchtbar. Und sie hat drauf bestanden, dass ich mit ihm hierherfahre. Wahrscheinlich braucht sie Zeit zum Nachdenken.«

Fia seufzt niedergeschlagen. Ich wünschte, ich könnte ihr helfen, aber ich krieg ja schon meine eigene Beziehung mit nur zwei Beteiligten nicht auf die Reihe. Das hier ist noch mal ein ganz anderes Konfliktpotenzial.

»Ich finde es mutig, dass du Jenny deine Gefühle gebeichtet hast.«

»Ja, oder saudumm.«

»Ehrlichkeit ist immer besser. Langfristig.«

Papa klopft an die Tür und ich mache ihm auf.

»Na dann«, sagt er. »Sind wir fertig?«

»Japp«, sagt Fia. »Zeit für die Rückfahrt.«

Ich sehe Fia aufmunternd an, ehe sie losfahren, um ihr zu sagen, dass schon alles gut werden wird.

Papa setzt sich auf die Beifahrerbank und wir fahren zu ihm nach Hause.

»Die Leute haben heutzutage ganz schön seltsame Namen. Avalon und Nova, Sonja und was weiß ich noch alles.«

»Findest du den Namen Sonja seltsam?«

»Ja.«

»Weil die Nachbarin so heißt? Mit der du dich wegen der Schneeschipperei gestritten hast?«

Keine Antwort.

»Fia kann was«, sagt er schließlich.

»Ja«, sage ich. »Fia kann richtig was.«

Ich sauge den Bus mit Papas Staubsauger und spüle das Geschirr. Morgen kaufe ich Kaffee und Pappbecher und fahre nach Los. Papa bietet mir sein Bett für die Nacht an und dass er auf dem Sofa schläft, aber ich schlafe gut im Bus. Natürlich ist es in Edsbyn nicht so ruhig wie im Wald, aber ich bin so ausgelaugt nach dem Tag, dass ich bestimmt gut schlafen werde.

Als ich es mir gerade gemütlich gemacht habe und das Licht ausmachen will, klingelt mein Handy. Avalon.

»Seid ihr gut zu Hause angekommen?«, frage ich.

»Fia ist wie üblich wie eine flüchtige Autodiebin gefahren. Mir ist eingefallen, dass wir gar nicht über den Plan gesprochen haben.«

»Welchen Plan?«

»Deinen Fahrtenkalender. Was zum Beispiel ist morgen? Und übermorgen. Es wäre vielleicht schlau, eine Woche im Voraus zu planen, damit dein Social-Media-Manager seine Arbeit planen kann.«

»Oje, keine Ahnung, wie lange die Fahrt nach Sveg dauert und wie viele Zwischenstopps ich mache. Aber morgen wollte ich auf alle Fälle nach Los, mit Zwischenstopp in Kårböle.«

»Welche Zeit?«

»Gute Frage. Kommt drauf an, wann ich hier loskomme.«

Avalon seufzt demonstrativ in den Hörer. Er ist echt lustig, ich würde ihn ja fast altklug nennen, wenn er nicht tatsächlich auf die dreißig zuginge.

»Annie, konkrete Standzeiten sind nicht schlecht.«

»Ich will nicht wieder von irgendeinem Irren angeblafft werden.«

»Was hältst du von Los elf bis ein Uhr und Kårböle drei bis fünf?«

»Schreib vier bis sechs. Dann sind die Leute von der Arbeit zurück.«

»Ich stelle gleich einen Post rein. Ciao.«

»Warte, Avalon! Tausend Dank für deine Hilfe. Ich weiß das wirklich zu schätzen. Aber da wär noch was anderes.«

»Okay?«

»Wenn du Zeit hast?«

»Absolut.«

Da ich nicht weiß, wie viel Fia ihren Mitbewohnern von Mamas Tod erzählt hat, vermeide ich es, sie miteinzubeziehen. Stattdessen sage ich, dass ich gerade einen historischen Autounfall untersuche.

»Weißt du, ob man irgendwo rauskriegen kann, ob es an einem bestimmten Datum einen Unfall gegeben hat?«

»Zeitungen schreiben meistens über Unfälle. Was konkret willst du wissen?«

»Ich helfe einer Freundin bei einer Sache. Das ist etwas umständlich zu erklären. Googelt man das oder was muss man tun?«

Avalon räuspert sich.

»Ich hab ein Log-in beim Medienarchiv. Da findet man alle schwedischen Zeitschriften in digitalisierter Form.«

»Okay?«

»Wenn du mir ein genaues Datum nennen kannst und den genauen Ort, dann kann ich für dich suchen.«

»Super, das hört sich vielversprechend an. Das Datum ist der 4. August 1991. Die Zeitungen haben vermutlich ein paar Tage später mit etwas Verzögerung darüber geschrieben.«

»Kann gut sein«, sagt Avalon. »Und in welcher Zeitung soll ich suchen?«

»Hela Hälsingland.«

»Ich melde mich, wenn ich was finde.«

»Danke dir. Kann ich noch mal kurz Fia sprechen?«, schiebe ich hinterher, aber da hat Avalon schon aufgelegt. Ich probiere es bei Fia direkt, aber sie geht nicht ran.

Meine Finger bewegen sich rastlos über mein Handy, während ich auf Avalons Antwort warte. Mårten und ich simsen ein paar Nachrichten hin und her und ich kriege sogar mal eine längere Antwort von Simon, dass er gelaufen ist und es richtig cool war. Dann scheint es ihm ja etwas besser zu gehen. Vielleicht braucht er auch den Sommer, um wieder innerlich ins Lot zu kommen, was auch immer in dem Internat passiert ist.

Der Bildschirm leuchtet auf und mein Herz schlägt schneller.

»Keine Autounfälle um den Zeitpunkt, habe eine Woche vorher und nachher gecheckt.«

Mein Herz beruhigt sich wieder. Ich muss endlich mal aufhören, in der Vergangenheit zu wühlen. Um von Mårten und mir abzulenken? Um nicht Stellung beziehen zu müssen, wie wir weitermachen wollen. Wer ich jetzt bin.

Als ich die Augen schließe, um über meine Ehe nachzudenken, packt mich eine innere Rastlosigkeit. Ich mach die Augen wieder auf.

Oben aus Papas Wohnung blinkt dreimal ein Licht und weckt eine Kindheitserinnerung aus Sommerferien in Kolmården, wenn Fia und ich im Zelt geschlafen haben und Mama und Papa in einer kleinen gemieteten Hütte auf einem Hügel daneben. Neue Batterien in den weißen Taschenlampen.

Wir hatten uns darauf verständigt, dass dreimal kurz blinken Gute Nacht hieß. Und dass wir, wenn wir was brauchten, einfach hoch in die Hütte kommen sollten. Aber vorher klopfen, um Mama und Papa nicht zu erschrecken, falls sie schon schlafen.

Auf Fias Nachfrage für den Notfall, falls ein Tiger käme und das Zelt zerfetzte und wir es nicht bis zur Hütte schaffen würden, nahm Papa die Taschenlampe und zeigte uns das SOS-Zeichen: dreimal kurz, dreimal lang, dreimal kurz. Danach haben wir die ganze Nacht ruhig geschlafen.

Ich lächele bei der Erinnerung daran, ziehe an der Kette meiner Bettlampe und knipse sie dreimal an und aus.

KAPITEL 23

LOS

Los liegt verschlafen da in der Sommerwärme. Ich sehe ein paar Kinder auf ihren Fahrrädern, Pferde, die träge mit dem Schweif Fliegen verscheuchen, und mittendrin die weiße Kirche in einer stillen, saftig grünen Oase, höre das leise Rauschen eines Rasensprengers. Ich kann meinen Bus ein paar Stunden vor der Bäckerei abstellen.

Es kommen eine Menge Leute, um Brot zu kaufen, und auf dem Grünstreifen arbeiten zwei Männer in Warnwesten mit einem Bagger. Aber zu mir hat sich in der letzten Stunde nur eine Kundin verirrt. Avalon überschätzt eindeutig das Gewicht der sozialen Medien. Ich kann mir nicht vorstellen, dass viele Leute der Seite folgen. Vielleicht würde eine Annonce in der Zeitung mehr bringen? Dafür muss ich dann tatsächlich meine Route im Voraus ausarbeiten, wie Avalon es mir ans Herz legt. Aber das kratzt an meinem Freiheitsgefühl. Ich will spontan entscheiden, wo ich hinfahre, und Pausen machen, wenn mir danach ist.

Ich rufe Simon an, bekomme aber keine Antwort. Also schreibe ich eine SMS: *Wie geht's, Schatz? Alles okay zu Hause? Noch mal gelaufen? Denk an dich, drück dich, Mama.*

Er hat mir tausendmal erklärt, dass ich nicht mit Mama unterschreiben muss, dass das nur Boomer tun. Er sieht schließlich, dass die Nachricht von mir ist. Aber ich finde, dass eine Nachricht mit einer in der Luft hängenden Umarmung nicht ordentlich abgeschlossen ist.

Diesmal kommt die Antwort ziemlich prompt.

»Alles gut. MfG dein Sohn Simon.«

Die Spitze schiebt meine Mundwinkel in die Höhe. Die Straßenarbeiter sitzen jetzt an einem Außentisch der Bäckerei. Ist schon wieder Mittag? Die Kirchturmuhr zeigt zehn nach zwölf.

Mein Magen knurrt jedenfalls, also schließe ich den Bus ab und gehe rüber in das gemütliche Fünfzigerjahrelokal mit der Teakeinrichtung, angeschlagenem Porzellan, einem Fünfzigerjahreradio und vergilbten Postern von James Dean und Marilyn Monroe an den Wänden. Der Zimtduft verheißt frisch gebackene Hefeschnecken.

»Und, wie läuft der Verkauf?«, fragt der Mann hinter dem Tresen und wischt sich den Schweiß mit einem Stofftaschentuch von der Stirn.

»So lala. Bis jetzt ist es eher ruhig.«

»In meiner Kindheit ist hier im Sommer immer ein Kleiderbus vorbeigekommen. Ein großer, tuckernder Scania, ein bisschen wie Ihrer. Der fahrende Händler hat für ein paar Tage Station gemacht, und den Bus nie abgeschlossen, selbst wenn er zwischendurch mal angeln war oder ein Nickerchen gemacht hat. Die Kunden sollten das Geld einfach in eine Büchse legen, wenn sie was gekauft hatten.«

Er lacht spitzbübisch und beugt sich vor.

»In einem Sommer hatte mein Kumpel Tommy sich ausgedacht, in den unbemannten Bus zu schleichen und was zu klauen. Ich hab vor Aufregung gezittert wie ein Junkie auf Entzug. Wir sind trotzdem rein, spätabends, der Verkäufer hatte schon das Licht ausgemacht. Tommy hatte sich ein Paar Wollsocken geschnappt, als hinter dem Vorhang eine Stimme ertönte: ›Das legt ihr mal ganz schnell zurück, ihr Rotzlöffel, wenn ich euch nicht eure süßen kleinen Ärsche versohlen soll!‹« Er lacht. »Wir sind mit glühenden Sohlen abgedüst, kann ich Ihnen sagen. Kaffee?«

»Ja, gerne. Und ein Käsebrot. Dann hoff ich mal, dass mir irgendwelche Langfinger erspart bleiben. Bei dieser Hitze ist es ja schon verlockend, den Bus für ein erfrischendes Bad zu verlassen.«

»Im Kühlschrank ist kalter Himbeersaft, damit halten Sie vielleicht noch eine Stunde länger durch.«

»Ah, wunderbar.« Ich mache den Kühlschrank auf und schenke mir ein Glas ein, das ich in gierigen Schlucken austrinke. »Und wie ist es mit Ihrem langfingrigen Kumpel weitergegangen? Ist er auf die schiefe Bahn geraten?«

Ich stelle mir ein Leben voller kleiner und größerer Vergehen, Gefängnisaufenthalten und womöglich einem vorzeitigen Tod vor. Der Bäcker scheint meine ausschweifenden Gedanken zu erahnen.

»Noch schlimmer. Er ist Gemeinderat geworden.«

Ich verlasse lachend den Laden und setze mich auf meine Bustreppe. Das würde mich ja mal interessieren, wie der Kleiderbus damals eingerichtet war. Ich stelle mir braune Anzüge an der Stange vor, die Herrenmode vielleicht auf der einen, die Damenmode auf der anderen Seite. Blumengemusterte Kleider, Strumpfhosen und Schaufensterpuppen aus Plastik. Ich verscheuche die Wespe, die auf dem Käsebrot landet.

Die beiden Männer in den Warnwesten kommen auf dem Weg zu ihrem Bagger vorbeigeschlendert.

»Ich wollte mal einen kurzen Blick reinwerfen«, sagt der eine, ein blonder, höchstens fünfundzwanzigjähriger Kerl mit schmalen, sonnenverbrannten Schultern, die aus einem weißen Trägershirt ragen.

»Geschenk für die Freundin?«, fragt der andere mit einer Portionsbeutel Snus unter der Lippe.

»Mmh.«

»Geburtstag?«

»In der Art.«

»Schick mir unbedingt Bilder als Anregung für meine Alte, die halftert immer mehr ab«, sagt der dunkle Typ lachend.

Ich fantasiere davon, in seinen Bagger zu steigen und ihm ein tiefes Loch zu baggern. Pluspunkt für den Blonden, dass er darauf nicht antwortet.

»Haben Sie offen?«

»In zwei Sekunden, ich ess nur grad noch mein Brot.«

»Yes.«

»Suchen Sie was Spezielles?«

Er schielt zu seinem Kollegen, der wieder zu seinem Bagger zurückgekehrt ist.

»Kommen Sie, reden wir drinnen weiter.«

Im Bus ist es drückend schwül. Ich öffne alle Fenster und versuche, die Dachluke aufzustemmen, aber sie klemmt.

»Wir sind nicht befreundet.« Er nickt rüber zum Bagger.

»Wir arbeiten nur zufällig zusammen.«

»Und, sind Sie auf der Suche nach was Besonderem?«

»Ich wollte mal schauen, was Sie so haben.«

»Gerne. Die unterschiedlichen Modelle hängen aus und im Lager gibt es mehr Farben und Größen.«

»Im Lager?«

Ich zeige in den hinteren Teil des Busses und er lächelt anerkennend.

Während er sich das Angebot anschaut, setze ich mich auf die Beifahrerbank und aktualisiere meine Buchführung. Ich trage alle Einnahmen in eine Tabelle ein und rechne sie zusammen. Wirklich viel ist es nicht, aber besser als nichts.

Wie lange es wohl dauert, bis wenigstens der Wareneinkauf bezahlt ist und ich dann noch ins Plus komme?

Ein Räuspern reißt mich aus meinen Gedanken. Das ist nun wahrlich nicht sehr professionell, vor einem Kunden mit dem Handy rumzudaddeln. Ich stecke es in die Tasche.

»Was ist das für Material?«

»Der hier hat einen höheren Baumwollanteil, dieser mehr Polyamid. Dadurch fühlt sich das Material weicher an.«

Sein blondes Haar wippt, als er bei zwei weiteren Modellen den Stoff betastet.

»Gibt es noch was mehr Glänzendes? Und gerne in Rot?«

»Da hätte ich Charmeuse. Das ist eine Mischung aus Polyester und Polyamid, aber vom Gefühl her fast wie Seide. Ich schau mal, ob ich noch ein paar rote auf Lager hab. Kennen Sie die Größe?«

Der Mann streicht sich den Pony aus der Stirn.

»Also, der ist nicht für meine Freundin.«

Mit einem sehnsüchtigen Blick streicht er mit der Hand über die BHs an ihren Bügeln.

»Ich bin nicht … Ich steh nicht auf Jungs oder so. Aber ich liebe das hier. Die Materialien und Farben. Das Gefühl auf der Haut.«

Er schielt unsicher zu dem Bagger auf der anderen Straßenseite, worauf ich resolut die Gardinen zuziehe.

»So, jetzt können Sie in aller Ruhe probieren. Messen wir zuerst mal Ihren Brustumfang, um uns an die Größe ranzutasten. Willkommen in der Anprobe.«

Er geht hinter den Vorhang und zieht das Shirt aus. Die Rippen zeichnen sich deutlich unter der Haut ab.

»Ich bin aber ziemlich verschwitzt.«

»Kein Problem. So, strecken Sie die Arme hoch.«

Sein Brustumfang ist 81 Zentimeter.

»Wollen Sie mit Einlagen probieren?«, frage ich vorsichtig.

»Was ist das?«

Ich hole die Kiste mit Silikoneinlagen in verschiedenen Größen und lass ihn darin herumsuchen, während ich ein paar Modelle zusammenstelle, die passen könnten. Damit lasse ich ihn dann erst mal in der Kabine alleine.

»Sagen Sie, wenn Sie Hilfe brauchen.«

»Wie finden Sie den hier?«

Er zieht den taubenblauen Vorhang auf. Die Augen strahlen, aber er beißt sich auf die Unterlippe. An dem schmalen Oberkörper sitzt ein schimmernder roter BH mit Spitzenkante. Die Einlagen füllen die Körbchen anständig aus.

»Das sieht sehr gut aus. Und fühlt es sich gut an?«

Er nickt.

»Ich wollte schon mal zu Hause in Bollnäs probieren ... aber da mag ich nicht in einen der Läden spazieren. Wenn einen da jemand sieht.«

»Das verstehe ich. Hier können Sie in Ruhe probieren.«

Er nickt. Dann wirft er einen Blick auf seine Armbanduhr.

»Shit, ich muss los. Ich nehm ... ich nehm den BH. Und diese hier.«

Er zeigt auf die Einlagen. Ich ziehe mich wieder zurück, während er sich umzieht, was schnell geht. Kurz darauf steht er mit verwuscheltem Haar vor mir.

»Was kostet das zusammen?«

Ich rechne den Preis aus und er überweist den Betrag per Handy. Dann nimmt er die Tüte und rollt sie zusammen.

»Kommen Sie noch mal wieder?«

»Mal sehen. Ich weiß noch nicht genau, wie lange ich mit dem Bus unterwegs sein und verkaufen werde, das ist sozusagen eine Probetour.«

»Dann hoff ich mal, dass Sie weitermachen.«

»Und ich wünsche Ihnen viel Freude mit Ihrem Kauf.«

Ich erwidere sein verschwörerisches Lächeln und öffne die Tür. Als ich die Jalousien hochziehe, sehe ich, dass er die Tüte erst in seinem Auto ablegt, ehe er zurück zu seinem Kollegen in dem Bagger geht.

KAPITEL 24

KÅRBÖLE

Die Fahrt nach Kårböle führt über eine hellgraue Asphalt-
straße durch eine hügelige und kurvenreiche Waldland-
schaft. Zwischen den Baumstämmen schimmern die Stromschnellen, schwarzblau mit weißen Schaumkronen. Der
Bus arbeitet sich eine lange Steigung zu einem Hügelkamm
hoch, von dem die Spuren des großen Waldbrandes vor ein
paar Jahren noch als dunkle Narbenflecken in der Landschaft zu erkennen sind.

Beim Abbremsen an der Kreuzung in Kårböle rutscht etwas in meinen Fußraum. Ich beuge mich runter und kriege
eine braune Geldbörse zu fassen. Da hinter mir ein Auto
ist, lege ich die Geldbörse neben mir auf der Konsole ab
und konzentriere mich aufs Abbiegen auf eine mit schwarzen, großkreisigen Bremsspuren dekorierte Straße. Offenbar besteht die Hauptattraktion für die Jugendlichen auf
dem Land noch immer in nächtlichem Gummiverbrennen
in den Kurven.

Avalon hat mit einer Frau aus dem Ort einen Standplatz
vor dem Dorfgemeinschaftshaus vereinbart, einem weit-
räumig eingezäunten roten Gebäude. Schräg gegenüber
steht eine hellgelb verputzte Kirche und etwas weiter die
Straße runter eine alte Brandstation mit weiß gestrichenem
Turm. Die Fenster vom Gemeinschaftshaus sind dunkel,
der Parkplatz davor ist verlassen.

Nachdem ich den Motor ausgeschaltet habe, schaue ich als Erstes in der Geldbörse nach dem Namen des Besitzers. Erst beim Lesen des Namens auf dem Führerschein erkenne ich auf dem Foto eine jüngere Ausgabe von Papa. Ich hab völlig verdrängt, dass er vor zwanzig Jahren Koteletten wie ein Bankräuber hatte. Der Führerschein ist nicht mehr gültig. In dem Scheinfach steckt ein Fünfhundertkronenschein und ein Rabattcoupon von Coop. Ich seufze und wähle Papas Nummer.

»Hallo, Annie-Schatz!«, begrüßt er mich.

»Hallo, Papa. Hast du schon gemerkt, dass deine Brieftasche weg ist?«

»Wirklich?«

»Warst du heute nicht in der Konditorei?«

»Uffe hat mich zum Kaffee eingeladen, ich musste die Geldbörse also gar nicht rausholen. Das ist eine gute Brieftasche, aber das weißt du als Schenkerin natürlich.«

»Die hast du von mir?«

»Von dir und Fia. Vom Markt in Rättvik.«

Ich klappe die Geldbörse wieder auf und finde in einem der Fächer ein Foto von Fia, mir und Mama. Ich dürfte so um die zehn Jahre alt sein, Fia dementsprechend sieben oder acht. Wir tragen gepunktete Sommerkleider, haben gruselige Achtzigerjahrefrisuren und Fia hält einen roten Ballon in der Hand. Hinter uns steht Mama, sie schirmt die Sonne mit der Hand über den Augen ab. Wie jung sie aussieht. In einer Ecke ist verschwommen ein Daumen zu erkennen. Papa war bestimmt ein sehr geschickter Fensterschreiner, aber er war schon immer ein lausiger Fotograf.

»Bringst du sie mir auf dem Rückweg vorbei?«, fragt Papa hoffnungsvoll.

Ich hatte eigentlich nicht vor, über Edsbyn nach Hause zu fahren, sondern über Sveg und das nördliche Dalarna, bevor ich wieder zurück nach Mora und Leksand tuckere. Hat Papa die Brieftasche etwa absichtlich vergessen, damit ich noch mal bei ihm vorbeischaue?

»Ich kann dir aber noch nicht sagen, wann das sein wird. Wie lösen wir das am besten?«

»Wo bist du grade?«

»Kårböle.«

»Ich kann in der Konditorei nachfragen, ob jemand zufällig in die Richtung fährt.«

»Okay. Mach das.«

Papa legt auf und ich stecke das Foto zurück in die Tasche, als ein grüner Mercedes mit Rostrosen an der Seite auf den Parkplatz prescht. Eine große Frau in einem aprikotfarbenen Strickpullover und weißer Piratenhose steigt aus. Die Locken erinnern ein bisschen an Carola. Ich gebe es ungern zu, aber zwischendurch vermisse ich fast ein bisschen ihr enervierendes Gesinge und den ständigen Optimismus. Aber nur fast.

Die Clogs knirschen auf dem schotterigen Untergrund.

»Hallo! Wunderbar, dann haben Sie ja doch hergefunden. Ihr Bruder, Alfons oder wie er heißt, meinte, dass Sie sich bestimmt verfahren würden.«

Danke, Avalon.

»Nein, gar kein Problem. Und danke, dass ich hier stehen kann.«

»Na klar. Brauchen Sie Strom?«

»Das wäre super, zu Strom sage ich nicht Nein.«

Sie verschwindet in dem Gemeinschaftshaus und kommt mit einem Verlängerungskabel zurück, das ich dankbar mit dem Buskabel verbinde.

»Da drinnen gibt es eine Toilette, und ich hab die Kaffeemaschine angesetzt, falls Sie Lust auf einen Kaffee haben.«

»Oh, herzlichen Dank!«

»Dann drücken wir mal die Daumen, dass ein paar Leute kommen. Ich habe es in ein paar lokale Gruppen geschrieben. Es könnte sein, dass noch Kekse im Schrank über der Kaffeemaschine stehen. Bedienen Sie sich einfach.«

Bevor ich etwas erwidern kann, schiebt sie hinterher:

»Unsere Jüngste hat heute eine Party und der Kater muss kastriert werden, deswegen muss ich los. Drücken Sie die Tür zum Gemeinschaftshaus einfach zu, wenn Sie gehen, die schließt von allein. Und wenn Sie die Kaffeekanne ausspülen würden, wäre das toll.«

»Wollen Sie keinen Blick in den Bus werfen? Ich geb Ihnen gern Preisnachlass auf einen BH oder Bikini als Dankeschön, dass ich hier stehen darf.«

Die Frau lacht.

»Wissen Sie, die zwei größten Erleichterungen meines Lebens sind meine zweite Scheidung und der Entschluss, nie wieder einen BH zu tragen. Schluss mit dem täglichen Tittengefängnis für meinen Teil! Aber es gibt ja genügend, die das mögen. Und ich freu mich immer, wenn im Dorf mal was los ist. Viel Erfolg!«

»Danke für die Hilfe. Ach, da fällt mir noch ein: Sie wissen nicht zufällig, ob einer Ihrer Bekannten heute Richtung Edsbyn oder Gävle fährt? Mein Vater hat seine Geldbörse im Bus vergessen.«

»Ich hör mich mal um«, sagt die Frau und springt in ihren Mercedes. Sie winkt und fährt mit aufheulendem Motor los. Ich wedele eine Mücke weg und trage den Aufsteller und die Kundenbank aus dem Bus. Danach setze ich mich auf den Fahrersessel. Um die Mücken auf Distanz zu halten, schließe ich die Türen und warte auf Kundschaft.

Ob es hier genauso verschlafen wird wie in Los?

Zwanzig Minuten später rollt das erste Auto auf den Parkplatz, gefolgt von einer Frau auf ihrem Fahrrad. Und die folgenden zwei Stunden habe ich alle Hände voll zu tun.

»Ich hab mich sofort auf den Weg gemacht, als ich gelesen habe, dass Sie hier sind«, sagt eine Frau in Jeansshorts.

»Wo haben Sie es gesehen? Auf Instagram?«

»Nein, Anna-Karin hat es in der Dorfgruppe auf Facebook gepostet. Haben Sie auch Badesachen?«

Habe ich. Kein großes Sortiment, aber ausreichend, um etwas Passendes für sie zu finden in einer Farbe, in der sie sich wohlfühlt.

Ich verkaufe elf BHs, neun Slips und noch einen Bikini. Ein paar Kunden sind dabei, die nur mal schauen wollen.

»Das darf man sich doch nicht entgehen lassen, wenn mal was passiert im Dorf«, sagt eine Frau. »Wann kommen Sie das nächste Mal?«

Ich verweise alle auf meine Instagramseite und komme mir ein bisschen wie eine Hochstaplerin vor, weil ich nicht sagen kann, ob ich noch mal komme, wenn ich den Bus tatsächlich verkaufe.

Als es etwas ruhiger wird, setze ich mich auf den Fahrersessel und schnaufe durch.

»Hallo?«, ruft jemand. Ich stehe auf, als eine Frau Mitte sechzig hereinkommt.

»Ich sollte eine Brieftasche abholen. Ich will meinen Sohn in Edsbyn besuchen und habe die Anfrage bekommen, ob ich sie mitnehmen kann.«

»Ist das wahr? Das wäre ja fantastisch.«

»Kein Problem.«

Ich greife nach der Geldbörse und nehme die Frau in Augenschein. Sie sieht anständig aus, beige Hose, beiges Hemd und Pagenschnitt. Sie hat sich ein pistaziengrünes Tuch um den Hals geknotet.

»Wie haben Sie davon erfahren, dass ich eine Brieftasche habe, die nach Edsbyn soll?«

»Anna-Karin hat mich angerufen. Das ist die Frau, die sich um das Dorfgemeinschaftshaus kümmert.«

Okay, dann ist Anna-Karin die Frau mit dem Mercedes. Wenn sie die Frau in Beige angerufen hat, wird die wohl auch in Ordnung sein. Ich überreiche ihr die Brieftasche.

»Ganz lieben Dank. Fahren Sie heute noch dorthin?«

»Heute Abend, dachte ich.«

Ich schreibe ihr Papas Adresse auf einen Zettel, den sie mit der Geldbörse in ihre Tasche steckt. Dann schlägt sie auf die Tasche und lächelt mich mit klarblauen Augen an.

»Ich werde persönlich dafür sorgen, dass sie in die richtigen Hände zurückkommt, keine Sorge.«

»Danke, Sie sind ein Engel.«

Sie setzt eine Sonnenbrille auf, verlässt den Bus und nimmt ihr Damenrad, das sie an den Bus gelehnt hat.

»Danke für die Hilfe!«, rufe ich hinter ihr her und bekomme ein Winken als Antwort.

Fantastisch, wie hilfsbereit die Leute auf dem Land sind. Und ich spinne den Gedanken weiter, dass die Frau, die ungefähr in Papas Alter sein dürfte, auch noch ausgesprochen nett war. Vielleicht entsteht ja aus der Überbringung der Brieftasche noch mehr? Papa würde eine Frau an seiner Seite sicher guttun. Seit Mamas Tod hat er nie wieder eine Beziehung gehabt, außer ein paar Wochen mit Lilian aus dem Haus gegenüber. Aber als Lilian die Liberalen gewählt hat, hat er noch vor dem Wahllokal mit ihr Schluss gemacht.

Ich gehe in das Dorfgemeinschaftshaus, schenke mir eine Tasse kalten Kaffee ein in der Hoffnung, wach zu werden, und nehme einen Keks dazu. Zwei Autos fahren vor und halten. Zwei Freundinnen, die nach Griechenland fliegen wollen und neue Badesachen suchen.

»So warm wie es hier im Juni schon ist, hätten wir auch zu Hause bleiben können«, sagt die eine.

»Aber morgen soll's Regen geben«, sagt die andere. Nachdem die beiden sich für je einen grün gepunkteten Bikini entschieden haben, hole ich eine Leiter aus dem Gemeinschaftshaus, die ich in der Kammer neben der Toilette gesehen habe. Mit einem Meißel in der Hand klettere ich auf das Busdach und kratze ein paar trockene Blätter und eine braune Masse aus den Schienen der Dachluke. Danach schlage ich ein paarmal mit dem Schaft gegen die Luke und endlich bewegt sie sich nach vorn.

Vom Parkplatz tönt ein Hupen. Ich schaue nach unten und sehe den grünen Mercedes.

»Läuft es gut?«, ruft Anna-Karin zu mir hoch.

»O ja! Danke für den Kaffee!«

»War jemand wegen der Geldbörse da?«

»Ja, eine ältere Frau.«

»Älter? Wie sah sie aus?«

Es ist etwas lästig, vom Busdach zu ihr runterzurufen, also klettere ich runter.

»Was soll ich sagen, anständig. Sie will ihren Sohn in Edsbyn besuchen. Sonnenbrille. Pistaziengrüner Schal.«

»O nein. Sie haben die Geldbörse doch nicht etwa Yvonne anvertraut?«

»Wem?«

»Steigen Sie ein.«

»Ich muss noch die Leiter zurückstellen und das Gemeinschaftshaus zumachen und …«

»Steigen Sie ein!«

Ich setze mich auf das kratzige Schaffell auf dem Beifahrersitz. Im Fußraum liegt ein Stapel Zeitungen und eine Lederleine. Es riecht streng nach nassem Hund und ich kurbele die Seitenscheibe herunter. Wir schießen mit hundert Sachen über die Schotterwege, kleine Steinchen knallen gegen den Lack.

»Wer ist Yvonne?«, frage ich Anna-Karin, die mit tiefer Furche zwischen den Augenbrauen neben mir sitzt.

»Yvonne ist eine notorische Betrügerin. Ich habe nicht dran gedacht, dass sie auch in der Facebookgruppe ist, als ich das mit der Geldbörse rumgeschickt habe. Das war dumm. Ich hätte Sie warnen sollen.«

Ich lache unbeholfen, kann mir nur schwer vorstellen, dass diese propere Frau kriminell sein soll.

»Sie ist unter anderem für Internetbetrug berüchtigt. Verkauft Sachen, die sie nie verschickt. Wir hatten einen Hühnerzüchter in der Gegend, der seinen kleinen Selbstbedienungsladen einstellen musste, weil Yvonne ständig die Kasse geklaut hat. Da kommt einiges zusammen.«

Ich habe einen Kloß im Magen, kann es nicht fassen, dass ich Papas Brieftasche einer Kriminellen anvertraut habe. Ich versuche, mir den Inhalt ins Gedächtnis zu rufen. War eine Kreditkarte dabei? Nein, eher nicht. Nur der Fünfhundertkronenschein, der abgelaufene Führerschein, die Coop-Karte und der Rabattcoupon. Ein bisschen Kleingeld. Ich glaube, Papa hat irgendwo eine Paycard, aber normalerweise bezahlt er immer bar. Sicherheitshalber rufe ich ihn an.

»Du klingst so seltsam?«, sagt er. »Ist was passiert?«

Ich kurbele die Seitenscheibe hoch, als Anna-Karin in den nächsten Seitenweg abbiegt.

»Nein, alles gut, hier fährt nur grad ein Kehrwagen am Bus vorbei. Nur eine kurze Frage, hast du eine Paycard in deiner Geldbörse? Da steckt nämlich keine drin und ich dachte, ob sie vielleicht rausgefallen ist.«

»Paycard? Nein. Die liegt zu Hause im Gefrierfach.«

»Im Gefrierfach?«

»Das hat mal ein Polizist im Radio gesagt, dass sie niemals im Gefrierfach nachschauen.«

»Wer?«

»Na, die Einbrecher.«

Ich erspare Papa die Information, dass er gerade das Opfer einer dreisten Diebin geworden ist, will ihn nicht unnötig beunruhigen. Der Verlust des Fotos von Fia, mir und Mama würde ihn vermutlich trauriger machen als der Verlust seiner Brieftasche.

»Da bin ich beruhigt. Ich schicke dir die Brieftasche so bald wie möglich. Wir hören uns.«

Auf der Birkenallee, die auf ein gelbes, zweigeschossiges Haus zuführt, geht Anna-Karin vom Gas. Es sieht hübsch und gepflegt aus, mit gemähtem Rasen und einem hübschen Pavillon im Garten.

»Wohnt sie hier?«

»Ja.«

»Da hätte ich jetzt ja eher was Verfalleneres erwartet.«

»O nein, Yvonne ist eine wohlhabende Frau. Gerüchtehalber hat sie in ihrer Zeit bei der Nationalen Agentur für Sozialversicherung ein beträchtliches Sümmchen unterschlagen, was ihr aber nie nachgewiesen werden konnte. Sie hat als Rentnerin jedenfalls einige Reisen nach Ghana unternommen. Und sich von dort im Laufe der Jahre ein paar junge Liebhaber mit nach Haus gebracht.«

Anna-Karin zeigt zu einem Mann in Shorts und Hawaiihemd, der auf einem Aufsitzmäher durch den Garten fährt. Er sieht aus wie höchstens 35.

»Gehen wir rein?«

Ich schlucke und schnalle mich los. Mir ist schlecht von der rasanten Fahrt und der Unruhe wegen Papas Geldbörse. Wir gehen die gekieste Allee hoch, es riecht nach Diesel und frisch gemähtem Gras. Und was machen wir jetzt? Einfach klingeln und sagen, dass wir gern die Geldbörse zurückhätten?

Anna-Karin klopft energisch an die Haustür.

Es macht niemand auf, aber ich bin mir sicher, einen Schatten hinterm Küchenfenster zu sehen. Ich gehe zum Seiteneingang und drücke die Klinke herunter. Abgeschlossen. Von der anderen Hausseite höre ich Anna-Karins Stimme.

»Mach auf, Yvonne! Wir wissen, dass du dort drinnen bist!«

Das Küchenfenster steht auf Kipp. Ich stelle mich auf einen Stein und schaue hinein. Der Küchentisch ist übersät von Zeitschriften und Papieren, auf einer Bank steht ein blinkender Computer. Auf einem aufgeschlagenen Kreuzworträtsel liegt eine Lesebrille. Die halb volle Kaffeetasse zeugt davon, dass hier vor nicht allzu langer Zeit jemand gesessen hat.

»Yvonne?«, rufe ich so freundlich es mir gelingt. »Ich hätte gerne die Brieftasche meines Vaters zurück. Er ist Rentner und es wäre sehr beschwerlich für ihn, einen neuen Führerschein beantragen zu müssen.«

Anna-Karin klopft zum dritten Mal an die Tür. Hinter uns fährt der Rasenmäher über einen Zweig und die Schneideblätter kreischen kurz, ehe sie monoton knatternd weiterfahren.

»Bitte?«, versuche ich es weiter. »Behalten Sie meinetwegen das Geld, aber geben Sie mir den Führerschein zurück.«

Ich beiße mir auf die Unterlippe. Der Führerschein ist mit eigentlich egal, aber ich will, dass Papa seine Börse zurückbekommt. Es raschelt oben auf dem Balkon. Yvonne tritt ans Geländer. Ohne ein Wort lässt sie die Geldbörse in den Kies fallen. Der Führerschein rutscht heraus. Ich beeile mich, beides aufzuheben.

»Danke!«, rufe ich und schaue hinein. Der Fünfhunderter ist weg, zusammen mit dem Rabattcoupon.

»Du altes Biest, ich sollte dich anzeigen!«, ruft Anna-Karin, aber Yvonne ist schon wieder im Haus verschwunden und hat die Balkontür hinter sich zugemacht.

»Das nächste Mal erwischt sie hoffentlich jemand auf frischer Tat.«

»Das ist zu hoffen«, sage ich. »Trotzdem danke für den Einsatz. Sollten wir die Polizei informieren?«

»Wozu, wir haben ja keine Beweise.«

Wir steigen wieder in den Mercedes. Der Mann auf dem Aufsitzmäher ist stehen geblieben und schaut hinter uns her, als wir vom Grundstück fahren.

»Mein Gott«, murmele ich und spüre mein Herz davongaloppieren. Was war das jetzt gerade?

»Yvonne ist echt ein Kapitel für sich.«

Ich versuche, meinen Atem zu beruhigen. Aus dem Autoradio tönt *Who'll stop the rain* in einen klarblauen Himmel.

»Ich weiß nicht, wie ich Ihnen danken soll«, sage ich, als Anna-Karin neben meinem Bus anhält.

»Das ist mir furchtbar unangenehm. Aber nicht alle sind hier so wie Yvonne, im Großen und Ganzen sind wir ein ehrlicher, freundlicher Menschenschlag.«

»Das habe ich gemerkt. Darf ich mich mit einer Unterhose bei Ihnen bedanken?«

Sie lacht.

»Ach was, behalten Sie Ihre Unterwäsche. Ich hab alles. Jetzt muss ich aber wirklich nach Hause und Fleischwurst braten, eh die Kinderbande verhungert. Ich würde mich freuen, wenn wir uns mal wiedersehen. Und ziehen Sie die Tür vom Gemeinschaftshaus einfach zu, wie gesagt.«

»Mach ich. Danke.«

Ich winke dem grünen Mercedes hinterher. Erst jetzt lasse ich den tiefen Seufzer frei, der in meinem Zwerchfell festgesteckt hat. Ich müsste eigentlich einkaufen, Geld abheben und Papas Geldbörse zurückschicken. Und etwas essen. Aber die Leiter, die noch am Bus lehnt, sieht so einladend aus, dass ich aufs noch sonnenwarme Dach klettere und mich ausstrecke. Ich ziehe die Füße aus den Clogs und spüre das warme Metall an meinen Waden. Ein großer Ahorn neben dem Gemeinschaftshaus spendet ein wenig Schatten und die um meinen Kopf schwirrenden Mücken werden zahlreicher, je weiter der Nachmittag sich dem Abend entgegenneigt. Ein Vogel zieht hoch oben am Himmel seine Kreise. Wie hoch können Vögel eigentlich fliegen? Ich sehe ihm hinterher, bis er nur noch ein verschwommener Punkt am Rand meines Sichtfeldes ist, während mein Herzschlag ganz allmählich zur Ruhe kommt.

KAPITEL 25

NACH LJUSDAL

»HALLO? MISS?«

Ich öffne die Augen und starre in den Himmel, der noch immer hell ist. Mein Hals ist völlig zerstochen.

»Miss?«

Von unten ist hitziges Geknatter zu hören. Ich drehe mich langsam auf den Bauch und schaue runter. Ein Mann umkreist mit seinem Aufsitzmäher meinen Bus und malt dunkle Reifenspuren in den Schotter.

»Miss?«

»Ja?«

Er bleibt stehen und schaut zu mir hoch. Da erkenne ich den Gärtner aus Yvonnes Garten. Was will der denn hier? Ist er auf seinem Mäher hierhergekommen, um sich die Geldbörse zurückzuholen? Aber das Geld hat sie doch schon. Mein Magen verkrampft sich, ich schiele zu der Leiter. Soll ich sie hochziehen, um nicht ein zweites Mal ausgeraubt zu werden?

»Miss, ich bringe Ihnen Ihr Geld.«

Ich schaue wieder nach unten. Der Mann wedelt mit einem Schein.

»Sie schläft jetzt. Yvonne. Ich hab Ihr Geld geholt.«

Ich schiebe die Füße in Holzschuhe, rücke mein Kleid zurecht und klettere die Leiter hinunter. Der verlegen lächelnde Mann überreicht mir den Fünfhundertkronenschein.

185

»Sorry, großes Sorry.«

»Das ist ja nicht Ihre Schuld. Aber herzlichen Dank, das ist sehr nett von Ihnen.«

Ich stecke den Schein in die Tasche meines Kleids.

»Das Geld gehört meinem Vater, es ist ein gutes Gefühl, es ihm zurückgeben zu können. Sind Sie die ganze Strecke von Yvonne auf dem Rasenmäher hergefahren?«

Der Mann sieht zu dem Fahrzeug, das neben dem Bus parkt.

»Ja. Mein Name Malick.«

»Hallo, Malick. Annie.«

»Yvonne ein bisschen …«, Malick klopft mit dem Knöchel an seine Stirn, »crazy.«

Ich nicke.

»Ja, sie scheint das eine oder andere Problem zu haben.«

»Problem, ja, richtig.«

»Sind Sie … Ich meine, ist sie … Ihre Freundin?«

Er zieht die Schultern hoch und sieht mich bedrückt an.

»Früher. Aber jetzt … Ich weiß nicht. Ich will ausziehen, aber ich kann nicht.«

»Warum nicht?«

»Ach, viele Gründe. Kein Geld. Nur den hier.«

Er nickt zu dem Rasenmäher.

»Mein Freund wohnt in Ljusdal. Vielleicht fahr ich zu ihm. Wenn Benzin reicht.«

»Können Sie nicht den Bus nehmen?«

»Kein Geld. Fahre rum und mähe Gras, Yvonne sammelt Geld ein.«

»Das klingt ziemlich unsympathisch.«

»Früher sie nett, aber jetzt …«

Er macht eine Trinkgeste mit dem Arm.

»Und wenn ich Bus nehme, kann Rasenmäher nicht mit. Alles, was ich hab.«

Ich betrachte den Mann vor mir, der auf den ersten Blick fünf Sachen besitzt, die Unterhose mitgerechnet, die er hoffentlich trägt. Eine davon: der Aufsitzrasenmäher. Ein paar abgelaufene Badelatschen. Eine Shorts und das Hawaiihemd, das er schon bei unserer Stippvisite getragen hat. Dazu ein Paar grellgrüne Ohrschützer.

»Wissen Sie was? Ljusdal liegt zwar nicht auf meiner Strecke, aber nachdem Sie so nett waren und mir das Geld zurückgebracht haben, biete ich Ihnen an, Sie dorthin zu fahren, wenn Sie wollen.«

Malick sieht aus, als wollte er in Tränen ausbrechen. Im ersten Augenblick denke ich, dass ihn die Tatsache, Yvonne zu verlassen, traurig macht, aber dann strahlt er übers ganze Gesicht, während die Tränen weiter über seine Wangen laufen.

»Annie, Sie sehr nett!«

»Bleibt die Frage, wie wir den Rasenmäher in den Bus kriegen.«

Hinter dem Dorfgemeinschaftshaus finden wir ein paar Bretter, die wir an die Treppe anlegen. Mit vereinten Kräften schieben wir den Rasenmäher hoch. Ein paar vorbeifahrende Autos gehen vom Gas, um einen Blick auf unser fragwürdiges Unterfangen zu erhaschen. Ich sichere den Mäher mit zwei Spanngurten.

»Dann hoffen wir mal, dass er sich nicht losreißt, sonst Halleluja.«

Malick kontrolliert die Spanngurte.

»Keine Gefahr.«

Wir tauschen Blicke.

»Okay, los geht's!«, sage ich und Malick drückt meine Hand.

»Danke. Danke!«

Er nimmt auf der Beifahrerbank Platz, während ich mich hinters Steuer setze und den Zündschlüssel ins Schloss stecke. Mein Magen knurrt. Ich hab seit dem Frühstück nichts gegessen. Wie spät ist es eigentlich?

Ich schnappe mir mein Handy. 21:37 Uhr. Hoffentlich kriege ich in Ljusdal noch irgendwo was zu essen.

»Okay, los geht's.«

»In die Freiheit«, sagt Malik.

»In die Freiheit.«

Der helle Asphalt wirkt im Scheinwerferlicht und dem hellen Sommerabendlicht noch heller. Malick erzählt mir, wie er aus Ghana nach Schweden gekommen ist, wo er als Sänger und Host in einem Luxushotel gearbeitet hat. Dort hat er eine schwedische Frau kennengelernt, Kicki, in die er sich auf den ersten Blick verliebt hat. Er ist ihr nach Östersund gefolgt, sie haben geheiratet und dann ist sie krank geworden.

»Parkinson«, sagt er mit traurigem Blick. »Hab mich gekümmert, aber sie immer kranker … Vor vier Jahren gestorben. Sie war große Liebe.«

»Das tut mir sehr leid.«

»Danke.«

»Und wo haben Sie Yvonne kennengelernt?«

»Dating-App. Tinder.«

Ich frage mich ja schon, was dieser junge Kerl an Yvonne gefunden hat, die mindestens 40 Jahre älter ist als er. Andererseits gibt es Männer in Yvonnes Alter wie Sand am Meer, die sich viel jüngere Frauen angeln, ohne dass jemand auch nur mit der Wimper zuckt.

»Hatte Arbeit bei Stadtverwaltung Östersund, Hausmeister. Sie hat mich hierhergeholt und … Anfang alles gut. Bevor mit Trinken angefangen. Und Klauerei.«

»Sie scheint Sie nicht sonderlich gut behandelt zu haben?«

»Nein.«

»Werden Sie sie vermissen?«

»Vielleicht. Manchmal, weiß nicht. Vermissen Sie jemand?«

»O ja, meinen Sohn Simon. Sehr.«

»Wie alt?«

»Bald 17. Und natürlich meinen Mann«, beeile ich mich, hinzuzufügen.

»Mhm.«

Wir sind auf beiden Seiten von dichtem Wald umgeben. Mårten fände es wahrscheinlich gar nicht gut, wenn er wüsste, dass ich mit einem fremden Mann mitten in der Nacht durch die Gegend gondele. Da Mårten abends um neun ins Bett geht, fällt für ihn alles danach unter Nacht. Aber ich fühle mich kein bisschen unsicher. Malick wirkt harmlos.

»Sie haben gesagt, dass Sie als Sänger in dem Hotel gearbeitet haben. Was für Musik haben Sie gemacht?«, frage ich und gehe in der 50er-Begrenzung vom Gas.

»Alle Musik! Soul, R'n'B, World Music …«

Hinter ein paar Häusern ist wieder 70er-Begrenzung. Ich trete aufs Gas und der Motor knurrt.

Malick beginnt *A Change is Gonna Come* zu summen. Zuerst noch leise und zögerlich, aber als ich aufmunternd nicke, zieht er das volle Register. *It's been a long, a long time coming, but I know a change is gonna come.* Er hat eine schöne Stimme, kräftig, aber zugleich melodisch und einfühlsam. Der Text, den Sam Cooke geschrieben hat, um den Rassismus in den USA anzuprangern, spiegelt deutliche Parallelen zu Malicks Flucht vor Yvonne. Seine Stimme verebbt, er schließt die Augen und verstummt. Vor uns läuft ein grauer Hase den Seitenstreifen hinunter und verschwindet.

»Wow, Sie haben eine tolle Stimme!«

»Danke.«

Im Rückspiegel sehe ich einen Lastwagen hinter uns aufschließen. Ich setze den Blinker, sobald die Sicht frei ist, und lasse ihn vorbei.

»Sie sollten sich bei Idol bewerben oder wie immer diese Sendungen heißen. Bei einer Talentshow. Sie haben echtes Talent.«

Malick legt die Hände auf die Brust.

»Das bedeutet viel. Mein Vater sich gewünscht, dass ich studiere, um Ingenieur zu werden. Oder Arzt. Aber ich will singen. Habe immer in unserer Kirche gesungen. Dass ich einen Job im Hotel hatte, statt nach Accra an die Technische Hochschule zu gehen, hat ihn wütend gemacht. Ich war große Enttäuschung.«

»Wie schrecklich.«

»Inzwischen verstehe ich ihn besser. Viele Menschen in Ghana haben Probleme und ich habe meine Chance auf ein besseres Leben nicht genutzt. Im Hotel nicht gut verdient. Aber ein Zimmer und was zu essen. Für mich war okay. Kein schlechtes Leben. Aber Papa wollte für mich ein besseres Leben. Dass ich es besser mache.«

»Manchmal muss man seinem Herz folgen.«

»Ja. Darum bin ich mit Kicki nach Schweden gegangen.«

»Sie mögen also ältere Frauen?« Meine Güte, klingt das spießig. Ich bin schließlich auch älter, wenn auch nicht so alt wie Yvonne. Womöglich denkt er, dass ich mit ihm flirte? Malick wird still und ich überlege fieberhaft, wie ich aus der Nummer wieder rauskomme.

»Also, ich versuche nicht irgendwie … zu flirten oder so. Ich bin nur neugierig.«

»Alter hat keine Bedeutung, was das Herz sagt, zählt.«

»Mmh.«

»Das ist wie mit dem Bus, Annie. Der ist auch alt, oder?
Und mit viel Herz.«
Ich lache.
»O ja, das stimmt, mit viel Herz.«
Ich folge den leuchtenden Straßenlaternen rein ins Zentrum von Ljusdal und parke vor einem Imbiss.
»Wo wohnt Ihr Freund?«
»Im Zentrum.«
»Okay. Und woher kennen Sie sich?«
»Aus dem Schwedisch-Kurs. Er ist aus Georgien.«
»Weiß er, dass Sie kommen?«
Malick lacht.
»Frohe Überraschung.«
Ich überlege, ob ich es als frohe Überraschung empfinden würde, wenn nachts um elf Uhr ein alter Bekannter mit einem Rasenmäher bei mir einzieht. Aber wenn Malick das sagt, wird es schon stimmen.
»Und wie geht es jetzt für Sie weiter?«, frage ich.
»Das wird sich regeln. Mein Freund weiß vielleicht einen Job. Wichtig ist, dass ich aus diesem Gefängnis komme.«
Ich erstarre innerlich. Habe ich etwa einen verurteilten Kriminellen mitgenommen? Ich muss wirklich ein bisschen wachsamer sein, nicht so gutgläubig und naiv.
»Das Gefängnis ist Yvonne«, schiebt Malick hinterher, was mich sehr beruhigt.
»Und jetzt sind Sie frei«, sage ich. »Soll ich Sie zu Ihrem Freund fahren? Ich muss mir nur zuerst ein Kebab holen, mir knurrt der Magen.«
»Kein Problem, ich fahre.«
»Mit dem Rasenmäher?«
»Ja.«
Die Anwohner von Ljusdal werden sicher nicht begeistert sein von dem knatternden Rasenmäher um diese

nachtschlafende Zeit, aber Malick scheint das nicht zu kümmern.

Gemeinsam rollen wir die Maschine aus dem Bus und er verabschiedet sich mit einer nach Gras, Benzin und Schweiß duftenden Umarmung.

»Annie, großen Dank! Sie haben mich gerettet. Wenn Sie Hilfe brauchen, einfach anrufen!«

Er formt die Finger zu einem Telefonhörer und legt sie ans Ohr.

»Ich habe aber keine Nummer von Ihnen. Haben Sie ein Handy?«

Malick sieht mich an, als würde ihm jetzt erst auffallen, dass er keins hat.

»Okay, rufen Sie Nikolozi an.«

»Nikolozi?«

»Es gibt nur einen Nikolozi in Ljusdal. Nikolozi anrufen und nach Malick fragen.«

»Okay, mache ich. Und jetzt viel Glück. Haben Sie genug Benzin?«

Malick macht das Victory-Zeichen, sitzt auf seinem orangen Rasenmäher auf und knattert los.

Er ist auf dem Weg in ein neues Kapitel seines Lebens. Ich drücke ihm alle Daumen, dass es gut für ihn läuft. Mein Magen meldet sich mit einem Knurren, noch lauter als vorher. Jetzt hab ich mir aber wirklich ein Kebab XL mit extra Soße verdient.

KAPITEL 26

ÄLVROS

Der Sandstrand am Campingplatz ist um diese Zeit am Morgen menschenleer. Ein Barschschwarm bewegt sich dicht unter der Oberfläche, als ich in den Växnan steige und mich von dem kalten Wasser umschließen lasse. Mein Herz pumpt schneller, der Kopf wird schlagartig klarer. Ich schwimme raus zu dem Ponton mit Sprungturm, verschnaufe ein bisschen und schwimme zurück an den Strand. Vereinzelte Sonnenstrahlen suchen sich ihren Weg zwischen den Kiefern hindurch und reflektieren im verchromten Kühlergrill. Ich drehe mich auf den Rücken und schaue zu dem Bus, denke an den Mann aus Bingsjö, der mich mit seinem Trecker aus dem Schlamm gezogen hat und nach dem Namen meines Busses gefragt hat. Mir ist immer noch kein passender eingefallen.

Als ich überlege, wieso ich ausgerechnet jetzt daran denke, fällt mir ein, dass ich heute Nacht von ihm geträumt habe, Matts, im gelben Regenmantel, aus dem er sich in meinem Schlafzimmer herausschält. In meinem und Mårtens gemeinsamen Schlafzimmer. In unserem Doppelbett. Ich tauche in dem kalten Wasser unter, um mein glühendes Gesicht zu kühlen, aber das eigentümliche Prickeln bleibt. Bei dieser kurzen Begegnung in Bingsjö habe ich mich für einen Moment so lebendig wie lange nicht gefühlt. Wahrgenommen.

Beim Anziehen ertaste ich in der Hosentasche den Fünfhunderter und denke daran, dass ich heute unbedingt Papas Geldbörse zur Post bringen muss, vermutlich in Sveg, weil um halb sieben in Ljusdal noch kein Geschäft offen hat. Ob Malick heute Nacht bei seinem Freund übernachten konnte? Unser Trip ins Unbekannte verbindet uns. Aber im Gegensatz zu ihm habe ich einen sicheren Hafen, in den ich zurückkehren kann. Mårten, der ein Sommerhaus kaufen und auf unsere Beziehung setzen will. Das Problem ist nur, dass sich beim Gedanken an das Sommerhaus mein Brustkorb zusammenzieht und ich kaum noch Luft kriege.

Der Motor grummelt sonor, als ich den Zündschlüssel umdrehe und mein Fuß den Druckpunkt auf dem Gaspedal findet. Ich sollte mehr an Mårten denken, versuchen, den Knoten zu lösen. Die Unwucht in mir finden. Herrgott, er hat sich während meiner gesamten Krankheit um mich gekümmert, war mein unerschütterlicher Fels in der Brandung. Und ich möchte am liebsten vor alldem fliehen. Warum kann ich nicht einfach dankbar das annehmen, was ich habe?

Meine Gedanken wandern zurück zu Mama. Mit Vivvi MacLarens Stimme aus den Lautsprechern fallen mir plötzlich alle möglichen Details aus den Jahren zu Hause ein, in denen Mama krank war. Es ist, als wären die Erinnerungen aus dieser Zeit komprimiert und Monate auf Stunden eingedampft, auf kleine Fragmente und Szenen, die ich immer und immer wieder auf meiner inneren Leinwand abspiele. Mama, die Van Morrison hört und Frikadellen brät. Die bei der Fernseh-Talkshow vor Papa auf dem Sofa einschläft.

Mama mit einer Hand am Lenkrad des blauen Fords, im Strickpullover über dem Sommerleibchen und einem

Schal um den Kopf über den allmählich ausfallenden Haaren.

»Suche in dir selbst«, sagt Vivvi. »Dort steckt deine Power.«

Ein langer Weidezaun und eine Handvoll rote Gebäude ziehen am Bus vorbei. Je weiter landeinwärts ich komme, desto karger wird die Landschaft. Das weit entfernte Fjell kündigt sich bereits als blaue Schatten in der Ferne an und durch die höhere Anzahl an Scootern auf den Höfen und Rentiergeweihen an den Hausgiebeln.

»Du musst die Power in dir finden, um dein Produkt erfolgreich zu verkaufen«, redet Vivvi weiter. »Lass sie frei. Let the force be with you.«

Ich spüre in mich hinein und stelle Kontakt zu meinem Zwerchfell her.

»Aah.« Ich räuspere mich. »Aah.« Da kommt kein innerer Verkäufer zum Vorschein. Nur ein bisschen Schleim, der im Hals feststeckt.

Ich schiebe mir eine Handvoll Chilinüsse in den Mund, kaue und höre zu. Meile um Meile verschwinden unter den Autoreifen, dichter Wald, Zäune, Einfamilienhäuser mit Trampolinen und Flaggenmasten im Garten. Schwedischer Sommer.

Das Handy klingelt. Papa.

»Hallo?«, sage ich.

»Hallo Annie!«

Die Verbindung wird unterbrochen. Mein Rückruf scheitert, ich befinde mich ganz offensichtlich gerade in einem Funkloch. Ich sehe ein paar Häuser und ein blaues Hinweisschild, das mir verrät, dass ich Älvros erreicht habe. Ich biege auf den Kirchparkplatz ab, um die drei Balken Mobilnetz zu nutzen.

»Jetzt kann ich sprechen.«

»Hast du meine Brieftasche schon losgeschickt?«

»Gestern war schon zu, als ich fertig war, aber heute schicke ich sie los.«

»Ah ja, aha.«

»Brauchst du Geld? Oder kannst du mit der Karte bezahlen, die du zu Hause hast?«

»Das wird sich lösen. Ich hab noch Hagebuttensuppe zu Hause. Und Brot.«

»Du isst doch hoffentlich auch was Vernünftiges zwischendurch?«

Muss ich gerade sagen. Papa wechselt das Thema.

»Wie wird die Bank angenommen, die ich dir besorgt habe? Wird sie von deinen Kunden genutzt?«

»O ja. Sie ist schon gehörig eingeweiht worden.«

»Das freut mich. Nutz sie ordentlich ab. Und fahr vorsichtig.«

Ich steige aus dem Bus und schaue rüber zu der rot-weißen Holzkirche. Ein Schwarm Krähen krächzt aufgeregt in einer Birke, als ich auf der Kirchturmspitze einen goldenen, in der Sonne glänzenden Wetterhahn entdecke. Die große Holztür ist offen. Der Kirchenraum mit den grünen Holzbänken und dem kleinen Altar ist erholsam ruhig. Ganz anders als die Kirche in Alfta, wo Mama begraben ist, trotzdem wandern meine Gedanken prompt dorthin. Zu ihrer Beerdigung. Papas Gesicht, als er erzählt hat, was passiert ist. Als ich mir dieses Gespräch zwischen Mårten und Simon vorstelle, kriege ich eine Gänsehaut.

Ich schiebe mich in eine Bankreihe und sehe mir die Altarbilder an, die Adam und Eva darstellen. Irgendetwas stimmt da nicht. Nicht mit Adam und Eva, sondern mit dem Auto. Meine Erinnerungen an den Abend, als Papa uns von Mamas Tod erzählt hat, ist gespickt voll mit kleinen Details. Zum Beispiel die aufgeschlagene Ausgabe einer

Illustrierten auf dem Küchentisch und dass Papa ein Glas
aus der Lesebrille gefallen war. Die Nachbarn waren gerade
dabei, ein leckes Abflussrohr auszugraben, der muffige Geruch zog bis zu uns rüber. Fias Rad in der Auffahrt. Aber
kein Auto. Mamas Ford war nicht dort. Vielleicht trügt
mich ja mein Gedächtnis, aber mir kommt noch etwas anderes in den Sinn. Inmitten der Trauer und der Schock-
starre habe ich gedacht, wie merkwürdig es doch war, dass
Mama selbst ins Krankenhaus gefahren ist, wo es ihr doch
so schlecht ging. Aber warum sonst war das Auto weg?

Ich sollte mal bei Lottas Vater vorbeischauen, vielleicht
weiß der ja etwas.

»Entschuldigung, ist das Ihr Bus?«

Ich habe die Frau nicht eintreten hören, die plötzlich im
Mittelgang steht. Ich bemerke das weiße Beffchen an ihrer
schwarzen Bluse erst auf den zweiten Blick.

»Ach Gott, entschuldigen Sie! Ja, doch, das ist mein Bus.
Ich wollte nur einen kurzen Blick in die Kirche werfen und
fahre gleich weiter.«

»Kein Problem, bleiben Sie ruhig sitzen. Wenn Sie ihn
bis elf Uhr wegfahren könnten, reicht das völlig, da kriegen
wir eine Kleiderlieferung.«

»Absolut.«

Ich lasse den Blick schweifen.

»Das ist eine sehr schöne Kirche.«

»Danke. Ist das ein Campingbus?«

»Wie bitte?«

»Ihr Bus?«

»Ach so, nein, das ist ein einfacher Oldtimerbus, in dem
ich über Land fahre und Unterwäsche verkaufe. BHs, Slips
und Bademode, solche Sachen.«

Die Pastorin legt die Stirn in Falten, als hätte ich was Un-
christliches gesagt, aber dann platzt sie freudig heraus:

»Ach, toll! Kann ich mal einen Blick drauf werden? Ich trage meine Büstenhalter immer so schnell ab und das Angebot hier draußen ist nicht erwähnenswert. Ich bin viel unterwegs in der weitläufigen Gemeinde, da könnte ich gut was Solides gebrauchen.«

»Das versteh ich. Da findet sich bestimmt was für Sie.«

»Ich schließ nur schnell die Tür zur Sakristei ab.«

Ich kaufe in der Zwischenzeit ein Gedenklicht, das ich in einem gusseisernen Kerzenhalter platziere, in dem schon ein paar Kerzen brennen. Daneben liegen kleine Zettel, auf die man einen Namen schreiben kann, und ich schreibe Mamas Namen: Mona. Die Flamme flackert im Windzug, als die Tür zur Sakristei ins Schloss fällt.

»Da bin ich wieder«, sagt sie und steckt ein dickes Schlüsselbund in die Tasche. »Sind Sie schon lange unterwegs?«

»Bald eine Woche. Das ist eine sehr interessante Erfahrung«, antworte ich und trete raus auf den gekiesten Weg. »Man begegnet so vielen unterschiedlichen Menschen.«

Die Pastorin nickt.

»Hört sich fast wie meine Arbeit an. Wir beschäftigen uns ja im Grunde beide mit einer Art Glaubensfrage.«

Es dauert einen Moment, bis ich die Andeutung verstehe. Ich lache und lasse sie vor mir in den Bus einsteigen.

»Das hier wäre mein Angebot. Sie suchen also einen BH für die Arbeit? Kennen Sie Ihre Größe oder soll ich messen?«

Als ich mich zu ihr umdrehe, hat sie bereits die Bluse und den BH bis runter zum Bauchnabel gezogen. Das ist wahrlich nicht das erste Paar nackte Brüste, das ich auf dieser Reise zu sehen bekomme, aber mich überrascht ihre Zwanglosigkeit.

»Sie können gerne die Kabine nutzen, wenn Sie wollen?«

»Ach Gott, ja klar.«

Sie geht in die Kabine, ohne den Vorhang zu schließen. Ich nehme das Maßband und messe den Umfang unter ihrer Brust.

»Die Arbeit mit Menschen ist schon spannend«, sagt sie. »Das werden Sie vermutlich ähnlich erleben, dass man nie weiß, wem man im Laufe eines Tages so begegnen wird.«

»Wie wahr. Ich habe vorher für einen Pflegedienst gearbeitet, da haben wir immer dieselben Personen betreut. Aber jetzt öffne ich jeden Tag meine Tür für neue Überraschungen. So wie ich hier jetzt Sie getroffen habe. Haben Sie einen bestimmten Farbwunsch?«

»Gerne was Diskretes. Weiß.«

»Weiß kann aber unter hellen Kleidern auftragen, da sind leicht gefärbte Sachen oft diskreter und die sicherere Wahl. Probieren Sie einfach aus, worin Sie sich am wohlsten fühlen.«

Ich wähle ein paar passende Modelle aus. Irgendwie schüchtern Pastoren mich immer ein bisschen ein. Natürlich ist mir völlig klar, dass die Frau in der Kabine nicht in mich hineinsehen und abschätzen kann, wie nächstenliebend und christlich ich bin, aber in meinem Magen grummelt das irrationale Gefühl, beurteilt zu werden. Ein bisschen wie die Nervosität, wenn man von der Polizei angehalten wird und befürchtet, positiv zu pusten, obwohl man keinen Schluck Alkohol getrunken hat.

»Ich habe festgestellt, dass viele das Bedürfnis haben, sich was von der Seele zu reden«, sage ich, als die Pastorin den ersten BH anprobiert. Die Körbchen sind etwas zu groß, ich hole die nächstkleinere Größe.

»Inwiefern was von der Seele reden?«

»Beim Anprobieren erzählen sie oft sehr private Dinge von sich. Aber ich weiß nicht, ob ich immer einen guten Rat parat hab.«

»Ich denke, für diese Menschen ist es viel wichtiger, dass jemand zuhört. Mehr braucht es oft gar nicht.«

Sie hebt den Kopf und sieht mich mit einem Blick an, bei dem ich ihr am liebsten auf der Stelle meine ganze Lebensgeschichte anvertrauen möchte, von dem Geburtstagsfest in der Fünften, zu dem ich nicht eingeladen war, bis zu meinen und Mårtens Beziehungsproblemen. Aber natürlich tue ich das nicht und beiße mir stattdessen auf die Unterlippe.

»Die Größe passt besser, oder? Wie finden Sie die Farbe?«

»Wenn man zu den Menschen gehört, denen andere sich gerne öffnen, kann es wohltuend sein, sich zwischendurch auch mal das eine oder andere von der Seele zu reden. Jedem Menschen tut es gut, sich einem anderen anzuvertrauen, vielleicht besonders uns, die wir immer ein offenes Ohr für andere haben.«

Wenn das so einfach wäre. Ich zwinkere die Tränen weg und versuche zu lächeln. Als die Pastorin sieht, wie ich kämpfe, neigt sie den Kopf zur Seite und antwortet stattdessen auf meine Frage.

»Der sitzt ganz wunderbar. Haben Sie noch einen in der Größe?«

Fünf Minuten später rolle ich mit zusammengeschnürter Kehle aus Älvros heraus. Ich stopfe mir eine Handvoll Chilinüsse in den Mund, um mich abzulenken. Ich weiß gar nicht, wieso ich jetzt traurig bin. Es geht mir nicht schlecht, ich bin kein Opfer. Okay, dass ich gerade ein bisschen herumirre, im übertragenen Sinn, das wird schon wieder in Ordnung kommen. Es gibt Menschen, die vor Kriegen fliehen. Ich bin eine weiße Mittelklassefrau auf einem Sommerabenteuer. Die Krankheit ist erst einmal überwunden und eigentlich gibt es nichts, was ich mir von der Seele reden müsste.

Ich fahre auf der Inlandsstraße an braunen von Torfmoos überzogenen Sumpfniederungen vorbei, eingerahmt von Tannenwald. Weiße Wolken segeln über den Himmel. Und dann, endlich, sehe ich das Fjell. Ich fühle ein Ziehen im Bauch. Noch sind die Berge weit entfernt, aber trotzdem fast greifbar. Ich wusste nicht, dass mir all das so gefehlt hat, die Berge, die Einsamkeit und die Stille. Aber so ist es.

Bis nach Sveg rein hänge ich hinter einem langsamen Wohnwagengespann. Es ist lange her, dass ich hier war, aber es hat sich kaum etwas verändert. Die beiden Supermärkte und die Tankstellen, die weiße Kirche und der große Holzbär sind noch da.

Auf dem Konsum-Parkplatz steht eine Frau in einer roten Tunika und wedelt aufgeregt mit den Armen in der Luft. Ich trete die Bremse. Das ist Zeynab. Was um Himmels willen macht sie denn hier?

KAPITEL 27

DAS ANDERE STOCKHOLM

Zeynab nannte es »Schicksal«, dass sie genau in dem Augenblick auf den Parkplatz gekommen war, in dem ich vorbeigefahren bin. Ich denke eher, dass es eher schwierig ist, Bekannten aus Sveg *nicht* über den Weg zu laufen.

Wir haben uns an einen Tisch vor dem Sibylla-Imbiss gesetzt. Sie klappt den Deckel ihrer Hamburgerpackung auf.

»Auf der Anzeigetafel stand Tomate, aber ich seh keine Tomate.«

»Beschwer dich«, sage ich überflüssigerweise, da Zeynab bereits mit über den Kopf erhobener Hand auf die Theke zusteuert.

»Hallo! Mit meiner Bestellung stimmt was nicht!«

Kollegen sind wie Familie, man kann sie sich nicht aussuchen. Und Zeynab ist nicht mal mehr meine Kollegin. Auch wenn ich es sehr zu schätzen weiß, dass sie mir für morgen einen Standplatz in Älvdalen organisiert hat, war in dem Deal nicht enthalten, dass wir uns schon heute treffen. Mir ist nach Alleinsein. Der Gedanke hinter meiner Bustour ist ja genau das Einfrau-Abenteuer.

»Ich hab eine Extraportion Pommes bekommen, bedien dich.«

Sie schiebt ein kleines Tablett über den Tisch und spießt nahezu triumphierend mit einer Plastikgabel zwei Tomatenscheiben von einem Pappteller auf.

»Und was machst du in Sveg?«, frage ich.

»Mein Mann fährt zum Fischen nach Jämtland. Da sind mir zu viele Mücken. Ich dachte mir, dass ich mit dir nach Älvdalen fahre.«

»Du, das passt grad nicht so gut.«

»Es gibt zwei Schlafplätze im Bus, das weiß ich.«

»Schon, aber du hättest wenigstens vorher fragen können.«

Sie tätschelt lächelnd meine Hand.

»Alles gut, Annie, Gesellschaft ist gut für dich. Und ich schnarche nicht. Nicht wie mein Mann, der Dickwanst, der schnarcht jede Nacht wie ein wie heißt das noch – Güterzug. Dann stupse ich ihn mit dem Finger an, so.«

Zur Demonstration drückt sie mit dem Zeigefinger ihren Hamburgerdeckel nach unten. Ich spüle nickend eine Pommes mit einem Schluck Cola herunter. Wenn das Mårten sehen würde, ungesunde Transfette und Zucker. Ich muss mich essenstechnisch bald wieder zusammenreißen. Nicht nur meinetwegen, sondern auch um meinem Sohn ein besseres Vorbild zu sein. Aber vielleicht hat es ja genau den gegenteiligen Effekt? Was Eltern vorleben, ist ja irgendwie grundsätzlich veraltet. Wenn ich ausreichend viele Big Mac bestelle, schwenkt Simon dann aus Protest auf Salat und Vollkorn um?

»Das wird lustig«, redet Zeynab weiter, als wäre es ein Naturgesetz, dass zwei Frauen, die zusammen übernachten, immer Spaß haben. »Ich hab Kniffel dabei.«

Ich hatte mich auf einen ruhigen Abend mit Vivvi MacLarens Stimme aus den Lautsprechern und Vogelgezwitscher draußen gefreut. Aber jetzt ist Zeynab hier. Was soll ich machen, sie in den Zug nach Hause setzen?

»Also okay, dann machen wir es so.«

*

Sveg ist einigermaßen undramatisch, außer der Frau, die mit zwei Schäferhunden in den Bus kommt, von denen der eine aussieht, als wollte er an den Kleiderständer pinkeln. Und eine Gruppe Jungs, die kichernd gefragt haben, ob es bei mir auch Kebab gibt. Und die immer wiederkehrende Frage, ob man bei mir auch mit Swish zahlen kann, obwohl an der Wand ein gut sichtbares Schild mit dem Swish-Symbol hängt. Normalerweise regt mich die Frage nicht weiter auf, aber heute ist sie ein paarmal zu oft gestellt worden und ich spüre meinen Blutdruck ansteigen. Ich bin froh, als ich endlich das Schild reinnehmen und den Bus schließen kann.

Zeynab und ich kaufen im ICA ein. Auf dem Weg dorthin fällt mein Blick auf Svegs Markenzeichen auf der anderen Seite des Parkplatzes: der größte Holzbär der Welt. Momentan muss er von einem Gerüst gestützt werden, damit er nicht umkippt. Ich fühle mich energiemäßig ein bisschen wie er, nur dass Zeynab leider keinerlei mentale Stütze ist.

Wir kaufen Hähnchenfilet, Mineralwasser, grüne Äpfel, Crème fraîche und einen Beutel Kartoffeln, wobei sie mir Vorträge hält, dass ich mich gesünder ernähren und nicht so rumstressen soll.

»Dein Gezeter stresst mich«, sage ich, worauf sie für eine Weile den Mund hält.

Irgendwann sind wir dann auf dem Weg gen Süden. Ich fahre gerade auf einer Brücke über den Ljusnan, als Zeynab sich mein Handy schnappt und bei Swish einloggt, um mir, wie sie sagt, bei der Buchhaltung zu helfen.

»Was heißt Loser?«, fragt sie bei der Durchsicht der Eingänge.

»Was?«

»Da steht Loser 529 Kronen.«

»Pfff, vermutlich von jemand, der Los schreiben wollte und die Autokorrektur Loser draus gemacht hat. Die Kunden sollen den Ort angeben, wo sie eingekauft haben.«

»Und was ist Los?«

»Ein Ort plus/minus fünfzig Kilometer von hier.«

»Kenn ich nicht. Du musst mehr verkaufen, Annie. Du kannst mehr verdienen.«

Ich starre auf die Straße vor mir, ohne zu antworten. Nach ein paar Minuten liegen die letzten Häuser hinter uns und wir fahren durch Wald, Wald und nochmals Wald. Die tiefstehende gelbe Abendsonne blendet mich und ich schnappe mir meine Sonnenbrille. Ich bin gereizt. Wegen Zeynab. Und wegen der juckenden Mückenstiche aus Kårböle an Beinen und Oberarmen, im Nacken und auf den Schulterblättern, wo ich nicht hinkomme. Schon gar nicht beim Fahren.

Zeynab hält mein Handy hoch.

»Du hast eine SMS.«

»Von wem?«

»Einer Lotta.«

»Okay, liest du sie mir vor?«

»Da steht … *Hab auf Insta gesehen, dass du in Sveg bist. Wenn es kein Umweg für dich ist, schau doch in Särna bei Papa vorbei.*«

Damals war in unserer Wohnstraße viel über ihn geredet worden nach der Scheidung. Dann ist er also in Särna gelandet. Zeynab wedelt mit dem Handy herum.

»Kein Empfang mehr.«

»Das passiert hier öfter.«

Die Straße vor uns sieht aus wie eine Flickenjeans auf einem Woodstockfestival. Ich halte ein gleichmäßiges Tempo von 80 Stundenkilometern, eine Hand auf dem Lenkrad. Der Bus liegt wie gewohnt so solide auf der

Straße, dass ich kaum mehr tun muss, als in den Kurven zu
lenken.

»Bremsen!«, ruft Zeynab unvermittelt. Ich sehe einen
Elch vor meinem inneren Auge oder ein Rentier und trample
auf die Bremse.

»Was ist?«, keuche ich. Meine Hände zittern. Die Straße
vor mir ist leer.

»Da.«

Sie zeigt auf ein gelbes Hinweisschild, auf dem *Stockholm*
steht.

»Stockholm? Darum sollte ich bremsen?«

»Ja. Lustig, oder? Da fahren wir hin.«

»Du kannst nicht einfach *bremsen* schreien, wenn da kein
Tier oder ein Mensch im Weg sind. Ich hab einen Mordsschrecken
gekriegt.«

»Ja ja, bieg ab.«

Ich tue, was Zeynab sagt, und biege in den Schotterweg
ein, der zu dem anderen Stockholm führt. Nach ein paar
Kilometern über tiefe Schlaglöcher, vorbei an Sommerhütten
tief in der Vegetation, kommen wir an einen geschlossenen
Schlagbaum.

»Super Idee«, brummele ich. »Genial.«

»Warum bist du sauer?«

»Ich bin nicht sauer, Zeynab.«

»Stinksauer. Das spür ich.«

No shit, Sherlock.

»Bleiben wir doch heute Nacht einfach hier. Ich bin eh
zu müde zum Weiterfahren.«

Die Worte der Pastorin rumoren in meinem Kopf, dass
man zwischendurch jemanden braucht, der einem zuhört.
Wenn das nur so einfach wäre, sich zu öffnen. Als ob man
es nur zu tun brauchte. Wahrscheinlich hat sie keine Freundin,
die sie hat fallen lassen wie eine heiße Kartoffel, als sie

ihr anvertraute, wie es ihr mit der Krebsdiagnose geht. Der das *zu viel* war.

Ich schalte den Motor aus. Zeynab ist schon ausgestiegen und sieht sich in der Gegend um, was mir nur recht ist. Ich kann nicht leugnen, dass ich Zeynab zwischendurch unsäglich nervig finde, aber sie ist hier, um mir zu helfen. Ich muss mich zusammenreißen und etwas netter zu ihr sein. Um die Wogen etwas zu glätten, fange ich schon mal an, Kartoffeln zu schälen.

Es macht richtig Spaß, zusammen zu kochen, so wie Simon und ich es früher gemacht haben, als ich noch in der Lage war zu kochen. Zeynab schüttelt den Kopf über meine kleine Auswahl an Gewürzen, schafft es aber trotzdem, das Hähnchen schmackhaft zuzubereiten. Dazu gibt es einen Kartoffel-Apfelsalat mit Crème fraîche und einem i-Tüpfelchen Senf.

»Das Büfett ist eröffnet!«, sage ich. Wir quetschen uns nebeneinander auf die Bank neben dem Tisch und hauen rein. Zeynab wischt sich Soße aus dem Mundwinkel.

»Warum fährst du diese Strecke?«

»Warum? Keine Ahnung, das hat sich so ergeben. Mein Vater lebt in Edsbyn. Und dann will ich nach Älvdalen, wie du ja weißt.«

»Und warum Loser?«

Ich lache.

»Los? Kann ich gar nicht so genau sagen. Irgendwie mag ich das Binnenland. Die Landschaft ist traumhaft. Einsam, aber wunderschön.«

»Es gibt schnellere Straßen.«

»Mir macht es Spaß, die kleineren Orte anzufahren und mich mit dem Bus dorthin zu stellen. In den meisten größeren Orten gibt es ja Kleiderläden.«

Ich erzähle Zeynab nicht, wie oft wir in unserer Kindheit

die Strecke zwischen Edsbyn und Sveg gefahren sind, als meine Tante noch am Rand von Los wohnte. Ich habe die Fahrten auf der Rückbank geliebt, habe raus zu den Höfen geschaut und mir Geschichten zu den Bewohnern ausgedacht. Vielleicht lebten da ja Kinder in meinem Alter, die Schneescooter fuhren und große Schneeiglus bauten? Mama und Papa haben sich mit dem Fahren abgewechselt und wir hatten nie Angst, obwohl die Straßen wahrscheinlich in den Wintern damals nicht weniger glatt waren als heute.

»Kniffel?«, fragt Zeynab nach dem Essen.

Sie nimmt einen Spielebeutel aus der Handtasche und hält einen Permanentmarker und einen Kugelschreiber hoch.

»Ah, du hast einen Marker?«

»Aber wir nehmen den Kugelschreiber.«

»Kann ich den Marker ganz kurz leihen?«

Sie zuckt mit den Schultern. Ich ziehe den Verschluss ab. Rot, perfekt. Ich gehe zu der ordentlich festgezurrten Sitzbank, die Papa organisiert hat, und schreibe mit großen Buchstaben *Wie schön du heute bist!* auf die Sitzfläche.

Dahinter noch ein Herz. Während meiner kurzen Reise habe ich mehrfach festgestellt, dass die meisten Kundinnen einen Körperkomplex haben und es unangenehm finden, sich in einem Ganzkörperspiegel zu sehen, und nur auf ihre Makel achten. Ich will nach bestem Vermögen versuchen, ihre Blicke ein wenig mehr auf das Schöne zu richten.

Zeynab stellt sich hinter mich und schaut mir über die Schulter. Ich erwarte einen bewertenden Kommentar oder eine Frage, aber stattdessen kommt nur ein kurzes »Sehr gut!«

Wir knobeln aus, wer anfängt. Zeynab gewinnt und würfelt gleich darauf ein Full House mit Fünfen und Sechsen.

»Guck mal!« Sie zeigt aus dem Fenster zu einem großen Auerhahn. Er sieht den Bus an wie einen Rivalen und fächert sein farbenprächtiges Federkleid auf. Dann dreht er den Hals nach oben und stößt einen kollernden Schrei aus.

»Du solltest unbedingt eine Flinte im Bus deponieren«, sagt Zeynab. »Das ist sonst unsicher.«

Ich bin nicht ganz sicher, ob sie das ernst oder als Scherz meint. Wir spielen fünf Runden und sie gewinnt fünfmal.

»So, für heute Abend ist es genug.«

Ich kann mir ein Gähnen nicht verkneifen. Ich schnappe mir meine Zahnbürste und gehe barfuß nach draußen. Der Auerhahn hat sich verzogen. Der Abend ist mild und hell, es ist nur ein fernes Klopfen zu hören, ein Specht vielleicht. Ich gehe übers Moos, piksende Nadeln unter den Fußsohlen, auf der Suche nach einem Bach oder Tümpel, wo ich eine Katzenwäsche durchführen kann. Aber ich kann nirgendwo Wasser entdecken.

Als ich mich wieder umdrehe, fällt mein Blick auf etwas auf einer kleinen Lichtung. Es sieht aus, als sitze dort jemand, vielleicht ein Jäger, der eine Pause macht, oder ein abendlicher Wanderer. Oder jemand, der sich verirrt hat? Am Ende siegt meine Neugier, ich schleiche mich näher heran.

Es ist eine Statue aus weißem Stein, eine sitzende Frau. Was bitte schön macht die denn hier mitten im Wald?

Ich bücke mich zu der Plakette runter.

The statue of integrity. Greta Garbo.

»Zeynab!«, rufe ich. »Das musst du dir ansehen!«

Keine Antwort. Auch gut, ich bin auch gern ein wenig mit der Statue allein. Die Steinfrau hat eine Hand aufs Herz gelegt und schaut gedankenversunken in den Wald. Ein passender Platz für die menschenscheue Greta Garbo so mitten im Nichts.

Die Ruhe hilft mir, auch wieder ein wenig Ordnung in meine Gedanken zu bringen. Ich denke an Lottas SMS und dass ich auf alle Fälle einen Abstecher nach Särna machen und mit ihrem Vater reden sollte. Schaden kann es ja nicht. Und vielleicht weiß er aus seiner aktiven Polizeizeit irgendetwas über Mama.

Vielleicht kann ich ja meine Grübelei darum endlich mal beenden, wenn Lottas Vater mir sagen kann, was an den Gerüchten um den Autounfall dran war oder nicht?

Ein Knacken lässt mich zusammenzucken, aber es ist nur Zeynab, die wie ein Elch durch den Wald schleicht.

»Guck mal!«, sage ich. »Da steht eine Statue von Greta Garbo.«

»Wie bescheuert ist das denn? Die sieht hier doch niemand!«

»Das ist vielleicht genau der Sinn.«

Zeynab schnalzt mit der Zunge und schüttelt den Kopf. Ich hake mich bei ihr unter und gehe mit ihr zurück zum Bus, während sie mir schon wieder rät, mich mit einem Jagdgewehr auszurüsten. Ich höre nur mit halbem Ohr zu. Meine Grübeleien um Mamas Tod sind wieder angestoßen worden. Irgendwas stimmt da nicht.

KAPITEL 28

ÄLVDALEN

Auf dem Weg nach Älvdalen müssen wir anhalten, weil eine Rentierherde mitten auf der Straße ein Nickerchen zu halten scheint. Erst nach Betätigen der Fanfarenhupe setzen sie sich erschrocken in Bewegung. Ich hab in der Nacht nicht viel geschlafen zwischen Zeynabs Schnarchattacken, die hartnäckig leugnet, jemals geschnarcht zu haben.

»Woher willst du das wissen, wenn du schläfst«, kontere ich.

»Ich weiß es einfach.«

»Du weißt eine Menge, Zeynab.«

Sie tippt an ihre Schläfe.

»Hellseherin.«

Ich habe keinen Nerv auf eine Diskussion. Mein Fuß drückt das Gaspedal hinunter, ich habe die Holzschuhe ausgezogen und fahre barfuß. Wir folgen einer schäumenden Stromschnelle in südlicher Richtung. In einem Ort mit roten Scheunen und Kuhweiden hat das Handy plötzlich wieder Empfang und eine SMS kommt rein.

Alles gut bei dir?, schreibt Mårten. Und dass er dreimal angerufen hat. Dann noch eine SMS: *Ruf mich an, wenn du das hier liest!*

Als ich das Handy hochhebe, sind wir schon im nächsten Funkloch. An einem Gefälle zieht ein weißer Cadillac gemütlich an uns vorbei, danach mit Vollgas ein schwarz glänzender Buick und wenige Minuten später ein türkisfarbener Käfer mit offenem Verdeck. Die Basslinie von *Bad Moon Rising* strömt aus dem kleinen Auto, als es überholt.

»So viele Oldtimer«, sage ich.

»Wegen dem Markt.«

»Was für ein Markt? Davon hast du gar nichts gesagt.«

»In Älvdalen ist Oldtimermarkt. Das musst du nutzen. Da sind bestimmt viele gelangweilte Frauen, weil die Männer nur an Autos und Schrauben interessiert sind.«

Das muss man Zeynab lassen, geschäftstüchtig ist sie. Und sie hat einen grandiosen Platz vor dem Friseursalon ihres Bruders organisiert, bei dem wir einen Kaffee und Strom kriegen. Ich gehe mit meinem Kaffee nach draußen und orientiere mich. Die meisten Orte auf meiner Strecke kenne ich wenigstens von der Durchfahrt, aber in Älvdalen bin ich noch nie gewesen.

Das Zentrum besteht aus einer langen Fußgängerzone mit einigen Geschäften, einem Gitarrenmuseum, einer Kirche und einer Konditorei. Die Oldtimer rollen in einem langsamen Strom vorbei, die Luft ist gesättigt von Motorgeräuschen und Abgasen. Entlang der Straße haben die Verkäufer Tische und Zelte aufgebaut mit Autozubehör, lustigen Kennzeichen, Lenkradbezügen, Wunderbäumen und glänzenden Chromteilen. Mittendrin steht ein Verkaufsstand mit Kokosbällen.

Ich rufe Mårten an, der nach dem ersten Signal antwortet.

»Wo warst du denn letzte Nacht? Warum hast du dich nicht gemeldet?«

»Wir waren im Wald und hatten keinen Empfang.«

»Ich muss dich erreichen können, Annie. Wir haben einen gemeinsamen Sohn.«

Mein Magen krampft zusammen.

»Ist was mit Simon?«

Mårten seufzt am anderen Ende.

»Ich weiß es nicht, ehrlich gesagt. Die Schule hat angerufen, weil er in vier Fächern im Rückstand ist und überdurchschnittlich viel gefehlt hat.«

»Was? Das kann doch nicht sein. Hast du mit ihm gesprochen?«

»Ich habe es versucht.«

»Und?«

»Er sagt, er hätte mit ein paar Kumpels zusammen geschwänzt und dass es keine wichtigen Stunden gewesen wären.«

»Das klingt nicht nach unserem Simon.«

»Nein. Die Schule besteht jedenfalls auf ein Treffen. Wann kommst du nach Hause?«

»Das kann ich nicht so genau sagen. Heute bin ich in Älvdalen. Aber im Notfall könnte ich natürlich direkt von hier nach Hause fahren.«

»Sie haben Mittwoch nächste Woche vorgeschlagen. Der Schulleiter wird auch da sein.«

Ich atme aus. Dann bleibt mir Zeit für meine Erledigungen und ich kann trotzdem in gemächlichem Tempo und ohne Stress nach Hause fahren. Die Stunden hinterm Lenkrad machen mich so müde. Was ist denn bloß mit Simon los?

»Soll ich mal mit ihm reden?«

»Okay«, sagt Mårten. »Und lass bitte dein Handy eingeschaltet.«

Ich könnte darauf hinweisen, dass das wenig nützt, da ein Viertel des Landes kein Handynetz hat, aber ich verabschiede mich nur und lege auf.

Wie immer, wenn ich Simon anrufe, werde ich direkt auf die Mailbox weitergeleitet. Ich schreibe ihm eine SMS, dass er mich anrufen soll.

»Annie!«, ruft Zeynab. »Kunden!«

Ein Paar in identischen Jeanswesten wartet vor dem Bus.

In dem Augenblick klingelt mein Handy. Es ist Simon.

»Hallo, Schatz!« sage ich.

»Irgendwas Besonderes?«

Ich gehe um die Ecke zum Friseursalon und stelle mich in den Schatten. Aus einer Mülltonne stinkt es verwest.

»Papa meint, du schwänzt die Schule. Ist irgendwas vorgefallen?«

»Nein.«

»Okay, und warum bist du dann nicht zum Unterricht gegangen?«

»Ein paar von uns haben Besseres vorgehabt, mehr nicht.«

»Besseres?«

»Abhängen.«

»Bist du schulmüde?«

»Was?«

Wahrscheinlich kommt das bei uns in den Achtzigern und Neunzigern gängige Wort »Schulmüdigkeit« im Wortschatz meines Sohnes überhaupt nicht vor. Zu meiner Zeit hat man im Gymnasium einfach eine Klasse wiederholt, wenn man hinterherhinkte.

»Das hol ich locker wieder auf«, sagt Simon. »Keine Sorge.«

Trotz seines zuversichtlichen Tons bin ich nicht ganz überzeugt. Aber das Pärchen im Jeanswesten-Partnerlook tritt schon ungeduldig vor dem Bus auf der Stelle, da gehe ich wohl besser mal hin.

»Lass uns darüber reden, wenn ich wieder zu Hause bin. Pass auf dich auf.«

»Tschüs.«

Als ich nach unten schaue, fällt mir auf, dass ich immer noch barfuß bin. Ich schlüpfe schnell in meine Clogs und lasse das Jeanswestenpaar in den Bus.

»Haben Sie was im Sortiment zum Aufpeppen des Sexlebens?«, fragt die Frau und schwingt mit einem lauten Lachen ihre schwarzen Locken über die Schulter. »Stefan mag rote Spitze. Stimmt's Stefan?«

»Dann schlage ich mal vor, dass Stefan draußen wartet, während wir was für Sie aussuchen. Es wird sonst etwas eng hier drinnen.«

Ich wedele Luft unter mein Shirt, als Stefan hinausschlendert und in Richtung des Kokosballverkäufers verschwindet. Das Marktwetter ist drückend und heiß.

»Rot ist doch nach wie vor sexy, oder?«, fragt die Frau. »Wie *Pretty Woman*.« Sie schnäuzt sich in ein Papiertaschentuch. »Also Julia Roberts.«

»Daran kann ich mich jetzt grad nicht erinnern, aber beginnen wir doch erst mal mit Ihrer Größe?«, schlage ich vor. Die Frau steht vor dem Kleiderständer und schaut sich die Preisschilder an.

»Mein Gott, sind BHs heutzutage so teuer?«

»Qualität hat ihren Preis. Natürlich findet man günstigere Angebote, aber das hier sind hochwertige Modelle, die lange halten. Und fester Halt für den Busen ist Gold wert.«

»Hm.«

Sie zieht ein aprikotfarbenes Set heraus und hält es sich vor den Busen. Der BH ist eher dezent, aber mit Spitze.

»Also, der sieht ziemlich heiß aus.«

»Die Farbe steht Ihnen. Sowohl BH als auch Slip gibt es in verschiedenen Größen, wenn Sie probieren möchten.«

Die Frau geht auf den oberen Treppenabsatz, schiebt den Kopf zur Tür raus und schreit:

»Stefan! Stefan! Logg dich mal bei der Internetbank ein und verkauf den Fonds!«

Ich wische mir den Schweiß aus der Stirn und atme tief durch, während zwischen den beiden eine laute Diskussion entbrennt, ob sie den Fonds in ein neues Kühlsystem für den Buick oder in neue Unterwäsche für sie investieren sollen.

Zeynab ist irgendwo im Marktgewimmel verschwunden. Das hier bringt mich an meine Grenzen. Ich habe viel zu wenig geschlafen für einen langen Markttag und mein Schädel brummt. Nach einem hitzigen Schlagabtausch trägt das Kühlsystem den Fondssieg davon und die Frau verlässt ohne neue Dessous den Bus.

Vor dem Bus steht ein Mann in beigem Blouson.

»Meine Frau ist elektrosensibel und kann nicht in die Stadt kommen. Machen Sie auch Hausbesuche?«

In diesem Moment sehe ich Zeynabs rote Tunika in der Menge. Ich hebe die Hand und winke.

»Meine Kollegin wird sich um Sie kümmern.«

Ich lächele den Mann an und allein diese Anstrengung treibt mir Tränen in die Augen. Vermutlich ist es riskant, Zeynab vorübergehend die Verantwortung für den Bus anzuvertrauen, aber wenigstens kann sie gut mit Geld umgehen. Besser als mit Kunden. Ich winke sie herein.

»Könntest du mich kurz ablösen? Ich brauch dringend eine Pause.«

»Kein Problem. Geh zu meinem Bruder.«

»Die Größen der Kundinnen messe ich mit dem Maßband, das hängt da drinnen, und das Körbchen sollte … Ach, sag einfach, dass ich später wiederkomme. Das ist zu viel zu erklären.«

»Ruh dich aus.«

Ich lächele dankbar und stolpere in den klimatisierten

Friseursalon. Die Kopfschmerzen sind auf dem besten Weg, sich in eine Migräne zu verwandeln, vor meinen Augen tanzen Farbprismen. Zeynabs Bruder Nasir runzelt die Stirn.

»Alles okay?«

»Ich bin so furchtbar müde, könnte ich mich vielleicht irgendwo hinsetzen und ein bisschen ausruhen?«

Nasir nickt seiner Kundin zu, steckt Kamm und Schere in seinen Arbeitsgürtel und führt mich in eine kleine Kammer mit Miniküchenzeile und Kaffeemaschine. Es gibt einen Tisch mit zwei Stühlen und der Raum riecht stark nach Spray und Fixierflüssigkeit. Ich setze mich auf einen Stuhl und atme tief ein.

»Wenn Sie das Licht ausschalten könnten?«

Es klickt leise, dann wird es dunkel. Das einzige Geräusch besteht aus einem Summen und den leisen Stimmen aus dem Salon.

*

Ich wache mit steifem Hals auf, die Stirn auf den Händen und die Ellbogen in einem unbequemen Winkel auf dem Tisch zur Seite gestreckt. Vorsichtig versuche ich, den blockierten Nacken zu strecken, der unheilschwanger knackt. Ich stehe auf und spritze mir über dem Waschbecken kaltes Wasser ins verquollene Gesicht. Als ich Licht mache, sehe ich auf der Wanduhr, dass es halb eins ist. Das kann doch nicht sein? Ein kalter Wassertropfen mogelt sich in meinen Halsausschnitt, ich kriege eine Gänsehaut, wie eine böse Vorahnung. Ich schaue wohl besser mal nach, ob Zeynab es schon geschafft hat, den Bus abzufackeln.

Sie sitzt auf der Treppe und trinkt Limonade durch einen Strohhalm.

»Tut mir leid, ich bin fest eingeschlafen. Wie ist es hier gelaufen?«

»Alles in Ordnung.«

»Hattest du Kunden?«

Zeynab zuckt mit den Schultern.

»Da war eine Frau, aber ich hab gesagt, wir können ihr nicht helfen.«

»Okay, warum nicht?«

»Zu alt.«

Ich kneife die Augen zusammen und kämpfe einen inneren Konflikt aus, Zeynab wegen ihrer Unhöflichkeit zu tadeln oder ihr für ihren Einsatz zu danken. Das Pendel schlägt irgendwo in der Mitte aus.

»Okay. Dann weiß ich Bescheid. Vielen Dank für die Hilfe, jetzt komme ich wieder allein zurecht.«

Zeynab geht in den Friseursalon ihres Bruders. Ich dekoriere ein Paar BHs um, die schlampig auf den Bügeln hängen. Dann setze ich mich auf den Fahrersitz und schreibe Lotta eine SMS.

In Särna wohnt dein Vater also! Vielleicht schaffe ich es heute noch zu ihm. Wie ist die genaue Adresse?

Eine neue Kundin schaut herein und probiert mehrere BHs an, ohne was Passendes zu finden.

»Der Stoff klebt so unangenehm am Körper«, klagt sie.

»Bei dem schwülen Wetter lässt sich das kaum vermeiden«, versuche ich sie zu besänftigen, aber sie geht kopfschüttelnd hinaus.

Avalon ruft an.

»Hallo, Annie! Hast du schon deine Bewertung bei Google gesehen?«

»Was? Ich wusste gar nicht, dass ich Bewertungen bei Google habe.«

»Jemand hat nur einen Stern gegeben, weil du unhöflich

gewesen wärest und die Kundin als dick bezeichnet hättest. Das Problem ist, dass das deine einzige Bewertung bei Google ist. Das macht sich nicht gut.«

Ich schließe meine Augen und unterdrücke einen Seufzer. Es war offensichtlich keine gute Idee, Zeynab die Verantwortung zu überlassen. Aber warum geht das gleich alles ins Internet? Daran habe ich überhaupt nicht gedacht, dass die Leute meine Tätigkeit dort bewerten können.

»Ich kümmer mich drum«, fährt Avalon fort. »Ich werde schreiben, wie außerordentlich wir bedauern, dass unser Service nicht ihren Vorstellungen entsprochen hat und dass wir entsprechende Maßnahmen ergriffen haben und sie herzlich einladen wiederzukommen, wenn sie uns eine zweite Chance geben will, um ihr ein besseres Einkaufserlebnis zu bescheren.«

Ein vorbeifahrender schwarzer Volvo hat eine knallende Fehlzündung.

»Danke«, seufze ich. »Du bist ein echter Fels.«

»Viel Erfolg«, sagt Avalon.

Ich würde Avalon gerne nach Fia fragen, die auf meine letzten Anrufe und SMS nicht geantwortet hat, weiß aber nicht, ob er schon von ihrem Ultimatum an Jenny weiß.

Wir beenden das Gespräch und ich sitze eine Weile auf dem Fahrersitz und schaue raus zu den Oldtimern, die in einem steten, langsamen Strom vorbeirollen. Von alten, aufpolierten Prachtstücken über modernere Sportwagen bis zu echten Rostlauben, die so tief liegen, dass sie fast den Boden berühren, ist alles dabei.

Ich weiß ja, dass diese Rostlauben einen eigenen Charme haben, aber das heißt noch lange nicht, dass ich sie schön finde.

Auf der Heckklappe eines burgunderroten Cabriolets rä-kelt sich eine Frau in einem amerikanischen Bikini und johlt laut mit einem Plastikglas in der Hand. Aus dem Auto hinter ihr streckt ein Pudel seinen mit einer Ledermütze geschmückten Kopf aus dem offenen Seitenfenster. Am Straßenrand sitzen einige Schaulustige mit Campingstühlen und Kühlboxen ausgerüstet.

Mein Handy piepst wieder.

Das wäre ja toll. Könntest du ein Stück Butterkäse mitbringen? Der Pflegedienst bringt immer anderen Käse mit. Ich swish dir das Geld rüber. Die Adresse lautet Högenvägen 26, Särna. PS: Er ist zwischendurch etwas verwirrt.

Mein Herz klopft schneller. Klein ist der Umweg nach Särna nicht, sicher achtzig Kilometer, aber wenn ich schon mal in der Gegend bin, will ich die Chance nutzen.

Ich lege mein Handy weg, als ein älterer Mann in kurzen Hosen, Riemchensandalen und hochgezogenen Kniestrümpfen hereinkommt. Er nimmt seinen Strohhut ab und nickt.

»Guten Tag und danke für das nette Kompliment.«

Als ich ihn verständnislos anschaue, zeigt er auf die Aufschrift auf der Bank vor dem Bus.

»Gern geschehen«, sage ich.

»Ich würde gerne Strümpfe kaufen, wenn die junge Dame welche im Angebot hat.«

»Leider nein, aber ich habe auch schon darüber nachgedacht, Socken ins Sortiment aufzunehmen. Das nächste Mal habe ich dann vielleicht welche dabei.«

Ich beiße mir auf die Unterlippe. Warum sage ich das, obwohl ich doch weiß, dass es kein nächstes Mal geben wird.

»Ansonsten hätte ich eine große Kollektion an Damenunterwäsche.«

»Das interessiert mich heute nicht«, sagt der Mann und zwinkert mir zu. »Aber die Modenschau hört sich spannend an!«

Ich habe den Stapel Flyer von dem Herbstmarkt und der Modenschau in Edsbyn völlig vergessen, den Pony-Petra mir mitgegeben hat.

»Das soll eine sehr unterhaltsame Veranstaltung sein, habe ich gehört, aber ich war selber noch nie dort. Eine Freundin von mir organisiert das Ganze.«

»Dann hoffe ich, dass Sie mit Ihrem Bus dort sind und ich ein paar Socken bei Ihnen kaufen kann.«

Er lächelt, setzt seinen Sonnenhut wieder auf und geht hinaus.

Ich schaue auf mein Handy und überlege, ob ich jetzt gleich nach Särna fahren sollte?

Warum eigentlich nicht? Ich halte nach Zeynab Ausschau, die im Friseursalon Shampooflaschen sortiert.

»Ich würde dann mal aufbrechen. Danke für deine Hilfe.«

»Willst du nichts essen?«

»Ich hol mir unterwegs irgendwas.«

Die Wahrheit ist, dass ich Älvdalen so schnell wie möglich verlassen will. Die Geschäfte laufen bescheiden und die Unruhe und der Lärm der Autos sind furchtbar ermüdend. Außerdem kann ich es kaum erwarten, nach Särna zu kommen, aber das muss Zeynab nicht wissen.

»Unterwegs? Nicht gut.«

Sie verschwindet in die kleine Küche. Ich lächele Nasir zu und sehe, dass er dem Mann, der eben in meinem Bus war, die schütteren Haare schneidet.

»Lief das Geschäft gut?«, fragt der Mann und sieht mich über den Spiegel an.

»Ich glaube, die Leute interessieren sich im Moment vor allem für die Autos.«

»Warten Sie bis heute Abend, wenn alle so betrunken sind, dass sie alles kaufen.«

Der Mann blinzelt. Zeynab drückt mir ein Käsebrot in die Hand.

»Du musst was essen.«

»Danke. Sag mal, hast du eine Frau als dick bezeichnet?«

»Die war total rassistisch.«

Ich verlagere das Gewicht auf den anderen Fuß.

»Aha. Und was ist da passiert?«

Zeynab streckt die Hand aus.

»Sie kommt in den Bus, sieht mich an. Sagt: ›Ich möchte bitte mit jemandem reden, der Schwedisch spricht.‹ Sage ich, dass ich Schwedisch spreche. Sie: ›Das glaube ich nicht.‹ Und danach: ›Gibt es diese Unterhosen auch in einer kleineren Größe?‹«

»Okay?«

»Da hab ich gesagt, nein, gibt es nicht. Aber setzen Sie sie doch einfach auf Ihren Dickschädel.«

Sie deutet auf ihren Kopf und ich unterdrücke ein Kichern. Der Mann auf dem Frisierstuhl lacht schallend los.

»Eine richtig gute Antwort! Wirklich!«

»Danke«, sagt Zeynab.

Sie reicht mir ein Post-it mit einer Adresse: Finsternis 126.

»Was ist damit?«

»Die elektrosmogallergische Frau wohnt da. Ich hab gesagt, dass du zu ihnen kommst.«

Die elektrosensible Frau habe ich völlig vergessen. Das muss bis nach meinem Besuch in Särna warten. Ich verabschiede mich von Zeynab und Nasir, gehe raus und starte den Bus. Zwei Minuten später stehe ich in einem langen

Stau zwischen zwei aufgemotzten Angeberschlitten. Das Auto vor mir spielt *No Particular Place to Go* mit so lautem Bass, dass meine Windschutzscheibe vibriert.

Ich lege die Kassette mit Vivvi MacLaren ein und hoffe, dass sie den Lärm übertönen kann.

KAPITEL 29

SÄRNA

Berg, steht auf dem Metallschild an der Tür der gelben Holzvilla. Ich habe den Bus auf der schmalen Straße geparkt, was sich suboptimal anfühlt. Aber es gab keinen besseren Platz und ein Pkw passt vorbei.

Die Rentiersalami, die ich im Zentrum von Särna bei einem Mann in Lederkleidung gekauft habe, hinterlässt einen scharfen Knoblauchgeschmack in meinem Mund. Ich atme in die gewölbten Hände. Rosen riechen anders, da muss ich halt versuchen, den armen Conny nicht direkt anzuatmen. Ich zupfe mein Kleid zurecht, nehme den Butterkäse aus der Handtasche und klingele.

Es dauert eine Weile, bis Conny Berg mir die Tür aufmacht. Er sieht noch genauso aus wie früher, mit der ledrigen Haut und den klaren Augen, aber die Falten sind mehr geworden und seine Haltung ist gebeugter. Das graue Haar liegt in einer Welle über dem Kopf.

»Hallo Conny, ich weiß nicht, ob Sie mich wiedererkennen, ich habe früher in …«, setze ich an, werde aber schnell unterbrochen.

»Ach, schon wieder jemand Neues. Die Medikamente sind in der Küche.«

Er dreht sich um und geht mit stolpernden Schritten auf einen Rollator gestützt ins Haus.

»Ich bin nicht vom Pflegedienst«, sage ich hinter ihm her,

aber er scheint mich nicht zu hören. Ich zögere kurz, dann schlüpfe ich aus meinen Clogs und folge ihm in ein Wohnzimmer mit rosa Plüschsofas und toten Topfpflanzen auf den Fensterbrettern. Die Jalousien sind heruntergezogen. Der Raum riecht muffig und zitronig nach Putzmitteln.

»Ich bin nicht vom Pflegedienst«, wiederhole ich, als Conny in einen Sessel sinkt und mühsam ein Bein auf den Hocker legt.

»Ich bin Annie. Erkennen Sie mich? Ich bin ungefähr so alt wie Ihre Lotta. Ich habe Butterkäse mitgebracht, sie lässt herzlich grüßen.«

Ich bekomme keine Antwort, bringe den Käse aber trotzdem in die Küche und lege ihn in den Kühlschrank. Conny runzelt die Stirn.

»Wenn das ein Rentnerüberfall ist, muss ich gleich sagen, dass es hier nicht viel zu holen gibt. Das ganze Vermögen ist in der Bank eingeschlossen.«

Ich lache, nicht sicher, ob er scherzt oder nicht. Bei einem pensionierten Polizisten kann man ja nie wissen. Um auf Augenhöhe zu sein, ziehe ich einen Stuhl vom Esstisch herüber und setze mich ihm gegenüber.

»Wir haben im Soldatvägen in Edsbyn gewohnt, als ich klein war. Meine Eltern heißen Hilding und Mona.«

Conny scheint in seinem Gedächtnis zu graben.

»Wir haben in einem weißen Steinhaus gewohnt«, füge ich hinzu.

Conny starrt auf den ausgeschalteten Fernseher.

»Tagsüber läuft irgendein Fußballspektakel. Ich weiß nicht, ob die EM oder WM. Zu Maradonas Zeiten war alles besser. Nur nicht die Drogen. Das ist heute wahrscheinlich genauso schlimm.«

»Ja, Maradona, der war gut«, sage ich, und merke, wie ich automatisch in die Rolle der Hauspflegerin Annie schlüpfe. Conny ist nicht nur ein bisschen vergesslich, wie Lotta meint. Demenz im frühen Stadium, schätze ich, mit der er mit Unterstützung des Pflegedienstes noch zu Hause wohnen kann. Zumindest sieht er gepflegt aus, sein Hemd ist gebügelt und ordentlich geknöpft und er ist frisch rasiert. Aber wenn Conny dement ist, ist es wohl keine schlaue Idee, alte Geschichten wieder aufzuwühlen, das würde ihn nur beunruhigen. Daran hätte ich natürlich denken müssen.

Ich muss das Gespräch irgendwie auf eine gute Art abschließen, ohne ihn aufzuregen oder zu verunsichern.

»Heute ist der Blutbus hier«, fährt Conny fort. »Gerade angekommen, er steht unten auf der Straße. Aber mein Blut kriegen die nicht.«

Er sieht mir in die Augen.

»Ich habe schlechte Eisenwerte, sagen sie im medizinischen Zentrum. Und sie müssen es ja wissen. Aber sie können nicht sagen, warum.«

Ich beschließe mitzuspielen.

»Wie schade, genau deshalb bin ich nämlich hier. Um zu fragen, ob Sie Blut spenden wollen.«

Conny winkt mit der Hand ab.

»Nein danke. Wie gesagt, das geht nicht.«

Ich lasse meinen Blick über eine Anrichte mit Fotos von, wie ich vermute, Verwandten und einem braun-weißen Jagdhund schweifen, über eine Wand mit einigen Ölgemälden mit Bergmotiven und dann zurück zu den verdorrten Topfpflanzen.

»Sie wohnen hier aber sehr schön.«

»Ja, ich leide keine Not.«

»Haben Sie Familie, die Sie besucht?«

»Einen Sohn. Aber der wohnt in Edsbyn.«

»Hm«, sage ich.

»Bis zu meiner Scheidung habe ich auch dort gewohnt.«

»Mhm.«

Er lacht.

»Seitensprung, wie es so schön heißt. Mit einer Frau von hier. Wir sind ein Paar geworden, Majt und ich. Aber jetzt ist sie tot.«

»Tut mir leid, das zu hören.«

»Ja.«

Von der Straße tönt lautes Hupen. Ich gehe nachsehen. Ein Müllwagen versucht vergeblich, an meinem Bus vorbeizukommen, und ich gebe dem Fahrer ein Zeichen von der Treppe, dass ich gleich rauskomme.

»Was ist da los?«, fragt Conny, der mir an die Tür gefolgt ist.

»Ich muss den Bus wegfahren. Da bedank ich mich, dass Sie sich die Zeit genommen haben.«

Ich schiebe meine Füße in die Clogs.

»Mona war deine Mutter«, sagt Conny, als ich gerade zur Tür raus will. Ich halte inne und drehe mich um. Soll ich etwas sagen? Ich habe das Gefühl, dass die kleinste Störung den alten Herrn aus dem Konzept bringen könnte.

»Ich erinnere mich gut an Mona, war ja derjenige, der ihrem Mann die traurige Nachricht überbracht hat, dass sie sich totgefahren hatte.«

Meine Ohren rauschen. Höre ich richtig oder bringt Conny irgendwas durcheinander?

Aber bei Demenzkranken versagt in der Regel das Kurzzeitgedächtnis, nicht die länger zurückliegenden Erinnerungen.

Mein Mund ist so trocken, dass mir die Zunge am Gaumen klebt.

Das Müllauto hupt wieder, aber ich ignoriere es.

»Ja«, sagt Conny, »hier draußen auf der Autobahn. Ich bin persönlich nach Edsbyn gefahren, weil ich ihren Mann kannte, und hab ihm gesagt, dass sie ins Schleudern geraten ist.«

Er schiebt den Stock ein paar Zentimeter zur Seite und richtet sich mit einem leisen Stöhnen auf.

»Ins Schleudern geraten?«

»Ja. Aber im August gerät man doch nicht ins Schleudern. Es hatte noch nicht einmal geregnet. Ich habe mich immer gefragt, warum sie mit dem Holzlaster kollidiert ist.«

In meinem Kopf dröhnen Krankenwagensirenen. Ich halte mich am Türgriff fest. Holztransporter, wiederhole ich im Stillen. Die Knoblauchwurst stößt mir auf, vor meinen Augen flimmert es.

»Es war also ein Zusammenstoß?«, frage ich und schlucke den Knoblauchgeschmack hinunter. »Mit einem Holzlaster?«

Conny sieht mich an und lächelt abwesend.

»Du bist neu beim Pflegedienst, stimmt's?«

»Ja, genau. Aber jetzt muss ich weiter.«

»So ist das. Bis zum nächsten Mal.«

»Passen Sie auf sich auf«, ringe ich mir ab und lasse den armen Mann im Flur stehen. Eine Frau in neonoranger Schutzkleidung springt aus dem Führerhaus des Müllwagens und kommt auf mich zugelaufen.

»Ist das Ihr Bus?«

»Ja, tut mir leid, ich fahre ihn schon weg.«

»Sie können die Straße doch nicht einfach blockieren.«

Ich beiße mir auf die Zunge und versuche erneut, den ätzenden Knoblauchgeschmack in der Kehle hinunterzuschlucken.

»Hallo, hören Sie, was ich sage?«

»Fahr zur Hölle«, murmele ich.

»Was war das?«

Ich steige in den Bus, drehe den Zündschlüssel um und trete das Gaspedal durch wie in Trance. Meine Hände zittern. Ein Zusammenstoß. Mit einem Holzlaster. Auf trockener Straße. Irgendwie gelingt es mir, weiter unten auf der Straße zu wenden und in Richtung Ortsmitte zurückzufahren. Wenn Mama wirklich beschlossen hatte, vor einen Holzlaster zu fahren, warum ausgerechnet hier? Brauchte sie den weiten Weg von Edsbyn hierher, um sich ... Mir wird eiskalt, als mir klar wird, dass sie ungefähr dieselbe Route zurückgelegt haben muss, die ich gefahren bin. Ich bin unbewusst ihren Spuren gefolgt. Oder habe ich es die ganze Zeit gewusst? Es geahnt, aber nicht verstanden?

Die Übelkeit kommt mit solcher Wucht, dass ich auf die Bremse treten muss und in eine Bushaltebucht einbiege. Ich stürme nach draußen und erbreche mich auf den Seitenstreifen.

Ein Auto hupt wütend, als es an mir vorbeifährt.

KAPITEL 30

FINSTERNIS

Wie ein dunkelgrüner Samtvorhang wogen die Wälder auf beiden Seiten der grauen Landstraße vorbei. Vor mir ballen sich dunkle Wolken zusammen und in der Ferne grummelt dumpfer Donner. Eigentlich ist es keine gute Idee, jetzt am Steuer zu sitzen, ich sollte anhalten und erst einmal eine Runde schlafen, aber irgendwie kann ich mich nicht dazu aufraffen. Ich will einfach weiterfahren.

Als ich ein blaues Schild mit dem Hinweis *Finsternis* sehe, klingelt in meinem Unterbewusstsein ein leises Glöckchen, dass Zeynab dem älteren Mann versprochen hat, ich käme bei seiner Frau mit Elektrosmogallergie auf einen Hausbesuch vorbei. Ich habe zwar keine genaue Adresse, biege aber trotzdem ab.

Meine Gedanken drehen sich im Kreis. Meine Mutter in ihrem puderblauen Ford Fairlane. Der Abend, an dem sie der Familie auf dem weißen Ledersofa erzählt hat, dass der Krebs zurück ist. *Ich habe ihn einmal besiegt und ich werde ihn wieder besiegen, Mädchen!*

Ich habe ihr geglaubt. Fia und ich haben uns nie allzu große Sorgen gemacht, jedenfalls kann ich mich nicht daran erinnern. Die Krankenhausbesuche waren langweilig, wenn die Ungeduld in unserem Körper juckte, aber Mama hatte versprochen, dass sie nicht sterben würde, und wir haben ihr geglaubt.

Sie hatte es versprochen. Heute weiß ich, wie wenig man auf solche Versprechen geben kann, und habe deshalb selbst nie so etwas gesagt, auch wenn ich mehrmals kurz davor war, wenn Simon gefragt hat, ob ich am Krebs sterbe. Da hätte ich auch am liebsten geantwortet: *Nein, ich verspreche, dass ich nicht sterbe.* Aber das wäre eine Lüge gewesen. Wir müssen alle sterben.

Ein neuer Donnerschlag dröhnt vom dunklen Himmel. Ich fahre zu schnell auf dem kurvenreichen Weg, der sich Kilometer um Kilometer dahinschlängelt. Soll ich Papa anrufen? Fia? Was soll ich sagen? Ist es besser, das von Angesicht zu Angesicht zu besprechen? Ich überlege, Papa anzurufen, ändere in der nächsten Sekunde meine Meinung. Entscheide mich erneut um. Jetzt hat das Handy keinen Empfang mehr.

Ich drücke die Kassette mit Vivvi ins Fach, um mich abzulenken. Wie ein Mantra wiederhole ich die Worte, die ich schon so oft gehört habe. *Finde deine Happiness. Nur du kannst dein Leben lenken.*

Erneutes Donnergrollen. Ich fühle mich sicher im Bus, dem Faraday'schen Käfig. Bei Gewitter ist Mama immer rausgegangen und ins Auto gestiegen, fast demonstrativ. Ich sollte jetzt erst mal meine Gedanken sortieren und nicht so unkonzentriert hinterm Steuer sitzen. Mein rechter Fuß drückt das Gaspedal bis zum Anschlag durch, bis der Tacho 75 Stundenkilometer anzeigt. Ich rase das Gefälle hinunter, nehme die Kurven zu schnell und höre, wie die Ladung hinter mir ins Rutschen gerät. Ich erhasche einen kurzen Blick auf einen weiß gesprenkelten Berggipfel vor mir.

Da, wie aus dem Nichts, ertönt ein ohrenbetäubender Knall in unmittelbarer Nähe.

Ich zucke zusammen und sehe rechts neben dem Bus eine Kiefer zu Boden krachen. Ohne nachzudenken, weiche ich nach links aus, um nicht erschlagen zu werden. Etwas schrammt über die Seite des Busses und es ist, als würde die Zeit stehen bleiben. Ich schaue auf meine Hände an dem weißen Lenkrad. Ich trete die Bremse, was den Bus kein bisschen beeindruckt.

Neun Tonnen. Der Bus wiegt neun Tonnen. Als ich das Gefälle mit Höchstgeschwindigkeit hinuntersause, wird mir spürbar klar, wie schwer das ist. Der Bus ist kaum noch zu steuern bei diesem Tempo. Ich fühle mich schlagartig unerfindlich klein und unbedeutend. Und werde zwischen Glas und Metall zerquetscht werden wie ein Insekt.

Mein rechter Fuß tritt pumpend das Bremspedal, aber die Bremsen reagieren extrem träge. Im Kassettendeck nudelt die Lebensratgeber-Kassette, aber es dringen nur Satzfetzen zu mir durch wie *Übernimm die Kontrolle! Plane dein Leben! Happiness!*

Der Bus und ich schießen das Gefälle hinunter wie die Kugel in einem Flipperspiel. Meine Hände klammern sich an das weiße Bakelitlenkrad wie an einen Rettungsring. In dem Kreis am Armaturenbrett zittert der Zeiger Richtung 80 Stundenkilometer.

Ein Kleiderständer reißt sich von seinem Spanngurt los und rollt auf den Fahrersitz zu, der Bus schert seitwärts aus und ein türkisfarbener Nylonslip landet auf meinem Kopf. Ich schiebe ihn hektisch beiseite und sehe in affenartiger Geschwindigkeit einen Zaun auf mich zukommen. Am Rande meines Blickfelds flimmern weißgrüne Birken vorbei, ein paar Steinwürfe entfernt glitzert Wasser.

Jetzt sterbe ich, denke ich noch und lasse den Lenker los. *Mama, jetzt komm ich zu dir.*

Es kracht, ich werde vom Sitz geschleudert und schlage mir die Stirn an einem harten Gegenstand an, während ein

Geräusch wie eine Getränkedose, die zerdrückt wird, sich in meinen Gehörgang bohrt.

Ich lande bäuchlings auf dem Boden und schütze instinktiv meinen Kopf mit den Händen, während Glasscherben auf mich herabregnen. Endlich bleibt der Bus stehen. Ein paar Sekunden herrscht Totenstille. Dann trommelt es gegen das Blech, ein hitziger Regenschauer, ausgelöst durch den Donner, und ich ertappe mich dabei, dass ich so heftig weine, dass ich zittere.

KAPITEL 31

NJUPESKÄR

Die Frauenstimmen sind so schwammig, dass ich im ersten Moment denke, mein Gehirn hätte beim Aufprall einen ordentlichen Schlag abbekommen. Es klingt wie ein Gemisch aus Deutsch und Dänisch. Ich befühle meine Stirn und starre auf das Blut an meinen Fingern.

Dann wird mir klar, dass sie Niederländisch sprechen.

»English?«, krächze ich.

»Yes, yes«, antwortet eine Frau.

Ich blinzele ein paarmal und versuche, mich zu orientieren. Im Rückspiegel sehe ich einen kaputten Zaun. Auf der linken Seite des Busses breitet eine Birke ihre Blätterzweige aus. Ich muss gegen die Birke gefahren sein. Mitten ins Geäst. Ein dicker Zweig hat sich durch die Windschutzscheibe gebohrt. Was für ein unglaubliches Glück, dass das Lenkrad auf der rechten Seite ist, sonst würde der Ast wie einen Speer in meiner Brust stecken.

»Sorry«, murmele ich und weiß eigentlich gar nicht, warum ich mich entschuldige. Vielleicht wegen des Durcheinanders. »Accident.«

»You okay?«

Bin ich okay? Keine Ahnung. Ich stehe auf wackeligen Beinen auf und fühle nach, ob alle Glieder funktionieren. Meine Ohren pfeifen. Auf dem Boden liegen BHs und Unterhosen zwischen Glasscherben verstreut.

Die Frauen, ich zähle drei, tragen verschlammte Wander-
schuhe und bunte Regenjacken. Eine blau, eine rot, eine
gelb.

»I'm okay. Thank you.«

Sie mustern mich skeptisch, als ich die Treppe runter aus
dem Bus steige. Es regnet und stürmt immer noch, die
Bäume biegen sich und auf dem Boden bilden sich schnell
Pfützen. Das Gewitter ist jetzt weiter weg. Mein Haar wird
nass, aber das ist mir egal, ich gehe runter zur Stromschnelle und wasche das Blut von meiner Stirn ab, beob-
achte, wie sich das Rot mit dem Wasser vermischt und mit
der Strömung davonfließt.

Als die Regenwolke sich verzogen hat, wird alles still. Die
frische Luft riecht nach Erde und Salz. Ein Jagdfalke segelt
am Himmel vorbei. Ich lebe. Mein Gott! Meine Hände zittern. Die rauschende Stromschnelle und der Wald sind von
intensiver Schönheit. Ich nehme das alles in mir auf, höre
das Knarren der Bäume, das Tosen des Wassers und die
Windgeräusche. Ich lebe.

Ich muss nachschauen, wie schlimm es um den Bus bestellt ist.

Ich spüle mir noch einmal das Gesicht ab, trinke ein paar
Schlucke Wasser und gehe zurück.

Die halbe Front ist von der Birke eingedrückt und die
Windschutzscheibe auf der linken Seite kaputt. Wenn der
Bus anspringt, schaffe ich es vielleicht bis nach Särna in eine
Werkstatt. Aber nach hinten ist der Weg durch die umge-
stürzte Kiefer versperrt, die aussieht, wie vom Blitz in der
Mitte gespalten.

Die Holländerinnen wischen ihren Campingtisch ab und
heben ihn in ihren Wohnwagen. Eine von ihnen zeigt auf
mich, tippt sich an die Stirn und sagt: »Hospital?«

»No, no, I'm fine. Alles in Ordnung.«

Sie sieht nicht überzeugt aus.

»Where are you going?«, frage ich.

Sie zeigt nach oben.

»Waterfall.«

»Can I come?«

Eine Diskussion, die ich nicht verstehe, bricht aus. Dann winkt sie mir zu, dass sie einverstanden sind. Ich ziehe trockene Sachen an, tausche meine Clogs gegen Turnschuhe, schließe den Bus ab und steige in das blaue Wohnmobil. Um das Desaster hier muss ich mich später kümmern, jetzt will ich erst einmal nur weg von hier.

*

Langsam schlängelt sich das Wohnmobil in Richtung Naturreservat Fulufjällen. Ich sitze krampfhaft lächelnd vor einer der Holländerinnen, die bisher noch kein Wort gesagt hat. Sie deutet auf meine Stirn, und als ich mit meinen Fingern nachtaste, werden sie rot.

»Keine Sorge«, sage ich. »Nur ein kleiner Kratzer.«

Wahrscheinlich halten sie mich für verrückt. Und vielleicht bin ich das ja auch?

Die holländischen Frauen setzen mich am Eingang des Reservates ab und wünschen mir viel Glück. Ich danke ihnen noch einmal für ihre Hilfe und lasse sie vorgehen.

Als sie zwischen den Bäumen verschwinden, merke ich, wie mein Herz galoppiert. Ich atme die frische Bergluft ein und schaue auf die Karte. Verschiedenfarbige Spuren führen in verschiedene Richtungen, ich kann die Informationen nicht ganz aufnehmen. Was mache ich hier eigentlich? Nach einer Weile schlage ich die gleiche Richtung ein, in die meine Reisebegleiterinnen verschwunden sind. Links von mir erhebt sich der Berg wie eine Wehrmauer und in seinem Schatten stehen krumme Bergbirken, auf dem Moos wachsen weiße Moltebeerblüten. Der Weg schlängelt sich durch eine braungrüne Landschaft, an den feuchtesten Stellen führen glitschige Stege über die Wasserlachen. Kriebelmücken sammeln sich auf meinen Beinen und Oberarmen, aber mir fehlt die Energie, sie zu verjagen. Sollen sie meinen Körper doch aussaugen, wenn sie wollen. Vielleicht sollte ich einfach im Morast versinken und verschwinden, verrotten. Aber ... irgendetwas bringt die Knochen dazu, sich zu bewegen.

Die Farben um mich herum sind monochrom, die niedrige braunrote Vegetation und das schwarze Wasser. Ich laufe einen steilen Hügel hinunter und eine Steigung hinauf, wo mir ein Mann im grünen Regenmantel entgegenkommt, der mich mit einem Nicken grüßt. Der Wasserfall rauscht immer näher.

Ich erreiche einen Felsvorsprung und sehe das Wasser mit ohrenbetäubendem Tosen die Felswand hinunterstürzen.

Ich starre auf das hinabstürzende Wasser und spiele die Szene in meinem Kopf noch einmal ab, immer und immer wieder. Der sich nähernde Zaun, das Bremspedal, das nicht greifen wollte. Was, wenn mir auch ein Lastwagen entgegengekommen wäre? Wie hat Mama sich gefühlt in den Sekunden, bevor sie beschlossen hat, links auszuscheren? Warum habe ich nicht gemerkt, wie schlecht es ihr ging?

Es fällt mir schrecklich schwer, darüber nachzudenken, es ist einfach zu schmerzhaft. Also gehe ich weiter bergauf. Es tut gut, die Milchsäure in meinen Beinen zu spüren und meinem Körper zu erlauben, alle Aufmerksamkeit von meinen Gedanken abzuziehen. Meine Kondition ist grottig nach den letzten Jahren mit Krankheit und Couchleben.

Hätte ich etwas für Mama tun können? Wenn ich es begriffen hätte. Aber ich war wohl zu sehr mit meinem eigenen Leben beschäftigt, mit meinen Freunden vor Pelles Kiosk abzuhängen oder den Jungs beim Bandytraining zuzuschauen. Ein Paar mit einem gefleckten Hund kommt vorbei und ich grüße kurz. Ich bemerke den Blick der Frau auf mein Kleid. Und auf meine Stirn. Blute ich noch? Ich fische mein Handy heraus und schalte die Kamera ein. Der kleine Schnitt hat wieder angefangen zu bluten. Ich drücke ein Birkenblatt auf die Wunde und sehe, dass das Handy hier Empfang hat. Soll ich Mårten anrufen und ihm sagen, was passiert ist? Simon? Fia? Ich könnte Papa fragen, ob … Nein, ich habe keine Kraft dazu. Nicht jetzt. Stattdessen kraxle ich weiter zum Hintergrundgeräusch tobender Wassermassen, die mit voller Wucht herabstürzen. Ich gehe immer weiter, während die Gedanken durch meinen Kopf wirbeln. Wenn ich nur lange genug laufe, wird es vielleicht irgendwann still. Und tut nicht mehr so weh.

KAPITEL 32

DIE WAHRHEIT

Meine Wade krampft, meine Hüfte tut weh und ich habe mindestens zwei Dutzend juckende Mückenstiche, als ich nach meinem Marsch den ganzen Berg runter zum Bus zurückkehre. Ich schließe die Tür auf und gehe in Schuhen bis zum Bett, um mich nicht auch noch an den Glassplittern auf dem Boden zu verletzen. Die nassen Kleider kleben an meiner Haut und ich ziehe sie langsam Schicht um Schicht aus und wickele mich in ein Handtuch ein.

Ich setze mich in den Schneidersitz und versuche, ruhig zu atmen, trotz des Drucks auf meiner Brust. Ich schließe meine Augen und mache meine Atemübungen. Fünf Sekunden ein, sieben aus. Dann ruft Papa an.

»Hallo, Annie. Die Brieftasche ist heute angekommen«, sagt er.

Die habe ich völlig vergessen. Seine muntere Stimme treibt mir Tränen in die Augen.

»Das freut mich.«

»Der Briefträger hat das Paket selbst hochgebracht, er ist ein netter Kerl. Aber ich habe ihm gesagt, wie bedauerlich es ist, dass die dänische Firma, für die er arbeitet, ständig die Post verschlampt. Die Post sollte wieder verstaatlicht werden, das habe ich immer schon gesagt.«

Ich atme tief durch und nehme innerlich Anlauf.

»Du Papa, ich muss dringend mit dir reden. Über Mama. Du erinnerst dich doch sicher, dass ich nach ihrem Auto gefragt habe?«

Stille. Dann räuspert er sich und sagt:

»Heute war's den ganzen Tag heiß wie vor einem Gewitter, regelrecht schwül. Ich hatte das Fenster offen, aber da hat sich eine Wespe reinverirrt, also habe ich es wieder geschlossen. Ein Ventilator wäre nicht schlecht.«

Ich ignoriere sein Ablenkungsmanöver.

»Ich war heute in Särna und habe kurz bei Conny Berg vorbeigeschaut.«

Schweigen.

»Er hat mir von Mama erzählt. Und von dem Autounfall.«

Erneutes Schweigen. Ich warte und es fühlt sich an, als stünde jemand auf meinem Zwerchfell und drücke mir langsam die Luft aus der Lunge. Wäre mein Vater technisch versierter, hätte er vielleicht den Ton abgestellt, aber er weiß nicht, wie man das macht. Ein leises Scharren ist zu hören.

»Was machst du?«, frage ich.

»Ach, ich dachte, ich hätte wieder die verflixte Wespe gesehen. Verdammte Plage.«

Seine Stimme klingt brüchig. Ich habe einen akuten Anfall von schlechtem Gewissen, weil ich das Thema anspreche, aber Papa soll endlich die Wahrheit sagen. Es ist genug mit den Lügen.

»Hast du von dem Unfall gewusst?«, frage ich sanft.

»Ja.«

Ich sacke zusammen und lege mich auf den Rücken, starre an die Decke.

»Warum hast du gesagt, sie wäre im Krankenhaus gestorben?«, frage ich, obwohl ich die Antwort bereits kenne.

Denn wie überbringt man zwei Töchtern im Teenageralter so eine Nachricht? Dass ihre Mutter auf die linke Spur ausgeschert und mit einem Holzlaster zusammengestoßen ist? Dass es für das Unglück keine logische oder wetterbedingte Erklärung gibt. Nur eine emotionale.

»Papa? Ich bin deswegen nicht wütend, ich will es nur wissen.«

»Ich wollte euch beschützen«, sagt er mit brüchiger Stimme. »Dich und Fia. Und sie wäre ja ohnehin bald … sie wäre ja doch …«

Ich weiß nicht, wann ich Papa das letzte Mal weinen erlebt habe. Bei Mamas Beerdigung? An die erinnere ich mich nur bruchstückhaft, eine brennende Kerze neben dem Sarg, weiße Blumen in einer silbernen Vase. *Schön sind die Wälder.* Neue Strumpfhosen von Åhléns in Bollnäs, die Falten geschlagen haben. Ältere parfümierte Verwandte in gestärkten Anzügen, steife Umarmungen. Glänzende Schuhe mit knarrenden Sohlen, die sich langsam über den Steinboden bewegen.

»Eure Mutter hat wirklich gekämpft«, fährt er nach einer Weile fort. »Sie war ja auf dem Weg der Besserung, aber dann kam der Krebs zurück. Das war das Todesurteil. Genau das war es. Wir haben versucht, das Beste zu tun, aber … Am Ende hat sie aufgegeben.«

Ich höre seiner Stimme an, wie schwer es ihm fällt, darüber zu reden, aber dass er es zugleich will. Es ist auch für ihn schwer zu akzeptieren, dass Mama offensichtlich freiwillig gegangen ist.

»Sie war am Ende so schwach. Daran erinnerst du dich sicher, oder?«

Ich schüttele den Kopf. Nein, das habe ich verdrängt. In meiner Erinnerung ist Mama immer gesund und glücklich, selbst als ihr die Haare ausgegangen sind. Da hat sie sich bunte Tücher um den Kopf gebunden und sich weiter um ihre Sachen gekümmert.

»Sie hat viel Zeit auf dem Küchensofa gelegen«, fährt mein Vater fort, und da erinnere ich mich plötzlich, wie blass und dünn sie war, wie ein Vogel, mit einem blassen Lächeln und der weißen Brechkumme neben sich.

»Ja«, sage ich, »daran erinnere ich mich.«

»Sie liebte dieses verfluchte Auto. Ich glaube, sie wollte sich ein letztes Mal frei fühlen.«

Vor meinem geistigen Auge sehe ich Mama in ihrer senfgelben Strickjacke, einen Schal um den Kopf, die Hände fest auf dem Lenkrad. Sie hat es vorgezogen, auf der Straße und in ihrem hellblauen Ford zu sterben, statt in einem Krankenhausbett dahinzusiechen. Hätte ich die gleiche Entscheidung getroffen, wenn ich bis an den Punkt gekommen wäre? Das ist unmöglich zu beantworten. Mir laufen Tränen über die Wangen und vermischen sich mit Rotz und Schleim. Ich wäre jetzt gern bei Papa in Edsbyn und nicht allein in meinem Bus.

»Ich komme gerne zu dir, Papa, damit wir über alles reden können. Aber zuerst muss ich nach Hause zu Simon. Und der Bus hat eine Panne und muss repariert werden.«

Er hat zu seiner gewohnten Stimme zurückgefunden.

»Was für eine Panne denn?«

»Ich bin in einen Graben gefahren.«

»Hast du jemanden, der dich da rausziehen kann?«

»Ich wollte morgen den Abschleppdienst anrufen.«

»Nun, die sollten ja wohl in der Lage sein zu helfen, auch wenn das Privatfirmen sind. Schadensverwaltung sollte über Behörden geregelt sein, nicht über den privaten Markt.«

Ich lache und wische meine Tränen ab. Indem man sich auf das Praktische und Politische konzentriert, hält man das Gespräch mit Papa am Laufen. Bloß keine Emotionen.

Aber dann sagt er plötzlich:

»Ich habe wegen der Sache mit Mama immer ein schlechtes Gewissen gehabt und konnte mich nie entscheiden, ob es die richtige Entscheidung war, zu sagen, was ich gesagt habe.«

Ich suche nach einer guten Antwort.

»Ich weiß es nicht. Es lässt sich nicht immer sagen, was richtig oder falsch ist. Glaube ich.«

»Sie wollte nicht, dass ihr … Hätte ich den Zettel vorher gesehen, hätte ich sie vielleicht noch einholen können. Aber ich dachte, sie wäre im Krankenhaus.«

»Der Zettel?«

»›Verzeiht mir‹, stand darauf. Da wusste ich es. Aber als ich von der Arbeit nach Hause kam, war es schon zu spät.«

Ich war an diesem Tag von einer Freundin nach Hause geradelt, weil wir später nach Bollnäs fahren wollten, um Mama im Krankenhaus zu besuchen. Aber Papa und Fia hatten mich mit ernsten Gesichtern am Küchentisch erwartet. Da wusste ich schlagartig, dass etwas Schreckliches passiert sein musste.

»Es ist nicht deine Schuld, Papa.«

»Ich hätte es kommen sehen müssen.«

»Es ist nicht deine Schuld«, wiederhole ich. »Aber wir sollten es Fia auch erzählen. Sie hat ein Recht darauf zu erfahren, wie es war.«

»O nein«, sagt Papa. »Die Wespe ist wieder da. So ein hartnäckiger Teufel.«

Ein weiteres Ablenkungsmanöver. Ich lasse ihn machen, das war ein anstrengendes Gespräch für uns beide.

»Danke, dass du mir die Wahrheit gesagt hast. Endlich«, füge ich hinzu.

»Ja. Doch.« Er räuspert sich. »Jetzt weißt du es.«

»Ja, jetzt weiß ich es. Ich lege mich jetzt schlafen.«

»Schlaf gut, Annie.«

»Ich rufe dich morgen an.«

Wir legen auf und ich atme tief ein, als wäre ich lange unter Wasser gewesen. Das ist alles so unwirklich. Es wird eine Weile dauern, bis ich mein altes Bild von Mama durch das neue ersetzt habe, so wie sie wirklich war. Ich krieche unter die Decke und schließe die Augen. Es ist ganz still draußen, der Wind hat sich gelegt und der Wald bildet eine geschlossene Mauer um den kleinen Rastplatz. Ich kenne jetzt die Wahrheit. Ich bin völlig erschöpft, ausgelaugt. Erst nach einer Weile merke ich, dass ich am ganzen Leib zittere.

KAPITEL 33

WELKUMIN ETBAKER

Die Werkstatt von Mickes Abschleppdienst liegt in Älvdalen. Aus den Boxen dröhnt in erschütternder Lautstärke eine Sven-Ingvars-CD. Ich fühle mich von der Außenwelt abgeschirmt wie unter einer Glasglocke, bedanke mich aber trotzdem so herzlich, wie es mir in meinem Zustand möglich ist, als wir am Ziel sind.

»Ich melde mich, sobald er fertig ist.«

»Danke.«

Ich steige aus dem Abschleppwagen und gehe los. Ich spüre meine Waden nach den Strapazen des Vortages, fühle mich insgesamt wie ausgewrungen, als wäre alle Energie aus mir herausgesickert. Von dem Automarkt gestern ist bis auf ein paar schwarze Gummistreifen auf dem Asphalt nichts mehr zu sehen. Ein Junge sammelt die letzten leeren Bierdosen ein. Ich entscheide mich, nicht bei Zeynabs Bruder reinzuschauen und kurz Hallo zu sagen, und schleiche mich unbemerkt am Laden vorbei. Auf der anderen Flussseite gibt mein Magen ein lautes Knurren von sich. Wann habe ich eigentlich das letzte Mal was gegessen? Das muss in Särna gewesen sein. Die Rentierwurst. Wahrscheinlich ist mir deshalb so schwindelig? Ein Stück vor mir scheint es ein Café zu geben. Ich setze mich wieder in Bewegung.

Es gibt tatsächlich ein Sommercafé in der ehemaligen Mühle. Ich bestelle Kaffee und eine Waffel und setze mich ans offene Fenster neben eine rote Pelargonie. Vor dem Fenster strömt das Wasser durch eine offene Schleusenluke, während von hinter mir Gesprächsfetzen einer hitzigen Diskussion an mein Ohr dringen über einen Kindergarten und ein Kind, das ein anderes gebissen hat.

Ich mache mich über die Waffel her und bestelle gleich noch eine.

Der Vortag kommt mir völlig unwirklich vor, als hätte ich das alles nur geträumt. Ich müsste eigentlich beunruhigt sein wegen der Werkstattrechnung, die mich da erwartet, ganz zu schweigen wegen der Dessous, die ich nun nicht mehr verkaufen kann, aber es ist, als wäre mein Stecker gezogen. Es ist, wie es ist, und ich kann eh nichts daran ändern.

Eine Frau setzt sich ein paar Tische weiter ans andere Fenster. Ich stiere weiter aufs hypnotisierend vorbeirauschende Wasser. Die Frau fragt die Bedienung mit einem amerikanischen Akzent, bei dem ich die Ohren spitze, was denn wohl der Spruch auf der Quittung bedeutet?

»*Welkumin etbaker*. Das ist Auf Wiedersehen in Älvdalisch.«

»Ah, sehr schön. Und was für fantastisch leckere Waffeln Sie haben, nicht wie die *terrible american waffles*.«

Als sie *terrible american waffles* sagt, halte ich die Luft an. Ich strecke mich und schaue zu ihr rüber. Ich schätze sie auf ungefähr sechzig, die Falten und der dunkelblonde Kurzhaarschnitt kleiden sie. Das könnte sonst wer sein, aber das besondere Timbre ihrer Stimme kommt mir irgendwie sehr bekannt vor. Ich beuge mich vor und belausche so diskret wie möglich ihr Telefongespräch. Ich rufe mir das Foto auf der Kassettenhülle ins Gedächtnis. Blauer Lidschatten, Dauerwelle. Diese Frau sieht ganz anders aus. Aber wenn man sie sich anders geschminkt vorstellt, wäre es durchaus möglich.

Sie beendet ihr Gespräch und lächelt mich an.

»Entschuldigen Sie meine Neugier«, sage ich. »Heißen Sie möglicherweise Vivvi? Vivvi MacLaren?«

Ihre Hand mit dem aufgespießten Stück Waffel bleibt kurz vor ihrem Mund in der Luft hängen, sie lächelt steif und schüttelt den Kopf.

»Nein, bedaure.«

»Tut mir leid, da hab ich Sie wohl verwechselt.«

»Kein Problem.«

Natürlich gibt es nicht nur eine Schwedin mit amerikanischem Akzent. Ich bin wohl noch etwas durcheinander nach dem Unfall gestern. Das hätte alles viel schlimmer ausgehen können, wenn der Baum tatsächlich auf den Bus gestürzt und ihn zerdrückt hätte. Oder wenn ich gegen einen Felsen gedonnert wäre … oder … Simon hätte um ein Haar seine Mutter verloren. Auf die gleiche Weise, wie ich meine verloren habe. Ich atme tief ein und konzentriere mich wieder auf die Stromschnelle. Konzentriere mich auf die Schaumwirbel, die verwirbelnden Tropfen.

Irgendwann beschließe ich, zurück in den Ort zu gehen. Mein Körper fühlt sich an wie falsch zusammengeschraubt, meine Muskeln sind steif, ich fühle mich fiebrig. Oder ist das die drückende Hitze? Ich scheine auf alle Fälle ziemlich erschöpft auszusehen, weil ein roter SUV neben mir stehen bleibt.

»Kann ich Sie irgendwohin mitnehmen?«

Das ist die Frau aus dem Café. Ich nicke dankbar und schiebe mich auf den Beifahrersitz. Die Klimaanlage läuft und die Härchen auf meinem Unterarm stellen sich auf.

»Ich will nur bis ins Zentrum.«

»Okay, dann lasse ich Sie da raus.«

»Danke, das ist sehr nett.«

Die Frau beißt sich auf die Unterlippe und sieht aus, als wollte sie etwas sagen. Ein Lastwagen mit knallend flatternder Abdeckplane kommt uns entgegen, Sekunden später ist es wieder ganz still.

»Ich heiße nicht Vivvi«, sagt sie und wirft mir einen kurzen Seitenblick zu, ehe sie sich wieder auf die Straße konzentriert. »Nicht mehr. Inzwischen heiße ich Louise.«

»Dann sind Sie tatsächlich Vivvi MacLaren?«

Vivvi, alias Louise, fährt auf den Parkplatz vor der Kirche und bleibt stehen.

»Ja«, sagt sie einatmend. »Wie haben Sie mich erkannt?«

Ich erzähle ihr von Mamas Kassetten, die ich auf dem Dachboden gefunden habe, und dass meine Mutter Tupperwarevertreterin war. Louise nickt stumm.

»Ihre Stimme kam mir so bekannt vor, am Aussehen hätte ich Sie wohl eher nicht erkannt.«

»Gut.«

»Meine Mutter war ein großer Fan von Ihnen. Und ich finde die Kassetten auch richtig gut.«

Bevor ich erzählen kann, dass sie nicht mehr lebt, schnürt sich mein Hals zusammen. Wenn Mama das wüsste! Dass ich in Vivvi MacLarens Auto sitze, ausgerechnet in Älvdalen.

»Alles in Ordnung mit Ihnen? Sie sehen angegriffen aus.«

»Alles gut, es ist nur … so unglaublich, Sie hier zu treffen.«

Louise zieht die Augenbrauen hoch.

»Tut mir leid, wenn ich Ihre Illusion zerstöre, aber die Kassetten sind echter Mist. Totaler Nonsense. Ich habe damals nicht gewusst, wovon ich rede.«

»Was? Nein, da kann ich Ihnen gar nicht zustimmen.«

»Was zum Beispiel? Be happy? Vergiss deine Sorgen? Wir wissen doch alle, dass das nicht so einfach ist. Oder?«

Sie holt tief Luft, seufzt und schaut mit abwesendem Blick zur Kirche.

»Ich bin von Bollnäs in die USA gezogen, da war ich gerade mal sieben Jahre alt. Mama hatte einen Mann aus South Dakota getroffen. Es war so furchtbar. In der Schule haben sie mich wegen meiner blonden Haare gemobbt und weil mein Englisch so schlecht war. Und Mama und ihr Boyfriend fanden mich eher lästig und im Weg. Auf der Highschool bin ich dann Punkerin geworden und ständig von zu Hause abgehauen. Einmal hat mich ein State Patrol Officer aufgegriffen und eine ganze Nacht in den Arrest gesperrt ... da war ich fünfzehn. Ich war gefühlt die einzige Punkerin in South Dakota und bin ständig in irgendwelche Handgemenge geraten ... Na, auch egal. Mit siebzehn hab ich Stewart kennengelernt. Meinen Mann.«

»Okay.«

»Ich war mit ein paar Freunden nach Chicago gezogen, weil ich es zu Hause nicht mehr ausgehalten habe. Ich hab einen Job als Kellnerin bekommen, hab meine Piercings rausgenommen, das gefärbte Haar rauswachsen lassen und festgestellt, dass Blondinen mehr Trinkgeld kassieren. Haha. Wie auch immer. Eines Abends war er dort. Damals schon reich wie ein Troll. Und er hat sich in mich verguckt.«

Sie seufzt.

»Das war der große Traum damals, junge schwedische Frau heiratet Ölmillionär. Alle Zeitungen haben über uns geschrieben. Stewart kam aus einer stinkreichen Unternehmerfamilie, seine Mutter hat mich ins Tupperwareuniversum eingeführt. Sie war die absolute Starverkäuferin in ihrem Distrikt.«

Die Klimaanlage kühlt das Wageninnere auf Gefrierfachtemperatur herunter. Ich lenke unauffällig den Luftstrom in eine andere Richtung.

»Stewarts Mutter hat mich in meiner Karriere als Influencerin und Salescoach unterstützt. Auf den ersten Blick sah alles sehr erfolgreich aus. Aber ich war eine unsichere Zwanzigjährige, als ich diese Kurse gegeben habe, wusste nichts vom Leben. Nichts. Frieren Sie?«

Ich nicke.

»Ja, ein bisschen.«

Louise schaltet den Motor und die Klimaanlage ab. Im Sommer mit laufendem Motor auf dem Parkplatz zu stehen ist auch so was typisch Amerikanisches.

»Ist Ihr Mann noch in den USA?«

»Ja. Er ist ein totaler Psychopath wie so viele erfolgreiche Männer, I'm afraid. Ich bin irgendwann abgehauen. Viel hatte ich nicht, ein kleines Taschengeld und meinen schwedischen Pass. Und so stand ich eines Tages im Haus meiner Mutter in Bollnäs und hab gesagt: ›Da bin ich wieder.‹ Darüber bin ich heute noch froh, weil sie nur ein Jahr später an einer Hirnblutung gestorben ist. Ich bin so happy, dass wir noch dieses letzte Jahr zusammen hatten.«

Ich schlucke, weil es mir Tränen in die Augen treibt.

»Und dann haben Sie einen anderen Namen angenommen?«

»Ja. Als Sie eben meinen alten Namen ausgesprochen haben, Vivvi, habe ich einen richtigen Schrecken bekommen. Jetzt hat er mich gefunden, dachte ich. Er und seine Anwälte. Es reicht nicht, dass er mir alles genommen hat, er will mich völlig zerstören.«

»Das tut mir wirklich leid. Haben Sie Kinder?«

»Unsere Tochter Laura lebt in der Schweiz. Sie ist zwei Jahre älter als Stewarts neue Freundin. Eine blonde Frau aus Holland, eine Yogainfluencerin mit drei Millionen Followern auf Youtube. Bestimmt misshandelt er sie auch. Ich kann es mir nicht anders vorstellen.«

»Was für ein unsympathischer Mensch.«

»Ja. Furchtbar.«

»Aber, auch wenn Sie die Kassetten selber nicht gut finden, mir haben sie auf jeden Fall auf die Sprünge geholfen, eine verrückte Idee umzusetzen und als Handelsreisende für BHs und andre Dessous durch die Gegend zu fahren. Mich haben sie aufgebaut und mir den nötigen Mut gegeben. Dafür möchte ich mich bei Ihnen bedanken.«

Louise tätschelt meinen Arm.

»Das freut mich für Sie. Aber im Grunde haben Sie das alles aus eigener Kraft auf die Beine gestellt, nicht wahr? Werfen Sie die Kassetten weg.«

Ich weiß nicht, was ich antworten soll. Ganz alleine habe ich es jedenfalls nicht geschafft. Ohne Fia, die den Bus für mich auf Vordermann gebracht hat, und Mårten, der sich zu Hause um Simon kümmert, wäre das alles nicht gegangen. Aber zumindest war es meine Idee. Mein Einfall. Und die Kassetten waren sozusagen mein Leitstern. Ein dünner Draht zwischen Mama und mir.

»Ich denke, ich werde sie noch ein bisschen behalten. Aber ich will nicht noch mehr Ihrer Zeit in Anspruch nehmen. Es war mir eine Freude, Sie kennenzulernen. Und danke fürs Mitnehmen.«

»Ich sage es wie die Mädchen in dem Café: *Wellcome ... edbaker?*«

Ich steige mit weichen Knien aus dem Auto. Kurz darauf kommt eine SMS mit der Nachricht von Micke, dass der Bus fertig ist. Ich gehe los Richtung Werkstatt. Als ich dort ankomme, empfängt er mich mit besorgniserregend tiefer Furche auf der Stirn.

»Das Ganze ist etwas teurer geworden als gedacht, weil der Generator bei dem Aufprall kaputtgegangen ist.

Zusammen mit der neuen Scheibe und den Blecharbeiten landen wir bei … 21 000 Kronen. Exklusive Umsatzsteuer.«

Ich schlucke und atme den Ölgeruch ein. Ich fühle mich seltsam fiebrig, mein Kopf dröhnt. 21 000 Kronen. Wo soll ich die hernehmen? Jetzt bleibt wahrscheinlich wirklich nur noch, den Bus zu verkaufen.

»Wir bieten auch Ratenzahlung an«, sagt Micke. »Das nehmen viele Kunden in Anspruch.«

»O ja, danke, darauf wird es wohl hinauslaufen.«

Meine Zunge klebt am Gaumen. Ich setze mich auf ein Ölfass und massiere mir die Schläfen, um den Schwindel zu vertreiben. Dann nehme ich das Handy heraus und wähle Fias Nummer. Sie antwortet beim zweiten Klingelzeichen.

»Hallo!«

»Hallo, was machst du grade?«

»Ich komme den Moment von der Arbeit.«

»Okay. Ich bin in Älvdalen, es geht mir nicht so gut. Ich glaube, ich bin krank.«

»In Älvdalen?«

»Ja.«

»Okay. Ich komme. Bleib, wo du bist.«

KAPITEL 34

HEIMWÄRTS

Nach zwei Stunden auf dem Besucherstuhl der Werkstatt und zwei Plastikbechern Kaffee aus dem Automaten, sitze ich auf der Beifahrerbank und sehe Fia zu, wie sie den Bus nach Hause lenkt. Ich war selten so froh, meine Schwester zu sehen. Jenny hatte Schmerztabletten dabei, die ich dankbar geschluckt habe. Jetzt fährt sie den Audi zurück. Ich kann verstehen, dass Fia sie liebt.

»Was würde ich nur ohne dich tun. Ohne euch«, murmele ich und versuche, den Schwindel zu beruhigen, indem ich die Augen schließe und die Wange an die vibrierende Seitenscheibe drücke, die nach dem Reparaturaufenthalt in der Werkstatt angenehm kühl ist.

»In der dreckigen Werkstatt übernachten?«, feixt Fia. Ihr Ohrenpiercing blinkt im Abendlicht.

»Ja, das wär's noch gewesen.«

»War die Reparatur teuer?«

Ich atme tief ein und langsam wieder aus.

»Frag nicht.«

»Warum hast du mich nicht angerufen?«

»Ich kann dich doch nicht alle naselang anrufen und verlangen, dass du durch halb Dalarna kutschierst, um meinen Bus zu reparieren. Es ist auch so schon unbezahlbar und ungeheuer lieb, dass du mich hier abholst. Ich konnte mich nicht überwinden, Mårten anzurufen.«

Fia stellt keine weiteren Fragen. Und ich bringe es nicht über die Lippen, ihr zu erzählen, was ich über Mama erfahren habe. Wir fahren durch einen wunderbaren Sommerabend, schwarz-weiße Kühe auf den Weiden, rote Holzhäuser, Fahnenmasten und Trampoline. Alles angestrahlt von einer glühenden Abendsonne, die gar nicht untergehen will. Will Fia es überhaupt wissen? Hat sie das gleiche Bedürfnis nach der Wahrheit wie ich?

»Jenny hat sich immer noch nicht entschieden«, sagt sie unvermittelt und mein schlechtes Gewissen meldet sich. Wieso habe ich nicht daran gedacht, sie danach zu fragen? Aber seit dem Unfall tickt mein Gehirn irgendwie nicht mehr normal, als ob ich die zerfallenen Teile wieder zusammensetzen muss.

»Dann ist alles beim Alten?«

»Ja. Und auch wieder nicht. Ich kann es dir nicht sagen.«

»Was willst du?«

»Vielleicht sollte ich mir einen Bus zulegen, über Land fahren und Sachen verkaufen.«

Sie zwinkert mir zu und wir lachen beide. Ich sehe ja ein, wie kindisch und albern das alles ist. Mit einem Bus vor allem zu flüchten, weil das Leben gerade mal ein bisschen schwierig ist.

»Ich weiß nicht, ob ich das empfehlen kann.«

»Bei dir also auch keine neuen Erkenntnisse?« Okay, jetzt muss ich es erzählen, denke ich, als sie weiterredet: »Zwischen dir und Mårten auch alles wie gehabt?«

»Ehrlich gesagt, weiß ich es nicht. Das werden wir sehen, wenn ich nach Hause komme. Ich bin nicht so viel zum Nachdenken gekommen, wie ich gehofft hatte. Das ist alles gar nicht so einfach. Ich hatte eigentlich vor, länger unterwegs zu sei, aber dann kam der Unfall dazwischen und ich muss nach Hause zu einem Termin.«

»Wie ist es eigentlich zu dem Unfall gekommen?«

»Ach, völlig bescheuert. Es hat gewittert und ich bin einem umstürzenden Baum ausgewichen. Die Schäden sehen schlimmer aus, als es tatsächlich war.«

Ich wische mit dem Finger über das Pflaster auf meiner Stirn.

»Und wie geht es dir? Mit Jenny und Avalon?«

»Gute Frage. Avalon setzt sich in Yogahaltung zwischen Räucherstäbchen und Buddhastatuen, die er in Thailand bestellt hat, und predigt freie Liebe und solchen Kram. Aber ich glaube, dass er Angst hat.«

»Jenny zu verlieren?«

»Ja. Oder uns beide.«

Wir fahren durch Mora, das bis auf ein Autotraktorentreffen an der Tankstelle ausgestorben scheint.

Ich kann es jetzt nicht weiter aufschieben.

»Hast du in letzter Zeit mit Papa gesprochen?«, frage ich vorsichtig.

»Er hat gestern angerufen. Er klang irgendwie seltsam.«

»Inwiefern?«

»Ich weiß nicht, seltsam eben.«

»Hm. Könnten wir vielleicht demnächst eine Pause machen? Ich muss dir was erzählen.«

»Kannst du das nicht beim Fahren?«

»Ich denke, es ist besser, wenn du dich nicht auf die Straße konzentrieren musst, wenn ich es dir sage.«

»Jetzt machst du mich aber neugierig?«

Als wir aus dem Ort raus sind, biegt Fia auf den nächsten Waldweg und schaltet den Motor aus. Ich höre meinen eigenen Herzschlag, aber das bilde ich mir vermutlich nur ein.

»Was ist los? Ist was passiert?«

»Erinnerst du dich noch, dass ich wegen Mamas Tod nachgefragt habe?«

»Ja.«

Fia dreht das Gesicht weg und schaut aus dem Fenster, raus zu den schlanken Birken, die sich himmelwärts strecken.

»Da habe ich etwas herausgefunden. Willst du es wissen? Ich will dich nicht mit etwas belasten, was du vielleicht gar nicht hören willst.«

Fia sagt lange nichts. Ich bereue schon, dass ich überhaupt damit angefangen habe. Sie ist wahrscheinlich an einem ganz anderen Punkt als ich, obwohl ich natürlich auch irgendwie weitergemacht habe. Dass es mir wichtig war, die Wahrheit zu erfahren, bedeutet ja nicht automatisch, dass es auch wichtig für sie ist.

»Ich weiß es bereits.«

»Was sagst du?«

»Ich weiß, was damals passiert ist.«

Sie sieht mich mit Tränen in den Augen an.

»Ich war zu Hause.«

»Was? Wann?«

Sie legt den Kopf in die Handfläche und kratzt sich mit den Fingern an der Stirn. Ihre Stimme ist unsicher.

»Ich hätte eigentlich beim Bandytraining sein sollen, aber ich hatte Blasen an den Fersen von den Schlittschuhen und hab geschwänzt. Du warst bei einer Freundin, als der Polizist geklingelt hat und Papa von dem Autounfall erzählt hat. Lottas Papa. Ich habe unter der Treppe gesessen und gelauscht.«

Fias Worte kommen bei mir an, aber ich kann sie nicht ganz begreifen. Sie war zu Hause? Ein kalter Schauer läuft mir den Rücken hinunter, als würde ein Eimer kaltes Wasser über mir ausgeschüttet.

»Mein Gott.«

»Papa hat nicht mitbekommen, dass ich zu Hause war. Und dass ich mitbekommen habe, dass es kein Unfall war.

Ich war zwar erst elf, aber ich hab es sofort verstanden. Aber ich weiß nicht, ob Papa es begriffen hat.«

»Ich glaube schon. Zumindest klang es so, als wir darüber gesprochen haben. Aber warum ... warum hast du nie etwas gesagt?«

Fia fingert an ihrem Ohrenpiercing.

»Ich konnte es einfach nicht.«

»Du warst noch so jung«, sage ich.

»Ja. Und das war alles so unwirklich. Dass Mama für immer weg war und wir allein.«

»Das muss furchtbar für dich gewesen sein, so ein Geheimnis für dich zu behalten.«

»Es tut mir leid, dass ich letzte Woche nichts gesagt habe, als du das Thema angesprochen hast. Ich war ... innerlich wie erstarrt. Und dann habe ich mir eingeredet, dass es nicht wahr ist.«

Ich lege meine Arme um Fia, die schniefend den Kopf an meine Schulter lehnt. Meine arme kleine Schwester. Ich kann ihr nicht böse sein, dass sie nichts gesagt hat, wahrscheinlich hätte ich das an ihrer Stelle auch nicht getan. Aber es fühlt sich gut an, dass das Geheimnis endlich ans Licht gekommen ist.

Fia wischt sich die Tränen mit dem Pulloverärmel ab.

»Guck mal!«

Zwischen den Bäumen bewegt sich etwas. Eine Elchkuh stolziert auf die Straße und sieht den Bus mit schwarzen Augen an. Ihr folgen zwei junge Kälber auf wackeligen Beinen. Die drei starren uns an und wir sie.

»Ich glaube, dass ist ein Zeichen, dass wir nach Hause fahren sollen«, sage ich. »Ich kann jetzt auch wieder fahren, die Schmerztablette fängt an zu wirken.«

»Ich fahre«, sagt Fia. »Ruh du dich aus.«

»Sicher?«

Sie nickt.

»Sicher.«

Ich strecke mich der Länge nach auf der Bank aus und spüre das Rumpeln des Motors an der Wirbelsäule. Ein Teil von mir sehnt sich danach, nach Hause zu kommen und in meinem eigenen Bett zu schlafen. Ein anderer Teil will am liebsten weiter. Aber jetzt ist es an der Zeit, das Leben zu Hause wieder in den Griff zu bekommen.

KAPITEL 35

WIEDER ZU HAUSE

»Hallo?«

Ich mache Licht im Flur und steige aus den Holzschuhen. Die Wirkung der Schmerztablette lässt nach und mein Kopf fühlt sich an wie eine Bowlingkugel. Aber es ist schön, zurück zu sein in dem vertrauten Geruch des Hauses, dieser Mischung aus Waschmittel, Raumspray mit Fliederduft von der Toilette und gebratener Fleischwurst.

»Mårten? Bist du zu Hause?«

Die Kellertreppe knarrt und Simon erscheint im offenen Türrahmen.

»Hallo, Schatz!«

»Bist du schon wieder zurück?«

Ich nehme ihn in den Arm, was er mit einem schlaffen Schulterklopfen beantwortet.

»Wie geht's euch?«, frage ich. Simon macht einen Schritt nach hinten und nimmt mich im Lichtkegel der Deckenlampe in Augenschein.

»Du siehst krank aus.«

»Nur ein bisschen Fieber, glaube ich. Ich leg mich gleich ins Bett. Wo ist Papa?«

»Keine Ahnung.«

»Hat er nichts gesagt?«

»Irgendein Treffen.«

»Hast du schon was gegessen?«

»Ja.«

Simon verschwindet wieder in sein Zimmer. Auf der Wanduhr ist es halb zehn. Wahrscheinlich ist Mårten bei seinen Eltern und hilft ihnen mit dem Boot. Ich schicke ihm eine SMS, dass ich wieder zu Hause bin und mich ins Bett lege.

Das Bett ist weicher, als ich es in Erinnerung habe, und die Kuhle in der Matratze formt sich perfekt um meinen Körper. Ich lege die Hand auf die heiße Stirn. Bestimmt habe ich Fieber. Ich hätte mir im Bad ein Glas Wasser einschenken sollen, jetzt kann ich mich nicht aufraffen, noch mal aufzustehen. Ich nicke schnell ein und schlafe bald tief und fest.

KAPITEL 36

DIE SCHULE

»Schluck die.«

Mårten sitzt auf meiner Bettkante und hält mir eine weiße Tablette und ein Glas Wasser hin. Mein Mund ist ausgetrocknet und verklebt. Mit Mühe spüle ich die Tablette runter und schlucke mehrmals, bis das trockene Sandpapiergefühl weg ist

»Das ist fiebersenkend.«

»Hab ich Fieber?«

Beim Aufsetzen merke ich, dass die Bettwäsche feucht ist. Durch das Schlafzimmerfenster fällt grelles Sonnenlicht. Ich lege die Hand über die Augen. In der aufrechten Position gelingt es mir endlich, die Tablette runterzukriegen.

»Beim letzten Messen hattest du 39,6 Grad. Du bist noch nicht einmal davon wach geworden, dass ich dir das Thermometer in den Mund geschoben habe. Deine Ärztin meinte, wir sollten noch ein bisschen abwarten, ob das Fieber runtergeht. Wenn nicht, sollen wir vorbeikommen, damit sie untersuchen können, ob du einen Infekt hast.«

»Ich muss noch ein bisschen weiterschlafen.«

Mårten streichelt mir übers Bein.

»Schlaf ist die beste Medizin, da geht das Fieber sicher bald zurück.«

Ich sinke zurück aufs Kissen, schließe die Augen und döse weg. Der Unfall läuft in Endlosschleife in unterschiedlichen Varianten auf meiner inneren Leinwand ab. In einer ist der Bus ein Flugzeug, wir gleiten über Wälder und die Kunden sind alle Passagiere. Bertil aus Älvdalen sitzt ganz vorne und fragt immer wieder, ob ich die Socken hab, die er bestellt hat.

Das Piepsen meines Handys weckt mich. Eine SMS von Lotta aus Svabensverk

Habt ihr Lust, Mittsommer nach Bingsjö zu kommen? Konzert in der Kirche und anschließend Grillen bei Elin und Marko. Umarmung!

Mittsommer? Was ist heute für ein Tag? Ich kann jetzt keine Pläne machen, muss erst mit Mårten reden. Mein Kopf fühlt sich jedenfalls klarer an. Ich trinke einen Schluck Wasser, stehe auf und stelle mich unter die Dusche. Danach gehe ich runter in die Küche.

»Ach wie schön, ich konnte mich nicht entschließen, dich zu wecken. Dann kommst du mit?«, fragt Mårten und schaltet die Kaffeemaschine aus.

Mit? Wohin? Ich sehe ihn verständnislos an.

»Na, das Treffen an Simons Schule.«

Ist schon Mittwoch?

»Ja«, sage ich und tue so, als hätte ich einen Plan. »Das hatte ich vor.«

Ich fühle mich schlapp, obwohl das Fieber weg ist, meine Beine sind schwer. Es dauert eine Weile, bis ich die Schuhe zugeschnürt habe, weil mir beim Vorbeugen schwindelig wird. Auf der Straße parkt mein Bus. Ich befürchte, dass er hier nicht auf Dauer stehen kann, aber noch hat er kein Knöllchen. Mårten setzt rückwärts aus der Garage und ich steige ein.

»Ekberg ist vorbeigekommen und hat sich beschwert, dass der Bus im Weg steht. Parkst du ihn um?«

»Ja, das habe ich vor.«

»Da hast du dir ja eine echte Sommergrippe eingefangen«, sagt Mårten und fährt Richtung Zentrum. Der Sommer steht in voller Blüte, die Sonne spiegelt sich in der Motorhaube und vor dem Eiskiosk vor Åhléns hat sich eine lange Schlange gebildet.

»Meine Immunabwehr ist wohl immer noch geschwächt. Was glaubst du, werden Simons Lehrer sagen?«

»Und die Schulleitung«, fügt Mårten auf typische Mårten-Art hinzu. Es muss alles korrekt sein.

»Und die Schulleitung«, wiederhole ich.

»Das werden wir gleich erfahren.«

»Hm.«

Mårten parkt vor dem Gymnasium. In der Eingangshalle treffen wir Simons Klassenlehrerin. Sie lächelt uns freundlich an und führt uns durch kühle Korridore in das Lehrerzimmer mit einem großen Eichentisch.

»Schön, dass Sie es so spontan einrichten konnten zu kommen. Lena, unsere Schulleiterin, verspätet sich ein paar Minuten, wir können solange ja schon mal einen Kaffee trinken und anfangen.«

Ich schlucke einen kleinen Kloß in meinem Hals hinunter, ehe wir uns auf ein paar harte Stühle setzen.

»Was ist denn eigentlich vorgefallen?«, frage ich.

»Nichts wirklich Dramatisches«, sagt die Klassenlehrerin, die die schwarzen Haare kurz trägt und uns mit wachen Augen hinter dem lilafarbenen Brillengestell ansieht. Ich schätze sie auf plus minus sechzig und sie hat sicher schon viele solche Gespräche geführt. »Wir würden die Situation trotzdem gerne mit Ihnen besprechen, da Simon in seinen ersten Wochen bei uns bereits in mehreren Fächern mit Abwesenheit glänzt.«

»Das kann ich mir gar nicht vorstellen«, sagt Mårten. »Er ist jeden Morgen pünktlich zur Schule aufgebrochen. Simon war immer ein gewissenhafter Schüler. Ich habe mit ihm gesprochen, nachdem Sie angerufen haben, und er meinte, dass er vielleicht die eine oder andere Stunde verpasst hätte, aber im Großen und Ganzen immer da war.«

»Wir wissen, dass so ein Schulwechsel schwierig sein kann, und Simon ist ja wie gesagt erst etwas über einen Monat bei uns. In manchen Fächern ist er immer da, wie in Kunst und Spanisch. Aber er war so gut wie gar nicht bei Mathe, und bei Schwedisch und den übrigen Fächern lässt seine Anwesenheit auch zu wünschen übrig. Das hätte uns natürlich eher auffallen müssen, aber erst bei der Abschlusskonferenz vor den Sommerferien hatten wir einen Überblick.«

Mårten und ich sehen uns an. Hat Simon uns beiden was vorgemacht? Das fühlt sich nicht gut an.

»Und die Informationen der Lehrer können nicht falsch sein?«, frage ich.

Die Klassenlehrerin schüttelt den Kopf.

»Nein.«

Auf dem Flur ist Absatzgeklacker zu hören und eine Frau betritt schwungvoll das Lehrerzimmer. Ich erkenne sie gleich als eine meiner Kundinnen wieder, die elegante Frau mit der Einlage im einen Körbchen. Wo war das noch gleich, in Svärdsjö? Sie scheint mich ebenfalls wiederzuerkennen und strahlt mich an.

»Hallo! Was für eine Überraschung.«

Sie nickt mir zu und sieht dann die Klassenlehrerin an.

»Das ist die Frau mit dem BH-Bus, von der ich erzählt habe. Ich habe in meinem ganzen Leben noch nicht so einen bequemen BH gehabt, glaube ich. Wir sollten für den Herbst eine BH-Party im Lehrerkollegium organisieren.«

»Ach«, sage ich, »keine schlechte Idee. Wenn unser Sohn das nicht zu peinlich findet.«

»Der Sporttag würde passen«, sagt sie unbeeindruckt. »Aber jetzt sind wir hier, um über Simon Grävling und seine Anwesenheit im Unterricht zu reden.«

»Grefling«, korrigiert Mårten sie.

Die Schulleiterin nickt und setzt sich.

»Wir wollen natürlich so schnell wie möglich agieren, wenn wir feststellen, dass ein Schüler häufig fehlt. Wir könnten Simon im Herbst zum Beispiel Extrastunden in Mathe und Schwedisch anbieten, da er in beiden Fächern ein Ungenügend bekommen hat. Und dann gibt es immer noch die Möglichkeit, den Schul-Gesundheitsdienst einzuschalten, weil solche Dinge oft einen Hintergrund haben. Ist privat etwas Besonderes vorgefallen?«

Mein schlechtes Gewissen frisst mich von innen auf.

»Ich habe mir einen Oldtimerbus gekauft und mich damit auf eine Verkaufstour begeben«, sage ich. »Das war vielleicht falsch von mir. Ich hätte zu Hause bleiben und ihn unterstützen sollen, nachdem er gerade die Schule gewechselt hat. Und dann hatte ich Brustkrebs. Das war keine leichte Zeit für ihn.«

»Aber jetzt hat er ja Sommerferien«, schiebt Mårten ein.

Die Klassenlehrerin lächelt professionell.

»Wir schlagen vor, dass Sie mit Simon die Möglichkeit besprechen, nach den Sommerferien das Defizit aufzuholen. Und wir werden unsererseits ab Herbst die Abwesenheitsmeldungen wöchentlich abfragen. So können wir viel schneller eingreifen, wenn es irgendwo hakt.«

»Das hört sich gut an«, sagt Mårten. »Wir werden noch mal mit ihm reden.«

Wir schütteln der Klassenlehrerin und der Schulleiterin die Hand und gehen zurück zum Auto. Mårten setzt sich hinter den Lenker und schaltet die Klimaanlage ein, aber nicht den Motor.

»Haben wir irgendwas falsch gemacht?«, fragt er. »Hätten wir aufmerksamer sein müssen?«

»Ja.«

Ich starre auf eine hellbraune Kiefer, die einen langen Schatten über den Parkplatz wirft. Auf dem Boden liegen kleine Zapfen. Ich schlucke.

»Wir haben noch überhaupt keine Gelegenheit gehabt zu reden, seit ich gestern nach Hause gekommen bin. Jedenfalls habe ich auf meiner Reise etwas, wie soll ich sagen, gelinde ausgedrückt Unerwartetes erfahren. Oder, na ja, eigentlich hatte ich schon länger den Verdacht, dass mit Mamas Tod irgendwas nicht stimmt, aber ... Das ging so schnell. Ich hab nicht gewusst, dass sie so kurz vorm Tod stand. Und tatsächlich war es das auch nicht.«

»Okay?«, sagt Mårten.

Ich erzähle von Anfang an. Er schüttelt sanft den Kopf, als ich zu dem Teil komme, dass Mamas Zusammenstoß mit dem Holztransporter wohl kein Unfall war.

»Das ist ja furchtbar.«

»Ja, ich werde eine Weile brauchen, das zu verdauen.«

Er streckt mir seine Hand entgegen und ich greife danach. Nach meinem Unfall hatte ich keine Zeit nachzudenken, es ist alles so schnell gegangen. Aber ich fühle, dass Mårten jetzt gerne eine Antwort von mir hätte. Ob ich zu einer Entscheidung gekommen bin und mich wiedergefunden habe. Irgendeine Erkenntnis werde ich aus dem Ganzen doch wohl mitgenommen haben? Ich räuspere mich.

»Wie auch immer. Ich habe viel über uns nachgedacht. Natürlich bin ich dir unendlich dankbar, dass du dich um mich gekümmert hast, als ich krank war. Und mir ist klar geworden, dass du das nicht mehr für mich tun musst. Ich will mich jetzt wieder um mich selber kümmern.«

»Was bedeutet das?«

»Ich möchte, dass es wieder wie früher wird. Dass wir zwei selbstständige Menschen sind und nicht ich krank und du mein … Pfleger.«

Mårten sieht aus, als wollte er gegen die Wortwahl protestieren, aber er nickt nur.

»Ich muss zugeben, dass ich sehr skeptisch war, als du alleine aufgebrochen bist, aber du hast das ja super hingekriegt.«

Ich nicke und entscheide, ihm besser nichts von dem Unfall zu sagen.

»Und ich will mir Mühe geben, mich wieder vom Pfleger in deinen Ehemann zu verwandeln. Auch wenn das ein bisschen dauern kann.«

Eine wohlige Wärme strahlt von meinem Bauch aus. Das ist es, was ich eigentlich will. Dass Mårten und ich wieder zusammenfinden. Aber in einem hinteren Bewusstseinswinkel klingelt eine leise Alarmglocke. Ist das wirklich so einfach? Mårten küsst mich auf die Wange.

»Jetzt wird alles wieder wie früher.«

»Hoffentlich.«

»Und du verkaufst den Bus, wie du es gesagt hast?«

Ich winde mich.

»Du hast doch mitbekommen, dass ich den Lehrern im Herbst eine BH-Party zugesagt habe.«

»Aber die Sachen kannst du doch auch mit dem Auto transportieren?«

»Ja, schon, eigentlich.«

Mårten lacht zufrieden und startet den Motor. Vor uns liegt ein schwieriges Gespräch mit Simon, aber im Stillen keimt die Hoffnung, dass sich alles irgendwie löst.

»Übrigens, Lotta, eine Freundin von früher, die ich unterwegs getroffen habe, hat uns Mittsommer nach Bingsjö eingeladen. Wir könnten im Bus übernachten. Was hältst du davon?«

Mårten trommelt mit den Fingern aufs Lenkrad.

»Mittsommer, also am Freitag?«

»Ja.«

»Da sind wir doch eigentlich bei meinen Eltern im Sommerhaus.«

»Sie werden doch mal ein Jahr ohne uns auskommen, oder? Und falls wir das grüne Sommerhaus kaufen, sind wir vermutlich jedes Jahr da. Da wäre doch eine Abwechslung in diesem Jahr nicht schlecht.«

»Falls?«

»Okay, wenn.«

»Also gut«, sagt Mårten. »Bingsjö it is.«

KAPITEL 37

MITTSOMMER

Die kleine Kapelle ist rappelvoll, fast alle tragen Tracht. Die Frauen rote Röcke mit blauen und grünen Querstreifen, weiße Blusen und grüne Leibchen, die Männer hellgelbe Lederhosen, rote Kniebommel und schwarze Lodenwesten. Es duftet nach Birkengrün und Holz. Ich habe zur Feier des Tages mein rot-weiß geblümtes Sommerkleid angezogen und Sandalen, von denen ich schon rote Druckstellen an den Füßen habe. Mårten trägt knielange Shorts und ein kurzärmeliges kariertes Hemd. Sein Standardoutfit von Mai bis August. Im Winter werden die Shorts von Chinos abgelöst.

Eine Gruppe Spielmänner gehen eine fröhliche Melodie spielend durch den Mittelgang. Ich schaue im Programm nach. *Sonnenscheinweise.*

Ich hebe den Blick und sehe den Mann, der mich und meinen Bus bei meinem letzten Besuch hier mit seinem Traktor aus dem schlammigen Acker gezogen hat. Matts. Er hat eine Fidel unters Kinn geklemmt und trägt Tracht wie alle anderen, mit schwarzer Weste und Silberknöpfen. Ich zucke wie bei etwas Verbotenem ertappt zusammen, beantworte aber sein flüchtiges Lächeln. Dann ist er also Spielmann. Das hätte ich nicht gedacht. Andererseits befinden wir uns in Bingsjö, wo der Pro-Kopf-Anteil an Spielleuten in der Bevölkerung zu den höchsten im Lande zählen dürfte.

»Wir haben uns kurz getroffen, als ich hier meinen Verkauf gemacht habe«, flüstere ich Mårten erklärend zu, der auf seinem Handy herumtippt.

»Was?«

»Hast du gar nicht mitbekommen, dass einer der Spielmänner mich gegrüßt hat?«

»Ach so, nein.«

Die Spielleute stellen sich im Altarraum auf und spielen ein Volkslied. Wie es Simon wohl bei seinem Fest in Vika geht. Er hat versprochen, es nicht in eine Sauferei ausarten zu lassen und dass er sich später mal meldet, aber können wir uns wirklich darauf verlassen?

Was die Schule angeht, hat er uns ja auch angelogen, hat erzählt, er wäre da gewesen, während er mit seinen neuen Freunden in der Stadt war. Das hätte er nur gemacht, um nicht als Nerd dazustehen, meinte er, als wir ihn damit konfrontiert haben.

Eine traurige Melodie füllt die Kapelle. *Mittsommernacht* heißt das Stück. Eine Frau spielt die Schlüsselharfe, ein Instrument, das ich normalerweise furchtbar finde, aber jetzt passt es perfekt zu der wehmütigen Stimmung. Mårten ist immer noch über sein Handy gebeugt. Ich stoße ihn mit dem Ellenbogen an.

»Hör doch mal zu.«

»Mh.«

Er steckt das Handy in die Hosentasche und richtet sich auf. Ich nehme seine Hand, die feucht ist von der Wärme. Ein Glücksgefühl kribbelt durch meinen Magen. Keine Ahnung, warum das so ist, aber traurige Musik macht mich oft glücklich.

Nach der Kirche gehen wir mit Lotta und Chloé zu Elin und ihrem Mann Marko. Sie wohnen auf einem Gehöft in einem roten Holzhaus mit weißen Eckbalken, Backstube und einer Scheune, hinter der wir den Bus abgestellt haben, dieses Mal mit Brettern unter den Hinterreifen. Alle Hausecken sind mit jungen Birken in alten Kaffeedosen geschmückt und auf dem Rasen steht sogar ein kleiner Mittsommerbaum. Den ganzen Tag hat die Sonne geschienen, ganz anders als an den verregneten Mittsommerfesten, als Simon noch klein war.

Elins und Markos zwei Jungen ziehen Chloé hinter sich her zu einem großen Trampolin neben dem Mittsommerbaum und bald schon schallen Gelächter und Geschrei über den Hofplatz. Mårten massiert sich die Schläfen.

»Ich hab völlig vergessen, wie anstrengend Mittsommer ist.«

»O ja.«

»Was zu trinken?«, fragt Elin und zeigt auf uns. »Marko macht Gin Tonic.«

»Einen schwachen für mich«, sage ich.

Wir setzen uns an die weiß gestrichene Essgruppe auf der Holzveranda und ich schließe die Augen. Lotta erzählt, sie hätte gelesen, dass in Carl Mikael Bellmans *Draußen im Garten* lauter Blumen aufgezählt werden, die zu einem alten Abortrezept gehören.

»Dafür wurden Lilien und Akelei, Salbei und Minze zu einem Sud verkocht. Moment, eine habe ich vergessen, oder?«

»Rose«, sage ich.

»Genau.«

»Das glaube ich nicht«, sagt Mårten und holt das Handy raus, um nachzuschauen. Kann er das Ding nicht mal stecken lassen?

»Das ist ein Mythos, steht in einem Artikel im *Svenska Dagbladet*.«

»Aha«, sagt Lotta enttäuscht.

Mårten ignoriert den Blick, den ich ihm zuwerfe. Muss er immer mit seinen Fakten kommen? Ich versuche, mich innerlich zu entspannen, und atme den Duft von frisch gemähtem Gras ein. Die Jungs hüpfen auf dem Trampolin und versuchen, mit hochgestreckten Armen die Ringe an der Mittsommerstange zu fassen zu kriegen. Chloé kommt mit einem Blumenkranz, den sie mir auf den Kopf setzt.

»Der ist für dich.«

»Ich danke dir. So ein schöner Kranz. Hast du ihn selbst gemacht?«

»Hm.«

Marko wirft den Grill an und ich bekomme ein kühl beschlagenes Glas in die Hand gedrückt. Mein letzter Gin Tonic ist gefühlt tausend Jahre her. In einem anderen Leben, als Mårten und ich noch was mit Åsa und ihrer Familie unternommen haben, gegenseitige Essenseinladungen oder einfach nur Cocktailabende. Wie viele Jahre es wohl noch braucht, bis ich wieder ohne Enttäuschung an Åsa denken kann? Jetzt spüle ich sie mit dem Drink hinunter.

Alle sind etwas erschöpft nach dem Mittsommerfest, außer den Kindern, die gleich nach dem Essen wieder durch den Garten toben. Marko serviert Rotwein zum Fleisch und ich verliere irgendwann den Überblick, wie viel ich getrunken habe, weil er ständig ungefragt nachschenkt. Aber ich fühle mich nicht betrunken, jedenfalls nicht, bis ich aufstehe, um auf die Toilette zu gehen, und mich bei einem plötzlichen Schwindel an der Rückenlehne abstützen muss.

»Alles in Ordnung?«, fragt Mårten besorgt. »Willst du dich ein bisschen ausruhen?«

»Alles gut.«

Ich schaffe es bis zur Toilette und beschließe, dass ich für heute genug getrunken habe. Aber als ich aus dem Bad komme, steht Lotta mit zwei Gläsern mit einer gelblichen Flüssigkeit vor mir.

»Und jetzt, Annie, gönnen wir uns einen kleinen Speziale.«

»Nein danke, ich hab genug für heute.«

»Sei kein Frosch, es ist Mittsommer. Einen kleinen, wie in guten alten Zeiten. Wie der Hexentrank beim Kiosk, weißt du noch?«

Ich hab noch nie Hexentrank getrunken, falle aber in ihr Lachen ein und nehme das Glas. Lotta hat recht, ein Schlückchen wird schon nicht schaden.

»Was ist mit Mårten los?«, fragt Lotta. »Er wirkt so überbehütend dir gegenüber.«

»Ach, das ist noch aus der Zeit, als ich krank war.«

Mir schießt durch den vernebelten Kopf, dass ich Lotta ja noch gar nicht von meinem Krebs erzählt habe.

»Krank?«

Chloé saust mit den Jungs auf den Fersen an uns vorbei.

»Lass uns woanders hingehen und reden.«

Sie hakt mich unter und zieht mich in eine Stube mit knarrenden Bodendielen. Wir setzen uns auf das Ledersofa und ich erzähle ihr kurz zusammengefasst meine Krebsgeschichte, mit kurzen Unterbrechungen, um an dem gelben Grog zu nippen. Mit Alkohol im Blut redet es sich leichter, die Worte quellen regelrecht aus mir heraus. Es tut gut, Druck abzulassen. Dass einem jemand zuhört.

»Das hört sich aber anstrengend an. Eine meiner Freundinnen hatte auch Brustkrebs, das war die Hölle. Aber jetzt ist sie wieder gesund«, sagte Lotta.

»Hast du sie auch fallen lassen?«

»Was?«

»Als sie krank und verzweifelt war? So wie meine Freundin Åsa. Åsa fand mich zu negativ.«

»O shit, das ist ja echt mies.«

»Das kannst du laut sagen«, sage ich. »Åsa cares.«

»Hä?«

»Ach, nichts. Aber jetzt kennst du meine Geschichte. Apropos, wie geht es eigentlich deinem Vater? Er wirkte ein bisschen … verwirrt, als ich ihn getroffen habe.«

Lotta fährt mit dem Finger über den Glasrand.

»Ich habe mich um einen Platz im Demenz-Pflegeheim in Edsbyn beworben, damit ich ihn öfter besuchen kann. Es hat sich hingezogen, aber Ende des Sommers wird ein Platz für ihn frei. Der Pflegedienst meint, dass er bis dahin noch zu Hause zurechtkommt, aber … In letzter Zeit ist es ziemlich rapide bergab gegangen. Hat er dich erkannt?«

»Ja, nach einer Weile.«

Ich nehme sie in den Arm.

»Das tut Conny sicher gut, in das Demenzheim zu ziehen. Und dir auch, weil du ihn öfter sehen kannst.«

»Ja. Trotzdem ist es schwer, wenn die eigenen Eltern plötzlich alt werden. Papa mit seinem scharfen Verstand.«

»Hm.«

Elin kommt in die Stube.

»Hier versteckt ihr euch also? Wir haben uns schon gewundert, wo ihr abgeblieben seid.«

Wir gehen mit ihr zusammen raus zu den anderen. Die Kinder haben sich unter einer Decke auf der Gartenbank zusammengekuschelt und schlafen schon halb. Die Sonne ist fast hinter den Bäumen verschwunden. Mårten ist betrunken, sein Blick flackert. Marko hat eine Flasche Aquavit geöffnet, die Mårten und er sich teilen.

»AC/DC ist die beste Band aller Zeiten«, nuschelt Mårten. »Es gibt keinen krasseren Gitarristen als Angus Young.«

»Du vergisst Slash«, sagt Marko und spielt *Sweet Child of Mine* auf dem Handy ab. Der Lautsprecher ist schwach, aber wir singen trotzdem mit.

Wenn Mårten betrunken ist, kann ich eigentlich auch weitertrinken. Ich nehme einen Schnaps und genieße das tauber werdende Gehirn. Es wird alles so schön egal. Um halb zwölf klingelt das Handy. Simon.

»Hi, Schatz. Wie geht's dir?«

»Bist du betrunken?«

»Was? Nein! Wir haben nur ein bisschen Wein zum Essen gehabt.«

»Du klingst hacke.«

»Wie ist dein Fest?«

»Gut.«

Auf dem Scheunendach zwitschert ein Vogel. Hinter mir sind Stimmengewirr und Musik zu hören. Aber auf Simons Seite ist es ganz still.

»Es ist so ruhig bei dir. Ist nicht viel los bei euch?«

»Geht so.«

»Aber es ist gut?«

»Du wolltest doch, dass ich anrufe, was ich hiermit tue.«

»Schön. Da weiß ich, dass bei dir alles okay ist. Viel Spaß noch.«

»Ebenso. Ciao.«

»Tschüs, Simon.«

Wir legen auf, aber ich werde das Gefühl nicht los, dass irgendwas nicht stimmt. Dass Simon nicht die ganze Wahrheit sagt. Wo ist er da hineingeraten? Hat er vielleicht angefangen, Hasch zu rauchen? Aber das hätten wir doch merken müssen, oder? Wir haben irgendwann eine Broschüre mit den üblichen Alarmzeichen von der Schule bekommen: vergrößerte Pupillen, süßlicher Geruch, ausweichendes Verhalten ... Dem muss ich auf den Grund gehen, sobald wir wieder zu Hause sind. Ich muss Simon mal wieder richtig in die Augen schauen.

Lotta und Chloé verkünden, dass sie bald aufbrechen wollen und holen mich ins Hier und Jetzt zurück.

»Aber ihr fahrt jetzt nicht mitten in der Nacht mit dem Rad nach Svabensverk zurück?«

»Nein, wir schlafen im Wohnzimmer.«

»Da schließen wir uns wohl mal an, oder Mårten?«

Wir bedanken uns fürs Essen und gehen über den Hofplatz. Der eine Ring vom Mittsommerbaum ist kaputt und ich hänge meinen Blumenkranz daran. Ich fühle mich ein bisschen unsicher auf den Beinen, als ich über den Graben hinter der Scheune steige und weiter zum Bus gehe.

Es tut gut, Schuhe und Kleider auszuziehen und mich in dem Schlafalkoven auszustrecken. Mårten stützt sich an dem roten Kühlschrank ab.

»Wie geht es dir?«

»Gut.«

Er lallt ganz schön. Wie viel hat er eigentlich getrunken?

»Komm, leg dich zu mir.«

»Mmm.«

Er macht einen Ausfallschritt nach vorn und lässt sich bäuchlings aufs Bett fallen.

»Willst du dich nicht ausziehen?«

Er murmelt irgendetwas Unverständliches.

»Was sagst du? Ich schlage vor, du drehst dich auf den Rücken, damit du Luft kriegst.«

Ich knie mich neben ihn und helfe ihm, sich auf den Rücken zu drehen. Als ich sein Hemd aufknöpfe, sagt er unvermittelt:

»Ich bin nicht so langweilig, wie du denkst.«

»Nein, das merke ich. Aber dir wird's morgen wahrscheinlich nicht ganz rosig gehen.«

»Ich meine nicht … den *Alkohol*.«

Er grinst mich schief an und ich lege die Stirn in Falten.

»Aha, und was meinst du dann?«

»Das es Menschen gibt … die mich *interessant* finden.«

Der letzte Hemdknopf sträubt sich und ich weiß eigentlich nicht, wieso ich ihn sich nicht einfach selbst auszuziehen lasse. Wovon redet er da? Ein eisiges Ziehen durchströmt meinen Körper. Der Knopf scheint sich in einen dünnen Faden verknotet zu haben, nach kurzer Fummelei bekomme ich ihn los.

»Jetzt schlafen wir erst mal«, bestimme ich, »und reden morgen weiter.«

»Aber ich hab mich für dich entschieden«, murmelt Mårten.

Sein Atem wird schwer und seine Brust hebt und senkt sich langsam. Was bitte war jetzt das? Wer ist interessiert?

Carola. Natürlich, das kann nur Carola sein, die ihn so offen angeflirtet hat. Wenn ich nichts getrunken hätte, würde ich mich jetzt hinters Steuer setzen und zu ihr fahren, mitten in der Nacht, um sie zu fragen, was zum Teufel sie vorhat.

Grillfleisch, Kartoffelsalat, die Getränke und die Erdbeertorte gehen in meinem Bauch auf wie Hefe. Ich schaffe es gerade noch rechtzeitig, aus dem Bus auf die saftig grüne Wiese zu laufen, ehe ich mich in das hohe Gras übergebe. Das Vogelgezwitscher auf dem Scheunendach ist verstummt. Ich gehe in die Hocke und schlinge meine Arme um den empfindlichen Magen. Tränen laufen mir über die Wangen und aus dem Wald tönen die einsamen Rufe einer Eule.

KAPITEL 38

IM MORGENGRAUEN

Ich werde von Geigenklängen geweckt, die sich offensichtlich schon in meinen Traum geschlichen haben, in dem ich wieder in der Kapelle mit der Mittsommermusik war. Und in dem Traum ist Matts nicht hoch in den Altarraum gegangen, sondern zu mir gekommen. Er hat mein Kinn mit seiner Hand angehoben und seine Lippen auf meine gepresst. Ich drehe mich schlaftrunken zu Mårten um. Er scheint tief zu schlafen.

Für seine Träume kann man nichts, rede ich mir ein und steige aus dem Bus in das taufeuchte Gras. Trotzdem schäme ich mich, als hätte ich etwas Verbotenes getan. Wobei Mårten derjenige ist ... Ja, was hat er eigentlich getan?

Hier draußen ist die Geige deutlicher zu hören, dann habe ich es also nicht nur geträumt. Aber wer, bitte, ist so früh schon auf den Beinen?

Trotz meiner großen Wissenslücken in puncto Volksmusik erkenne ich das Stück von Jan Johanssons Platte *Jazz auf Schwedisch* wieder. Das ist das *Lied von Utanmyra*. Es ist genauso wehmütig, wie ich mich fühle.

Über den Wiesen hängen weiße Nebelschleier, als ich der Musik barfuß Richtung Straße folge. Die Melodie scheint von dem großen Hof oben auf dem Hügel zu kommen. Nach sehr kurzem Zögern setze ich mich in Bewegung, um dem auf den Grund zu gehen.

Als ich Matts auf der Treppe vor dem roten Holzhaus sitzen sehe, im weißen Hemd mit hochgekrempelten Ärmeln, gelber Sämischlederhose, die Geige zwischen Kinn und Schulter geklemmt, bin ich kurz davor umzudrehen. Aber da hat er mich schon entdeckt und winkt mir mit dem Bogen zu.

»Guten Morgen«, sage ich so vorgeschoben lässig, vergrabe die Hände in den Taschen meines Kleides und fummele an einem losen Faden.

»Guten Morgen, hab ich dich geweckt?«

»Ich war schon wach.«

Er legt den Bogen wieder an die Fidel. Ich weiß nicht so recht, wohin mit mir, komme mir blöd vor, einfach dazustehen und ihn anzuglotzen, also setze ich mich schließlich auf einen Stein. Matts spielt jetzt das Gärdebylied. Das ist fröhlicher als das Utanmyralied, aber er trifft trotzdem einen genau richtig melancholischen Ton, der mein Herz umschließt.

Matts legt die Geige und den Bogen auf seinen Oberschenkeln ab.

»Das Hauptaugenmerk liegt immer auf dem Einspielen. Aber ich finde das Ausspielen nach einem Konzert mindestens genauso wichtig. Den hinterherschlendernden Tönen Raum zu geben, die erst im Nachhinein auftauchen.«

Ich glaube, ich verstehe, was er meint. Die Nachbearbeitung, wie bei mir, wenn ich abends im Bus noch mal über alle Kundinnen und Gespräche nachdenke. Den Tag Revue passieren und ausklingen lasse, bevor ich zur Ruhe komme.

»Was ist das hier für ein Hof?«

»Das ist … der Danielshof. Drinnen gibt es wunderschöne Wandmalereien von dem Künstler Winter Carl Hansson. Heute ist der Hof Eigentum einer Stiftung und an manchen Tagen für Besucher geöffnet.«

»Dann wohnst du nicht hier?«

Sein Lachen öffnet die Faltenfächer an seinen Augenwinkeln.

»Nein. Ich wohne weiter unten im Dorf.«

»Zusammen mit deiner Tochter?«

»Manchmal.«

»Und du spielst Geige?«

Meine Güte, ich frag ihm noch Löcher in den Bauch. Aber irgendetwas an diesem Traktor fahrenden Spielmann weckt meine Neugier. Er ist so anders. Frei auf eine Weise.

»Ich bin Riks-Spielmann, das ist also mein Beruf.«

»Ach, wirklich? Kann man davon leben?«

»Manchmal.«

Er zwinkert und nimmt die Geige wieder hoch.

»Und du lebst von deinem BH-Bus?«

»Na ja, nicht direkt. Ich werde ihn wohl verkaufen.«

»Warum das denn?«

»Gute Frage. Tausend Gründe und keiner.«

Ich spüre einen Klumpen in meinem Magen wachsen.

»Schade um den schönen Bus«, sagt Matts und beginnt auf der Geige zu fiedeln.

Ich nehme das als Zeichen, wieder zum Bus zurückzugehen.

»Danke für das kleine Konzert.«

»Danke fürs Zuhören.«

Ich mache ein paar Schritte durch das kalte Gras.

»Ach, Annie!«

Ich drehe mich um.

»Hat dein Bus inzwischen einen Namen?«

»Ich denke noch darüber nach. Aber wenn ich ihn dann doch demnächst verkaufe, ist das vielleicht eh sinnlos.«

»Was sinnlos ist oder nicht, weiß man meistens erst hinterher.«

»Wie wahr. Spiel weiter, das gefällt mir.«

Er nickt mir zu und ich gehe. Das ist eine merkwürdig verträumte Szenerie, der Spielmann auf dem Hügel in der Morgendämmerung. Und unten wartet das wirkliche Leben auf mich, Mårten. Wir müssen dringend reden.

Im Bus ist es feuchtkalt, das war es noch nicht, als ich aufgestanden bin. Ich schlüpfe unter die Decke, um meine Füße zu wärmen. Mårten stöhnt und streckt die Arme aus.

»Ich hab auch schon besser geschlafen.«

»Findest du?«

»Die Matratze ist zu hart.«

»Ich finde sie genau richtig.«

Er gähnt und legt die Stirn in Falten.

»Was ist denn das für ein Geräusch? Schrammelt da jemand um diese Zeit auf seiner Fidel? Die Leute hier sind schon ganz schön verschroben.«

»Du, wir müssen dringend reden über das, was du heute Nacht gesagt hast.«

Mårten reibt sich den Schlaf aus den Augen.

»Was habe ich gesagt?«

»Dass es andere Menschen gibt, die an dir interessiert sind.«

Mårten sieht mich erschrocken an, dann grinst er schief.

»Das hab ich gesagt? Ich war wohl etwas betrunken.«

»Stimmt das?«

Er stöhnt wieder und legt einen Arm über meinem Kopf aufs Kissen. Das ist wahrscheinlich als Angebot gedacht, meinen Kopf darauf zu legen, aber ich rühre mich nicht.

»Ach was, das ist völlig harmlos.«

»Harmlos klang das heute Nacht aber nicht.«

»Ich würde niemals etwas tun, das dich verletzt.«

»Im Moment hört es sich eher so an, als wärest du nur aus Mitleid mit mir zusammen? Also, was meinst du damit?«

Er schließt die Augen.

»Ich muss noch ein bisschen schlafen. Lass uns später darüber reden, sei so gut.«

»Läuft da was zwischen Carola und dir?«

»Carola? Jetzt mach aber mal halblang.«

»Du kannst nicht solche Sachen sagen und dich dann weigern, darüber zu reden.«

Mårten schlägt die Augen wieder auf.

»Da ist nichts, sage ich. Das hab ich nur im besoffenen Kopf gesagt. Und jetzt hör auf zu nerven. Ich habe dir deinen Raum gegeben und nun bitte ich dich um das Gleiche.«

Ich will sagen, dass das nicht das Gleiche ist, aber Mårten hat die Augen schon wieder zugekniffen und sieht so energisch aus, dass ich einsehe, dass ich jetzt nicht weiterkomme. Das Geigenspiel draußen ist verstummt.

»Dann schlaf weiter«, sage ich und schreibe Elin und Marko ein Dankeschön auf einen Zettel, da ich sie so früh noch nicht wecken will. Nachdem ich den Zettel an ihre Haustür geklemmt habe, setze ich mich hinters Steuer. Mårten stöhnt im Schlafalkoven, als der Motor brummend anspringt, aber ich kann keine Rücksicht nehmen auf seinen Kater, als ich über schlaglöcherige Schotterwege nach Hause fahre.

KAPITEL 39

CHICKEN

»Und jetzt bist du dran, die Karten auf den Tisch zu legen«, sage ich, als wir wieder zu Hause sind und Mårten sich auf dem Sofa im Wohnzimmer ausgestreckt hat. Wir haben sozusagen die Rollen getauscht, normalerweise liege ich dort. Er stöhnt.

»Annie, bitte. Da war nichts, wie oft soll ich das noch sagen. Du weißt doch, wie ich bin, wenn ich zu viel getrunken habe.«

»Nein, wie bist du dann?«

»Dann rede ich eine Menge Blödsinn.«

»Ja, aber das beunruhigt mich trotzdem.«

Er stöhnt wieder, richtet sich mühsam auf und legt sich ein Kissen in den Nacken, dann gähnt er ausgiebig.

»Also gut, was ich *eigentlich* da und dort sagen wollte, ist wohl, dass du mich für ganz schön selbstverständlich nimmst. Bin ich etwa nicht immer für dich da gewesen, als du krank warst?«

»Doch, aber was hat das mit der Sache zu tun?«

»Okay, da war eine Frau. Bei der Arbeit. Die wollte sich mit mir verabreden. Das hat mir geschmeichelt. Und damit bin ich gestern gekommen, um dich, was weiß denn ich, eifersüchtig zu machen.«

»Bei der Arbeit?«

»Offensichtlich erfolgreich.«

Er streckt einen Arm aus und ich mache einen Schritt auf ihn zu, damit er meine Hand nehmen kann.

»Wollen wir das Thema nicht abschließen? Ich hab gestern einfach ein bisschen den Märtyrer raushängen lassen. Um Aufmerksamkeit zu bekommen.«

»Aber du weißt doch, wie dankbar ich dir für deine Unterstützung bin? So dankbar, dass es mich an manchen Tagen schier erdrückt.«

»Natürlich weiß ich das.«

»Kenn ich sie? Und du hast ja wohl hoffentlich Nein gesagt?«

Es rauscht in den Rohren. Ich drehe mich um. Spült da jemand? Ich dachte, wir wären alleine, aber als ich auf den Flur gehe, kommt Simon aus dem Badezimmer.

»Hallo, was machst du denn hier? Wolltest du nicht in Vika übernachten?«

»Ähm. Nein.«

»Nein? Aber das hast du doch gestern gesagt?«

»Ich hab mich eben umentschieden.«

Er geht an mir vorbei runter in den Keller. Knallt die Tür hinter sich zu als Botschaft, dass ich ihm ja nicht folgen soll.

»Ist Simon zu Hause?«, fragt Mårten vom Sofa.

»Offensichtlich.«

Ich zögere kurz, dann nehme ich Simons Jeansjacke vom Bügel und durchsuche die Taschen. Eine leere Kaugummipackung, ein Papiertaschentuch und ein paar kabellose Ohrhörer sind alles, was ich finde. Kein Hasch.

»Was machst du da?« Mårten ist aufgestanden und steht mit gerunzelter Stirn in der Tür. »Das ist doch Simons Jacke, oder?«

»Findest du es nicht seltsam, dass er zu Hause ist, nachdem er gestern Abend noch gesagt hat, dass er in Vika übernachten will? Und dazu das mit der Schule?«

»Ja, schon. Aber wonach suchst du?«

»Das weiß ich auch nicht so genau. Drogen vielleicht.«

»Das glaubst du doch nicht wirklich? Das würden wir ihm doch anmerken, wenn er Drogen nimmt?«

»Sicher?«

Ich hänge die Jacke zurück und halte nach anderen Kleidungsstücken von ihm Ausschau, aber da stehen nur seine abgelaufenen, kükengelben Converse.

»Und was machen wir jetzt?«, fragt Mårten. »Ich hab das Gefühl, dass er uns was verschweigt.«

»Ich werde noch mal mit ihm reden«, sage ich.

Mårten sieht entmutigt aus.

»Wenn du meinst, dass das hilft …«

»Ich werde es probieren.«

Ich klopfe an die Kellertür und gehe die Treppe runter. Simon liegt zusammengerollt auf dem Sofa unter einer Decke.

»Bist du wach?«

»Mh.«

»Können wir reden?«

Er antwortet nicht, macht aber Platz, als ich mich auf die Sofakante setze und seine Beine tätschele.

»Du weißt doch, dass du über alles mit uns reden kannst, wenn irgendwas ist, oder? Papa und ich machen uns Sorgen um dich. Zum Beispiel wegen der Fete gestern Abend.«

»Wieso?«

»Du hast gesagt, dass du dort übernachten willst, hast aber zu Hause geschlafen. Es ist in letzter Zeit häufiger vorgekommen, dass du nicht ganz offen gesagt hast, was los ist.«

»Ich hab's mir halt anders überlegt.«

»Bist du verliebt?«

»Nein, hab ich doch schon gesagt!«

285

»Papa und ich müssen wissen, was mit dir los ist. Damit wir dir helfen können. Was ist eigentlich an deiner alten Schule vorgefallen?«

Es ist lange still. Dann murmelt er irgendwas ins Kissen.

»Was hast du gerade gesagt? Das hab ich nicht verstanden.«

Simon zieht die Nase hoch.

»Ich hab Angst.«

»Angst? In Bezug aufs Snowboarden?«

»Keine Ahnung.«

»Es ist okay, Angst zu haben.«

Er setzt sich auf, das Kissen auf den Bauch gedrückt. Sein Gesicht sieht verheult aus.

»Versprich mir, nicht zu lachen.«

»Natürlich verspreche ich das. Mir ist wirklich nicht zum Lachen zumute, wenn es dir schlecht geht, Simon, das kannst du dir doch denken.«

Simon starrt auf einen Punkt auf der weißen Wand hinter mir. Als Kind, wenn er Angst hatte, hat meistens nur das rosa *Ninchen* geholfen. Ich wünschte, ich hätte jetzt etwas Vergleichbares. Ein magisches Trostkaninchen. Er zieht die Nase hoch und beginnt stockend zu erzählen.

»Es hat mit einem Trick auf dem Boden angefangen. Den hatte ich schon öfter gemacht und konnte es eigentlich, aber irgendwas hat sich in meinem Kopf verhakt. Ich weiß es nicht.«

»Okay?«

»Na ja, und da haben zwei von den Mädchen angefangen zu lachen.«

»Das ist aber nicht nett.«

Simon seufzt.

»Am Anfang war es wohl nicht böse gemeint. Glaube ich. Aber später schon.«

Ich verhalte mich still, damit er weiterredet.

»Zuerst haben wir am Boden geübt. Dann hat irgendwer gesagt, Sara hätte mich als *chicken* bezeichnet. Und damit haben die Probleme angefangen.«

»Chicken?«

»Ein Feigling.«

Simon schnieft. Ich weiß nicht, wer Sara ist, aber meine spontane Reaktion wäre, sie aufzusuchen und ihr eine ordentliche Standpauke zu halten.

»Ich fühle mich unwohl zwischen so vielen Leuten, Mama. Ich krieg da total Panik. In der Schule … ich schaff das nicht. Nur in den Fächern, wo nicht so viele Schüler sind. Sobald zu viele da sind, krieg ich Panik. Ich werde fast ohnmächtig. Und mein Herz hämmert wie verrückt.«

Mein Mutterherz schlägt schneller.

»Aber Simon, Schatz. Wie lange hast du das denn schon?«

»Ich weiß nicht. Seit Februar vielleicht.«

»Wolltest du deshalb die Schule wechseln?«

»Ja, aber das hat auch nicht geholfen. Und um eure Fragen zu vermeiden, bin ich jeden Morgen pünktlich aus dem Haus gegangen und hab im Wald drüben gewartet, bis ihr zur Arbeit gegangen seid. Dann bin ich wieder nach Hause gegangen. Und gestern war ich auch die ganze Zeit zu Hause. Ich hab keine Freunde.«

Er sieht mich mit tränenfeuchten Augen an und ich schäme mich, dass ich ihn so gedrängt habe. Aber das gehört wohl zum Elternsein dazu. Ich drücke seine Hand.

»Wir wollen doch nur wissen, was dir fehlt. Es ist gut, dass du was gesagt hast.«

»Mhm.«

»Du musst dich tagsüber nicht irgendwo verstecken. Wir überlegen uns zusammen eine Lösung. Es ist gut, wenn du hier zu Hause in einer sicheren Umgebung sein kannst. Ich werde mich mal nach einem Psychologen umhören, zu dem du gehen kannst. Was hältst du davon? Ich denke, das würde dir guttun.«

Simon nickt langsam.

»Ich halte das so nicht mehr viel länger aus, Mama.«

»Alles wird wieder gut.«

Ich setze mich neben ihn und lege meinen Arm um ihn. Er schluchzt ein paarmal ins Kissen.

»Soll ich dir was verraten?«, sage ich. »Ich hatte ein bisschen Angst, dass du angefangen hast, Drogen zu nehmen.«

»Das hast du geglaubt?«

»Wir wussten nicht, was wir glauben sollten.«

Simon lacht, und ich wische ihm die Tränen mit meinem Pulloverärmel von der Wange.

»Du solltest Drogen verkaufen, Mama. Wenn du mit deinem Bus über Land fährst.«

Er sagt das mit so einer Selbstverständlichkeit, dass mir schlagartig klar wird: Ich will den Bus nicht verkaufen. Wenn ich etwas für meinen Sohn tun kann, dann, ehrlich mit mir selbst zu sein.

KAPITEL 40

ÅSA CARE

Das Gespräch von Mittsommer geht mir nicht aus dem Kopf, ich muss rauskriegen, ob da was zwischen Mårten und Carola gewesen ist. Wenn ich in den letzten Wochen was gelernt habe, dann, meinem Bauchgefühl zu folgen. Bevor ich den Bus verkaufe, wie abgesprochen, will ich wissen, dass Mårten mir nichts verschweigt.

Ich habe Simon zu seinem neuen Therapeuten gebracht. Er sah angespannt aus, als er aus dem Auto gestiegen ist, weshalb ich noch eine Weile stehen geblieben bin, um sicher zu sein, dass er wirklich reingeht. Jetzt stehe ich auf der Straße vor Åsa Care. Mit der Einsicht, dass ich keinen Plan habe. Und völlig verrückt bin. Es nieselt. Das passt besser zu meiner Stimmung als Sommerwetter. Zu allem Überfluss hat einer unserer Nachbarn, vermutlich Ekberg, angefangen, meinen Bus mit zornigen Zetteln zu tapezieren, dass er im Weg steht.

Ein rosa Åsa-Care-Auto fährt neben mich. Zeynab steigt aus. Ich winke und steige ebenfalls aus.

»Annie! Gut siehst du aus!«

»Was? Nein, das kann nicht sein.«

»Doch, du hast so einen, wie sagt man das …« Zeynab spreizt die Finger vor ihrem Gesicht. »Glow! Bist du verliebt, oder was?«

»Verliebt? Ach Quatsch.«

Eher sauer, denke ich, aber das will ich nicht Zeynab auf die Nase binden.

»Weißt du, ob Carola da ist? Ich müsste mit ihr reden.«

»Wenn es nach Fisch riecht, wissen wir, ob sie da ist.«

Ich lache und folge ihr mit klopfendem Herzen nach drinnen. Was soll ich sagen, wenn Åsa da ist? Ein einfaches Hallo sollte reichen, schließlich hat sie mich in die Wüste geschickt und nicht umgekehrt. Für sie ist das Ganze peinlicher.

Das Büro ist sehr viel gemütlicher als das vom städtischen Pflegedienst. Der Eingangsbereich mit dem weißen, hochflorigen Teppich, dem rosa Sofa und den mit rosa und weißen Stoffbahnen dekorierten Wänden erinnert eher an einen Schönheitssalon als einen Pflegedienst.

»Schauen wir im Pausenraum nach«, schlägt Zeynab vor, wo es nicht nach Fisch, sondern frisch und blumig duftet. Die Möbel sehen neu und hochwertig aus, an einer Wand stehen ein paar Ruhesessel mit Zeitungstischen und Leselampen.

»Das sieht … heimelig aus.«

»Sehr gut«, sagt Zeynab. »Åsa ist super!«

»Ah ja.«

Sie macht den Kühlschrank auf und schaut in die Essensbehälter, die dort gestapelt sind.

»Was machst du da?«, flüstere ich.

»Mal schauen … Hähnchen. Das sieht aus wie Pizza … Aha, Kabeljau! Dann hat Carola heute Dienst.«

»Es wird doch mehr Leute geben, die Fisch in der Mikrowelle aufwärmen?«

»Glaubst du?«

In dem Augenblick betritt Carola den Raum. Sie hat das Haar hochgesteckt und einen schockrosa Lidschatten aufgelegt, der zu den Åsa-Care-Uniformen passt.

»Hallo, Annie! Was machst du denn hier?«

Ich versuche mich an einem Lächeln, aber meine Augen werden schmal. Schwingt da ein falscher Unterton in ihrer Begrüßung mit? War Carolas Verhalten mir gegenüber nicht schon immer gekünstelt und unecht?

»Willst du dich bewerben?«, fragt sie und geht auf den Kühlschrank zu. »Åsa ist echt klasse, aber das weißt du ja sicher. Es ist nicht so gut gelaufen mit dem Bus, hab ich gehört.«

Was hat Mårten ihr erzählt? Bevor Carola ihren Kabeljau aus dem Kühlschrank nehmen kann, räuspere ich mich.

»Du, ich müsste was mit dir besprechen. Aber es ist etwas … privat. Können wir irgendwo hingehen?«

»Privat?«

»Hast du kurz Zeit? Es dauert auch nicht lange. Ich würde das ungern vor allen anderen bereden.«

Carola sieht mich skeptisch an, als hätte ich sie gefragt, ob sie mir Geld leihen oder aufhören kann, Fisch zu essen.

Sie fängt an *Private Emotion* zu summen und winkt mich hinter sich her. Zeynab wirft mir einen amüsierten Blick zu, als wir zusammen rausgehen.

»Hier sitzt Åsa!«, sagt Carola munter bei ihrer spontanen Hausführung. Ich widerstehe dem Reflex, den Kopf einzuziehen, und sehe erleichtert, dass das Büro leer ist. Durch die offene Tür ist das steigende Glaspony zu sehen, das sie bei ihrer Wahl zu Dalarnas Neuunternehmerin des Jahres bekommen hat. Es ist größer, als ich dachte. An den Wänden hängen Zeitungsausschnitte mit dicken Schlagzeilen von Åsa als Shootingstar des Jahres.

Ich bin nicht mehr traurig oder enttäuscht; es ist, wie es ist.

»Hier können wir in Ruhe reden«, sagt Carola und öffnet die Tür zu einem Ruheraum, der provokant gemütlich ist. Üppige Topfpflanzen, ein weiterer weicher Teppich samt rosa Sofa mit weißen Kissen. Ich setze mich auf die vordere Sofakante, damit ich schnell aufstehen kann. Carola schließt die Tür. Sie bleibt vor mir stehen.

»Ich will mich nicht zwischen dich und Mårten schieben, wenn es das ist, worum es geht«, sagt sie. »Es ist ganz schön schwierig, mit einem Paar befreundet zu sein. Wenn man sozusagen beide Seiten kennt.« Sie verlagert das Gewicht auf den anderen Fuß. »Ich nehme ja mal an, dass du wissen willst, wieso Mårten im Chor aufgehört hat, aber dazu kann ich dir auch nichts sagen.«

»Mårten hat im Chor aufgehört?«

»Wusstest du das etwa nicht? Er hat mich am Donnerstag angerufen und mir das mitgeteilt.«

»Nein. Ich war die letzte Zeit nicht so viel zu Hause.«

Carola lacht mit etwas zu mitleidigem Gesichtsausdruck.

»Ja, natürlich. Aber jetzt bist du wieder zu Hause! Das ist doch schön, oder?«

»Carola …«

Ich knete die Hände. Wie sage ich das jetzt am geschicktesten? Am besten bringe ich es schnell hinter mich. Ich schaue auf zwei gerahmte Sprüche an der Wand gegenüber: *In der allertiefsten Dunkelheit strahlen die Sterne gleich ein wenig heller* und *Ein Tag ohne Liebe ist ein verlorener Tag.*

»Mårten hat mir erzählt, dass er … dass eine Frau an ihm interessiert gewesen wäre. Ich habe den Eindruck, dass da möglicherweise mehr gewesen ist. Und da ihr ja viel zusammen unternommen habt, hab ich mich gefragt … Na ja?«

Als ich den Blick hebe, erwarte ich, dass Carola entweder schuldbewusst aussieht oder verlegen. Aber sie sieht mich nur empört an.

»Was meinst du?«

Ich schlucke.

»Ich frage mich, ob da zwischen dir und Mårten was läuft?«

Carola funkelt mich jetzt so wütend an, dass ich schon befürchte, dass sie sich auf mich stürzt.

»Was denkst du denn von mir? Wir sind doch *Freundinnen*, Annie. Auch wenn es dir schwerfällt, das zu glauben.«

Sie macht auf dem Absatz kehrt, drückt die Klinke herunter und stürmt mit wippendem Pferdeschwanz hinaus. Ich springe vom Sofa auf.

»Carola, es tut mir leid! Ich dachte nur …«

Sie bleibt auf dem Flur stehen und dreht sich um.

»Ich wünschte, ich könnte dir das Vertrauen in andere Menschen vermitteln, Annie, und ich hab versucht, deine Freundin zu sein, aber jetzt wird mir klar, dass das nichts bringt.«

Sie rauscht Richtung Pausenraum davon und ich stehe da wie die letzte Idiotin. Was hab ich denn eigentlich geglaubt? Dass Mårten und Carola … Es schießt mir heiß in die Wangen. Carola hat absolut recht. Ich muss lernen, anderen Menschen zu vertrauen. So kann ich nicht weitermachen. Ich bin ein Mensch geworden, der andere verdächtigt, nach einfachen Lösungen sucht und vor seinen Problemen davonläuft. Es wird höchste Zeit, endlich erwachsen zu werden.

Ich schlucke die Scham hinunter und gehe zum Ausgang. Als ich noch einmal in Åsas leeres Büro schaue, bleibt mein Blick an einem allzu bekannten Gesicht auf einem der Zeitungsartikel hängen. Mårten.

KAPITEL 41

DAS GLASPONY

Ich stehe in Åsas Büro und starre auf einen Zeitungsausschnitt von einer Unternehmergala vor zwei Jahren. »Die Gewinnerin des letzten Jahres zusammen mit Mårten Grefling«, steht unter dem Bild, das Mårten in seinem Festtagsanzug neben einer strahlenden Åsa zeigt. Mårten lächelt auch. Ein Lächeln, das ich nicht mehr an ihm gesehen habe seit ... ja, seit wann? Seit wir uns kennengelernt haben? Das ist es, was sie verrät.

Sonst ist nichts Besonderes an dem Bild. Keine entlarvende Geste wie auf dem historischen Foto in der britischen Regenbogenpresse in den Fünfzigern von dem Augenblick, als Prinzessin Margaret Kapitän Peter Townsends Arm berührt und die Welt verstand, dass sie ein Liebespaar waren.

»Nur eine langweilige Arbeitsveranstaltung«, hatte Mårten gesagt, als er zu der Gala gefahren war. Nicht mit einer Silbe hatte er erwähnt, dass er dort Åsa getroffen hat.

Mein Schädel hämmert. Kurze Erinnerungsfetzen aus einem ungelegten Puzzle tauchen auf. Mårten und Åsa. Ein Grillabend vor ein paar Jahren, an dem viel geblödelt wurde.

Åsa, die mit offenem Mund gelacht hat, das Gesicht der Sonne zugewandt. Affektiert.

Mårtens Äußerungen, als Åsa sich von mir abgewendet hat.

»Nimm dir das nicht so zu Herzen.« – »Du hast doch noch andere Freunde?« – »Das passiert, dass man sich auseinanderlebt.«

Ich versuche, die Puzzleteile zu einem ganzen Bild zusammenzulegen, aber in mir kocht so eine Wut hoch, dass ich nicht mehr klar denken kann.

»Annie? Was machst du denn hier?«

Åsa tritt in einem roten Hemdkleid und einer Perlenkette um den Hals in ihr Büro. Sie hält eine Aktentasche in der Hand und trägt eine Bräune zur Schau, die sie sich unmöglich in der schwedischen Sonne zugelegt haben kann. Mein Blick wandert an den braun gebrannten Beinen hinunter zu einem Paar roter Pumps und wieder hoch. Bei unseren letzten Treffen vor tausend Jahren ist Åsa noch in Secondhand-Klamotten rumgelaufen, jetzt ist sie plötzlich Faluns Antwort auf Donatella Versace.

Ich schaue zu dem Zeitungsartikel und dann zu Åsa. Sie sieht ertappt aus.

Sie macht einen Schritt auf mich zu. Schiebt sich eine blonde Strähne aus dem Gesicht hinters Ohr. Lacht nervös.

»Das da«, sage ich und tippe mit dem Zeigefinger auf Mårten auf dem Foto, »ist mein Mann. Neben dir. Möchtest du mir etwas sagen?«

»Annie …« Sie lacht. »Ich weiß ja nicht, was du denkst, aber vielleicht solltest du mit Mårten darüber reden. Ich will nicht …«

»Worüber soll ich mit Mårten reden?«

Das Lächeln verschwindet aus ihrem Gesicht, sie kaut nervös auf der Unterlippe. Wie oft ich dieses Kauen schon gesehen habe. Als ich sie durch ihre Scheidung begleitet habe, wenn ihre Kinder Probleme im Kindergarten hatten … All die Stunden, in denen ich mir ihre Probleme angehört habe, in ihrer Küche, in meiner, in der Loipe oben am Lugnet.

Die Tür hinter Åsa steht offen und für eine Sekunde sieht es so aus, als wollte sie auf der Stelle umdrehen und um ihr Leben rennen. Aber ich trage Sneakers und würde sie schnell einholen.

Stattdessen macht sie einen Schritt nach hinten. Und ich einen Schritt nach vorn.

»Hast du eine Affäre mit Mårten?«

Keine Antwort ist auch eine Antwort. Mein innerer Aufruhr hüpft wie ein glühender Ball durch meinen Körper. Das Schweigen spricht Bände.

»Zum Teufel mit dir! Schämt euch.«

»Annie, eins musst du wissen.«

»Ich weiß nicht, ob ich noch mehr wissen will, das reicht mir völlig.«

»Nein, warte. Hör mir zu. *Ich* habe die Sache beendet. Weil ich es nicht fair dir gegenüber fand.«

Ich will den Raum verlassen, aber Åsa stellt sich mir in den Weg.

»Hör zu, ich habe das beendet, als du krank geworden bist. Ich hab Mårten gesagt, dass das nicht fair dir gegenüber ist, bei allem, was du gerade durchmachst. Aber ich habe es nicht geschafft, danach noch mit dir befreundet zu sein. Mit all den Lügen … Ich weiß, dass ich mich schäbig verhalten habe, aber ich hab zu keinem Zeitpunkt gedacht, dass du es verdient hast, das allein durchzustehen.«

Die Worte kommen nicht richtig bei mir an. Wie viel hat Mårten mir über die Jahre vorgelogen? War er irgendwann ehrlich zu mir? Ich sehe ein, wie herzlich wenig ich diesen Mann kenne, der neben mir im Doppelbett schläft. Der mir den Kaffee kocht und die Zeitung reinholt, der mich anlächelt und mich auf die Stirn küsst. Wer ist er eigentlich?

»Wie lange lief das?«, frage ich mit trockenem Mund.

»Nicht lange. Es war ... wir waren schon etwas verliebt. Aber es ging höchstens ein halbes Jahr, bevor du deine Diagnose bekommen hast. Und da bin ich ausgestiegen.«

»Fandest du das eine gute Idee, mit dem Mann deiner besten Freundin zu schlafen?«

»Ich denke, darüber solltest du mit Mårten sprechen.«

Ich funkele sie mit meiner letzten Energiereserve an. Ich habe das Gefühl, dass meine Wut bald aus mir herausgeleckt ist und von mir nichts als ein nasser Fleck auf dem Boden zurückbleibt.

»Glaub mir, das werde ich tun.«

Plötzlich steht Zeynab mit einer Medizintasche in der Hand im Büro und sieht uns fragend an.

»Was ist passiert?«

Ich wische mir mit dem Handrücken eine Träne von der Wange.

»Åsa hatte eine Affäre mit Mårten.«

»So war das nicht«, sagt Åsa.

Sie sieht Zeynab an.

»Und ich finde, ihr solltet mich nicht so hart verurteilen, immerhin bin ich Single. Eigentlich ist es Mårten, der ...«

Ein Knall ertönt, dann das Splittern von Glas, das in alle Richtungen spritzt. Es dauert ein paar Sekunden, bis ich kapiere, dass Zeynab das steigende Glaspony mit der Medizintasche vom Sockel gefegt hat, das jetzt in tausend Splittern auf dem Boden liegt. Nur der Schweif ist noch ganz und die Metallplakette, auf der »Neuunternehmerin des Jahres« steht.

Ich werfe einen Blick auf die Zerstörung und auf Åsa, die auf die Knie gefallen ist und schluchzend die Scherben zusammenkehrt.

»Viel Erfolg mit Åsa *Cares*«, murmele ich und spreche absichtlich den Namen falsch aus. Eine schwache Rache.

»*Kol khara*«, faucht Zeynab.

Sie fasst mich am Arm und zieht mich raus zum Auto. Inzwischen gießt es, aber es ist mir egal, ob ich nass werde.

»Kannst du fahren? Ich fahre dich.«

»Ich muss Simon abholen … Und musst du nicht arbeiten?«

»Åsa kann sich heute selbst um ihre Kunden kümmern.«

Ich überreiche ihr dankbar meine Autoschlüssel. Als wir im Auto sitzen, kann ich meine Tränen nicht länger zurückhalten. Zeynab zieht mich in ihre Arme und meine Tränen bilden einen dunklen Fleck auf ihrem rosa Åsa-Care-Shirt.

KAPITEL 42

AUFBRUCH

»Aber ich hab mich doch für dich entschieden!«, wiederholt Mårten wie ein Mantra. Ich habe ihn direkt damit konfrontiert, als er von der Arbeit nach Hause gekommen ist, und jetzt läuft er durch die Küche wie immer, wenn er aufgewühlt ist. Ich habe aufgehört, die Runden um den Küchentisch zu zählen. Ich stehe flennend im Türrahmen und muss mich am Türrahmen abstützen, weil mir schwindlig ist.

»Was soll das heißen? Du entscheidest dich für mich und schläfst mit meiner besten Freundin?«

»Es war ein einziges Mal und ist zwei Jahre her!«

»Mårten, es steht dir nicht zu, sauer zu werden! Das ist mein Part!«

Er bleibt stehen und sieht aus, als wollte er was sagen, macht den Mund aber wieder zu. Dann stützt er sich auf der Rückenlehne eines Stuhls ab und beugt sich vor, als wollte er Liegestütze machen, wippt auf den Fersen auf und ab. Wie ein Hampelmann, der Gymnastik macht. Alles, was Mårten für mich ausmacht, ist weg, alles Vertraute, Sichere. Sein Duft, der für mich immer Zuhause war, bereitet mir Übelkeit. Ich ertrage seine Nähe nicht.

»Wenn ich es richtig verstanden habe, und ich möchte es gerne richtig verstehen, hatten du und Åsa eine Affäre.«

»Affäre würde ich das nicht nennen.«

»Ach ja, und was war es dann?«

»Wir haben uns ab und zu getroffen.«

Stille. Mårten kippelt mit dem Stuhl.

»Es war einmal im besoffenen Kopf. Das war dumm. Und ich habe direkt danach entschieden, meine Ehe nicht aufs Spiel zu setzen.«

Irgendwie habe ich bis zuletzt gehofft, er würde sagen, dass es nie so weit gegangen ist, dass es nicht mehr als ein unschuldiger Flirt war … Meine Stimme ist belegt.

»Ihr … habt miteinander geschlafen und als ich krank geworden bin, hat Åsa mit dir Schluss gemacht.«

»Nein, so war es nicht. Ich hab das Ganze beendet. Sie wollte … Åsa hatte wohl mehr Gefühle für mich als umgekehrt.«

Mårten holt tief Luft und sieht mich an.

»Verzeih mir. Es war ein einziges Mal. Wenn ich ehrlich bin, erinnere ich mich kaum daran. Wie auch immer, ich wollte für dich da sein, als du krank geworden bist.«

»Danke«, sage ich. »Wie edel von dir. Tausend Dank.«

»Wir zwei gehören doch zusammen!«

Mårten breitet die Arme aus.

»Es gab doch immer nur uns. Scheiße, in allen langen Beziehungen kriselt es doch irgendwann mal.«

Eine Tür schlägt zu, Simon geht im Flur vorbei. Das hier ist nicht für seine Ohren bestimmt. Er geht in den Flur und steigt in seine Schuhe. Ich gehe zu ihm.

»Wo willst du hin, Simon?«

»Raus aus diesem Irrenhaus.«

Ich beiße mir auf die Zunge, um ihm nicht zu sagen, dass sein Vater untreu war. Aber wahrscheinlich hat er eh das meiste mitbekommen.

»Tut mir leid«, flüstere ich.

Er zieht die Schultern hoch und geht raus. Ich setze mich auf einen Küchenstuhl, um Luft zu holen. Mårten stellt sich hinter mich und legt mir die Hände auf die Schultern.

»Fass mich nicht an.«

Er zieht die Hände weg.

»Annie, bitte. Ich habe mich doch entschuldigt.«

Ich weine in meine Hände, schluchze, heule Rotz und Wasser.

»Weißt du, was das Schlimmste ist?«

»Sag.«

»Nicht dass du mit Åsa geschlafen hast. Natürlich ist das verletzend, aber nicht das Schlimmste. Das Schlimmste ist, dass ihr zugesehen habt, wie dreckig es mir nach Åsas Kündigung unserer Freundschaft ging, weil ich ihr zu depressiv war. Du weißt genau, wie traurig mich das gemacht hat. Warum hast du da nicht einfach die Wahrheit gesagt?«

Mårten kommt wieder näher und streichelt mir übers Haar.

»Ich war ein echter Idiot.«

»Fass mich nicht an, hab ich gesagt! Was daran verstehst du nicht?«

»Ich verstehe, dass du aufgewühlt bis, aber versuch doch auch einmal, das Ganze aus meiner Perspektive zu sehen. Kannst du dir vorstellen, wie …«

»Hör auf mir zu sagen, was ich denken soll! Ich bin es so leid! Ich kann für mich selbst denken. Ich bin kein kleines Kind!«

Er weicht zurück. Ich hole tief Luft und versuche, mit dem Weinen aufzuhören.

»Endlich geht es uns nach all dem Scheiß mit deiner Krankheit wieder ein bisschen besser. Und wir wollen die Hütte kaufen. Das ist doch etwas, worauf wir uns freuen können«, sagt Mårten, der jetzt neben dem Kühlschrank steht und an den Magnetbildern fingert.

Das ist der Tropfen, der das Fass zum Überlaufen bringt. Ich stehe auf, gehe auf die Toilette, schnäuze mich und nehme den Busschlüssel vom Haken im Flur.

»Wo willst du hin?«

»Schieb dir dein Sommerhaus sonst wohin.«

Ich flüchte an die frische Luft, ziehe einen bösen Zettel unter dem Scheibenwischer weg und öffne die Tür. Mårten steht mit vor der Brust verschränkten Armen auf der Treppe. Ich gebe Gas und hupe Ekberg an, der mit seinem Schnauzer Gassi geht und einen erschrockenen Hüpfer zur Seite macht. Ich hole Simon ein, bremse und öffne die Seitenscheibe.

»Tut mir leid wegen der Unruhe zu Hause. Willst du mitfahren?«

»Nö, alles gut.«

»Wo willst du hin?«

»Einfach gehen.«

»Soll ich dich irgendwohin bringen?«

»Ich komm schon klar.«

Ich lasse ihn in Ruhe. Und sehe ein, dass ich selber keine Idee habe, wo ich jetzt eigentlich hinwill.

KAPITEL 43

FIA UND JENNY

»Und was hast du jetzt vor?«, fragt mich Fia und stellt einen Teebecher vor mir auf den Couchtisch. »Kannst du Mårten verzeihen?«

Ich stoße einen langen Seufzer aus.

»Ich muss das alles erst mal verdauen. Keine Ahnung.«

»Was hätte Vivvi MacLaren gesagt?«

Obwohl mein Leben gerade in mehr Scherben zersplittert ist als Åsas Glaspony, muss ich lachen. Ja, was hätte Vivvi wohl dazu gesagt? Du allein kannst dein Leben ändern? Wobei sie schon recht hat mit dem, was sie bei unserer Begegnung gesagt hat, dass das Positive-Denken-Gelaber auf dem Band Bullshit ist. Die Wahrheit ist, dass jeder Hansel dein Leben verändern kann. Zum Schlechteren, wie es aussieht.

Ich nehme den Teebecher und Fia setzt sich neben mich.

»Ich krieg es so gar nicht auf den Schirm, dass Mårten gelogen hat. Er wirkt so … grundehrlich.«

»Mhm.«

»Was hat er dazu gesagt?«

Der bittere Teegeschmack weckt in mir den Verdacht, dass es sich um ein privates Experiment von Jenny und Avalon mit Löwenzahn oder Disteln handelt. Aber ich trinke ihn trotzdem, um meine trockene Kehle zu befeuchten.

»Er meinte, das könnte jedem passieren.«

»Schon, aber deswegen muss man sich ja nicht wie ein Arsch aufführen.«

»Stimmt.«

Ich nippe noch einmal am Tee, der mit jedem Schluck besser schmeckt. Gut und ekelig zugleich. Bitter. Reinigend.

»Du kannst gerne hier schlafen.«

»Wenn das okay für Jenny und Avalon ist?«

»Für Jenny auf alle Fälle. Und Avalon ist in einem Kloster bei einem Silent Retreat.«

Ich sehe Fia an und ahne ein leichtes Lächeln.

»Da passt er sicher gut hin«, sage ich.

»Sicher.«

»Wie ist die Stimmung bei euch? Hat Jenny sich entschieden?«

Fia legt die Hände ans Gesicht.

»Ganz ehrlich?«

»Ja. Du kannst ganz offen mit mir reden, das weißt du doch?«

»Aber du hast gerade selbst so viele Baustellen.«

»Ich hab immer viele Baustellen.«

»Na ja, mehr als sonst.«

»Erzähl schon. Das lenkt mich ein bisschen von meinen eigenen Problemen ab.«

Schön wär's, aber das Gespräch mit Mårten echot in einer Endlostonschleife in meinem Kopf. Dabei kommt es mir so vor, als wäre das jemand anderem passiert, nicht mir, als wäre das keine Erinnerung, sondern etwas, das ich irgendwo gehört oder gelesen habe.

»Die Sache ist die, dass die beiden ein Paar waren, als ich ins Bild gekommen bin«, sagt Fia. »Jenny empfindet, wie soll ich das nennen, ihm gegenüber so eine Art Loyalität,

304

die sie nicht aufgeben will. Ich finde es furchtbar kräftezehrend, dass sie sich nicht entscheiden kann, und laufe mit einem permanenten Stein im Bauch herum.«

»Das hört sich wirklich anstrengend an.«

»O ja, das ist es. Ich wünschte, ich könnte das Ganze entspannter sehen, dass ich … ich weiß nicht, offener wäre. Aber ich wünsche mir so sehr, dass da nur wir zwei sind. Wie in einer verdammten traditionellen Beziehung.«

»Das ist doch völlig legitim, dass du dir das wünschst.«

»Hm.«

Vor dem Haus sind Reifen auf dem Kies zu hören.

»Jetzt kommt Jenny aus dem Stall«, sagt Fia und streckt sich, um aus dem Fenster zu schauen. »Ja, da ist sie.«

Die Haustür quietscht und gleich darauf kommt Jenny mit einer Pferdedecke über dem Arm ins Wohnzimmer.

»Hallo, Annie!«

Sie beugt sich runter und gibt Fia einen Kuss.

»Hallo, Schatz. Ich hab versprochen, die Decke zu flicken, aber ich bin mir grad nicht sicher, ob meine große Nähmaschine hier steht oder zu Hause bei Mama. Oder ist sie draußen in der Garage? Hast du sie gesehen?«

Fia schüttelt den Kopf. Als Jenny sich umdreht, hält Fia sie an ihrem Arm fest.

»Können wir kurz reden?«

»Okay?«

Sie verschwinden in die Küche und ich trinke meinen Tee aus. Durch das Fenster sehe ich die Kinder vom Nachbarn auf ihrer Schaukel. Eine schwarze Katze schleicht an dem Schaukelgerüst vorbei auf Fias Haus zu. Ich stehe auf, um sie reinzulassen.

»Das ist nicht so einfach, wie du denkst!«, höre ich Jennys Stimme durch die Küchentür.

305

»Ich will doch nur, dass du das tust, was du wirklich willst.«

Die Katze huscht direkt zu dem Fressnapf im Flur. Ich klopfe vorsichtig an die Küchentür. Jenny ist rot im Gesicht und Fia sieht aus, als würde sie jeden Moment in Tränen ausbrechen. Sie lehnt mit verschränkten Armen an der Spüle.

»Ich will gar nicht stören, wollte nur kurz sagen, dass ich jetzt fahre.«

»Du wolltest doch hier übernachten?«

»Ich denke, ihr braucht ein bisschen Zeit für euch.«

»Okay«, sagt Fia.

Den aufbauenden Blick, den ich ihr zuwerfe, bekommt sie vermutlich schon gar nicht mehr mit.

»Ich melde mich.«

Die Nachbarkinder spielen jetzt mit lautem Geschrei Fußball. Sie halten inne und sehen mir mit großen Augen zu, wie ich den Bus starte. Ich drücke auf die Hupe, als ich an ihnen vorbeifahre, und sie winken aufgeregt mit den Armen.

Der Vorteil mit einem eigenen Bus, denke ich, als ich in einen Waldweg einbiege und den Motor ausschalte, ist der, dass man überall einen Schlafplatz dabeihat.

KAPITEL 44

DER WALD

Ich bleibe drei Tage und Nächte im Wald und rede mit niemandem außer Simon. Es ist noch genug Trinkwasser im Tank, um was zu trinken und Spaghetti zu kochen. Nicht dass ich gesteigerten Appetit hätte. Eine Wärmewelle schwappt in den Bus, aber es ist mir egal. Bei meinen kurzen Spaziergängen durch den Wald fühlt sich der Boden trocken an und die Flechte knackt unter meinen Füßen. Am zweiten Abend rieche ich Rauch und steige auf eine Anhöhe, um mich umzusehen. Weit weg hinter den wogenden Baumspitzen und den Fördergerüsten steigt eine Rauchsäule auf. Ich kann die Feuerwehrsirenen bis hierher hören, aber weit genug entfernt, als dass ich mir Sorgen machen muss.

Die meiste Zeit liege ich auf dem Bett und starre an die Decke oder sitze auf dem Fahrersessel und schaue zwischen die Bäume vor der Windschutzscheibe. Ich weine viel. Als ob alle aufgestaute Trauer auf einmal aus mir rauswill. Über Mamas Selbstmord. Über Mårtens und Åsas Lügen. Den Verrat. Wenn die Trauer in Wut übergeht, die in mir hochkocht, gehe ich raus und schreie laut und suche mir Steine, die ich werfen kann. Einmal prügele ich mit einem dicken Zweig wie mit einem großen Schwert auf eine Kiefer ein. Es tut gut, die Wut rauszulassen und in Energie umgewandelt in die Muskeln strömen zu lassen. Wo sie dann verdunsten kann.

Am vierten Tag lässt die Wut nach, und ich beschließe, traurig, hungrig, ungeduscht und fast dehydriert, den Wald zu verlassen und wieder nach Falun zu fahren. Nach Hause.

Die Hitze flimmert über dem Asphalt. Mir kommen lauter vollbepackte Autos mit Kind und Kegel entgegen, viele mit Dachboxen, manche mit Bootsanhängern. Die Schlange vor der Eisdiele vor Åhléns windet sich bis auf den Parkplatz.

Mein erster Halt ist bei Åsa Care.

Ich parke den Bus über zwei Parkfelder und hoffe, dass die Parkaufsicht nicht jetzt grad unterwegs ist.

Ein kurzer Blick in den Spiegel bestätigt, dass ich aussehe wie nach drei Nächten im Wald. Zerzaustes Haar, dunkle Ringe unter den Augen und ein juckender Mückenstich am Hals, den ich blutig gekratzt habe. Egal.

Ich gehe ins Büro und frage nach Carola, die im Pausenraum sitzt. Sie sieht mich erschrocken an, als ich plötzlich vor ihr stehe. Zwei mir unbekannte Kolleginnen starren mich an wie eine Außerirdische.

»Annie, was um alles in …«

»Ich bin hier, um mich bei dir zu entschuldigen. Ich habe mich wie eine echte Idiotin benommen, Carola, und ich hoffe, dass du mir verzeihen kannst.«

Carola sieht mich schweigend an, dann legt sie das Besteck weg.

»Ja, das war alles andere als schön, was du mir da vorgeworfen hast.« Ihre Kolleginnen nicken zustimmend. »Auch wenn ich Single bin und auf der Suche, bin ich noch nicht so verzweifelt, einer Freundin den Mann auszuspannen. Das war sehr verletzend, dass du mir das zutraust.«

»Ich weiß. Und ich habe keine andere Entschuldigung

als die, dass es mir an dem Tag sehr dreckig ging. Das war ein ungerechter Vorwurf.«

Carola steht auf und kommt auf mich zu. Sie nimmt mich in den Arm und lehnt ihren Kopf an meinen.

»Natürlich verzeihe ich dir.«

»Du glaubst nicht, wie froh ich darüber bin.«

»Denkst du denn, ich hätte in der Kirche nichts über Nächstenliebe gelernt, oder was?«

Sie kneift mir in die Wange wie einem kleinen Kind und ich lasse sie gewähren. Ich bin einfach nur erleichtert.

»Und sorry, dass ich nach Schweiß stinke.«

»Ja, wie siehst du denn eigentlich aus?«

»Ich brauchte ein bisschen Zeit zum Nachdenken.«

Sie nickt andächtig.

»Das braucht man manchmal. Ich hoffe, Mårten und du könnt das klären.«

»Irgendwie wird es sich auf alle Fälle lösen.«

Ich umarme Carola noch einmal und verabschiede mich. Auf dem Weg nach draußen begegne ich Åsa. Vielleicht hat sie meine Stimme gehört, jedenfalls kommt sie aus ihrem Büro und bleibt vor mir stehen.

»Du, ich … Es tut mir leid.«

Ich bin leicht überrumpelt und brauche einen kurzen Moment, um mich wieder zu fassen.

»Ich war sehr wütend und enttäuscht, aber jetzt nicht mehr.«

Ich könnte es wie Carola machen und sie umarmen, aber das ist eine Grenze, die ich nicht überschreiten kann. So einfach ist es nicht, alles zu verzeihen.

Åsa kratzt sich im Nacken.

»Glaubst du, dass wir … Ich vermisse unsere Freundschaft. Ich arbeite rund um die Uhr und bin ziemlich einsam. Wir hatten was Gutes zusammen.«

»Bis du mit meinem Mann geschlafen hast.«

»Ja.«

»Weißt du«, sage ich, »als ich dir vor ein paar Tagen viel Erfolg mit deiner Firma gewünscht habe, habe ich das sehr sarkastisch gemeint. Aber jetzt meine ich es wirklich. Ich finde, dass du etwas Großartiges aufgebaut hast.«

Åsa sieht mich erleichtert an und für den Bruchteil einer Sekunde werde ich von einer akuten Sehnsucht befallen.

»Aber ich glaube nicht, dass wir wieder Freundinnen werden können. Jedenfalls nicht jetzt.«

»Du musst wissen, dass ich das mit Mårten wirklich bereue. Jeden Tag.«

»Okay.«

Ich weiß nicht, ob das irgendwas leichter macht, aber zumindest tut es gut, mal wieder eine menschliche Seite von Åsa zu sehen.

»Übrigens«, sage ich, »du hast Zeynab hoffentlich nicht für die Sache mit dem Glaspony entlassen, oder?«

Åsa lacht.

»Ich bin froh, das hässliche Teil los zu sein. Und Zeynab ist ein Fels in der Brandung, die lass ich so schnell nicht gehen.«

»Gut. Ist sie gerade hier?«

»Sie ist bei einem Kunden, kommt aber bald. Pass du auf dich auf.«

»Du auch.«

Ich gehe raus auf den Parkplatz und warte, bis Zeynab mit ihrem rosa Auto vorfährt. Obwohl sie der geruchsempfindlichste Mensch ist, den ich kenne, sagt sie nichts zu meinem Wald- und Schweißgeruch, als sie aus dem Auto steigt. Ich glaube nicht, dass es an plötzlichem Taktgefühl liegt, vermutlich kommt der Wind aus einer für mich günstigen Richtung.

»Annie! Wie geht es dir?«

»Ich bin auf dem Weg nach Hause, um Mårten die Scheidung vorzuschlagen. Hast du einen guten Rat?«

»Guten Rat, nein. Aber ich weiß von einer Wohnung. Einer sehr schönen Wohnung.«

»Ich würde erst mal im Bus wohnen. Zumindest über den Sommer. Aber wenn du mir einen Kontakt nennen kannst, sehe ich mir die Wohnung gerne mal an. Das würde dann vielleicht im Herbst aktuell.«

»Ich kümmere mich drum.«

»Åsa hat recht, du bist ein Fels.«

»Hast du Åsa verziehen?«

»Nein.«

Zeynab zwinkert.

»Das ist in Ordnung, du machst, was du für richtig hältst.«

»Weißt du was?«, sage ich.

»Nein?«

»Ich bin sehr froh, dich als Freundin zu haben.«

»Sag ich doch. Hab ich schon die ganze Zeit gesagt.«

»Hm. Ich bin halt ein bisschen schwer von Kapee.«

Zeynab beugt sich vor und drückt mir einen Kuss auf die Wange.

»Alles wird gut. Du wirst sehen. Ich melde mich wegen der Wohnung. Mein Mann kann dir beim Umzug helfen. Er ist dick und stark und kann acht Stühle auf einmal tragen.«

»Wunderbar.«

Ich steige in den Bus und bleibe eine Weile hinterm Steuer sitzen. Denke darüber nach, wie das Gespräch mit Mårten verlaufen wird. Wird er sich noch mal bei mir entschuldigen? Wahrscheinlich. Sagen, dass ich auch meinen Anteil an unserer Situation habe? Und dann wird er

vermutlich wiederholen, dass er an uns beide glaubt. Dass
das ein absolut einmaliger, dummer Fehltritt war. Dass wir
doch so viele gemeinsame Erinnerungen haben.

Aber ich sehe es jetzt ganz klar. Wir befinden uns beide
im Aufbruch aus unserer Beziehung, jeder auf seine persönliche Weise und in eine andere Richtung. Es macht keinen Sinn, sich weiter aneinanderzuklammern. Auch wenn
es wehtut, will ich frei sein. Und das wünsche ich Mårten
im gleichen Maße.

KAPITEL 45

KÖNIGIN DER LANDSTRASSE

Wir drängeln uns auf dem Sofa in Papas Wohnzimmer, Simon, Fia, ich und Afzelius, der auf Simons Schoß herumtrampelt und Büschel weißer, seidenweicher Haare abwirft. Papa stellt einen Teller mit Biskuits aus Sommars Konditorei auf den Tisch. Daim, Birne und Zitrone. Dann setzt er sich mit einem Seufzer auf einen Sprossenstuhl.

»Und, Simon, hast du schon entschieden, wem du deine Stimme bei der Wahl gibst?«, sagt er und nimmt sich ein Stück Birnenbiskuit. Ich nehme auch Birne, der Apfel fällt bekanntlich nicht weit vom Stamm.

»Simon ist noch nicht volljährig«, sage ich.

»Aber wir veranstalten eine Schulwahl«, kontert Simon. »Das ist ungefähr wie die Parlamentswahlen.«

»Ah ja. Und wie wählst du, wenn man neugierig fragen darf? Es ist wichtig, sich solidarisch zu zeigen ...«

Fia und ich tauschen Blicke und mimen unisono »mit der Arbeiterklasse«.

»... mit der Arbeiterklasse«, vollendet Papa den Satz, der unser Mienenspiel offenbar nicht mitbekommen hat.

Fia wirkt etwas glücklicher, nachdem Jenny sich nun endlich entschieden hat, mit Avalon Schluss zu machen. Sie scheinen noch Freunde zu sein, aber Avalon ist zur Miete in eine Zweizimmerwohnung in der Nähe gezogen. So langsam scheinen sich für uns beide die Verhältnisse zu sortieren.

Simon räuspert sich.

»Ich will die Feministische Initiative wählen.«

Papa sieht ihn überrascht an.

»Feministische Initiative? Aha.«

Er trinkt einen Schluck Kaffee und kaut langsam und methodisch den etwas zähen Biskuitboden. Simon streicht mit dem Zeigefinger durch die Buttercreme und hält ihn der Katze hin. Hier sitzen wir, drei Generationen. Ich habe den ganzen Sommer im Bus gewohnt und ein paar Dessous verkauft, wo es sich ergeben hat. Morgen bekomme ich die Schlüssel für die neue Wohnung. Das ist furchtbar aufregend und zugleich sehr schön. Ich freue mich schon auf eine richtige Dusche und größere Küche.

»Ich glaube, die Welt wäre eine bessere, wenn Frauen das Sagen hätten. Weniger Krieg und so.«

Ich platze fast vor Stolz auf meinen Jungen. Fia und ich tauschen beeindruckte Blicke.

»Klug«, sagt Papa.

Ich wuschele Simon durchs Haar, das nicht mehr chlorgebleicht, sondern wieder natürlich dunkelblond ist. Das steht ihm besser.

»Sehr klug.«

Ich versuche, seinetwegen so ausgeglichen und normal wie möglich zu sein. Natürlich ist das mit Mårtens und meiner Trennung ein großer Einschnitt in seinem Leben. Aber die neue Wohnung liegt in der Nähe der Schule und ich hoffe, dass er gerne dort vorbeikommt, auch wenn er gesagt hat, dass er erst mal bei Mårten wohnen bleiben will.

»Ich habe übrigens gesehen, dass es eine neue Buslinie zwischen Falun und Edsbyn geben soll«, sagt Simon.

Afzelius springt auf den Boden und setzt sich auf den Perserteppich, wo er sich völlig ungeniert seine intimeren Körperteile leckt.

»Wo hast du das gesehen?«

»Stand in der Onlinezeitung. Den Bus könntest du doch fahren, dann kannst du Opa öfter sehen.«

»O ja, gute Idee!«

Ich habe noch nicht endgültig überlegt, was ich im Winter machen will. Auf keinen Fall zurück in den Pflegedienst. Aber Linienbus fahren wäre schon nicht schlecht. Vorher will ich aber noch die Sommersaison zu Ende bringen, ehe ich den Bus zum Überwintern unterstelle. Ich habe mir ein paar weitere Strecken rausgesucht, vielleicht mit einem Abstecher nach Jämtland rüber. Und ich habe neue Ware aus Deutschland bestellt und das Sortiment um Strumpfhosen und Socken erweitert.

»Ich habe Simon übrigens von Mamas Ford erzählt. Haben wir noch irgendwo Fotos davon?«, frage ich Papa.

Papa wischt sich mit einer Serviette über den Mund und fährt mit den Händen über den Hosenstoff an den Oberschenkeln. Hoffentlich bohre ich mit der Frage nicht in einer zu schmerzhaften Wunde.

»Bestimmt in einem der Fotoalben. Unten im Lagerraum steht ein Karton, glaube ich.«

»Ich komme mit«, bietet Fia sich an.

Die beiden stehen auf. Simon kaut auf seinem Biskuit.

»Wie ist es beim Therapeuten?«, frage ich. »Ist es okay für dich?«

»Alles gut«, nuschelt Simon mit vollem Mund. »Er glaubt, dass irgendwas passiert ist, als die anderen mich am Übungsplatz ausgelacht haben. Dass deswegen plötzlich alles so … schwer ist.«

Ich lege einen Arm um seine Schulter und drücke ihn an mich. Ich hab das gute Gefühl, dass sich bis jetzt schon eine Menge getan hat bei Simon, allein die Tatsache, dass er wieder in vollständigen Sätzen redet, ist ein großer Fortschritt.

»Das war echt nicht korrekt von dem Mädel, dass sie dich ausgelacht hat. Ich hätte nach wie vor Lust, mich mal mit ihr zu unterhalten.«

»Er meint, dass diejenigen, die sich über andere Menschen lustig machen, oft selbst unsicher sind.«

»Das hat der Therapeut gesagt? Gut.«

»Holst du morgen deine Sachen ab?«

Ich schlucke. Mårten pendelt hin und her, mal hält er die Scheidung für eine gute Idee, mal meint er, ich würde zu schnell aufgeben. Aber ich habe mich entschieden. Das Aufteilen unseres Haushalts hängt seit Wochen wie eine dunkle Wolke über mir. Das wird sehr anstrengend werden. Aber für Simon muss ich ein Gefühl von Normalität aufrechterhalten.

»Ja, genau. Zeynabs Mann hilft mir beim Tragen, er soll ein richtiger Kraftprotz sein.«

»Hilft Papa nicht mit?«

»Er muss arbeiten. Komm doch nach der Schule einfach mal vorbei und sieh dir die Wohnung an. Es wird noch nicht ganz aufgeräumt sein, aber es ist doch bestimmt spannend zu sehen, wie ich wohne.«

Simon nickt und sieht mich so tieftraurig an, dass ich am liebsten alles rückgängig machen und ihm sagen will, dass wir uns nicht scheiden lassen und noch ein bisschen an unserer Ehe arbeiten. Aber ich weiß ja, dass das unmöglich ist und das Ganze für alle nur noch schwerer machen würde.

»Wir wollen zusammen ins Sommerhaus fahren«, sagt er schließlich.

»Ja, das hab ich gehört. Das wird bestimmt toll.«

Der Gedanke an das verlorene grüne Sommerhaus sollte mich wehmütig stimmen, aber ich bin eher erleichtert. Und es freut mich für ihn, dass Mårtens geiziger Vater sein

Portemonnaie gezückt und seinen Sohn mit ein bisschen Bargeld unterstützt hat. So gehen unser beider Träume in Erfüllung, wenn auch in unterschiedlichen Richtungen.

Papa und Fia kommen mit einem Pappkarton voller Fotoalben und Fotoumschläge aus dem Keller hoch. Ich klappe einen Umschlag auf und juchze begeistert, als gleich auf dem ersten Foto ich als dürre Zehnjährige in voller Bandymontur zu sehen bin, neben mir Fia mit gelbem Plastikhelm und weißen Schlittschuhen an den Füßen.

»Himmel, waren wir da noch jung. Dabei bin ich mir beim Bandytraining so groß vorgekommen.«

Wir gehen alle Fototaschen mit alten Bildern durch, unsortiert und mit vielen Kopien. Zwei zum Preis von einem war eine große Werbekampagne in den Achtzigern und Neunzigern.

»Nehmt euch bitte alle Bilder mit, die ihr haben wollt«, sagt Papa. »Im Keller verstauben sie ja nur.«

Manche Bilder haben Fia und ich mit unseren Kompaktkameras gemacht, verwackelt und nicht selten mit einem rosa Daumen vor der Linse.

Papa nimmt ein braunes Album aus der Kiste.

»In dem dürften Fotos aus der Zeit sein, als Mama und ich uns kennengelernt haben.«

»Wie habt ihr euch eigentlich kennengelernt?«, fragt Simon.

Papa kratzt sich am Kopf.

»Beim Tanz im Park, damals gab es an den Wochenenden immer öffentliche Tanzveranstaltungen. Im Sommer draußen, im Winter drinnen. Deine Oma war mit einer Freundin dort. Ich kann mich nicht mehr erinnern, wer gespielt hat. Die Shanes, vielleicht.«

»Hast du sie aufgefordert?«, fragt Fia.

Papa lacht.

»Als Erster hat Karl-Magnus Wallén sie aufgefordert, der Schuft, aber da dachte ich, wart's ab, in der Angelegenheit bist du nicht allein. Ich hab allen Mut zusammengenommen und sie um den nächsten Tanz gebeten. Und sie hat Ja gesagt. Ein paar Tage später ist sie mit dem Bus gekommen und wir sind in die Konditorei gegangen.«

Er schiebt das Album zu mir rüber.

»Da dürften auch Bilder von ihrem Auto drin sein.«

Fia und ich beugen uns über das Album. Auf der ersten Doppelseite sind die Bilder noch sepiafarben, ein Ruderboot auf einem See, Mama und Papa steif aufgestellt vor einer Wand, eine Katze mit Jungen. Nach und nach wird die Bildqualität besser. Ich muss mir schon die eine oder andere Träne wegwischen bei all den Erinnerungsfotos der beiden aus einer Zeit, als es uns noch nicht gab. Mama mit Kopftuch in der Hocke mit einem Plastikeimer im Blaubeerwald, Papa, der das Dach repariert und mit einer Kappe auf dem Kopf in der Hängematte. Die Bildunterschriften in Mamas Handschrift und mit ihrem Humor: *Abenteuer im Blaubeerwald, Kronblom macht ein Nickerchen, Der Mann auf dem Dach.*

Und da ist er schließlich: Mamas puderblauer Ford Fairlane. Die Fotografie ist verblichen und er sieht babyblauer aus, als ich ihn in Erinnerung habe. Chromleiste an den Seiten, Mama auf der Fahrerseite, mit Autohandschuhen am großen weißen Lenkrad. Sie lächelt in die Kamera. Der Text unter dem Bild ist diesmal nicht ihre Handschrift, sondern Papas: *Königin der Landstraße.*

Fia kriegt mit, dass ich zittere, und legt einen Arm um mich. In dem Bild, in Mamas Blick in die Kamera, auf Papa, steckt so viel Liebe. Der Mann, den sie beim Tanz im Park kennengelernt hat. Dem sie vor dem Pastor in der Kirche in Ovanåker das Jawort gegeben hat, viele Jahre, bevor der Knoten in ihrer Brust entdeckt wurde.

»So schön«, sagt Fia leise.

Ich ziehe die Nase hoch und versuche, meine Stimme wiederzufinden.

»Wunderschön.«

Ich streiche mit dem Finger über den Text und murmele: »Königin der Landstraße«.

»Das war sie«, sagt Papa, auch ganz ergriffen. »Sie ist in ihrem Wagen wie eine Furie durch die Landschaft gefahren. Sie hat es sich vom Erbe ihres Vaters und ihrem Sekretärinnengehalt gekauft. Ich erinnere mich noch genau, wie sie vom Autohändler damit nach Hause kam, sie war so unendlich stolz und glücklich ...«

Er zieht ein Taschentuch heraus, steht auf und verschwindet aus dem Zimmer. Fia geht ihm nach. Aus der Küche ist eine leise Unterhaltung zu hören. Ich kann den Blick gar nicht von dem Bild nehmen. Da greift Simon plötzlich nach meiner Hand, seine fühlt sich klebrig an von der Buttercreme. Ich drücke sie auf meinen Bauch.

»Da hast du doch endlich einen Namen für deinen Bus«, sagt er.

Ich nicke.

»Ja. Das habe ich.«

KAPITEL 46

EIGENTUMSAUFTEILUNG

Die Familienanwältin ist jünger als gedacht, eine kurvige Frau in eng sitzendem kirschfarbenem Kostüm. Mårten lächelt schwach, als wir ihr in das kleine, für Paare eingerichtete Büro folgen, die keine Paare mehr sind, mit Stühlen, die in gehörigem Abstand voneinander stehen.

»Wie schön, dass Sie alle beide kommen konnten. Dann beginnen wir doch am besten direkt mit dem Aufsetzen der Eigentumsaufteilung, oder?«

Ich nicke. Mårten räuspert sich.

»Ja, da Annie sich ja nun mal scheiden lassen will …«

»Wir wollen uns scheiden lassen«, korrigiere ich ihn und Mårten widerspricht nicht.

»Wie Sie, Mårten, am Telefon erzählt haben, haben Sie 85 Prozent des Kaufpreises vom Haus finanziert. Das war 1999. Nach unserer Schätzung ist das Haus heute 3,8 Millionen Kronen wert. Das hieße, dass Sie, Annie, das Recht haben, sich mit 15 Prozent des heutigen Wertes ausbezahlen zu lassen, insofern Sie die Schätzung akzeptieren.«

Sie schiebt die Brille hoch und sieht mich an.

»Der ursprüngliche Plan war, dass ich mit der Zeit auch mehr Geld investiere. Aber ich war lange in Elternzeit, die ich in voller Länge genommen habe. Als Simon in die Schule kam, habe ich Teilzeit gearbeitet. Und dann bin ich krank geworden.«

Ich suche Augenkontakt mit Mårten, der ein großes Foto an der Wand anstarrt mit einer Kuh, die mit leerem Blick in die Kamera schaut.

»Krebs«, erläutere ich, und jetzt sieht Mårten mich eine Sekunde an, als würde ihm in diesem Augenblick das Ungleichgewicht klar, dass ich mit Simon zu Hause war, während er gearbeitet hat.

»Auch wenn ich nicht die Möglichkeit hatte, selber Geld in das Haus zu stecken, habe ich ja auf andere Art investiert, sozusagen. Mit Zeit, zum Beispiel.«

Mårten kratzt sich am Hinterkopf.

»Ja, okay, ich weiß nur nicht, was da angemessen wäre.«

Ich will gerade den Mund aufmachen, als er fortfährt.

»Und ich bezweifle nach wie vor, dass die Scheidung der richtige Weg ist. Ehrlich gesagt bin ich der Meinung, dass wir nicht so leicht aufgeben sollten.«

Nicht das schon wieder. Ich knete die Hautfalte über der Nasenwurzel und hole tief Luft. Die Notarin lächelt verkrampft.

»Ja, also, ich kann Sie da leider nur juristisch beraten.«

»Wir haben uns entschieden«, sage ich zu Mårten. »Wir sind zu dem Entschluss gekommen, dass es so das Beste ist.«

Er beißt sich auf die Unterlippe. Schluchzt kurz. Ich strecke meine Hand aus, aber er ignoriert sie.

»Ich weiß es ja, ich weiß. Es ist nur … Ach scheiße. Wir haben doch unser halbes Leben zusammen verbracht.«

Die Familienanwältin erhebt sich, streicht ihr Kostüm glatt und holt ein Glas Wasser.

»Das stimmt. Und das kann uns niemand nehmen.«

»Wären wir ohne meinen Fehltritt auch hier gelandet?«

Jetzt kann ich die Tränen auch kaum noch zurückhalten. Ich fische ein Papiertaschentuch aus der Handtasche, reiche eins Mårten und wische mir selber über die Augen.

»Das werden wir wahrscheinlich nie erfahren.«

Mårten nickt langsam.

»Vielleicht wären wir … ich weiß es nicht. Vielleicht hätten wir uns so oder so auseinandergelebt.«

»Ja.«

Die Notarin setzt sich wieder und schiebt Papiere zusammen, die nicht zusammengeschoben werden müssen.

»Das sind völlig normale Gefühle bei einer Scheidung«, sagt sie mit einem Ton, der wohl einfühlsam gemeint ist, aber nur zeigt, dass sie keine Ahnung hat, was sie da redet. Aber wie soll sie auch? Dazu ist sie viel zu jung. Bestimmt ganz frisch aus dem Examen.

»Wir können gerne einen neuen Termin vereinbaren und an einem anderen Tag weitermachen.«

Mårten wedelt mit der Hand.

»Nein, Annie hat recht. Wir haben uns entschieden. Manchmal muss man nur ein bisschen seine Gefühle rauslassen und sich dann wieder zusammenreißen.«

Nach dem Treffen umarmen wir uns freundschaftlich und fahren in unterschiedliche Richtungen davon. Mårten in unser Haus, ich in meine Wohnung. Jeder Fleck von Falun steckt voller Erinnerungsmomente an uns, als ich durch die Stadt fahre. Das Rondell, in dem Mårtens Schrottford seinen Geist aufgegeben hat und wir ihn mit vereinten Kräften an den Rand geschoben haben. Die Konditorei Focus, in der wir eins unserer ersten Dates hatten, was damals natürlich noch nicht so hieß. Die Praxis, in der wir den Ultraschall gemacht haben und Mårten meine Hand gehalten hat. Der Weg am Fluss entlang, wo wir Simon im Kinderwagen spazieren geschoben haben. Das Krankenhaus.

Ein halbes Leben zusammen. Das fühlt sich schon sehr wehmütig an. Und trotzdem weiß ich, dass die Entscheidung richtig ist. Das es das Wir von damals nicht mehr gibt.

Als ich zu Hause ankomme, klingelt das Telefon. Es ist Petra aus Edsbyn.

»Hi, Annie. Wie ist die Lage?«

Die Tausendkronenfrage.

»Gut so weit … Wir waren gerade bei der Familienanwältin.«

»Oje, anstrengend.«

»Ja, das kannst du laut sagen. Und wie geht's dir?«

»Wir befinden uns in einer etwas anderen Phase der Trennung, kann man sagen. Ich fantasiere davon, Tom durch den Fleischwolf zu drehen oder ihn mit einer Heugabel aufzuspießen, nicht so, dass er stirbt, aber dass er danach einen Stomabeutel braucht. Aber ich reiß mich natürlich wegen der Jungs zusammen.«

»Und dabei hast du die Affäre gehabt«, sage ich.

»Ich weiß! Aber er ist unerträglich. Denkt nur an sich selbst. Das kann er ja alles machen, aber wir haben drei Kinder zusammen. Und man kann nicht grad sagen, dass er in den letzten Jahren viel zum Erhalt unserer Ehe beigetragen hätte.«

Ich lache.

»Aber deshalb rufe ich nicht an«, fährt Petra fort. »Sondern wegen dem Herbstmarkt! Du bist doch dabei?«

Daran hatte ich überhaupt nicht mehr gedacht. Schaff ich das? Ich setze mich aufs Sofa und überlege ein paar Sekunden.

»Was stellst du dir vor, was ich machen soll?«

»Wir hätten gerne eine Modenschau, irgendwas Lockerflockiges. Du könntest doch deine Dessous vorführen?

Vielleicht kommt dabei ja sogar ein bisschen was in die Kasse. So eine Scheidung füllt kein Portemonnaie.«

Lockerflockig? Das ist so ziemlich das genaue Gegenteil davon, wie ich mich momentan fühle. Aber vielleicht schaffe ich es ja bis zum Herbstmarkt, mich innerlich aufzubauen, ist ja noch ein paar Wochen bis dahin.

»Für den Fall brauche ich Models. Hast du Lust?«

»Warum nicht? Und du selbst?«

Ich lache.

»Ich?«

»Wenn ich das kann, dann du erst recht.«

»Ich habe nur eine Brust, Petra.«

»Genau darum.«

Ich schlucke. In Unterwäsche über den Catwalk kommt mir spontan eine Nummer zu groß vor. Aber mir fallen sicher noch ein paar Frauen ein.

»Okay«, sage ich. »Dann also das nächste Projekt: Modenschau auf dem Herbstmarkt.«

KAPITEL 47

DAS GROßE FEST

»Elvis hat Magendarm!«

Petra stürmt mit einem Aktenordner unterm Arm in den Bus, die roten Locken vom Wind durcheinandergewirbelt.

»Sorry, ich hab nicht dran gedacht, dass ihr euch hier umzieht.« Sie hält den Ordner vor die Augen und alle lachen.

»Seit wann bist du prüde?«, sagt Lotta, eins meiner Models, die sich jetzt zusammen mit Zeynab, Carola, Simons Schulleiterin Lena und zwei jüngeren Bekannten von Petra sowie ihrer Mutter Ulla-Karin um die Kleiderständer drängt, Shirts, Jeans, Kleider und BHs liegen überall auf dem Boden verstreut. Vielleicht war es keine so gute Idee, den Models die Auswahl ihrer Outfits selbst zu überlassen, aber jetzt ist es mal so. Lotta und Carola stehen splitterfasernackt da.

Nur ich habe mich immer noch nicht entschieden, ob ich mich auf den Laufsteg traue oder nicht.

»Was, der Elvisimitator fällt aus?«, wiederhole ich. »Und was jetzt?«

»Gute Frage«, seufzt Petra. »Was machen wir jetzt?«

»Die Spielleute«, schlägt Lotta vor. »Matts und seine Truppe aus Bingsjö.«

Als Matts Name fällt, schießt es mir warm in die Wangen. Ich gehe zum Fahrersessel, damit die anderen nicht sehen, dass ich rot werde wie ein Teenager. Ich halte schon den ganzen Morgen nach den Spielleuten Ausschau, habe sie aber nirgends gesehen. Ich muss gestehen, dass ich Matts sehr sympathisch finde. Auch wenn ich ihn nur zweimal getroffen habe und es viel zu früh ist, sich ein Bild zu machen. Was mein Unterbewusstsein längst getan hat.

»Ist das nicht etwas schräg, zu Volksliedern und Schlüsselharfe eine Dessousmodenschau zu veranstalten? Passt da nicht besser Rock'n'Roll?«, sagt Ulla-Karin und hält sich einen gepunkteten BH vor die Brust. »Wow, der ist sexy!«

Ich bin so froh, dass sie mitmacht und die Alterspalette unserer Model-Gruppe erweitert, die jetzt von 20 bis über 70 reicht.

»Ganz deiner Meinung«, stimme ich zu. »Rockig wäre schon gut. Oder wenigstens was Fetziges.«

Petra nickt.

»Ich schau mal, ob ich auf dem Laptop und über Lautsprecher was machen kann. Nickolas hilft mir bestimmt dabei.«

Nickolas ist Petras Kollege aus dem Energieunternehmen, mit dem sie eine Affäre hatte. Petra ist wie ich frisch geschieden, will aber erst einmal alleine bleiben. Aber wenn ich sehe, wie glücklich sie aussieht, wenn sie nur Nickolas' Namen ausspricht, und dass sie ihn allein an diesem Vormittag mindestens schon ein halbes Dutzend Mal um Hilfe gebeten hat, gehe ich mal davon aus, dass die Singlephase nicht sehr lang sein wird.

Bei dem Namen Nickolas beginnt bei mir ein ganz leises Glöckchen zu bimmeln, da war doch was, ein ganz ähnlicher Name: Nikolozi. *Ruf Nikolozi an, wenn du Hilfe brauchst!*

»Wartet mal, ich will grad noch was ausprobieren.«

»Klar«, sagt Petra.

Ich gehe raus auf den Parkplatz und suche Avalons Namen in meiner Telefonliste. Nach ein paar Freizeichen antwortet er.

»Hallo.«

»Hi. Wie geht es dir?«

»Du meinst in meinem Leben als Single?«

»Ich meine ganz allgemein.«

»Ich komm zurecht.«

»Ich hoffe, es ist okay, dass ich mich bei dir melde, nachdem du bei Fia und Jenny ausgezogen bist?«

»Freunde hat man fürs Leben. Und Fia und ich sind ja von Anfang an Freunde gewesen.«

»Ja, das hat sie gesagt.«

»Und jetzt rufst du an, weil du Hilfe bei irgendwas brauchst?«

Ertappt.

»Ich schulde dir ein leckeres Festessen mit anschließendem Kuchenbüfett. Und vermutlich auch ein Honorar, wenn ich mir das leisten könnte.«

»Was willst du wissen?«

»Ich suche die Kontaktdaten von einem Mann namens Nikolozi. Er wohnt in Ljusdal und ich weiß nicht hundertprozentig, wie das buchstabiert wird.«

»Warum schaust du nicht einfach im Internet nach?«

»Weil ich mich mit meinem Handy nicht mehr ins Internet einwählen kann. Ich schaffe mir ein neues an, großes Ehrenwort. Und dann bring ich mir Instagram bei, damit du nicht mehr als mein Assistent arbeiten musst.«

»Ich habe einen Treffer mit dem Namen. Soll ich dir die Nummer via SMS schicken?«

»Danke, das wäre super.«

»Du könntest mir übrigens auch einen kleinen Gefallen tun.«

»Womit?«

»Ich habe mich vor Kurzem als Social-Media-Manager bei einem E-Handelsunternehmen beworben. Und ich bräuchte noch eine Empfehlung.«

»Klar, kriegst du! Hauptsache, es geht nicht um irgendwelche technischen Details, da weiß ich nämlich nicht so genau, was du machst.«

»Ich schick dir ein Handout, das ich geschrieben habe, damit du weißt, was drin vorkommen sollte.«

»Super, abgemacht!«

Wir legen auf, als ein Kleinbus auf den Parkplatz fährt. Als ich die ersten Kniebommel sehe, ist mir klar, dass das die Spielleute sein müssen. Aber Matts ist nicht zu sehen. Mein Handy piepst mit der angekündigten Nummer, die ich direkt wähle.

»Hallo?«, antwortet eine raue Männerstimme nach dem dritten Signal.

»Ja, hallo, Annie mein Name. Ich suche einen Malick. Haben Sie eventuell seine Nummer?«

Es raschelt am anderen Ende, dann meldet sich eine andere Stimme.

»Hallo?«

»Bist du das, Malick? Hier ist Annie. Die mit dem BH-Bus.«

»Annie! Wie geht es dir?«

»Mir geht's gut, danke. Und selber?«

»Mir geht's auch gut.«

»Du wohnst also immer noch bei deinem Freund?«

»Jepp.«

»Hast du heute schon was vor?«

»Heute? Da hab ich frei. Wir könnten einen Kaffee trinken. Ich sollte bei einem Nachbarn den Rasen mähen, aber der ist noch nicht so hoch. Der Kerl misst jeden Tag mit dem Lineal und behauptet, das Gras würde jede Nacht ein paar Zentimeter wachsen.«

»Du hättest nicht zufällig Lust, nach Edsbyn zu kommen und ein bisschen Musik zu machen?«

Ich erkläre ihm unsere Idee mit der Modenschau und dass der Elvisimitator krank geworden ist. In dem Augenblick sehe ich Matts. Er winkt mir vom Kleinbus zu und ich winke zurück.

»Musik machen?«, sagt Malick. »Klar, ich bin dabei.«

»Um ein Uhr auf dem Parkplatz vor dem Coop. Fährt da für dich ein passender Bus?«

»Sure. Ich komme!«

Er legt auf. Es wäre natürlich gut, wenn wir vorher noch mal den Ablauf durchsprechen könnten und was er singen will. Aber wahrscheinlich macht Malick das aus dem Effeff. Und wenn nicht, können wir immer noch den Laptop anschließen, wie Petra vorgeschlagen hat.

Matts kommt über den Parkplatz auf mich zu. Ich werde von einer Sekunde auf die andere so nervös, dass mir fast schlecht wird. Wie macht man so was hier? Flirten. Flirten wir überhaupt? Ich lächele verkrampft.

»Sie hat ihre Bus-Taufe hinter sich, wie ich sehe!«

Er nickt zu dem Schild über der Windschutzscheibe: *Königin der Landstraße.*

»Schöner Name.«

»Freut mich, dass er dir gefällt.«

Er ist kräftiger, als ich ihn in Erinnerung habe, aber vielleicht liegt das daran, dass er statt der Tracht Jeans, T-Shirt und Flanellhemd trägt. Ich kann meinen Blick nicht von seinen breiten Schultern reißen. Die Situation verwirrt mich, wenn man das überhaupt eine Situation nennen kann. Wir sind einfach nur zwei Erwachsene, die sich unterhalten.

»Was macht das Leben?«, frage ich gequetscht mit einem Frosch im Hals. Ich huste. »Entschuldige. Wie geht es dir?«

»Gut, danke. Ich war den ganzen Sommer unterwegs. Im Kleinbus durchs Land geschaukelt, auf verschiedenen Veranstaltungen spielen, eine Pizza zwischendurch und dann nach Hause, um den Rasen zu mähen und bis zum nächsten Event verschnaufen. Du weißt ja selber, wie das ist.«

»Ungefähr. Spielt ihr später auf der Bühne?«

»Ja, genau, ein bisschen Unterhaltung im Hintergrund. Ein paar Wanderlieder und Folklore.«

»Das wird sicher toll. Wir veranstalten eine Modenschau.«

»Hab ich gelesen. Cool.«

»Ähm, eher … furchterregend.«

»Machst du mit?«

»Ja. Zumindest ein paar einleitende Worte werde ich sagen. Danach werden wir sehen, ob ich mich auf den Laufsteg wage.«

»Ich hab mal einen Tipp bekommen, der mir beim Lampenfieber hilft.«

»Ah ja, und wie war der?«

»Stell dir vor, dass du das für eine bestimmte Person machst. Dass du für diese Person spielst oder mit dieser Person sprichst. Das kann jemand im Publikum sein oder jemand, den du dir vorstellst. Damit geht es gleich viel leichter.«

»Das werde ich ausprobieren.«

Vom Kleinbus ruft jemand nach Matts. Er dreht sich um.

»Ich muss dann mal. Viel Erfolg, egal wie du dich entscheidest.«

»Danke. Wir sehen uns!«

Ich schaue ihm hinterher, mustere seinen Körper bis runter zum Hintern, der sich unter der verwaschenen Jeans abzeichnet. Es fühlt sich sicherer an, ihn etwas auf Abstand zu haben. Die Übelkeit verfliegt und ich atme frische Luft durch die Nase ein.

Petra kommt mit ihrer Aktenmappe unterm Arm aus dem Bus.

»Na, was ist hier los?«

Sie stellt sich neben mich und sieht hinter Matts her.

»Wer ist das dann? Appetitlich.«

»Einer der Spielleute.«

Ich spüre einen Stupser in der Seite.

»Na! Der wär doch was für dich.«

»Ja. Nein. Ich weiß nicht. Aber – ich habe einen Musiker organisiert. Ein Typ, den ich in Kårböle kennengelernt habe. Er hat eine fantastische Stimme.«

»Dein Ernst?«

»Und ob.«

Ich muss noch meine Präsentationsrede vorbereiten. Und entscheiden, ob ich den Mut aufbringe, mich den Blicken der Zuschauer auf der Bühne auszusetzen. Der Bus scheint mir im Moment dafür nicht der richtige Rückzugsort, also spaziere ich runter zum Museumshof und setze mich auf die Treppe vom Haupthaus. Ich lehne mich gegen die Flügeltür und versuche, mich zu konzentrieren, während eine laue Herbstbrise vorbeizieht und die ersten herabgefallenen Blätter aufwirbelt. Zumindest weiß ich jetzt, zu wem im Publikum ich reden will: Papa.

KAPITEL 48

MAMMA MIA

Es ist zehn vor eins und kein Malick in Sicht. Ich bin so nervös, dass ich kaum noch Luft kriege, mein Atem geht stoßweise, und meine Finger fummeln an allem, von Stiften bis zum Ehering, den ich nicht mehr trage, und deshalb die Haut meines Ringfingers knete. Mein Magen grummelt. Worauf hab ich mich da bloß eingelassen?

Petra schickt mir einen fragenden Blick und schließt mit Nickolas' Hilfe ihren Laptop an das Lautsprechersystem an. Nickolas hat auch schon beim Aufbau der Bühne geholfen, auf der wir herumlaufen werden, die wie ein echter Catwalk aussieht. Die Luft ist voller Marktgeräusche, Volksmusik und dem Duft von gebrannten Mandeln.

»Wann kommt der Bus aus Ljusdal?«, frage ich Petra.

»Aus Ljusdal? Der war vor einer halben Stunde hier.«

Okay, dann also ohne Malick. Natürlich geht es auch mit einer Playlist vom Computer, aber Livemusik wäre ein bisschen mehr Show gewesen. Jetzt brauchen wir ordentlich inneres Feuer, damit die Modenschau ein Erfolg wird. Aber was heißt *wir*… Die anderen scheinen einfach nur ihren Spaß zu haben. Zeynab hüpft durch den Bus in einem lila BH mit großzügigem Slip und hochhackigen Schuhen. Sie zeigt den anderen, wie man sich wie ein echtes Model bewegt.

»Hast du das schon mal gemacht?«, frage ich sie.

»Nein, aber im Fernsehen gesehen. Project Runway. Top Model.«

Ich lache.

»Dann kann ja nichts mehr schiefgehen.«

Lotta hat ein Set in Rosa und Weiß gewählt, das zu ihren rosa Dreadlocks passt. Petras Mutter sieht super aus in taubenblauer Spitzenunterhose und farblich passendem BH mit formgepolsterten Körbchen. Die zwei jüngeren Frauen führen einen Balconette und einen Bralette vor. Lenas Wahl ist auf ein schwarzes Set gefallen.

»Ziehst du dich nicht um, Annie?«, fragt Lotta.

Ich trage mein erwähltes Set bereits unter dem Kleid, einen einfachen weißen BH mit Einlagepolster und einen weißen Slip. Und fühle mich so schon, als würde ich nackt durch die Fußgängerzone spazieren.

Es krächzt in den Lautsprechern, was meine Nervosität in ungeahnte Höhen schießen lässt. Als Petra die Bühne betritt, lässt das Stimmengewirr nach. Auf dem Weg durch die Menge begegnet mir Bertil, der ältere Herr aus Älvdal, der Strümpfe kaufen wollte. Er erkennt mich ebenfalls wieder.

»Sie hier?«, begrüße ich ihn. »Das ist ja schön.«

»Ich hab noch keine Modenschau verpasst.«

»Und ich hab jetzt Strümpfe im Sortiment. Schauen Sie doch später mal im Bus vorbei.«

»Gerne!«

Papa, Fia und Simon stehen ganz vorne am Bühnenrand und strecken die Daumen hoch. Hoffentlich werde ich nicht ohnmächtig. Ich muss nur da hoch, ein paar einleitende Worte sagen und eine Runde über den Catwalk gehen, ohne ohnmächtig zu werden. Das schaffe ich doch wohl. Oder?

»Als nächsten Programmpunkt darf ich euch Annie

Andersson und ihren BH-Bus präsentieren. Ein herzlicher Applaus für Annie!«

Petra lächelt mich an, alle klatschen und ich trete mit Wackelpuddingknien raus auf die Bühne.

»Hallo«, sage ich ins Mikrofon und höre ein lautes Pfeifen in den Lautsprechern. Petra korrigiert einen Regler und ich mache einen neuen Anlauf.

»Hej und hallo, ich bin also Annie und Besitzerin dieses wunderschönen Busses aus dem Jahr 1963. Ein Scania, der früher als Postbus gedient hat. Ich bin ein Jahrzehnt später geboren und hier in Edsbyn aufgewachsen.«

Ich schlucke und stocke kurz, aber dann begegne ich Papas aufmunterndem Blick im Publikumsmeer.

»Vor bald drei Jahren habe ich, wie viele andere Frauen auch, die Diagnose triple-negativer Brustkrebs bekommen. Das bedeutete eine schwere Zeit, die vor mir lag. Eine lange Reise mit Chemotherapien und Medikamenten, an deren Ende meine Ärzte mich wieder für gesund erklärt haben.«

Applaus. Das war so nicht geplant, dass mein Genesungserfolg beklatscht wird. Ich warte, bis es wieder ruhiger wird.

»Für mich war die psychische Belastung wohl das Schwerste daran. Denn obgleich ich zu den Glücklichen gehöre, die den Krebs überlebt haben, schwebt er die ganze Zeit wie ein Damoklesschwert über mir. Auch jetzt ist er jeden Tag in meinen Gedanken dabei. Vermutlich werden alle, die mal schwer erkrankt waren, diese Angst kennen, dass die Krankheit zurückkommen könnte. Gegen diese Angst hilft, darüber zu reden. Zu merken, dass man nicht allein ist. Und seit ich mich mit meinem Bus auf die Landstraße begeben habe, gehört zu meinen großartigsten Erlebnissen, dass ich unterwegs so viele interessante Menschen kennengelernt habe. Von denen jeder Einzelne seine

Geschichte mit sich herumträgt, Geschichten, die man ihnen oft nicht ansieht. Nichtsdestotrotz wollen wir uns jetzt gleich mit Äußerlichkeiten beschäftigen.«

Hier hatte ich auf Lacher gehofft, aber es ist nur ein leises Husten zu hören. Ich sehe mich Hilfe suchend um und sehe, wie Lena mir aufmunternd zunickt. Sie hat ja was Ähnliches durchgemacht wie ich. Ich schlucke und nehme neuen Anlauf.

»Fassade und Glamour. Denn selbst an schweren Tagen, oder vielleicht gerade deshalb, möchte man sich trotzdem schön fühlen. Mal über die Stränge schlagen, das Leben feiern. Ist es nicht so?«

Verstreute »Jaaaa«-Rufe sind zu hören.

Ich gehe in die Hocke und halte Papa mein Mikrofon hin, der eine kräftige Stimme hat von seinen unzähligen Gewerkschaftstreffen in der Schreinerei, zwischen kreischenden Maschinen und laut lamentierenden Arbeitern. Er versteht meinen Wink.

»Jetzt mal hergehört, Edsbyn, zeigen wir Annie, wofür wir stehen. Wollt ihr Glitter, Glamour und SHOW?«

»Ja!!!«, ruft es aus dem Publikum.

Ich gebe Petra ein Zeichen, dass sie die Musik starten soll, als ich drüben beim Zentrumsgebäude das abgewrackteste Fahrzeug der Welt vorm Bürgersteig parken sehe, ein silberfarbener Schrotthaufen mit braunen Rostflecken auf den Türen und der Motorhaube. Auf der Beifahrerseite steigt ein strahlender Malick aus mit einer Gitarre in der Hand. Er winkt mir zu.

»Eine Sekunde«, sage ich zu Petra. Die Zuschauer starren gespannt zu mir hoch und die Models trippeln im Bus ungeduldig auf der Stelle.

»Gerade trifft ein Musiker ein, ein fantastischer Mann, den ich auf meiner Sommertour getroffen habe. Wenn ihr ihm den Weg hierher frei macht, haben wir gleich das Vergnügen … Malick zu hören!«

Während Malick sich einen Weg durch die Menschenmenge bahnt, flattern die aufgeregten Schmetterlinge in meinem Bauch immer heftiger. Wie soll das alles gehen?

Malick springt auf die Bühne, umarmt mich einarmig und hebt seine Gitarre mit der anderen hoch.

»Hallo, Annie.«

»Wie schön, dass du jetzt da bist.«

»Selbstverständlich. Was soll ich spielen?«

»Was Lockerflockiges mit Energie. Hast du so was im Repertoire?«

»Lockerflockig. Okay.«

Malick schließt seine Gitarre an und Petra holt einen Mikrofonständer. Er schlägt einen Akkord an und beginnt zu singen. *Mamma mia!* Eine unerwartete Wahl, aber die Musik funktioniert unmittelbar als Stimmungsmacher. Kurz darauf klatschen alle den Takt mit. Ich begebe mich zum Bus, wo die anderen schon aufgereiht auf der Treppe stehen.

»Also, Mädels, los geht's.«

»Mir nach«, sagt Zeynab, die ganz selbstverständlich die Rolle als Leitkuh der Gruppe übernommen hat.

»Kommst du auch?«, fragt Lotta.

»Ich komme auch.«

Ich flitze in den Bus, ziehe mein Kleid aus und fahre mir mit den Fingern durchs Haar. Ein schneller Blick in den Spiegel. Das sieht okay aus. Ich bin okay. Und ich schaffe das. Ich schlüpfe in die bereit stehenden schwarzen, hochhackigen Schuhe und folge den anderen raus auf die Bühne. Sie bewegen sich mit erhobenen Köpfen und schwingenden Hüften, mehr oder weniger steif in den Gelenken.

336

Mein Herz klopft lauter als je zuvor, aber zum Umdrehen ist es zu spät. Und die Energie der anderen Models, der Stolz in ihrer Körpersprache, zieht mich mit.

*

Eine halbe Stunde später schäumt der Sekt über den Busboden, als Lotta allen Anwesenden einschenkt.

»Hat das Spaß gemacht!«, sagt sie. »Das war der totale Kick! Und was für ein Glück, dass Chloé grad bei ihrem Vater ist, ich hatte nämlich Blickkontakt mit einem absolut scharfen Typen mit Pferdeschwanz und Lederjacke. Hoffentlich hat er ein Motorrad, auf dem ich mitfahren kann. Man kann auch nicht immer nur Mama sein, oder?«

»Mädels«, sage ich. »Ihr wart fantastisch.«

Mein Herz schlägt wild. Das war wirklich großartig. Und erschreckend. Und es ging so schnell, plötzlich war es vorbei und die Leute haben gejubelt und gepfiffen und Malick hat noch eine Weile weiter Gitarre gespielt. Ich ziehe mein Kleid über, bevor mir kalt wird, und trinke einen Schluck Sekt.

»Unglaubliche Musik«, sagt Carola. »Echt ein irrer Musiker. Wo hast du den aufgetan? Der ist echt der Hit.«

»Er ist eines Abends auf einem Rasenmäher aufgetaucht.«

»Auf einem Rasenmäher?«

»Das ist eine lange Geschichte. Komm einfach mit raus, dann mach ich euch miteinander bekannt. Ihr habt bestimmt ein paar Gemeinsamkeiten.«

»Ich ziehe mir nur kurz was an. Noch mehr nackte Haut ist vielleicht zu viel für Edsbyn.«

Alle lachen. Zeynab hat sich eine Tunika und Tights angezogen und sitzt auf der Beifahrerbank.

»Und, wie war es für dich?«, frage ich.

»Das sieht so einfach aus bei Project Runway. Aber es ist ganz schön schwer.«

Ich höre zum ersten Mal aus ihrem Mund, dass sie etwas schwer findet. Dass es etwas zwischen Kann und Kann nicht gibt, zwischen Schwarz und Weiß, Ja und Nein. Bedeutet das, dass wir uns ein bisschen vertrauter geworden sind?

»Du hast das auf alle Fälle super gemacht.«

»Wenn du noch mal so eine Schau machst, bin ich dabei. Immer.«

»Danke, Freundin. Dank an euch alle!«

Ich erhebe mein Glas.

»Es macht mich sehr glücklich, dass ihr heute für mich gemodelt habt. Ein Prosit auf alle starken Frauen!«

»Und ein Prosit auf Annie!«, sagt Lena. »Ohne dich hätten wir uns niemals nur in Unterwäsche raus auf den Laufsteg getraut, keine von uns.«

Die Plastikgläser schwappen über, als wir anstoßen. Alle reden durcheinander, wollen loswerden, wie sie sich gefühlt haben, als sie da rausgegangen sind, wie die Zuschauer reagiert haben und wie es war, am Ende des Catwalks zu wenden. Als Carola angezogen ist, hake ich sie unter und gehe mit ihr nach draußen.

Malick steht in dem Marktgewimmel und macht Selfies mit ein paar Jungs.

»Du warst grandios!«

Er strahlt mich an.

»Danke, es hat Spaß gemacht.«

»Das hier ist Carola«, sage ich. »Sie singt auch.«

»In einem Kirchenchor«, sagt Carola mit breitem Lächeln. »Ich liebe Gospel.«

Malick schüttelt ihre Hand.

»Ist das wahr? Ich auch, ich auch. Zum Beispiel *Oh Happy Day*, das singe ich jeden Morgen. Fantastisch.«

»Petra stellt dir einen Scheck aus. Als Honorar. Ich guck mal, wo sie steckt«, sage ich, um die zwei Singvögel sich selbst zu überlassen. Da sehe ich Papa, Fia und Simon am Kokosballstand einen Kaffee trinken.

»Was für eine Show«, sagt Fia. »Das habt ihr toll gemacht.«

»Danke, ich war ganz schön aufgeregt.«

»Das muss man sein«, sagt Papa. »Dann ist man am besten. Oje, da kommt der alte Angeber.«

Er zeigt mit einem Nicken zu einem Mann in karierter Golfhose und rosa Piquethemd, der mit einem Pudel an der Leine vorbeischlendert. Er grüßt Papa überschwänglich, der mit einem verhaltenen »Hallo, du« antwortet.

Der Mann ist noch keine fünf Meter vorbei, als Papa flüstert: »Läuft rum wie Graf Koks, weil er in der Postleitzahllotterie gewonnen hat.«

»War es sehr schlimm?«, frage ich Simon, um das Thema zu wechseln. »Fandest du unseren Auftritt da oben peinlich?«

»Du warst gut. Ihr wart alle gut.«

Ich nehme ihn in den Arm. Das ist mein Junge.

»Super Show. Und eine denkwürdige Ansprache«, sagt eine Männerstimme hinter mir. Ich sehe in Matts lächelndes Gesicht, als ich mich umdrehe.

»Danke. Ihr habt auch schön gespielt. Zumindest das, was ich mitbekommen habe.«

Neben ihm steht eine bodenständig aussehende Frau, die aussieht, als könnte sie ohne Probleme ein Kalb hochheben, zugleich mädchenhaft mit ihrem nussbraunen Haar und den wachen Augen. Über ihrer Schulter hängt eine Schlüsselharfe.

»Darf ich dir Henrietta vorstellen, meine Freundin. Und das hier ist Annie mit dem BH-Bus.«

Freundin? Ich sollte enttäuscht sein, aber überraschenderweise fühle ich mich eher erleichtert. Die unerträgliche Spannung, die mich bei jedem Treffen mit Matts befällt, verfliegt schlagartig wie von Zauberhand.

»Freut mich. Ihr seid wirklich klasse, die ganze Gruppe.«

»Ich hab auch schon von dem BH-Bus gehört«, sagt Henrietta. »Du bist fast so was wie ein Promi in der Gegend. Bist du irgendwann wieder hier unterwegs?«

»Auf alle Fälle, ich wollte noch bis zum Ende der Saison touren. Wenn du unter ›Annies Bus‹ bei Instagram nachschaust, siehst du den Fahrplan.«

»Das mach ich.«

Sie gehen Hand in Hand davon, sie in der Tracht von Mora mit rotem Rock und rotem Leibchen, er in Rättvikstracht mit gelber Sämischlederhose. Ein Traumpaar, zwei Volksmusiker auf Tournee. Lange Nächte mit Fidelspiel an einem See, Nacktbaden und Lachen.

»Ich bin müde«, sagt Simon.

»Ich komm auch gleich, muss nur noch ein bisschen den Bus aufräumen und mich um ein paar Kunden kümmern.«

»Ich hab auch genug gesehen, wir können gern zusammen gehen, Simon«, bietet sich Papa an. Fia schließt sich ihnen an.

Ich mache mich auf die Suche nach Petra, damit Malick noch seinen Scheck kriegt, ehe er wieder nach Ljusdal fährt. Nach einer ganzen Weile finde ich sie endlich hinterm Coop, wild knutschend mit ihrem Kollegen.

Ich räuspere mich und sie schrecken ertappt hoch.

»Ach, Annie, hi!«

»Hallo Nickolas. Hättest du ganz kurz Zeit, Petra?«

»Ja, klar.«

»Glückwunsch«, flüstere ich, als wir zur Bühne zurückgehen. »Er macht doch einen sehr netten Eindruck. Und sieht gut aus.«

»Es fühlt sich auch gut an. Fast ein bisschen zu gut. Ich weiß nicht, ob ich das verdient habe.«

»Das hast du.«

»Das war eine tolle Rede von dir.«

»Findest du? Danke, ich war so schrecklich nervös. Aber dann habe ich Papa angeguckt, der so aufmunternd zurückgeschaut hat, dass ich einfach weitergeredet habe. Ich hatte eigentlich eine Rede vorbereitet, aber die ist etwas anders geworden.«

Petra drückt meine Hand.

»Gut gemacht, jedenfalls. Und wie läuft es mit dem Spielmann?«

»Gut, denke ich. Auf alle Fälle für ihn und seine Freundin, die Schlüsselharfe.«

»O nein, er hat eine Freundin?«

»Ja, scheint so.«

»Bist du sehr enttäuscht?«

Ich fühle in mich hinein. Die Vorstellung, jemanden zu daten, ist ungefähr so weit weg wie Inselhopping in Südostasien. Ich hätte nichts gegen einen Flirt gehabt, so als Bestätigung. Aber dann? Vermutlich wäre nicht mehr daraus geworden. Ich bin noch mitten dabei, mein Leben neu zu sortieren. Und das ist wohl einfacher ohne einen Mann.

»Nein, ich bin noch nicht wieder so weit.«

»Das versteh ich gut, nach allem, was du durchgemacht hast.«

Wir gehen zu Carola und Malick, die in eine lebhafte Unterhaltung vertieft sind. Carola legt eine Hand auf Malicks Arm, lacht und legt den Kopf auf die Seite. Er erzählt gerade eine Anekdote, als er bei jemandem den Rasen gemäht hat und eine Schlange fälschlicherweise für einen

Stock gehalten hat. Ich fühle mich wie Emma Woodhouse, als ich die beiden zusammen sehe.

»Und wie läuft es an der Jobfront, Malick?«, frage ich, und die beiden scheinen jetzt erst zu merken, dass wir auch da sind.

»Ach, hallo, Annie. Ich suche immer noch Arbeit. Aber das ist nicht einfach. Ich würde alles machen, Hausmeister, Putzkraft, Rasenmäher, Fahrer ... hab blöderweise keinen Führerschein.«

»Wir suchen einen Hausmeister für die Kirche in Falun«, sagt Carola. »Könnte das was für dich sein?«

»Falun. Keine Ahnung, wo das ist.«

»Da wohne ich.«

»Ah. Das hört sich interessant an. Sehr interessant.«

»Und einen neuen Solisten für den Chor brauchen wir auch.«

Ich grinse in mich hinein, als ich zu meinem Bus gehe. Hinter mir höre ich Carola *Oh Happy Day* anstimmen und Malick mit der zweiten Stimme einfallen.

Es wird eine Weile dauern, wieder klar Schiff zu machen nach dem Modeevent. Alle sind ausgeflogen und auf dem Boden liegen Chipskrümel und Erdnüsse, ein zertretener Plastikbecher. Und ein Sektkorken. Genauso, wie es sein soll nach so einem Fest. Ich setze mich in den Fahrersessel und schaue raus auf den Platz zu den Leuten, die herumschlendern, stehen bleiben und sich unterhalten. Ältere Herrschaften mit Rollator und Stöcken, Kinder mit Ballons. Jugendliche, die am Rand der Veranstaltung herumstreunen und versuchen, cool auszusehen mit hängenden Schultern und Limoflaschen in der Hand.

Es klopft.

Bertil aus Älvdalen setzt seinen Fuß auf die untere Treppenstufe. Er ist elegant gekleidet mit Strohhut, gelbem

Jackett und weißer Hose. Seine Füße stecken in einem Paar Espadrilles.

»Da bin ich jetzt ja mal gespannt, ob Sie Seidenstrümpfe in meiner Größe dabeihaben, Annie. Genauer gesagt Größe 44.«

»Habe ich. Setzen Sie sich auf die Bank, dann hole ich sie.«

Er zieht sich mit gewisser Mühe hoch in den Bus und macht es sich auf der Bank bequem. Ich hole das Paket, das ich aus Deutschland bestellt habe und hoffe, dass Bertil mit der Qualität zufrieden ist. Er zieht seine Schuhe aus und ich helfe ihm beim Anziehen von ein paar schwarzen, dünnen Strümpfen. Er schnalzt mit der Zunge.

»Wunderbar! Das fühlt sich ganz wunderbar an! Strümpfe sind so eine Sache. Entweder sind sie zu locker und rutschen. Oder sie haben so feste Gummis, dass sie unschöne Rillen in der Haut hinterlassen. Als ich Sie gesehen habe, wusste ich, das ist eine Frau mit einem Blick für Strümpfe. Und sehen Sie, ich hatte recht.«

»Es freut mich, dass die Strümpfe Ihnen gefallen.«

»Ich nehme drei Paar, wenn es gestattet ist.«

»Aber gerne.«

Ich schlage die Strümpfe in Papier ein und rechne ab. Bertil ist wirklich ein reizender Mensch. Vielleicht, weil er so gut gelaunt aussieht. Nicht übertrieben glücklich, sondern auf eine sanfte Art. Als ob es ihm hier auf der Welt gefällt. Er beugt den Kopf zur Seite, als sich ein Sonnenstrahl durch die Scheibe mogelt, und schließt die Augen.

»Ja, jetzt kommt der Herbst.«

»So ist es.«

»Wie lange wollen Sie mit dem Bus herumfahren?«

»Noch ein paar Wochen. Ich habe über den Winter eine Stelle in einem Busunternehmen angenommen und fahre den Linienbus zwischen Falun und Edsbyn. Ich wohne in Falun und mein Vater lebt hier, da kann ich ihn regelmäßiger besuchen.«

»Ihr Vater kann sich glücklich schätzen.«

Bertil macht die Augen wieder auf und steht von der Bank auf. Seine Knie knacken laut. Er nimmt die Tüte entgegen und lacht.

»Herzlichen Dank, damit komme ich jetzt durch den Winter.«

Ich bediene den Türöffner und helfe Bertil runter auf den Marktplatz.

»Dann sehen wir uns nächsten Sommer wieder?«, sagt er zum Abschied.

»Wir sehen uns nächsten Sommer.«

Ich habe Mamas Foto in ihrem puderblauen Ford auf der Armatur angebracht. Ihr hätte das Busleben auch gefallen, denke ich. Mama war Freiheit immer sehr wichtig. Und gute Geschäfte, das Zählen der Scheine in der Kaffeedose, um dann die ganze Familie zu was Besonderem einzuladen. Ich habe eine Idee und rufe Simon an.

»Hallo«, antwortet er.

»Habt ihr Lust auf Pizza?«

»Warte, ich frag kurz … Mag einer von euch Pizza? Ja, sagt Opa. Und Fia auch. Soll ich simsen, was wir haben wollen?«

»Gerne. Und sag Papa und Fia, dass sie eingeladen sind.«

Als ich das Handgas ziehe, den Startknopf drücke und darauf warte, dass der Bremsdruck sich aufbaut, werde ich von einem so starken Gefühl überrollt, dass es mir den Atem verschlägt. Ich kann es nicht anders beschreiben als eine selige Mischung aus Liebe für meinen Sohn, Stolz und Traurigkeit.

Als ich das Foto noch einmal anschaue, ist es, als würde Mama meinen Blick erwidern. Was sie wohl sagen würde, wenn sie jetzt hier wäre? Vielleicht: *Toll gemacht, Annie. Du schaffst alles, was du willst.*

Ich fahre zur Pizzeria. Die gedämpften Herbstfarben fließen zu einem verlaufenen Aquarell zusammen. Bald ist der Winter da und der Bus kommt in sein Winterquartier. Auch das wird gut werden. Irgendwie wird sich alles regeln, habe ich in den letzten Monaten gelernt.

Aber ich freue mich schon auf das nächste Jahr. Auf den sonnigen Frühlingstag, an dem Schnee und Eis geschmolzen und die Straßen wieder trocken sind. Dann werde ich den Bus von seiner Plane befreien, die Reifen mit Luft füllen, den Ölstand überprüfen und mich ans Steuer setzen, bereit für neue Abenteuer.

NACHWORT

Einen Dank an Eva und Rolf, die den roten Scaniabus von 1963 tatsächlich ihr Eigentum nennen und mich an einem windigen Frühlingstag zu einer Probefahrt eingeladen haben.

Und Dank an Ella, die den echten BH-Bus im wahren Leben fährt, der die Inspiration zu diesem Buch war, auch wenn es nicht mit ihrem Leben und ihren Erlebnissen verwechselt werden darf.

Dank auch an Ann, Cecilia und Felicia, die den Text gelesen haben und wertvolle Vorschläge gemacht haben.